说润就润!

Run now!

Huai Bao, Ph.D.
a.k.a.
H. B. Dhawa (达哇)

目录 Table of Contents

Dedication

For all my loyal readers over the years, who have been following my previous books and my personal blog.

谨以此书献给我所有的忠诚读者，他们这些年一直在读我以前出版的书以及我的博客。

Acknowledgments

I want to thank all those who shared with me their amazing stories, which I integrated into this book, each unique. Special thanks to long-distance soul sister, Professor Emerita Elizabeth Wichmann-Walczak, for her incredible support and invaluable advice over the years. And thanks to all my friends in Canada and China—"A bosom friend under the sky; a neighbourly companion next-door nigh."

感谢所有向我讲述故事的人，有了他们的不平凡的故事，才有了这本书。特别感谢遥远的知己、荣休教授魏丽莎，多年来她给予了我宝贵的支持和建议。最后感谢加拿大和中国的所有朋友们——"海内存知己，天涯若比邻"。

About the Author

Huai Bao (a.k.a. H. B. Dhawa) (达哇), who received his Ph.D. at Simon Fraser University in Canada, was born in China to a military family. He started to write poetry, essays, and novels at a young age, his first publication being the essay he wrote at age 17 for China's National College Entrance Examination.

Dr. Bao has now published dozens of journal articles, one book chapter (Netherlands), and three books, including: *Cross-Gender China,* Routledge (London, New York, and Oxfordshire), 2017.

He is currently teaching in North Carolina, while his permanent home is the earthly paradise of Metro Vancouver, British Columbia.

达哇出生在江苏徐州的中国军人家庭，获得加拿大西门菲沙大学博士学位。很早就开始创作诗歌、散文、小说。他发表的第一部作品是 17 岁时写的高考作文（江苏省一共发表五篇）！目前除学术论文外，还出版中英文著作三部，包括由英国罗德里奇出版社出版的英文专著 *Cross-Gender China*。

达哇永居在人间天堂温哥华，目前人在美国北卡罗来纳任教。

楔子

2024 年龙年正月，微信上的温哥华老朋友洪月明约有半年没有联系了，她的朋友圈也停在了大半年前。

由于温哥华和我们东海岸有三个小时时差，前几天凌晨她微信打来两次电话皆因为我在入睡中，没接。

昨天再打过去，无人接听。晚上那边终于打了过来，是一个陌生的声音：

"我是洪月明的女儿。"

我一愣，怎么是她女儿打来的电话？我和她女儿可素昧平生。

"我妈她走了。"

走了？我没往别处想，以为她过年回国了，所以回问道："她去哪儿了？"

"她……去世了。"

我吓了一跳。这怎么可能？首先联想到的是车祸，或者是刑事案件。

不过她女儿告诉我是肺部的病。从诊断到离世，有四年时间。肺部？难道是新冠？

这怎么可能？

我是疫情期间认识她的。另一个朋友，外号叫"绿度母"的，把洪带到我家来作客。此人生于 1971 年，容光焕发、笑容可掬，而且一见如故，浑身洋溢着正能量。印象最深的就是她白嫩的肌肤，油光可鉴。说起护肤常识，她头头是道。她一家三口就住在我家附近，那是一个管理严格的封闭式联排镇屋小区，外观颇为高大上，但因为管理水平高，物业费自然也不低。

洪月明数年前移民到温哥华，最先临时租住"绿度母"在列治文公共市场附近租的三室公寓中的一间，二人因此成为闺蜜。之后，洪陆陆续续把丈夫、女儿都带来，经过打拼，站稳了脚跟。她从给人打工逐渐向创业自雇过度。她最大的爱好就是做美容，虽然不是这个专业出身，但一直爱琢磨美容技术，自己还投资购买了激光美容仪，在家里开设了美容院。久而久之，周围街坊邻居有不少女士成为她的固定客人，还有很多印度女人，痴迷于她的美白技术，都成了她的常客。

由于不断扩张的生意和小区封闭式管理之间的矛盾，加上物业费偏高，她决定卖掉此房，换到华人更多的列治文。她看中了那儿的一套联排，楼下一层车库边正好有一间不大不小的房间，适合做家庭美容院。她说干就干，不出个把月，新家和新生意都搞定了。她搬到哪儿，老客人就跟到哪儿。

2023 年四月 22 日，我去她新家，是因为她盛情邀请我去用激光打掉我脸上几个瘊子。她的小小工作室琳琅满目摆满了仪器设备，可以看出她多么喜欢这个行业。她还兴致勃勃地谈起她的民宿生意：她在温哥华市区投资加贷款，买了 63 万加元的小公寓，专门用于民宿出租。冬天淡季时候没什么生意，钱只出不进，她天天忧心忡忡；夏天旺季的时候每天可收 300 加元，天天爆满，她又喜笑颜开。

我给她带去了礼物，她还给我打了折。去给朋友捧场当然不图什么折扣，我还多给她 15 元的小费。她很高兴，走的时候她还一直把我送到公交车站。

没想到，那居然成了我们的最后一面。

其实我跟她初认识的时候她就轻描淡写地说过一嘴，说她身体不好，在调理中。想到加拿大先进的医疗技术和顶尖的医疗福利，没有人能想到她三年后就撒手人寰。至于什么病，我没有跟她女儿打破砂锅问到底，因为电话那头说着说着已经开始泣不成声了。只知道洪最初说腿疼，诊断不出何病；后腰部做了穿刺活检，诊断为癌症。当时医生已经给了存活年限，所以我跟洪认识的时候她已经知道自己所剩日子不多，或者她认为治疗状况良好，已无大碍。

但是医生说的还是应验了。走之前几个月出现了反复，身体越发虚弱，她知道自己要走了，最后人在昏迷之中离去，已感受不到痛苦。

另一个朋友告诉我，她得到应该是胰腺癌。

命运是个谜，生死不由得自己。

身边类似案例多了——好好的人，家族也没有类似病史，这要人命的病不知怎么就降临到某一个人头上。同样是癌症，温哥华的朋友中有 70 岁、80 岁、90 岁还健在的，而有的人才 50 多匆匆离世。

跟另一个朋友仁丽电话说起此事。她说她们天津人有句俗话，"好罐儿熬不过破罐儿"。意思是，一直病病歪歪的，反而很耐活；那健健康康的，没准儿突发疾病很快就一命呜呼了。仁丽就是那破罐儿，自二十多岁起就一身的病，60 岁起就申请了病退，每天几乎都要躺在沙发上，出去买个牛奶、手纸什么的，都颤颤巍巍、气喘吁吁。如今刚过 64 岁生日，开始羡慕人家那 80 多岁还活蹦乱跳、到处旅游的前辈。

我问她："你活着为了什么？"

她叹口气道："为了受罪呗。"

黄泉路上无老少，人人都在黄泉路上，仁丽如是说。

"是的，但是你不觉得该给这世界留下点什么吗？"我问道。

"留下什么呢？我要是有你那么能写，我也写写我的故事。"

"你不觉得应该留下爱吗？"我总是想，世界上只有爱是永恒的。

1

"润"后回流

俗话说，人生不如意事常八九。

如果一生中太如意顺心了，人也不可能有闲心敲这么多文字。人来这世上走一遭究竟为了什么？

实话实说，至今还有人——甚至是国内精英阶层——依旧认为人生目的无非是洞房花烛、金榜题名、封妻荫子、光宗耀祖。两千年的封建专制历史，历经近现代多少次动荡、变革，如此多人的观念依旧未变，归其原因还是社会制度和文化习俗导致中国人一生都有不安感——当人觉得生老病死谁都指不上的时候，人们就会穷尽所有机会和可能积累财富，以备后患。

而我总觉得人来世上无非是为了读万卷书、行万里路，碰一碰所有的钉子，受一受所有的屈辱，经历所有的挫折与失败，感觉一下所有的起点，偶尔再小庆幸一下小小的成功，积累一下人生感悟，回馈给后生晚辈，最后带着愧厉、欣慰、喜乐，走完一生。

人的一生，多感受一些山穷水尽、柳暗花明的时刻，比那些经历月满则亏、水满则溢，登高必跌重的人更有精神财富。

人生有这样的时候：那就是你感觉这世界所有的大门都向你关闭了。

按说我初次移居加拿大的时候没有死心塌地要住在这里。

短登温哥华十天，看到人间仙境般的环境，确实很动心；随后又去多伦多转了一个月，总感觉人应往高处走，但是这个貌似还不如北京、上海的地方，要让我定居这里多少有些不甘心。虽然有念头落脚在温哥华，但是面临两难抉择——一边还要到处发简历找工作，恐怕多半沦为餐厅帮厨、超市收银；另一边在国内还有一份新工作等着我，那个非常赏识我的女老板惠总也办了枫叶卡，但是仅仅在温哥华转了两三个月就回去了。她说："我工作太忙，实在蹲不了移民监，枫叶卡作废就作废了。放弃移民身份，将来对我来说唯一的麻烦就是出国签证问题，没有买张机票说走就走的痛快，但是麻烦就麻烦吧，反正也不是我一个人。"

惠总对我真心不错。她比我大四岁，天生丽质。

她是福州人。有一次听见她骂员工"废话"，我听到的是"会话"，因此我给她起了个外号叫"会话"。

我认识她的时候她还是我在前一家公司的一个 VIP 贵客，可能看到了我的敬业精神和工作能力，一直想挖我跟着她干。

2005 年我回到北京后没多久她就把我约去长谈，要聘我当市场总监，说让我委屈一下，薪水不多，先定税后一万元，但是不需要我天天上班，只是时不时来公司看看、开个会，再出个市场策划方案就可以了，办公完全可以在家里电脑上进行。因为公司在中关村，我家在朝阳区管庄一带，她还给我安排了员工酒店套房，随时都可以居住，省去回家的麻烦。

好事成双，没多久，另一家民营企业经人介绍也要聘我当市场总监，那女老板姓白，道："我给你两万，如何？不用坐班，实行弹性工作制，平时帮我策划策划广告、活动。"既然两份工互不妨碍，我爽快答应了。

就这样，在北京我一个月可以不坐班拿三万人民币，而在加拿大温哥华，还要撒网捞鱼到处发简历，即便如此五百封简历未必能得来一份面试，更不要说正式的聘书了。所以难免会有那个念头，就是大不了放弃枫叶卡，放弃加拿大了。

但是我不像有的回流人士那样虚伪——回到中国，又惦着加拿大而不甘心，于是千方百计找一些加拿大的各种不是，给自己一个阿Q式的精神安慰。我跟人说："温哥华确实很好，但是我没有理由放着北京这三万块钱不挣，却跑到温哥华坐吃山空。"

俗话说，月有阴晴圆缺，天有不测风云。

不出半年，这两份收入全泡汤了。惠总这边是她家里出了经济方面的案件，家都被抄了，连冰箱都搬到了公司里。她让会计通知我先暂时解约，她自己的情况也不妙。大约同一时期，白总有一日给我发来短信——平时她都是打电话，如有短信，多半是难以启齿的消息。她道："我们考虑再三，咱们还是把月薪制改为按项目走吧。这样我们以后有事再请你。"

这其实都在情理之中，因为这个时候她生意正开始红火呢，没有我，人家流水还在直线上升，何必每个月额外支出两万呢？

所以当你听说某某人被哪里几百万年薪重金聘请，就当听了个酒后笑话。等你开公司了你就会反复犹豫、琢磨再三，你重金聘的这个人能否把他的薪水挣回来？

就这样，仅挣了半年多的薪水，很快就断了。我要面临下家的问题。按说我北京人脉关系有一定积累，机会也应该比加拿大多，但是实际情况是也不见得就那么容易。和加拿大一样——随随便便找个活儿容易，但是找到个合适的、舒心的、安稳的，难乎其难。

就这样，一天一天过去了，好像世界上左右的门都向我关闭了。

看着地铁里赶去上班的密密麻麻人群，而我闲在家里发简历尚不知何时瓜熟蒂落。

我心想，如果是待在家里，电脑上天天发简历，与其在北京耗着还不如去温哥华呢。在北京假如你去作餐厅跑堂或超市收银，多半还要碍于面子，怕碰见熟人；但是在温哥华可没这顾虑，那里基本上没有什么面子不面子，也没有高低贵贱之分，所以心态上还是平衡的。

说实话，我懒得再在北京找工作了，没有什么值得留恋的回忆。

我的第一份工作是在中国外文局，当时刚调走的总编兼社长是司局级干部，至今仍然是本人好友，如今她已经 80 多岁。离开那家单位十多年后，这个老领导一五一十告诉我一件往事——老领导调走后，新提拔了一个搞发行的女社长。办公室里同事们时常议论这个空降的新社长。当时我初来乍到，涉世未深，只听他们说新社长是"红旗夜大"的，而其他所有编辑不是北大就是人大，不是师大就是北外的。说实话，我那时候压根不知道"红旗夜大"为何物！于是多问了几句，只记得老编辑们个个都文人相轻，似乎对"红旗夜大"颇有微词。

老社长是北大的，所以这些编辑们服老社长，对新社长有些不服。

十多年后，老领导告诉我，当年有人告密给那个"红旗夜大"毕业的新社长，说我背后妄议她的学历！以至于她耿耿于怀，要将我打发走。

我不禁哈哈大笑。我说，首先，我那时 20 多岁，哪懂得什么是"红旗夜大"？还不是听老同事们说的？

其次，我是新分配来的，根本不会觊觎任何职位，对这个新社长的地位有何威胁？就因为这个就要把我弄走？

第三，这个新社长的儿子比我小不了几岁，她这么对我，她儿子在外遇到类似情况，她会作何想？己所不欲，勿施于人啊！

老领导一听，连连称是，之后沉默了许久。

我想，她是在思考人性吧。

后来去了数家互联网公司，但是都不靠谱。又被朋友挖到一家做整形美容的民营企业，任市场总监。那公司非典期间开业，养着几十号员工，月流水才五万人民币。董事长说："我也不指望你们挣多少钱了，能把你们工资挣回来我就谢天谢地了！"

但是我刚来一个月就做出了众人瞩目的成绩，一场声势浩大，只花了三万成本的媒体炒作，把公司一夜间变成全国名企，所以我一时间是公司的红人。

没多久，公司总经理当许多人面说，这个总经理的职位将来是留给我的，他以后隐退幕后，打高尔夫球，或周游祖国"大好河山"去。

因他这一句话，有不少员工私下里还向我道喜。

人怕出名猪怕壮，我出于谦逊，称："我可没那么大的雄心，当什么总经理啊？公司只不过是我锻炼的平台而已。"

就这么一句话，居然被人告密了，而且我口中的"平台"变成了"跳板"。

没两日，总经理找我，严肃地问道："听说你把公司当跳板，准备往哪儿跳啊？"

我顿时一头雾水，解释说："我原话说的是平台，没说跳板。再者，即便我要跳槽，也不会先跟同事广播呀！"

多年后在加拿大跟老外们说起中国"告密"往事，问："你们觉得中国人是不是城府很深（sophisticated）？是不是西方人比中国人简单？"

他们都笑道："中国人城府深？我们觉得中国人很幼稚（childish）！这些告密之事全是幼儿园里的把戏。成年人再纠缠于这些无聊之事，岂不是和小儿一般？"

我心想，的确如此啊！回顾国内的日子，那些告密往事，简直令人啼笑皆非！都是心智不成熟的表现，可是很多人深陷其中，不能自拔。

中国人的生活，有一多半浪费在了无聊的琐事之中。加拿大一个著名教授就人情世故上的烦心事说了一句话："人生把工作搞好，把健康搞好，就足矣！其他都不重要。"

当然，这是在加拿大；恐怕在中国，人情世故上的琐事有时候还是很重要的。

你让我再去国营公司、外企公司、民营公司，想想那些巨婴般的琐事，我实在不想回去了。

这期间我偶然又认识一个五六十岁的女士钟老师，她的丈夫是一位颇有名气的电视剧导演。她第一次见我就道："你应该去当演员！"

我对表演没有太大动力，因此敷衍道："当演员应该越早开始越好，十八九岁、20 出头什么的，我恐怕已经太大了，怎么入手为好？"

她道："你就应该多跟我们在我们这个圈子里来往，慢慢地积累一些经验和人脉。"

钟老师后来还把她丈夫拉来跟我见面，看看我能演个什么角色。

我心想，她所言极是，但是对我未免太过牵强。我跟电视台一些栏目组干过，对外说是中央台、北京台的，其实都是招之即来、挥之即去的合同工，绝大多数人没什么学历，文化水平也不高。而我是从中直机关出来的，而且也过而立之年了，再到那种娱乐圈子里打拼，恐怕各方面都不适合。到底走哪条路，实在没有主意。

钟老师说："这样吧，我带你到一个活佛那里。他住在一个老居士家里，老居士姓谭，我们叫她谭居士。你不妨请活佛指点指点，他会打卦。"

我问她："哦？果真如此？他打卦有多准？"

钟老师道："反正我每次有什么事找他打卦，他说能成一定能成，说不成一定不成。"

其实我已经有回龙观奇人齐老师给我指点过。那齐老师，常年累月，只要开张，早晨三点就开始有人排队。想问问事儿，找齐老师就可以，还有必要再找什么活佛？

但是听钟老师那么一说，有些动心，想问问活佛我的路该怎么走？是再接再厉发简历找工作，还是索性自己创业？是留在北京静待时机，还是回到温哥华从零开始？是继续做市场策划，还是跟着钟老师夫妇到影视圈里打拼一番？

欲知后事，且听下回分解。

2

初见"活佛"

上回说到从事电视剧行业的钟老师要带我认识谭居士和她家供着的"活佛"，我们约好了某一天一同前往。

谭居士家住在东单，毗邻协和医院，离王府井的教堂也只有几分钟步行距离，地理位置绝佳。别看她家的公寓楼很破旧，凭那寸土寸金的地理位置怎么也能卖个六七百万。

谭居士家住在六楼，没有电梯。似乎家家户户都把楼道当成了储物间，大葱、白菜、纸箱子、拖把以及各种杂物堆满了楼道犄角旮旯。墙上已经覆盖满了蜘蛛网和小广告，多为"办证"，可见供需关系。

在一楼单元门对讲机已经打了招呼，所以到快到六楼时谭居士已经笑眯眯地在门外迎接我们了。她实岁已 69，染黑的头发在脑后扎了一个短小精悍的马尾巴，犀利的目光炯炯有神。初次见面，笑容可掬，热情四溢，毫不见外；说话快人快语，但不是北京口音——原来她是辽宁大连人，很多年前工作调动来到了北京。她有两女一儿，都早已成年，没跟她住一起。

一进门便是一个活动间，用作餐厅；一张八仙桌和一台冰箱基本已经占满了空间。另有三间屋子，最大的一间通阳台，用作客厅；另外两间卧室，大的一间给"活佛"住，小的一间她自己住。活动间里有一道推拉门作为隔断，里面是她的佛堂，虽然光线很暗淡，可以看到里面琳琅满目，高高低低摆满了各类大小佛像、香炉、佛经。谭居士很乐意展示她的佛堂，且自豪地道："我家里就这一块儿最值钱！"

黑乎乎的餐桌上永远摆满了盆盆罐罐，不知是上一顿的剩饭剩菜还是留给下一顿的新鲜食物。客厅里的组合柜既是书橱，又是电视机柜，又当作杂物柜，横七竖八、长短不齐的书中夹杂有药瓶、报纸、杂志、零食、月饼盒子、纸张、散落的老照片，还有不知放有何物的瓶瓶罐罐。虽然屋里远谈不上一尘不染，但是只要是任何物品，表面都要盖上一块挡灰的布——不仅电话、电视机、茶几和茶几上的茶具盖着布，沙发坐垫、扶手、靠背也都盖着已经拉丝的粗糙毛巾。客人坐时间久了，起身时把毛巾坐歪了，她总要过来整理一下。

狭小的厨房里高高低低堆满了可供回收的各类容器，不仅见缝插针般地塞着的成捆的塑料袋，那可乐瓶、老干妈瓶子，罐头瓶子积累得可以挣一小笔回收费用了。她可舍不得扔这些东西——好好的一个空可乐瓶，不知什么时候能派上用场，比如装个酱油、醋什么的；好好的老干妈空瓶子，更是可用作茶杯、牙缸、盐罐子、糖罐子、胡椒粉罐子等等。可是越积累越多，远远超出了实际的需要，所以久而久之厨房成了垃圾回收站一般，即便是做饭转不开身了，她还是不肯扔掉一丝半毫的东西。

卫生间里，一个比标准尺寸小两三号的抽水马桶和一台旧双缸洗衣机已经几乎占满了半壁江山，更毋庸说马桶边七高八低一桶桶的黑水，原来这是洗衣机里倒出来的洗衣脏水，用于便后冲马桶——这样的环保举措可歌可泣，但是每天如厕时要抬腿越过一桶桶的黑水，如厕完再舀起一瓢瓢脏水冲厕，还要小心翼翼生怕溅到自己身上，也的确不是很方便。卫生间是不通暖气的，因此谭居士在马桶圈上包了一圈深红色的绵软坐垫。也怪我眼神太好，有一次准备在这里坐大号，突然看见坐垫上粘着一小块干屎粒，估计已经经年累月了，干得已经抠不下来，所以忍一忍还是回家解决问题。而这种尴尬之事，我也不便提醒谭居士，只好任凭老人家和老人家的客人继续混不知晓，一如既往坐在这经年累月的干屎坐垫上。

尽管如此，我后来成了这里的常客，我是冲着她的故事来的。

出家人四大皆空，带发修行的居士也应该看淡物质；色即是空，空即是色，"本来无一物，何处惹尘埃？"所以我也没有太过在意。

谭居士常挂在嘴边："人，所有东西，生不带来，死不带走，老太太我一无所有。"

但是偶尔谈笑到兴致上了，她又会拍着胸脯道："老太太也是百万富婆了，我这房子可是价值几百万啊，所以我这都是无形资产！"

钟老师亲自带我去她家，自然要让我见一回真佛。

那"活佛"名叫扎西仁次，实际年龄 45 岁，我以为至少 60 岁。每次见他都平平稳稳双盘坐在床上，笑眯眯的眼眉下是那藏族汉子标志性的棱角分明、方方正正的下颚。我们去的时候没有别人，只有谭居士和扎西活佛二人。听了钟老师说他如何神奇，现在又赶上谭居士亲自现身说法，绘声绘色地说扎西活佛神通如何了得，找他打卦的信众络绎不绝，在藏地就已经有口皆碑，如今特地来到北京度化众生、弘扬佛法。还夸赞我和"活佛"缘分极佳，这千载难逢的机会叫我赶上了，多么殊盛啊！一席话说得我已经心花怒放，俨然已经忘却了自己因何而来，忘了想问问自己坐吃山空的日子何时又能有个尽头。

我有些不解，悄悄问谭居士道："佛教不是不主张问卦占卜吗？"

我晓得，佛陀十大弟子之一目犍连就以神通了得而著称，但是最终神通不敌业力，故而佛家主张修行消业，但行善事，莫问前程。

　　谭居士此时道："那是汉地佛教，他们藏传佛教不一样，这些活佛一出家就学打卦，他们藏地百姓就信这个，每家每户丢了牛羊都去找活佛打卦。这也是度化众生、善巧方便嘛！不信你试试，特灵！"

　　我道："您听说过回龙观有个齐老师吗？她就特灵，每天凌晨三点就有人开始排队，每天排七八十人。"

　　谭居士顿时不屑一顾地摆手笑道："那都是外道！"又马上毕恭毕敬地指着"活佛"所在的方向道："这是什么？这是活佛！活着的佛爷！那能一样吗？"

　　说话间，钟老师在屋里先问起了"活佛"道："师父，您给看看我女儿能不能嫁的出去？"

　　只见"活佛"不慌不忙，不疾不徐，慢条斯理掏出一串念珠，双目微闭，口中念念有词，一颗一颗捋过念珠，稍停顿片刻，再继续捋。那片刻间我和钟老师都不免屏住了呼吸。突然间他停了下来，睁大了眼睛，用生硬的汉语道："嗯，没问题，放心吧！"

　　钟老师顿时喜笑颜开，双手捧起一红包，高举过头，递给"活佛"。"活佛"一声"谢谢"，高兴地收下。而我，还未表态，"活佛"已经掏出皈依证要给我皈依了。

　　那些年北京有一股"皈依热"，有的朋友是见一"活佛"皈依一个，最后都不知道自己皈依了几个，一人一红包也发不过来。人家"活佛"一番心意，我当然不能谢绝，于是在一番简易的仪式和一段听不清子丑寅卯的口诀中，我成了他的"弟子"。好在来时有所准备，身上备有现金，问谭居士要来一个红包，装进去递给"活佛"。此时他已经乐得合不拢嘴了。

　　带着无比敬畏，我诚惶诚恐地请"活佛"为我指点一番，看何去何从。他又重复起对钟老师的那一程序，摸出念珠，念念有词。

　　问他我是否可以按钟老师建议，从事影视行业？答道："可以，不过有障碍，要多念经，要放生。"

　　问他能否找到工作，答道："能，不过有障碍，要多念经，要放生。"

　　问他念什么经？他说念莲花生大士心咒即可，于是教我用藏语念起来。

　　问他如何放生，他道："只要是五百条生命就可以。"

　　我问道："那怎么放啊？市场上买鱼，放到池塘里，再被人捞走了，那放不等于白放吗？"

　　他道："你要是放不了，我可以让我们那边的喇嘛们给你放。"

　　我问道："那得给多少钱合适啊？"

　　他道："不要钱，不要钱！"又说道："看着给就可以，不给也没关系。"

　　我们还在屋里聊的时候，谭居士已经给"活佛"做好了午饭，端到了客厅的茶几上，然后进屋叫他吃饭。"活佛"伸伸懒腰，双脚下地够来拖鞋，站立起来，拍拍满腹经纶的肥大的肚子准备去吃饭了。而我和钟老师也赶紧见好就收。回家路上钟老师说："感觉怎么样？神不神？"我没有被震撼的感觉，因此不痛不痒答道："还不知道"。谁知道，这是钟老师最后一次见扎西"活佛"，而很快谭居士和"活佛"竟然反目成仇，翻脸比翻书还快。

　　欲知后事如何，且听下回分解。

3

翻脸之日

上回说到经影视圈的钟老师介绍认识了谭居士和扎西"活佛"。有人寂寥时总有风月情浓，有人则更倾向于一头扎进宗教中去。正如马克思所说，"宗教是麻痹人们的鸦片"；褒义也罢，贬义也罢，人有时候需要什么东西来给自己"麻痹"一下，而宗教构建的虚幻世界正是提供了这么一个可能。那一阵隔三差五坐地铁到谭居士家，跟谭居士聊天，也陆陆续续带人来拜见甚至皈依扎西活佛，基本上每个人或多或少都给个红包，所以把"活佛"忙得不亦乐乎，连连给我竖大拇指夸我"功德无量"。谭居士喜欢热闹，看到家里人来人往，自然也十分欢喜。

有一天，带了我以前公司的一个员工小陶来皈依"活佛"，事先给他交代了，皈依完毕应该供养师父，多少随心，不必勉强。谁知这扎西"活佛"忙活了半天，又是念咒又是洒水又是摸顶又是填写皈依证，完事了，小陶磕了三头，起身后看看我，拍拍膝盖上的灰土，一分钱也没给。我也不便多嘴，而我特意观察了"活佛"，他的双眼中仿佛突然涌出了一股惊诧加怒气。我不敢确信我观察理解的是否准确，不过事后谭居士跟我闲聊时时不时高赞扎西"活佛"的菩提心，道：

"你知道吗？师父特别仁慈，你看人家千里迢迢从藏地赶到北京，就是为了度化北京众生，根本不是为了钱。师父甚至倒贴钱。有一次一个下岗工人来皈依师父，因为没什么钱，只给了 50 元。师父一看知道他经济困难，50 块钱立即还给了他，还要倒给他 50 元。师父说：'我知道你没钱，你就别给我了，还是我给你钱吧！'说着他掏出 50 元，硬是要塞给那下岗工人。可是人家怎么好意思收活佛的钱呢？"

总之，对扎西"活佛"的认知，全是从谭居士一人口中了解到的。谭居士的话我当然相信，我对她的曲折经历也充满了钦佩。据她讲述，她年轻时候脾气暴躁、性格刚烈，与人两句不合便能上去抽人耳光。她在一家毛纺厂工作，因为和厂长闹矛盾，趁其不备，把厂长家的猫活捉了，剥了皮煮了吃。那时候的她，和现在这个吃斋念佛、清心寡欲的居士怎么都联想不到一起。80 年代，已过 50 岁的她，突然两年内失去了三个亲人——她丈夫和亲生父母，人一下子疯了。一个人跌跌撞撞来到广化寺，跪倒在住持面前要求剃发出家。老住持倒还真收留了她，但只让她在寺庙里带发修行，当日她就断荤茹素。有一日，老住持召来谭居士道：

"我恐怕日子所剩无几。我圆寂后，你还是回家修行吧，就不要呆在庙里。寺庙也非清净之地。"

　　没多久老住持圆寂，谭居士搬回家居住。有一段时间，她修起了忍辱苦行，每天在东单大街上讨吃要喝，见到挖苦嘲笑她的人便扑通给人下跪磕头。后来基本上在家念经，一本本《楞严经》、《华严经》、《圆觉经》、《药师经》、《无量寿经》不仅倒背如流，有的还能用梵文背诵，这是她尤其引以为豪的。

　　退休后的她，时常去各处佛教圣地朝圣，汉地的五台山、普陀山、九华山等等早已踏遍足迹，后又去了藏地，从四川到青海到西藏。在藏地偶然机会认识了扎西"活佛"。那几年正是北京满大街能看见红袍子"活佛"的时候，赶着那阵风，谭居士把扎西"活佛"接到家里来一住就是一个月，给他带来了很多朋友皈依。她重点宣传的就是这位"活佛"打卦技术有口皆碑，给众生指点迷津，造福汉地善男信女。我来她家赶上了"活佛"第二次北京之旅，这一次一住是三个月，而这三个月我几乎每周都来几次。

　　奇怪的是，她家就是不见回头客。有一次我带来了北漂演员小常，他混迹于江湖多年，自己也精通佛道常识和易经八卦。他来了一次就再也不来了。我问为何，他道："他们要真有两下子，那客人早就从她家卧室排到楼道里了。"

　　三个月很快过去，扎西"活佛"回藏地了，而我依旧是谭居士家的常客，总爱听她侃她信佛的经历。她讲的一些"超自然"现象尤其引起我浓厚的兴趣，当然，是老太太出了幻觉，还是记忆出了差池，已无从考证，但是仅凭着一件事她几次三番绘声绘色向我重复描述，至少不应该是信口雌黄。

　　她所说的一件"超自然"的事情是有一年大年30她夜里入睡，结果一觉不醒，连睡三天，家里人以为她出事，结果她醒来称自己去西方极乐净土走了一趟，看到了琉璃世界的金碧辉煌，实在乐不思蜀，流连忘返。

　　我问道："那里建筑都什么风格？"

　　她道："就跟故宫一样，都是上翘的屋檐。"

　　我又问道："那里的人都什么长相？"

　　她道："当然都是中国人长相啊！"

　　我好奇道："哟，佛祖是印度人，居然没有印度人长相的？难道这西方极乐世界只接纳中国人，不接纳外国人啊？"

　　她沉思半晌，道："这……我还真没注意。"

　　另一件"超自然"事件颇耐人寻味。有一日她一人在自己的佛堂潜心拜佛。第二日晨一开家门，门口竟然立着三尊精美纯铜佛像。她欣喜若狂，赶紧抱回家供在佛堂里。她曾拉开佛堂的推拉门，指着那三尊一尺高的铜佛像给我看，道："就是这三尊佛像！肯定是我拜佛虔诚，感动了老佛爷，他给我送来的！否则会是谁呢？"我仔细打量了那三尊佛像，精雕细琢、做工繁复，确实有一定收藏价值，而且从氧化程度看即便不是古董也至少有几十年的历史了。

有一日我在她家闲聊，问道："扎西活佛什么时候还来北京吗？"

谭居士的笑脸突然僵住了，半晌才道："活佛？谁认证的呀？哪儿那么多活佛呀？"

我听了一愣。

她又道："老太太没有什么利用价值啰！他倒是想来，再来，就让他找别人家吧，老太太这点退休工资可供不起啊！你看看我，他一来就是几个月，第一次来还带着他女儿，我是一日三餐伺候，还给他洗脚，最后也没落个好。"

我问道："他这次来收了诸多弟子，您功不可没。既然收了供养，情理上说，是不是应该给您留个几百元伙食费？"

谭居士哈哈大笑道："留几百元？一分钱也没给我留！三个月的伙食，在我家免费住，回去的机票，全是我的退休工资。我们企业的退休工资本来就不高。"

她又道："师父很在乎钱，像我们这样穷老太太他根本看不上的。哪个高僧大德不喜欢富豪围绕左右啊？有一次来一个下岗职工要皈依他，给了他 50 元，师父满脸不高兴，不仅 50 元退给他，还要倒给他 50 元，意思是说：'我不差这 50 元。你看，你要是缺钱，还是我给你 50 元吧！'"

我一听，惊愕地合不拢嘴，因为这个故事就在不久前谭居士跟我讲过，那可是另一番诠释啊！说活佛慈悲为怀的是她，说他嫌贫爱富的，也是她。同一个故事两种诠释，实在太有意思了。

我安慰她道："活佛来北京弘扬佛法，度化众生，看在这份上，您就不计较了。"

谭居士两眼一瞪，道："度化众生？他们这些'活佛'真会选地方，一个个专去北京、上海、广州、深圳去度化众生，怎么不见去老少边穷地区度化众生啊？那里的人更需要度化！"

我一听，不便表态，心想，既然您不爽，大不了这是最后一锤子。其实让老居士真正生气的是，虽然她管吃管住，但这扎西"活佛"在她家给别人传法的时候总要把她支走不让她听。即便这样，扎西"活佛"回去后没多久又给谭居士打来电话，提出过几个月还想再来北京，希望还能住在她家。这回谭居士婉言拒绝了，她给的理由却不是杜撰的——她家位于东单、王府井关键地带，有便衣严密看守，藏地喇嘛住在百姓家中，多有不便，而且派出所的民警和街道居委会已经几次问话谭居士了。但是据她说，无论她如何解释，扎西"活佛"却不是特别相信，甚至有些怨气，以至于他再一次来北京时都没有通知谭居士。谭居士还是从另外一居士那里得知她曾经家中的座上客到北京已有数日了。

　　然而，据谭居士说，这一次北京之旅扎西"活佛"没有达到期望值，失意而归。可能是谭居士跟钟老师说了什么，钟老师以后也没再见扎西活佛了。

　　欲知缘由，且听下回分解。

4

六根难净

上回说到扎西"活佛"来了两次北京尝到了甜头，跟谭居士表示还想再来，希望还能够住在谭居士家，但是这次却被谭居士婉言拒绝了。

"活佛"第三次来北京，住在昌平一家养老院提供的一间小屋里，来了数日，又去了天津、唐山，又回到北京，一直未惊动谭居士，还是另外一个名叫赵兰菊的居士告诉了谭居士，也告诉了我。这赵兰菊和我颇有缘分。我最初去谭居士家见扎西"活佛"，每次她都在场。她大概三十八九岁，运动头、身材壮硕，穿着打扮有些像运动员，后来才知她哥哥是国家举重队的，可能也影响了她。

我问她："你是不是天天都来啊？怎么我每次来都见到你？"她噗嗤一笑，道："我还觉得你天天都来呢！怎么我每次来都见到你！"

谭居士一旁听到，笑得打滚，道："这就是缘分啊！我可以作证，你们俩每次碰见纯属机缘巧合！"就这样一来二往和赵兰菊成了好朋友。她是外企高管，虽不是亿万富豪，但高收入也足以让她生活优越、出手阔绰。她已经皈依了好几个活佛，这回经人引荐认识了扎西"活佛"，在谭居士鼓动下又皈依了。她给红包从不小气，而且和扎西"活佛"的联系总是先于我们。

我给"活佛"打电话先是问候一番，他盛情邀请我去昌平见他。问了大概地址，然后带两个朋友驱车前往昌平的那家养老院。

从海淀开往昌平，还不出十几分钟就从繁华现代帝都来到了"万恶的旧社会"。按说昌平还算是富庶郊县，可是这一路上远谈不上诗情画意的田园风光，而像是时光倒退到 80 年代：破旧的板车、马车和衣衫褴褛的民工仍随处可见；简陋不堪的砖瓦房和大棚东倒西歪；柏油马路忽而笔直顺畅，忽而坑坑洼洼、尘土飞杨。那养老院是一个 GPS 都找不到的地方，一路上要不停地给活佛的朋友打电话问路，总听见什么"看见一个路口就往左，再看见一个路口往右"，云云，听得我们云山雾罩。

车上坐着我、新认识不久的朋友刁女士和她的朋友孙先生。车是刁女士的，一台破旧的夏利；开车的是刁女士的小哥们小罗。刁女士个不高，略发胖，长相一半似歌手韩红，一半像演员梅婷，当然，你要提韩红她会跟你急，她最乐意提她像梅婷。认识她的时候，她正在鼓楼一带开一家冷冷清清的儿童服装店，店里的电视正在放净空法师讲法，而她卖衣服除外还卖些佛具。我还纳闷呢，原来她说是隔壁茶馆的老板孙先生虔诚信佛，受他影响开始听净空法师讲法，并代售孙先生提供的一些佛具。这孙先生是个东北人，40 不到，五官硬朗，不苟言笑，颇有高仓健的气质。他剃着秃头，猛一看也蛮像个藏地活佛。据刁女士透露，孙先生曾因"强奸罪"入狱十多年，刑满释放以后不知怎么弄了一笔钱，来北京开了茶馆，还信了佛。考虑到刁女士虽然心眼儿不错，但是个老北京胡同串子，喜欢搬弄是非，所以她的话多半要打个问号。我猜想，要么孙先生是这十几年蒙受不白之冤，身陷囹圄，像文王拘而演周易一般，在狱中证悟空性，出狱后更是将佛法发扬光大？要么是确实是有罪在身，出狱后皈依佛门，洗心革面，脱胎换骨，重新做人？不管怎样，我不是听风就是雨的人，所以刁女士给我咬耳朵并没有影响我对孙先生的态度。

这一路上可以看出孙先生是真心想接近活佛，而刁女士对见活佛心不在焉，她更享受的是我们的陪伴，权当做郊外出游一趟。

终于到了那养老院，不去不知道，去了才知道人老了进养老院该是多么可怕的事情！这养老院地处荒郊野外，从外观看还不如奥斯威辛集中营——至少人家还是固若金汤、规规整整的建筑群，而这养老院却是黄土地上的几栋一推就倒的砖瓦危房。我们的车转了一圈，一脚刹车停在院落中，车后扬起一片久久不散的尘土，惊起一阵鸡鸣狗吠。一位农村模样的妇女过来迎接，一口黄黄的豆瓣牙，自称也是扎西"活佛"的弟子，是她主动提供了免费住处接待"活佛"。沿着她指引的方向，我们一行到了一栋破败不堪的危楼。一路上没有停息，我和孙先生先去楼里的公厕方便，结果眼前看到的吓了我一跳——莫非来到了印度孟买的贫民窟？公厕外间是巨大的水房，全是粗糙水泥构造，且残缺不全。一个个锈迹斑斑的水龙头下，一人洗脸，一人洗衣。里间则是长长的茅坑和便池，没有挡板，恶臭扑鼻。茅坑里的粪便已经有一座小山那么高，上面爬满了苍蝇，脚步声一靠近，嗡嗡声震耳欲聋。孙先生不愧是蹲过监狱的，压根熟视无睹，站到尿池边解开拉链便开始享受放水的快感。而我是硬着头皮屏住呼吸，心里担心的是好好的一双鞋，下面踩满了无数人的尿渍，回家可千万不能再踩在我那厚重绵软的波斯地毯上。

到了扎西活佛的房间，先让我一愣的是谭居士竟然在那里！她坐在"活佛"对面的小床上，二人正在聊天。难道两人已经化干戈为玉帛？狭小的房间只有两张单人床，水泥地上满是污垢，桌上是活佛的碗筷、手机、电动剃须刀。我浑然不顾，按藏式礼节，趴地上行了三个大叩头，把刁女士和孙先生都看愣了。回家路上刁女士还说道："我的妈呀，我一看见你扑通一下趴那么脏的地上给那活佛磕头，吓了我一跳！我还纳闷，这就是我们心目中的高级知识分子？他怎么也这样了？"刁和孙倒没有那么极端，他们只是毕恭毕敬地双手合十拜了拜活佛，每人给了 100 元红包。我虽然还没有工作，一直坐吃山空，考虑到活佛来一趟不容易，则给了 500 元。

"活佛"见到我是满心欢喜，赶紧拉我的手坐在他身旁，慈眉善目地问寒问暖。谭居士立马上来把我按到在床下坐着，道："不可以和师父平起平坐，必须要矮一头坐着。"本来我坐在"活佛"床上还干净点儿，叫她这么一按，我得坐在脏地上了。

孙先生大老远来一趟当然有事相求，他想让"活佛"给他的生意打一卦：目前的状况充满了未知数，外人看着轰轰烈烈，还请来了德云社的来茶馆说相声，实际上却一直亏损，所以他心事重重。活佛漫不经心地掏出念珠，再一次演绎了那一套熟悉的程序，双目微闭，念念有词，捋动念珠，然后停下来，道："嗯，还可以，有小小的障碍，要念经，要放生……"孙先生期待的眼神突然懈怠下来——看似他心里有数，意识到这一趟恐怕是白来了，因而他再也没有发话。看那表情，我还担心他是不是觉得被我忽悠了，回家路上他一句话也没跟我说。

至于我的情况，什么事"活佛"都说能成，但是会"很慢"，要"念经"，要"放生"，让我继续念莲花生大士心咒 20 万遍。至于放生，我已和赵兰菊约好去我家小区附近的集市买鱼到附近的池塘放生。

给他看了几个人的照片，问谁能帮上我，他说都能。

我问是不是可以从事影视行业，他说可以。

我问我能否融到资独立拍片，他说可以。

我问拍了片能不能卖出去，他还是说可以。

总之，凡事他打卦永远是一个结果：可以成，但是很慢，有障碍，要念经，要放生。有时候会加上两句：一个人念经不如一群人一起助念，如有需要，他可以帮忙请藏地寺庙的喇嘛，费用不需要担心，他可以帮我付；放生要会放，要念经，要超度，最好一群人一起放，如果我不会，他可以帮忙。

我心想，这长途跋涉的，如何帮我？

谭居士点醒了我：很简单，你给他一笔钱，他回了藏地帮你放了，念经回向给你，就算你的功德了。

第二日，扎西"活佛"就离开北京回老家了。过了些日子我又去拜访谭居士，问起请扎西"活佛"帮着放生之事，不知给多少钱合适。她道："你听他说的，你给他钱，他帮你放没放，你咋知道？你也太天真了。"我有些不解，倘若扎西"活佛"人品这般，为何谭居士和他的交情还这样剪不断？

　　她接着道："你们那天一走，他就开始让我帮他数钱了。这次很不理想。来一趟十几天，跑了北京、天津、唐山，三个地方，一共才收了 3000 多元，其中赵兰菊给了 1000，你给了 500，你带来的朋友给了一共 200。"

　　"那也就是说，我这条线上的就贡献了 1700？"我不由得笑了起来。

　　"那可不？还有老太太我给的 1000 呢，"谭居士拍着胸脯道，"气得他点完钱就把钱往墙上一甩。"

　　她接着道："你知道他为什么想来我家？因为我家地点好啊，东单、王府井，地铁一号线、五号线方便得很，来个客人多容易啊！可是这次没人接待他，只有昌平这家养老院的老板娘。他住在那儿，谁愿意跑那么远去见他啊？这不？严重影响了他的收入。"

　　我问道："他不是在北京收了一些弟子皈依了吗？难道就没有别人愿意在家里接待他吗？"

　　"谁接待啊？光我知道的，就有两个人接到过他的电话，包括赵兰菊，问能不能住她们家。人家都说家里有老公、孩子，不太合适，他也就算了。他还问过我能不能住你家，他没好意思直接问你，我张口就帮你回绝了，我说你家太远，你也不会做饭，没法接待他。"

　　她这一席话，我反而开始觉得这扎西"活佛"有点可怜了。听谭居士说，在藏区，他没有工资，没有医保，自己还有高血压、糖尿病、肺气肿，家里的土房子头年还被大水冲走了一多半，现在看病、修房子都需要钱。

　　我感叹道："这种情况他就应该多认识北京演艺圈的明星大腕啊！不是有一句俗话吗？'每个王菲背后都有一个活佛。'那些人是最爱拜佛的，红包也不会少给，认识一个顶我们这些平民百姓一大堆！"

　　谭居士叹道："他没这福报啊！根本就没机会接触这些明星大腕。"又问我："你认识人多，就看你了，看看能不能给师父介绍几个明星。"

　　还别说，过了一阵子，我还真给谭居士介绍了一个一线明星朋友，就叫她 W 吧。她约我在中国大饭店大堂见面谈事，我也叫来了谭居士。谭居士是否能够震撼住 W 明星？

　　欲知后事如何，且听下回分解。

5

真假神通

上回说到扎西"活佛"千里迢迢从藏区来到伟大首都北京，化缘结果很不理想。谭居士认为原因是缺少福报大的弟子，因此希望我能为活佛引荐一些京城演艺圈里的明星大腕，"一个福报大的弟子，胜过一百个没钱的弟子。"君不见，达赖喇嘛、大宝法王、净空法师、星云法师，哪一个身边不是明星富豪云集？

我感到有些迷惑不解：这贬低扎西"活佛"的是谭居士，扶持扎西"活佛"的也是谭居士；说是断绝往来的是谭居士，乘公交车又步行跑到昌平乡下见扎西"活佛"的也是谭居士。如果扎西"活佛"一无是处，那她为何还割舍不下呢？通过跟她的长聊，我感觉她虽然对扎西"活佛"的人品颇有微词，但是对他的"神通"颇为信服和赞赏。

承认也罢，不承认也罢，一个人物要成为宗教领袖，能有一群忠心耿耿的门徒抛家弃子跟随，单靠德行善举还不够，恐怕要有些神通本事，否则的话，雷锋、焦裕禄都可以收弟子皈依了。耶稣能有一班门徒离家跟随，试想，若是没有五饼二鱼喂饱 5000 人，若是没有降妖驱魔、清水变酒、水上漂行、死里复活等诸多神迹，焉能吸引这么多门徒不惜殉道？

神通，是佛教术语，即超感官知觉，或者是中国媒体常说的超能力、特异功能。根据佛经记载，神通有六种：天眼通、天耳通、神足通、他心通、宿命通、漏尽通。

天眼通，即透视、遥视。目前为止我遇到不少自称开天眼的人，都只能看到别人身上头上什么样的光，而一问别人穿什么样的内裤，则都不灵了。天耳通，即能听到远方声音、跨障碍听到声音。神足通，即能随心所欲畅游过去、现在、将来，不受时空限制。他心通，即别人心里想什么，都可以感知到。宿命通，即能知他人过去的宿业，和现世、来世果报来由。漏尽通，乃最高一层神通，即漏尽烦恼、脱离轮回，修行证得阿罗果汉。

虽然扎西"活佛"屡次三番对我说："我没有文化，没有智慧，没有神通"，谭居士坚决相信扎西"活佛"神通了得。如果单纯从她嘴里说出，我也就不当回事了——老太太岁数大了，文化学历也不高，你能对她的神通见证有多认真呢？问题是，赵兰菊也有扎西活佛的"神通"见证，这是我很好奇的。具体都有什么见证呢？

据谭居士说，有一次在扎西"活佛"的藏地老家，一家人有人去世，准备下葬，按藏传佛教习俗，请扎西"活佛"念经超度。谁知扎西"活佛"念了几句经便道："不要了吧？这个人还没有死，你们快好好看看！"

众人围过去一看，那死者竟然开始微微喘气，心脏起跳，又活了过来，原来是假死现象。

我津津有味听着，问道："这是您亲自所见吗？"

"那倒不是，我也是去那里听当地藏民说的，应该不会有假，"谭居士道。

对于这种张三说李四说的见证，通常我只听听罢了，一般不过脑子，因为没有意义。我要听的是谭居士自己亲身经历的见证。于是她又举出了几个事例——

第一个是"神足通"。有一年，谭居士前往藏地探望扎西"活佛"。一日，他们几人爬山，谭居士明明记得扎西"活佛"在她脚下，可是等她爬上山去，扎西"活佛"竟然在高处向她挥手。她认为这是扎西"活佛"的"神足通"，乘她不备，使用神通，飞到山上。

我问道："你看见他飞了？"

她道："咳，他要是飞还能让我看见？"

我问道："那会不会是他抄了近道？"

老太太是个烈性子，不喜欢被质问，所以不耐烦地道："不可能，哪有近道啊？自古华山一条道！"

我又心想，倘若真有神足通，那为何扎西"活佛"每次来北京都希望有人给他出机票？他也知道坐飞机比火车快啊！

第二个是"天眼通"，这个事例谭居士经常说起。那是在扎西"活佛"离开他家之后，她因崇拜"活佛"，因此把"活佛"住过的卧室保持原样，一把锁锁了起来，不许任何人进。一日，扎西"活佛"来电话道："你进屋里看看，墙上挂的哈达是不是掉下来了？"

谭居士立即进屋查看，原先墙上挂的哈达果然掉了下来，不知是风吹的还是原先就没挂牢。她认为这是扎西"活佛"的"天眼通"看到的，在其打坐观想的时候，便可遥视远方。

就这"天眼通"，赵兰菊也很确信无疑。她见证道："有一次我坐在活佛的那间卧室里，背对着他，照个小镜子看我嘴里的一个溃疡。没想到扎西活佛在我身后问我说：'那个小球球，是个什么东西？'"

赵兰菊一听便乐了，转过头问："师父，您怎么知道是个小球球？"她认为这是扎西"活佛"用了"天眼通"缘故，否则他根本不可能看见她嘴里的溃疡。

我问道："那会不会是从你的镜子的反射看到的呢？"

她道："不可能！镜子那么小，嘴里又那么暗，他眼神那得有多好才能看见啊！"

还有一次，赵兰菊在我家阳台上跟我聊天，突发奇想，说想验证一下扎西活佛的"天眼通"，于是给远在藏区的"活佛"挂通了手机，问道："师父，您看看我现在跟谁在一起？"

扎西"活佛"道："我看不出来！"

赵兰菊软缠硬磨道："您猜猜啊！"

扎西"活佛"慢条斯理地道："你跟达哇在一起？"

赵兰菊喜出望外道："对了！师父真棒！"

赵兰菊认为这是扎西"活佛"用"天眼通""看"到的。

我说："就是猜，也不难。他知道你认识而且他也认识的人只有我，既然你让他'猜'，他不说我还会说谁？"

她想了想，道："那也是。"

但是又一件事，她确认扎西"活佛"有"他心通"。那是有一日，赵兰菊冷不丁地用了计数器，念了 1000 遍莲花生大士心咒。就在当晚，扎西活佛来了个电话，道："对，就这么念，每天 1000 遍！"她一听，吓得毛骨悚然，因为这既不可能是猜，也不可能是巧合。

除此之外，我再也没有听到别人有何见证。后来，听刁女士告诉我孙先生自昌平之行后之所以没有再跟我交流的原因，是因为他认为扎西"活佛"打卦不靠谱。他其实已经将茶馆 20 万元转让给别人经营了，但是出于对自己苦心经营的生意的感情，故意问的是生意"将来的状况"。"活佛"打卦告诉他"一般般"，要念经，要放生，压根儿没提转让一事，这怎么能让他心服口服？

现在谭居士突然对给"活佛"引荐明星大腕表示出浓厚兴趣，以我所了解到的情况，我对此没有信心。表面上这些明星好像都淡泊名利，追求信仰，又是拜佛，又做慈善，今天飞大昭寺，明天去达兰萨拉，实际上绝大多数人都在琢磨自己的大红大紫还能持续多久？过气的明星是否还能东山再起？下一部戏合作的导演会是哪个？再次冲击戛纳柏林威尼斯奥斯卡是否有戏？傍的那个权贵是否会东窗事发，连累自己？不要以为他们个个四肢发达，头脑简单；他们去见高人、"大师"，也是有自己判断标准的。

以我跟演艺圈里的人的了解，这个圈子拜佛求佛、算命占卜风实在是太旺了。没办法，如果说整个职场都不百分百公正，那演艺圈就更不靠谱了。

当然，依靠实力成功的也有，但是大多数人恐怕不寄希望于实力，而盼望着有中彩票的运气。当一线明星 W 有一天给我打电话的时候，我心想，她不就是其中的一个典型吗？我认识的大师，她早就见过了；我不认识的，她还要介绍给我认识。当她为一部戏约我在中国大饭店大堂见面的时候，我正好把谭居士也约来，因为她说她头一晚"禅定"，有个消息要告诉给我们。我也想验证一下禅定和神通究竟有多神奇。预知后事如何，且听下回分解。

6

欲望都市

前面说到请活佛指点"迷津"，看前路何去何从，但是也没觉得指出了个什么名堂——这也成，那也成，都有"小小的障碍"，要"念经"，要"放生"，"念不过来经我请人帮你助念，不会放生我请人帮你放，钱的事不用担心，我家里有牛有羊可以顶钱使……"。但是谭居士信得不行，很想让我帮扎西"活佛"引荐几个"福报大"的弟子，因为一堆穷弟子不如一个福报大的。

话说扎西"活佛"说我可以从事影视业，加上电视剧行业的钟老师说我应该去做表演，突然间一个老姐们儿来电话了，她叫李维真，湖南人，是京城小有名气的演员经纪人，曾经的《中国电影人》主编和影评家，脱离体制跟海归人士干起了互联网，后来看给人打工还是不自在，又在鼓楼一带开了饭馆，名叫"洞庭香"。后来饭馆亏损，于是又成立了自己的演员经纪公司，充分利用起以前的人脉资源。倒是演员经纪公司做起来了，最火的时候有 30 来个员工。所以有的朋友说得对：如果你要自己创业，就要从事自己专业领域内的项目，这样一创业就等于成功了三分之一。好好的影评家和娱乐记者，非要开饭馆，不亏损才怪呢。

维真电话对我说："你不是让我帮你留心有什么戏可以找你吗？还真来了一个机会——这是一部中美合拍的独立电影，需要有一个说英语的扮演美籍华人黑社会成员。我想，还就你最合适。"

我很爽快答应了，尽管对演黑社会成员十分抵触。维真很快约了这部戏的助理导演给我试镜，地点约在北影厂附近的一个高档酒吧。那一天我提前十几分钟到，而助理导演又迟到了半小时——那是一个年轻女士，手持便携摄像机，身后跟着维真，看样子她二人比较熟。既然约在酒吧，自然要拿出菜单让人家点个什么。于是我们三人各点一份饮料。

助理导演掏出一页纸，是给我的大段英文台词，字里行间要表现出人物的邪恶、狠毒和痞子之气。她让我准备准备，我低头默念的时候，她二人正好聊天。不出五分钟，我说可以了。助理导演打开摄像机开始录我念台词，连手势带表情，基本上一气呵成。维真看着，露出满意的微笑；助理导演也很满意，说："我试了几个人，这个还不错，应该没问题。"

说完，二人走了，留下我埋单——十几年前北京高档酒吧的软饮料价格已经不便宜了。嘉里中心一杯可乐都要 70 多人民币了。我心想，维真是老朋友，为朋友埋单责无旁贷，但是这试镜应该属于工作关系吧，怎么这试镜副导演的不菲的饮料钱要让试镜选手负责呢？这种事情恐怕在美国、加拿大还闻所未闻吧？

回家后，我并没有激动紧张地等待试镜结果，因为我对表演没有太大热情。我的朋友中确实有不少对演戏上瘾，但是我从来没有那个瘾头。要是让我当导演还差不多，但是当导演又何尝能一步到位？除非自己有一大笔投资，请一群人陪你玩儿。

当晚，维真又来电话说，这部戏还需要一个女一号，要从 20 岁演到 40 岁，需要有美国留学生活经历的。我不假思索，马上就推荐了 W——她也算是一线演员了，我是通过她当年的发小王闹认识她的。她最大的特点就是天生丽质，且举手投足、一颦一笑颇有成熟女人味儿，她对此还引以为豪，而且还经常斥责当今中国影视充斥着一群小"柴火妞"，她恨不得一脚给她们踢一边去。W 曾经因为电视剧《人在旅途》而火遍大江南北，而我认识她的时候她已经开始走下坡路了，主要原因是"江山代有才人出"——女演员岁数越大，角色就越少，曾经风光无限的女一号，现在开始扮演别人的老妈、婆婆这类角色了。再不服老、不认老，这类角色也得接。另外一个原因是她并非属于"人物演员"（即以讹传讹的"性格演员"，那个 character 在这里的意思是"人物"，不是"性格"），她演什么基本上还都是她自己的那个劲儿。

我打电话告诉了 W 这部戏，原以为她会看不上，没想到她还特来劲，兴高采烈地告诉我说，前几日她刚在通州见到一个能掐会算的"严大师"，预测当月她会接一部"国际大片"，合作对象跟我一个属相，她还会因此片东山再起，再次"大红大紫"。她一整天都还在纳闷这部"国际大片"怎不见一点迹象，谁知我的电话就进来了，看来"严大师"说的就是这部戏！她当即约我第二日晚在中国大饭店大堂面谈。

我赶紧电话告诉了扎西"活佛"和谭居士。"活佛"打了一卦，说卦象很好，扎西德勒；谭居士则说她在禅定中感知此事能成，为此我还把维真带到她家，听了一席好听的话，离开她家的时候留下 200 元钱，说是让谭居士孝敬佛祖的香火钱，后来没多久维真也拜了一个"活佛"皈依了。谭居士还愿意助一臂之力，陪我去中国大饭店见 W，敲敲边鼓，促成好事。

当晚我准时来到中国大饭店大堂的咖啡吧，这里金碧辉煌、装饰考究，入座或来往的客人一个个衣冠楚楚，分明和北京街头巷尾的百姓是两个截然不同的世界，以至于天生丽质的 W 坐在其中某一个沙发上都不是很突出了。她穿着一身黑，手边是路易威登的包，旁边沙发上坐着一位女士，据她介绍是某电视台的主持人，这几日跟着她采访。W 如同她在电视剧中扮演的那些风尘女子一般，包里掏出一根细长的摩尔烟，点着了抽了一口，活像老电影中的国民党女特务，就差戴一顶船型帽了。我暗想：看来她演的那些角色都是本色出演啊！

只见她刚刚傲视群雄般地吐出一口烟圈，一个女服务生走过来，道："这位女士，对不起，我们这里是无烟区，不允许吸烟的！"

按说没有人会不认识 W，所以看那样子，好像是这女服务生竭力克制住认出大明星的惊讶与兴奋，在一板一眼地履行自己的职责。

W 头一歪，斜视着那女服务生，不紧不慢地道："等这一根抽完了，行吗？"

女服务生压根没法接 W 的话茬，只好继续重复自己："对不起，这里是无烟区，请您把烟掐了。"

W 看那事态有些僵持，不便执拗下去，因此又不慌不慢地再吸了两口，才把烟掐了。

女服务生这才离开，一脸不爽。

这时谭居士风尘仆仆地已经赶到。没想到她也是一个追星族，一见到 W，就跟十几岁的小姑娘一样，嗓门高八度道："哎呀，我电视上见到过你！"

W 颇享受被认出的感觉，无论在电梯里，还是大街上，还是在酒店大堂里。

"你比电视上还漂亮！"谭居士像老婆婆看新娘子一般，审视着 W 完美的脸颊。

那 W 自然是久经沙场之人，回应道："我老了！"

"老什么老？跟我老太太比，你还敢说自己老？"谭居士道。

很快大家言归正题。W 诉说道，自从让她火了一把的那部《人在旅途》电视剧让她跻身内地一线女演员行列，虽然接戏不少，但是没再有很大反响的作品，以至于人们谈起她扮演的角色至今还津津乐道那部《人在旅途》。如今，经一个"严大师"指点，她看好了我告诉她的这部戏。人生能有几回搏？机会来了，就要抓住！

谭居士颇有信心道："放心吧，你的好日子要到了。我昨晚禅定，在定中感应到这事能成！你还会再次红一把！你跟达哇各方面都很匹配，合作绝对会成功！"

一句话把 W 乐得合不拢嘴，连夸老太太简直太可爱了。她干脆直接称呼谭居士为"谭大师"了。

谭居士是从东单打车来的，从东单打车到中国大饭店不到 20 元。散会的时候，我给了她 100 元打车费；W 开车，一脚油门送她回家。而她收了那 100，从来也没有找钱给我。

过了几天，接到维真电话，说是导演看了我的试镜录像，觉得我台词不错，但是看上去太"善"，怎么看都不像黑社会的反派，所以就没选中我。

再过一阵子，又得知那部"国际大片"由于种种原因根本没能开机。看来关键时刻，活佛、居士、大师，都不灵光。

　　那么，为什么 W 那么信这些人呢？偶然的一个机会踏进演艺圈，发现每人身后都有个"活佛"、大师。为什么演艺圈那么迷信呢？这里面又有什么有意思的传闻？预知内情，且听下回分解。

7

命运之谜

话说国内一线影视演员 W 已经获奖诸多、功成名就了，但是还热衷于求神问卜。在我们刚说起那部后来流产的中美合拍片的时候，她还向我推荐一个什么通州的易经大师"严大师"。我问她"严大师"怎么收费，她说一卦 1000，不多不少。

我问她道："你有没有去回龙观见过一个齐老师？"

她马上应道："哦，你说的是齐大师啊！我去过！"

我问她："你感觉怎么样？"

原以为她会赞叹不已，没想到她轻描淡写地说道："嗯，还可以。但是我觉得不如这个严大师。"

听她这么一说，我没有去见这个"严大师"，倒是告诉了两个介绍我认识齐老师的姐们儿——李姐和梅梅。这两人对见大师绝对上瘾。她俩倒是迫不及待地去通州见"严大师"了。

回来以后我打电话问李姐："怎么样啊？"

李姐道："这 1000 块花得够冤的，敢情还不如齐老师呢！"

她甚至怀疑 W 是这个"严大师"的托儿。

说起回龙观的齐老师，还是李姐介绍给我的，那是 2003 年四月。而李姐认识齐老师，又要归功于梅梅的介绍。在那之前我对大师什么的不太相信，但是有李姐和梅梅一五一十、一唱一和地讲述她们的神奇经历，我也动了心了。

据她俩描述，齐老师是一个朴实无华的农村妇女，来北京已发展几年，有口皆碑。

李姐最刻骨铭心的神奇见证是她找齐老师问她的新男朋友陈哥。李姐生于 1955 年，离异多年，那时刚处一个新男朋友，姓陈，1952 年生，曾经的复员军人，后移民澳大利亚，七年以后回国发展。陈哥自称曾有一次婚姻，有一个女儿已经 17 岁。陈哥虽然相貌堂堂、温文尔雅，但是李姐总有些放心不下，因此去找齐老师算算。

齐老师要了陈哥的八字，用手指在一张红布上指指画画。然而她查事的时候又完全撇开八字了，好像接受到另一空间的消息，道："嗯，这个人，在国外生活过七年。"

李姐心里一惊，因为陈哥确实在澳大利亚生活过七年。

齐老师接着道："这个人，有过两次婚姻……"

李姐一听，大惊失色，道："这怎么可能？他可是跟我说他只有一次婚姻啊！"

齐老师信心十足地道："肯定有过两次婚姻，而且第二次婚姻还有个儿子都两岁了。"

李姐愈发又惊又气有疑，道："他可是告诉我他只有一个女儿，已经 17 岁了！"

齐老师面不改色，一脸沉着，一副信不信由你的样子。看那表情，李姐更不敢怀疑了，于是回到家便把陈哥按在床上，道："你给我老实交待！你是不是结过两次婚？第二次婚姻还生了一个儿子，已经两岁了？"

陈哥一听，吓得噗通一下从床上跳到地上，双膝下跪求饶道："你都知道了？我对不住你，没有说实话，因为我觉得第二段婚姻完全是个错误，实在不想提起那段往事……"

原来，陈哥在结束第一段婚姻后沉寂了几年，偶然遇到一个追他的女子，但是他对她毫无兴趣。一次这一对孤男寡女一起聚餐，他多喝了几杯，酒醉后与那女子发生了关系。后来那女子因怀孕而缠着他结婚，他违心地同意了。但是这次婚姻很快就结束了，那女子带着孩子，也分走了他的房产和积蓄。他则净身出户，从零开始。

等我去拜访齐老师的时候，她跟我聊了 45 分钟，我也见识了神奇，她怎么会知道我家里兄弟姐妹有几个而且我的排行呢？她一直说我要"漂洋过海"，以后就定居海外了。我总感觉路还是要自己走，所以没有特别上心。但是在那里给我印象更深的一幕是我见识到了齐老师的不同凡响——别说等候的顾客每天有七八十人，每天凌晨三点就有人从外地赶来排队；从她墙上挂的一幅幅合影中就知道看来我们平民百姓消息还不够灵通，从京城到港台已经有无数一线明星早已是齐老师的座上客了。所以，当 W 说她早就见过齐老师了，一点不惊奇。

我很纳闷，为什么这么多演艺圈人士痴迷于求神拜佛、通灵占卜？

我想，原因就是这个行业光靠实力远远不够，还要靠颜值，靠青春，靠身材，靠人脉，靠后台，靠为人处事，靠潜规则，更要靠运气。制片人选导演，导演选演员；一个角色千百人试镜，最后落到谁头上，那不就是像中彩票一般吗？中国的娱乐圈常常有让人看不明白的事情，那就是某个人莫名其妙地就红了，你都不知道因为什么。这是什么因，种的什么果？正因为红了的人知道自己不是凭实力，所以他们才会求神拜佛；那些不得志的人也知道光有实力不靠谱，所以也去求神拜佛。

南北朝著名无神论者范缜不信因果，他说道，命运就如同树上的花随风飘落，有的花瓣飘落在屋里，有的飘落在粪坑中，哪里有什么因果报应？

　　谭居士是坚信不疑人是有因果报应的，但是她对因果的诠释又带有佛家正统观点所排斥的消极宿命论色彩，那就是我们每个人这一世都是来受罪消业的，所以对她来说没有什么名闻利养可求；来了天灾人祸，都是老佛爷在让她消业。在她跟我讲述她消业的历程后不久，扎西"活佛"在藏区那边打来电话：缺钱了。看看他们怎么解释这其中的因果之说。

　　预知内情，且听下回分解。

8

人皆有求

　　话说回到藏地的扎西"活佛"许久没有给谭居士联系，谭居士心有不爽，说这扎西"活佛"真是肉包子打狗，有去无回，这么久了也不给她来个电话问候一下。谁知很快电话就来了，原来扎西"活佛"回到藏地肺气肿又犯了。说来也奇怪，他是藏族人，但是偏偏每次从汉地回到藏地都会有高原反应。他没有工资，没有医保，要是看病只能是找弟子化缘，这就是为什么那几年北上广深大城市到处可见红袍子喇嘛，他们都觉得汉地比较容易化缘。在北京，我知道的有"活佛"免费住在弟子提供的高级公寓里；在成都，甚至有"活佛"买了公寓，有弟子给交首付，也有弟子给还月供。

　　一晚，谭居士打电话告诉了我这件事，道："师父病了，没钱看病，你看，这化缘还得靠我老太太吧？除了我，谁管他呀？我这不，刚给他汇了 5000 元。老太太一个月退休金才 3000，够可以的了吧？但是这点钱也不够啊，反正我已经尽力了……"

　　一听这话，我也得表示表示，我说："那我也出点钱吧？您有他银行账号吗？"

　　谭居士道："你就算了吧。你没工作，现在不挣钱，只花积蓄。你的心意我替师父领了。这样吧，我还是问问小赵吧。"

　　我明白，她会去跟赵兰菊说的，赵兰菊笃信藏传佛教，又皈依过扎西"活佛"，而且他们都知道她是外企高管，拿出个几千几百的不在话下。

　　我道："多少我也出点，差这点钱也不至于饿死我。"

　　谭居士道："那你给师父打电话，让他把银行账号发给你吧。"

　　我拨通了扎西"活佛"的电话，道："师父，扎西德勒！"

　　"哦，是达哇呀！扎西德勒！你怎么样？"电话那头的他听上去心情很好。

　　"听说您生病了，您告诉我您的银行账号，我给您汇些钱过去。"

　　"不用了吧？你也没钱。"他客气一番。

　　"没事，"我道。

　　"那好的，谢谢啦！我一会儿让人给你发短信！"他的语气十分欢快。

很快有人给我发了农行账号。第二日我去银行汇了 500 元。当晚我又给"活佛"打电话，告诉他注意查收。

他迫不及待地问道："汇了多少？"

想起谭居士的 5000 元，我有些迟疑地轻声说："500。"

原以为他会失望，不料他听上去兴高采烈，用拖长的夸张音调道声："谢谢！"

这种事告诉赵兰菊，她通常会表示表示。她给扎西"活佛"汇了 1000 元。考虑到她月薪三万多，而我还在坐吃山空、待业在家，所以我的 500 元还说得过去。

谁料这之后谭居士又跟扎西"活佛"结仇了——自她汇了 5000 元，有大半年时间扎西"活佛"没再跟她联系过，逢年过节一个电话也没有。

你说他是骗子？他确实是藏传佛教宁玛派伏藏师，谭居士和赵兰菊都去过藏地他家乡，谭居士还在他家住过个把月，她们都接触过当地寺庙的喇嘛和藏族百姓，知道他在那里的声望不错，也有别的知名活佛是他的邻居。他热爱藏传佛教和藏族文化，还自己著书立说，几次想去北京的民族出版社希望能够商讨出版。他在谭居士家也给汉地弟子传过密法，一板一眼，毫无懈怠。他日常生活极为简朴：论吃喝，粗茶淡饭他也似乎极其享受；论衣着，他甚至有些不修边幅。他用的手机、电动剃须刀都是比较次的，对物质没太多需求。但是你要是说他四大皆空，那也未免有些离谱。人只要活在这世上，谁会跟钱过不去？即使一个人没有贪念，他也需要钱来生存。像扎西"活佛"这样，自家的土房被大水冲了，指不上谁来管，只有自己去修，这就需要钱；自己病了住院费用不菲，指不上谁来管，也要自己掏钱。一个僧侣，万不可破戒去坑蒙拐骗、偷盗掠夺，不靠化缘靠什么呢？他们深知汉地有钱人多，所以不辞辛苦来北上广深走一趟，回去了就能带去一大笔钱，修房子的修房、盖庙的盖庙，看病的看病，这也完全可以理解。

人活世上，谁能无求？谁能没有一点执著？我执著什么？熟悉我的人知道我极少谈钱——他们知道我是少有的对金钱物质不执著的人，但是我执著的是对于未知世界的忧虑的摆脱。

若问赵兰菊执著什么？当然首先是美满的婚姻生活，儿子的出息，还有她月入三四万的外企工作千万别断了。她最大的心愿是她的第二段婚姻会如何。她当年职高毕业就去新加坡酒店培训，在那里认识了一个华人，名叫梁思远。二人一见倾心，但都没有表白。赵回北京后就跟发小儿结婚了，那时不懂什么叫爱情，什么叫婚姻，总觉得有大人们作主，就履行了使命。婚后生了一儿子，自幼乖巧，但老公霸道，她甚至在跟我通话时，老公一进家她就吓得赶紧挂电话，因为老公不让她在家老跟人打电话。十七年的婚姻，打打闹闹、忍辱负重，终于到了头。她去看了中医，郎中说她因为婚姻不好，五内郁结，心火难消，导致了她各脏器的毛病，吓得他六神无主。

　　她这么信活佛们的话，不过这一次她没听：活佛让她不要离婚，她还是离了。签字后的第一天她就飞往了新加坡找梁思远。那梁思远等了她将近 20 年，说给谁谁都不信，但是现在还就是有这种痴男。几经周折，他二人结婚了，蜜月在澳大利亚大堡礁，梁订的机票。梁疼她疼到什么程度呢？据赵说，如果因为工作原因，二人不能乘坐同一航班的话，梁会单独给赵多花 100 美元订第一排能伸腿的座位，那样躺起来舒服很多，而他自己则是经济舱最普通的座位。

　　若问已经一把年纪、吃斋念佛、清心寡欲 20 年的谭居士执著什么？她执著的是法，也就是法执——她痴迷藏传佛教，总盼望着扎西"活佛"能给她传些秘不传人的密法，让她得以抄一条捷径，早日修得正果，脱离苦海；待到圆寂那日，一片祥云将她接到那西方极乐世界，从此脱离六道轮回，告别生生世世的苦难。她尤其羡慕那些能够预知时至、无病无痛圆寂归西的高僧大德，一说起"预知时至"她的话就特别多，她认为那是修行精进的结果。

　　我知道了扎西"活佛"的真实情况，更少的是迷信，更多的是同情。半年多后，扎西"活佛"又回到北京，还住在昌平的那家养老院里，这一次我又给他介绍了些有点"福报"的弟子，有活宝王闹，他不是太信；还有他的朋友阿杰，天津人，五官英俊、慷慨大方，当年八九六四之后远赴爱尔兰留学，后移民加拿大，移民监坐满便移居香港，后又来北京发展。此人经我介绍认识了谭居士，二人处得犹如母子一般。

　　预知后事，且听下回分解。

9

早悟兰因

多愿意和佛接近的，不少是有所图谋的，归根结底是为了名闻利养，但是也有很多人是出于对人生的思考——我是谁？我从哪里来？我要到哪里去？虽然谭居士作为吃斋念佛的老居士人格并不完美，但是她毕竟吃的盐比我们吃的米多，她有很多人生感悟都值得我了解和学习。

佛教的根本就是因果之说，没有无因之果，也没有无果之因，万事都是因缘际会，但是我们凡人看不到那隐形的因果关联，所以以我们有限的感官判断，并得出上帝掷骰子的结论。

北京老朋友王闹不信因果，原因是他妈生前曾是单位和街坊邻居中有口皆碑的大善人，一辈子帮人无数，但是 50 多岁的时候罹患直肠癌痛苦离世。王闹总爱愤世嫉俗道："我不信什么因果报应。我妈那么善良，最后死得那么惨，我亲眼看见她痛苦呻吟，恨不得有人给她一针毒药，让她赶紧解脱。她那时才 50 多岁，善报在哪儿呢？"

他看到了他妈行善，却忘记了他妈年轻时候为了从事文艺工作，先后两次堕胎。如果没有堕胎，那他应该是家里排行老四，而不是老二。按照谭居士的理论，他妈杀生两次，冤亲债主自然找上门来复仇，所以最后夺她命不算，还让她痛不欲生，备受折磨。

前面说的明星 W 为什么到处拜见活佛大师？主要原因还不是为了拍戏、走红，而是因为她有一个先天智障的孩子，从西医到中医，花再多钱也无济于事。但是为人母总不死心。那一年她听说深圳有一水族馆给智残儿童听海豚音，有神奇疗效，费用需要 20 万，就这样她也毫不犹豫地带孩子去了。她没完没了有戏就接，不管它是好戏烂戏，好角色烂角色，唯一的目的就是要挣钱养家，给孩子治病。她只要多活一天，就要为这孩子多操心一天。后来发现海豚音治脑子毫无科学根据，钱也白扔了。久而久之，不得不接受这是一个拴她一辈子的现实。

用谭居士的话来说，子女不是来还债的，就是来讨债的，像 W 的这种情况，这个智残孩子就是来讨债的，不知哪一世 W 欠了孩子的债，所以只好接受事实，安心还债。按照她的讨债还债理论，我理解的话，那人类文明就不要前进了，既不需要法治，更不需要科技；逆来顺受，权当还债。倘若有女子被歹徒强奸，那就当还债，因为不知哪一前世，女子为男，歹徒为女，女子强奸了那歹徒？倘若有人被谋杀分尸，那也是还债，因为不知某一前世，杀人者曾被受害者谋害致死？

　　严格来说，谭居士理解的因果宿命、认罪消业，未必是原始佛说，在一个封建专制社会里正中统治者下怀，需要正本清源。因果可能是存在的事实，但是不能以因果来决定自己的自由意志；人们只知道承受因果，却不知道去造就新因，日后结获新果。

　　自己的因，自己的果，到处求神拜佛又有何用？这年夏天，王闹介绍了一个朋友，名叫王祖杰，大家叫他阿杰，天津人，刚从香港搬到北京发展，需要买一些二手家具。听说我家里要处理一个白沙发，特来看一眼。我之所以要打发掉白沙发，是因为虽然好看，但不耐脏。阿杰一进我家看到洁白的沙发立即动心了，当即拍给我 500 元现金，准备隔日来取。当日中午他还请我吃饭，聊起了他的来龙去脉——

　　他是南开大学外语系毕业的，1989 年六四之后去了爱尔兰留学，那时爱尔兰几乎没有什么中国留学生，加上他相貌堂堂、性格开朗、口语流利，到了那里顺风顺水，大受欢迎。当时爱尔兰移民较难，偶然间他看到加拿大技术移民的广告，一申请便通过了，于是告别了爱尔兰飞到了温哥华。殊不知到了温哥华他感觉失去了往日的簇拥，来到一个冷冰冰的世界，至今他还骂加拿大人都是"冷血动物"。在加拿大一共蹲了六年移民监，刑满释放那天义不容辞地买了张单程机票前往香港发展。

　　到了香港他更是如鱼得水，第一，他是北方人，身高 1.83 米，在一群香港人中有些鹤立鸡群；第二，他是回民，长得不像一般汉人，略有些高鼻深目，棱角分明。身高加相貌，又说一口流利英语，所以颇受香港当地人欢迎。

　　从温哥华到香港，他一天朝九晚五的工作都没做过，但是积累了一小笔财富。在温哥华的时候，他凭三寸不烂之舌，说服国内某电梯厂家聘他为加拿大总代理，每个月支付他一笔四五千加元的活动费和劳务费，而三年下来，他一台电梯也没卖出去，钱倒是被他用于吃住并到他腰包里了。到了香港，他又去做了某药厂代理，专门销售营养、护肤保健品，赚取佣金，短时间在演艺圈里打开了市场，一时间一大批一线女明星、男明星都成了他的高端客户，据说还包括刘嘉玲，也成了他的金主。

　　他来北京的时候正是内地经济突飞猛进的年代，他希望在北京能像在香港一样拓宽市场，站稳脚跟。他很有冒险精神，从只认识王闹一个人开始就敢来北京发展。

　　他赚得多，花得也多。自我跟他认识，每次与我或一堆朋友吃饭，他总是第一个抢着埋单的，而且看上去不是违心之举。有一次我道："每次都你请，该我请你了。"

　　于是我约他到三里屯的蕉叶餐厅，结账时候他又要掏钱包，我斩钉截铁地说："这一次无论如何你得让我来！"

于是我结了 150 元的单，他却感觉受到了奇耻大辱，满脸不爽。之后他非要拉我去酒吧，点了酒水饮料，又是他埋单，回去打车又是他抢了单。

还有几次一桌十来个人吃饭，有我另一个朋友李维真在场。说好了李维真埋单，到了结账时候又被他抢了。他总说，为朋友埋单是他的福。

有意思的是，阿杰也笃信藏传佛教。和我相比，他走的都是我走过的路，所以尽管他比我年长一些，我的人生经验他不得不服。一次，他一个人怀着朝圣者的心情千里迢迢跑到青海塔尔寺拜见一个小"活佛"，希望能给他带来好运。又是皈依又是加持，红包没少给，虔诚至极。后来又去一次，这一次回京以后，没见他再提及小"活佛"。我心想必有隐情，问他原委，他道："咳，别提了。这一次去，小"活佛"说他要"出书"，开口问我要三万块钱，你说我怎么办？我到现在还分文无收呢。"

没多久他又一个人坐火车去了五台山，回京之后就绘声绘色向我描述他在火车上认识了一个来自内蒙古的奇女子，名叫陈莲花。他相信她是观音化身。据他说，此人长得慈眉善目活像观音，慈悲心也胜似观音，且精通佛法，充满智慧，对他也一见如故、关爱有加，令他钦佩不已。我一听就忍俊不禁笑了，道："我可以把话先搁在这儿，估计没多久这活观音就要开始伸手向你要钱了。"

阿杰急了，道："别这么说，人家是潜心修佛的，怎么可能是你说的那样的人？"

"潜心修佛？那好吧，我就不多说什么了。"我道。

结果不出三个月，阿杰居然坐火车去内蒙古找"活观音"去了。回京以后，怀着沉重的心给我打电话道："达哇老师，我不得不说我开始崇拜你了。全被您说对了！"

原来，阿杰去内蒙古找到了陈莲花，陈道："哎呀，我老公在家，不方便，你还是找个酒店吧！"

那倒无妨，阿杰并不期望住在人家家里。他习惯了自由，所以更愿意一个人住酒店。

第二日陈莲花到他酒店里来跟他"探讨佛法"，临走时道："大兄弟，我知道你也是信佛的，菩萨心肠。我现在家里有点麻烦，不知能不能问你借点钱？我老公下个月就要做结肠手术，我到现在住院费还没筹集够，真是焦头烂额……"

以阿杰的性格，通常不会无动于衷的，究竟给没给钱，给了多少，这段故事他没有说给我听，只是连连说后悔没听我的话。

　　"活观音"成为历史了，没出半年又冒出个小喇嘛。那是一个寒冬腊月，阿杰给我打电话让我去他家吃饭。他过世的父亲就是厨师，他也烧得一手好菜，只不过他是回民，不碰猪肉，但酷爱牛羊肉。我是全素，所以通常去他家吃饭，只吃一些肉边菜。

　　这晚来到他家，只见家里地板上双盘坐着一个身着红袍的年轻喇嘛，可能是因为高原气候，稚嫩的脸晒得红扑扑的，一双明眸充满了好奇，一张口露出一口又白又齐的牙。阿杰端出一大盆热腾腾的白萝卜炖羊肉。就这一道菜，我有些失望，跑那么远就吃白萝卜来了，而羊肉我更是从来不碰。

　　只见小喇嘛吧唧着嘴吃起来，吃得真香。那一盆的羊肉几乎都是他吃的，而白萝卜几乎都是我一人吃的。就这样，一边吃，小喇嘛一边用生硬的普通话弘扬佛法。那些浅显的说教，都是我早已熟知的，但是出于尊重，我还是点头像捣蒜一样应和着、感谢着。

　　吃完白萝卜，时候不早，我就先告辞了。只见小喇嘛稳坐地板，不像是要告辞的样子。回家的路上，阿杰打来电话问："嘿，你怎么急急忙忙就走了，不再多听听佛法？"

　　我道："你听吧。我怎么感觉不靠谱？也不知道你从哪儿弄来的那么个喇嘛，小心请神容易送神难哟！"

　　接下来的一个月没有阿杰电话，估计多半遇到了不顺心之事。我一个问候电话过去，问道："怎么没你消息了？是不是跟小喇嘛遇到了麻烦？"

　　阿杰沉默半天，叹气道："达哇老师，又叫您说中了。那天晚上，小喇嘛不走，说他不需要床，只在我家地板上打坐一宿即可，我说好吧。第二天上午，我给他买了早点。快到中午了，我说师父，我要出门了。他说，你出门吧，我在家给你看家。我说，不行，师父，我送您回去吧。他死活不走。僵持了半天，我只好动用武力，拉他出门。他力气也蛮大，往外拉一寸，他往后倒一寸，就是不出去。最后说，我可以走，但是我来你家一趟，也不能白来。我问他要多少，他说要 3000。我说我没那么多现金。他说，我在家等着，你可以去自动取款机取现金，我知道你们汉人都有银行卡。我说要去也要一起去，我不能让你一个人留在我家。就这样，又僵持了大半天，最后，我给了他我身上仅有的 1000 元现金了事。"

　　我听了哭笑不得，问道："那也不至于一整月都杳无音信啊！"

　　阿杰道："达哇老师，您有所不知，我怀疑这小喇嘛怀恨在心，用神通烧了我的手机 SIM 卡！所有电话都进不来了。您电话进来时，我才换的新卡。"

　　我问道："这是什么佛法，还有烧手机卡的本事？"

　　阿杰道："这小喇嘛是苯教的，藏族的黑教，有些邪术不足为奇！"

我心想，要是真有这本事，那美苏冷战全请一些苯教喇嘛远程发功得了，击毙拉登也不需要美国特种部队大动干戈了。

至于阿杰如何认识小喇嘛的，更是荒诞不经。他去了北京西山八大处拜佛，在佛牙舍利塔下有一帮喇嘛，在给游客的钱包、手机、车钥匙等随身物品开光。据说钱包开光，来年财源滚滚；手机开光，接电话好事连桩；车钥匙开光，天堑变通途，一路平安，旅途无忧。阿杰随便找了一个小喇嘛，几句话被侃晕了，当即打车把人家带到家里，结果可想而知——请神容易送神难，被我言中了。

等我给阿杰引荐了谭居士，他才觉得见到了真信佛之人。阿杰自小没有母亲，是父亲和大姐给他带大；谭居士也格外喜欢阿杰的性格，并对他身世充满同情。二人一拍即合，以母子相称。阿杰为人大方，每次去谭居士家都带着老干妈、李锦记、瓜果蔬菜等物，每次来老太太都省得下六楼去买菜了。阿杰如果有几天不去，老太太就惦着他，并给我电话打听他下落。

等到扎西"活佛"又来北京的时候，经谭居士引荐，扎西"活佛"在昌平亲自为阿杰做了一次藏传佛教的火供，阿杰给了 1000 元红包。据谭居士说，那一次火供烧出一个火凤凰，把阿杰乐坏了。阿杰正要跟人谈"一大笔"生意，那几天他因为火供烧出的火凤凰而对这笔生意充满了无比的期待。

所谓的火凤凰，就是火苗旺了些，蹭蹭上蹿，看上去形状略像凤凰而已。如果你说它什么都不像，也可以。

我祝福阿杰道："佛祖也希望你多赚钱啊！你想，你那么大方，到处请客吃饭，到处借钱给别人，其实你自己还真不贪，吃穿用度也不讲究，所以钱不让你赚让谁赚啊？"

阿杰一听，顿时喜笑颜开，连连道："等我这单生意赚了，我给你一笔，够你去自己开个生意做做了，省得到处找工作，多不自在啊！"

遗憾的是，没等到他赚，他这笔生意不仅泡汤了，还跟人打了一架。阿杰是个烈性子，三句话不合就会动手，这次遇上了言而无信之人，货到拒付款，他一冲动，手就上去了。

再后来，他销声匿迹，从北京消失了。有人说在深圳的酒吧里看见过他。也有人说在香港的中环见到了他。

而我，也走了——我又重新"润"到了温哥华，这一次回去就以加拿大为生活重心所在，中国很少再回去了。

欲知后事如何，且听下回分解。

10

异国奇遇

再说起初登加拿大温哥华，为其美景折服，感叹同一个地球，竟然有天壤之别的国家。一生中没闻到过的清新空气，温哥华闻到了；一生中没见过的居住环境，温哥华见到了。闹市区毗邻森林公园和海滩，全世界的名城都鲜有，温哥华却有。你是要与森林绿草为伴，还是要穿梭于钢筋水泥，我当然倾向于前者。刚见识斯坦利公园和英吉利海湾，我就暗自感叹：要是能住在这里就好了！人还要什么荣华富贵呢？

之后又去多伦多飘零一个多月。出国之前，那个回龙观的神人齐老师预言说我会先后遇到两个贵人，一花容，一罗汉，意思是说一女一男，会给我提供帮助。什么叫贵人？这可不好解释。你饿了，请你一顿饭的，也叫贵人；你弹尽粮绝、走投无路了，给你引荐一份优厚工作的，也叫贵人。

刚到多伦多不久，先入住别人介绍的老外朋友家，赶紧就去找房子。这家人是中国迷，没完没了接待中国新移民朋友，都是不要钱的，我需要赶紧给下家腾房子。

在多伦多大学一个电线杆子上看到"北京李先生"的广告，黄金地段的联排别墅一间卧室出租，包水电包上网，每个月 330 元，一月一付，随时可走，无须一年半年合同。

当即打电话预约看房。

去了他家，这是一对夫妻加一个牙牙学语的孩童，男的李哥，是中科院的，移民主申请人，以开便利店为生；女的黄姐，是首都师大毕业的，在一所天主教中学任教务员。我们自然能够说到一块儿。

住房安顿好，马上要办另一紧急事项，那就是到多伦多的中国领事馆将护照延期，因为眼看护照有效期还只剩下不到六个月。

排长队办好之后，饥肠辘辘，来到领事馆附近的一家中餐厅。一菜一汤，吃饱喝足，准备给小费，却不认得哪个是两元的硬币，哪个是 25 分硬币，于是到另一桌跟前的一 50 多岁的白人女士那儿请教。

此女子看上去颇有个性——明明是白人，却梳着一头非洲小辫子；张口又是一口字正腔圆的英国口音。她只喝一小碗酸辣汤。这一聊起来才知道，她是英国移民，名叫特蕾莎，前夫是尼日利亚的黑人，她在多伦多以私立学校教授英语为生。她女儿跟我年龄相仿，在多伦多大学工作，跟她不住一起。女儿虽然是黑白混血，却只认同自己是黑人，只和别的黑人来往，这让特蕾莎有些伤心。

谁知我们一聊就是两个小时。她当即要带我去她家。反正我也是无业游民、无所事事，那就跟她去吧。

她家位于多伦多市中心，在士巴丹拿道（Spadina）上。那是一栋独栋的三层深色砖楼，略显沧桑，颇有英伦特色。

我心想，凭她私立补习班教英语的工作，家里一定简陋不堪。谁知进去以后，可谓别有洞天：欧式宫廷般的装修，巴洛克风格的镜框、吊灯、烛台、壁炉，维多利亚的家具，巨大的手工波斯地毯，厚重的窗帘窗帷，简直把我看得目瞪口呆——在中国哪见过私人百姓家里这般风格情调？

特蕾莎说所有的家具、灯具、工艺品都运自英格兰老家。

我暗想，此人一定属于深藏不露型的，没准是个什么英国贵族后代，继承了一笔遗产？然而，她又再三强调自己经济拮据，故而家里四分之三的地方隔出去出租给留学生，自己只保留这一隅，有客厅、厨房、卫生间、卧室，够她生活即可。

去了她的卫生间，面积不大，但是陈设实在令人叹为观止——这里有蓝白相间的优雅瓷砖、别致的马桶造型，处处是干花、香草，芬芳扑鼻；橱柜里、浴缸台上整整齐齐码放着各种洗浴用品、护肤护发用品。我脑海中不由得浮现出国内百姓家厕所里的盆盆桶桶、拖把毛巾的一幕幕场景，真是天壤之别啊！

十几年过去了，那一幕至今难忘。

当晚，特蕾莎给我做了饭。饭后她说道："咱们看电视吧！"

我左顾右盼，却不见电视机。

她道："你猜，我的电视在哪儿？"

我以为是不是有什么机关，将电视隐藏在哪一堵墙后面。结果她打开一个维多利亚衣柜，里面端端正正摆着一台 18 寸老旧彩电。不仅对家用电器毫不讲究，她居然还没有手机，只用座机和留言。

看完电视，她让我住她家，临时睡在客厅沙发上。这还不算，还拿出一件真丝睡袍让我换上。

第二日上午，我醒来，她家空无一人。她把我一人留在家里，也够信任我的。

没多久，透过纱帘望见她从外面回来。原来她说她去买最新鲜出炉的全麦面包去了。敢情这英国贵族一顿早饭要吃两个小时，她还叫来一个爵士乐朋友，陪我一起聊天。她听说我喜欢诗歌，告诉我说不久前她在家里举办诗朗诵沙龙，请来了 200 多个朋友。她说如果我愿意，她可以专门为我举办一次诗朗诵沙龙。

这一日我告别的时候，特蕾莎很诚恳地道："你刚来多伦多，是不是还在找地方住？如果你不介意，你就住我家，不要钱。虽然暂时没有卧室，但是我可以给你弄出一间卧室来呀！"看她那表情，不像是出于客气那么一说，况且她也没必要那么出格地虚伪一下。

我答道："实在感谢。不过我已经找了地方，都交了一个月租金了，至少我把这一个月住完再说。"我心里想的是，这怎么合适？一面之交，就住陌生人家里，一不方便，二不自由，三是天下没有免费的午餐，我该如何回报呢？

后来的日子里，特蕾莎确实证明这是一个可靠的朋友。她不仅带我去看舞蹈、参加电影节，还把她很多朋友介绍给我，短期内让我在多伦多打开了局面。只要我有什么事，她都不遗余力帮忙。我心想，看来天下人性都是一样的，什么中国人、英国人、法国人、日本人的？人骨子里爱恨情仇都是一样的。

十年后当我重返多伦多时候，率先跑到士巴丹拿道上找她家的房子，却怎么也找不到了。

说到短登后回中国，很多人有个特点，如果你们不在一个地方了，那也就没必要多来往了，但是你一旦回去，他们又回重新拾起来旧日的友情。所以，这个既没有手机又没电脑又不怎么查电子邮件的特蕾莎在我回国后逐渐失去了联系。

当感觉碌碌无为、希望渺茫的时候，当寄希望予活佛指点而又无济于事的时候，我只好再回到加拿大，这一次就没再去多伦多，而是安置在了温哥华。

有了微信，给扎西"活佛"发了温哥华的照片，他激动地道："哎呀，太好了，太好了，我也去加拿大吧？"

我不知该怎么接这话茬，于是道："师父，欢迎您来加拿大。哪天来了，告诉我一声，我去看您！"

听了我这话，他再也没回。

谭居士和赵兰菊后来都说："对，太聪明了，就这么回复他！很合适！"

其实，我还真帮扎西"活佛"打听怎么来加拿大了。大温哥华有个卫星城叫列治文，有一座藏传佛教寺庙叫创古寺，是创古仁波切的道场。在那里我问了喇嘛和义工，扎西"活佛"能否被请来。

人家告诉我，一个寺庙即一个法师的道场，况且宗派都不一样，谈何容易？他们还建议说，如果扎西"活佛"在加拿大有几十位弟子，那就可以组建一个道场；光靠我单枪匹马游说，请他来加国无异于痴人说梦。

谭居士百分百赞同，还说道："你请他来，机票就得你出，酒店也得你出。关键是，他去了加拿大不想回来了，怎么办？那就赖上你了！"

欲知后事，且听下回分解。

11

东学西渐

上个章节闪回到了初登加拿大的那年，先去温哥华小住一周多，又去多伦多感受一下不同的氛围。北京回龙观神人齐老师预测说会先后遇到两贵人，一花容，一罗汉，这是仙家用语，花容为女，罗汉为男。先是中国领事馆附近中餐厅遇到特蕾莎，可以算是花容。在多伦多的一个月，她帮我打开了局面，认识了很多人。俗话说物以类聚，人以群分，她的朋友还都是文化素养颇高的，而且基本和她一个年龄层次。

一天，她带我去她的一个朋友詹姆士的书店，说是那里重新装修后开业大典，詹姆士是这家书店的老板。我一直暗想，莫非这詹姆士就是那"罗汉贵人"？

书店位于多伦多市中心地带，虽然不能和王府井书店相比，但是作为私人拥有的书店，规模已经不小了，员工就有十几人，而且图书类型相当丰富。特蕾莎隆重把我引荐给詹姆士，还告诉我，夏天到了，会带我去詹姆士家的游泳池游泳。多伦多市内住宅拥有私家游泳池，至少也是上等中产阶级。我暗想，倘若我要是在这书店打工，是不是麻烦特蕾莎一句话便可以做到呢？但是毕竟是刚移民落地，心理落差还没有调整过来，所以又一想，不行，我在国内都已经是大出版社编辑了，来到加拿大居然在书店里打工，说轻点是我自己屈尊，说重点这不是给祖国脸上抹黑吗？况且我还带有积蓄，还没有到弹尽粮绝的地步，所以忍了忍没好意思向特蕾莎开口。

特蕾莎很会为人处事，她悄悄对我说："今天是詹姆士开业庆典，我建议我们都象征性地买点什么东西，算是为朋友助兴。"

我一听，真是左右为难。因为我刚来加拿大的时候，一加元是七元人民币，况且那时中国消费低廉，所以在加拿大不忍花钱，每消费一次都要割肉般地将价格乘以七，不像是现在，时光轮流转，中国消费上去了，甚至开始觉得加拿大消费便宜了。

更不用说，图书价格中国始终远比加拿大便宜。这特蕾莎建议我"随便"买点什么，我随手一翻，每本书都要十几、20加元，那就是100多人民币啊！在中国100人民币可以买五六本书。

所以，在书店里从东到西，从里到外，到处翻那最薄最便宜的书，但又都不是我必需的。最后看到一盒包装印刷精美的塔罗牌，价格21加元。我心想，至少这个还可以作为礼物回国送给朋友，也不算白买。如果是买书，100多元送人，谁会稀罕呢？

又有一晚，特蕾莎请我吃日本料理，路上碰见一个无家可归的乞丐要钱。她连忙掏出两元硬币给了那乞丐，又督促我也适当给点儿钱，于是我拿出 25 分的硬币——那时我对加拿大的硬币币值尚不熟悉。

她说道："你给人家 25 分硬币，他能做何用呢？什么也买不了，至少要给个一元两元的，还可以买个披萨饼或可乐什么的。"

于是我又掏出两元硬币给了那乞丐。虽然被人训话的感觉不是很爽，但是看在她对我还不错的份上，我也就很快抛之脑后了。

她请我吃完日本料理，正要埋单，我道："谢谢你的款待，那这顿饭的小费就由我来付吧。"她高兴地应允了。

回家路上，我们又在路边聊到了凌晨两点，这才分手。

过了几日，她又带我去她的一个女朋友的办公室参观。这是一个很有风度和修养的加拿大女士，名叫凯瑟琳，和特蕾莎年龄相差不多，是达赖喇嘛的弟子，热爱佛教文化和气功文化，曾去中国学习气功，回多伦多以后，在市中心一座写字楼里开设了自己的会所，通过教授坐禅、冥想、气功吐纳来为客人进行心理理疗，已经拥有 90 多位会员，基本都是西人。

我心想，多伦多这么多华人，理应不乏有精通太极、气功、武术之类的能人，但是极少听说谁能在这里把中国文化发扬光大的，却都不辞辛劳、起早贪黑在大统华之类的中国超市打工；人家一个金发碧眼的加拿大人，居然把中国文化搬到了高级写字楼里，经营得有模有样，颇有高大上的感觉，这是为何？

在凯瑟琳办公室，我们看到有一大房间里堆满了山水盆景，每个盆景都带有小型喷泉。特蕾莎十分好奇这和气功有何关系。

凯瑟琳解释说，这些都是她男朋友斯科特的。说曹操，曹操到，斯科特突然出现在我们面前，这是一个极其健谈、以自我为中心的男人，说起他自己来没有一个句号。原来，斯科特是专门做喷泉盆景的，但是目前没有工作，也没有收入，做了一堆盆景卖不出去，也没地方放，只好借放在凯瑟琳的办公室里。斯科特聊起来，一副踌躇满志的样子，大有"玉在椟中求善价，钗于奁内待时飞"之感慨。

此时，凯瑟琳有客人到，于是工作去了。这时斯科特话锋一转，开始跟我和特蕾莎数落起了凯瑟琳的不是，一说就是两个小时。特蕾莎表现出英国贵族的风度，先是竭尽全力表现出无尽的耐心听斯科特的絮叨，最后不得已非常礼貌地打断斯科特，表示我们还有他事，需要离开，改日续谈。

原来，不久前，凯瑟琳自己一个人去夏威夷度假，没有带斯科特。他埋怨道："我们还是情人吗？这是什么男女朋友？度假还有一个人去的？"

但是后来几天我和特蕾莎等人再次和凯瑟琳聚会，说起此事，凯瑟琳也有自己的道理："我一直想去夏威夷，而斯科特又分文没有。如果带他去，我就要出两个人的费用，因为他经济上全部要依靠我。如果我不去夏威夷，我又觉得很遗憾。"

公说公有理，婆说婆有理。特蕾莎很聪明，她很善于倾听，但不表明立场。

过了几天，赶上了母亲节，特蕾莎又请我和她的一些朋友聚餐，她的女儿、凯瑟琳都来了。客人们没有一个去过温哥华的，听说我从温哥华来，一个个向我打听温哥华的环境、气候、人文。

对于温哥华，一部分多伦多人会表示出羡慕嫉妒恨，另一部分则表示有机会想搬到那里去，至少退休后可以考虑。凯瑟琳就表示她一直想搬到温哥华，对她来说，有本事的人在哪里都可以创业，何必非要守着多伦多呢？席间突然有一个客人似乎对温哥华充满酸葡萄心理，对我道："要说文化，加拿大也就是多伦多啦，温哥华可没有什么文化，是不是那里没有什么有意思的人？"

我幽她一默，道："确实没有有意思的人，那是因为我离开了。"

众人一听，捧腹大笑。

写到这儿，我才突然想起来十多年没有和凯瑟琳联系了，她是不是已经在温哥华安居了呢？搜索了一下她的名字，网上马上出现她一堆信息——她的相貌好像丝毫未老；她的那间会所依旧还在多伦多市中心；她的网站显示她的生意更大、更专业了，客人来这里竟然还需要家庭医生的推荐才可。

浏览一番，我才悟出为什么她经营中国文化能这么成功——首先她有西医博士学位，这就奠定了很高的起点，不会是像江湖术士一样将科学和迷信混为一谈、不加甄别；第二，她经营会所前曾经是全科医生，有过系统、严格的临床培训；第三，她又进修了心理理疗、精神分析、社会工作，拓宽了自己的求知和视野。再加上普遍来说，西方更善于把一个领域科学化、系统化、标准化（比如芭蕾和音乐）；经营管理上又更加推崇制度、契约，推崇民主、平等和人性化，所以她的成功自然不奇怪了。

很快到了我要离开多伦多的时候，临走之前我还不知道齐老师说的"罗汉贵人"是谁。也许有一个，但是他是不是贵人，模凌两可；可以说是，可以说不是。

欲知何故，且听下回分解。

12

十字街头

上回说到多伦多逗留一个月，遇到好心人特蕾莎并得到她很多帮助，但一直不知那"罗汉贵人"是何许人也。究竟什么叫贵人？这很难定义。有的人说你饿了给你一碗饭的叫贵人。有的人说施舍一碗饭一杯水的不是贵人；在你走投无路、万念俱灰的时候给你一份有优厚待遇工作的才叫贵人。也有的人说"法布施"的是真正的贵人，因为授人以鱼不如授人以渔。

实在想不起来"罗汉贵人"是谁，但是如果从广义上来套，那只有一个人。

有一日和特蕾莎步行前往多伦多大学校园。每次出门，她都会带一小盒橙汁，偶尔会吸两口。这一次走在路上，不到十分钟发现她开始变得神色紧张、浑身发抖，脸和双手惨白、颤栗，好像刚从西伯利亚刺骨的冰窖里钻出来一样。

问她感觉如何，她一言不发，只是从小包里掏出一个盒子，拿出一根针扎了自己手指一下，再在一个便携仪器上比对。

后来才知道她有糖尿病，长年打胰岛素，血糖会降低，所以出门在外时不时要喝点糖水，或吃一点糖果。唯独这一次她忘带了她的橙汁。

她继续走也不是，返回家也不是，也不愿意叫急救，只好在路边公交车站的椅子上坐下。那椅子上坐着一位 60 多岁的男士，一直在观察、聆听着我们。他似乎看出了端倪，把他手中未开封的饮料递给了我们，让特蕾莎喝下，喝了几口，她马上缓过劲来，就这样聊了起来。这位先生叫爱德华，退休前是多伦多大学客座教授。他也血糖低，所以总随身带着点饮料或糖果什么的。

爱德华早年从蒙特利尔麦吉尔大学取得博士学位，后来在蒙特利尔大学得到终身教职。他说，那个年代硕士毕业都可以在大学里任教，博士毕业基本上都能谋到终身教职，不像现在，即便博士后还有那么多一辈子也找不到终身教职的。可惜的是，他那时候的新婚妻子就是不喜欢蒙特利尔，非要搬到多伦多。他拗不过他的妻子，只得放弃职位，来到多伦多从零开始。

在多伦多似乎就没有蒙特利尔那么幸运了，东一榔头西一棒子干的全是客座代课职位，也就是哪了有课就去哪里上，四处奔波，朝不保夕，且时不时都要申请。此生遗憾吗？也没什么可遗憾的。这不？他就那样一直做下去，不也已经退休了开始夕阳红了吗？

他自豪地说，他这一生最值得欣慰的就是他在多伦多是少数可以以撰写影评、剧评、专栏特稿为生的作家；他还有些收入来源是联邦和省政府给予文化人的奖励和补助，当然那些钱不可能太丰厚，但是也算是对文化事业的扶持。他对中国当代电影了如指掌，张艺谋、陈凯歌等人的作品，他说起来如数家珍、滔滔不绝。

一个周六的下午，爱德华约我到多伦多基柏龄地铁站碰头，从那里他开车带上我去他位于密西沙加的家中做客，路上他请我吃了广东炒面。

他家位于安大略湖湖畔，虽然没有温哥华的海，但是那硕大的湖看上去也烟波浩渺、一望无际，不亚于海景。那是一个两个卧室的公寓，只有他一个人住。和特蕾莎家一样，也都满是维多利亚时期的老家具，客厅的碗橱里匠心独具地摆放着大大小小各种瓷器——后面的是盘子斜着放的、前面则是平放着的，大的盘子在最底下，中等盘子摆在上面，小盘子在最上面，还有一个茶壶周围一圈茶杯，摆放得规规整整，可真够讲究。客厅墙上挂着他 29 岁时候的黑白照片，梳着油光锃亮的猫王头，造型颇为夸张。看来任何老年人都有过追逐时尚、离经叛道的青春年华。他的客卧也是他的书房，他从一大堆录像带中很麻利地抽出几盘给我看，有《大红灯笼高高挂》、《菊豆》、《霸王别姬》等等。

聊着聊着，他又带我参观了楼下的物业图书室、健身房和游泳池，不仅管理维护得一丝不苟，业主们也一个个屏声静气、礼貌客气。看在眼里，心潮澎拜：我相信北京、上海的高级公寓也许比这里奢华，但是我难以相信在中国一个一辈子靠教教书、写写稿子为生的人退休了还能过上这样的生活。

每次我跟国内朋友描述起我的所见所闻，总有一些不服气的。一个叫吴炎的 IT 公司老同事就是这样，他说道："那算什么呀？北京高级住宅有的是！我家附近的棕榈泉国际公寓就特牛！很多港台明星都在那里买房子，也不比你说的加拿大公寓差！"

我问道："你都住棕榈泉了？和哪个明星做邻居了？怎么一直没听你说过呀？"

他道："我可住不起。"他依旧还住在他团结湖的破旧民房里，每天爬六层，没有电梯。

能在想象中自得其乐，也是一种人生态度。

但是读万卷书，不如行万里路，我看到的是活生生的现实，不再是想象。

爱德华难道就是那个"罗汉贵人"？因为他不仅成了朋友，还让我了解到加拿大普通人的晚年——只要自己做个安分守己的良民，规划好自己的人生，晚年基本没有后顾之忧；如果偶有听闻悲惨的个案，通常不是这个四平八稳的社会的罪责。

他的公寓买的时候只有十几万加元，到了退休的时候，房贷早已还干净了，房子名副其实地成了他的私人不动产。每个月的养老金，其中有 500 多要缴纳不菲的物业管理费，再有 500 多用于一日三餐和日常交通、娱乐开支，还能剩下 500，每攒半年一载足够出国旅游一次。他的儿子已经 29 岁，早已独立；看病求医分文不要，偶尔还能赚些稿费收入，三百两百的，汽车油钱就出了。虽决非大富大贵，甚至未必达到中等水平，但是这就足够了，还有什么苛求呢？

了解了这些人的生活，我越发意识到加拿大是不能放弃的——回流了还要赶紧回去，尤其是对于我们这类平民百姓——没有什么稀缺的一技之长，而且在国内既没攀附权贵，也没傲人家境，更不懂钻营、不谙世故，就这样老老实实、本本分分，将来老了也许勉强能维持生计，但是恐怕要承受不少烦恼和忧愁，至少断断达不到爱德华的水平。

所以，国内折腾一趟，所有大门紧闭，也许是天意，于是又回到加拿大，但是这一次没有落脚多伦多，而是在温哥华安顿下来，要开始琢磨下一步该怎么走了。

我不禁想起温哥华老朋友王闹告诉我有一份收入还不错的工作特别青睐中国人，可以一试。这个公司倒是常年招聘，而且华人居多，着实让我犹豫了半天。

欲知当时的经历，且听下回分解。

13

赌场风云

上回说到重回加拿大面临生计问题，老朋友王闹传递一个消息，说是有家大公司常年招人，而且华人居多。我心想，天下还有这种好事？究竟是什么大公司？

王闹于 1957 年生于北京，部队文工团舞蹈演员出身，1984 年赴加拿大多伦多、蒙特利尔两地学习时装设计，1989 年移居温哥华，算是老华侨了，信息自然比我们这些新移民多。

原来，他说的所谓大公司是赌场，确实常年在招"荷官"，即赌场发牌员。这个职位不适合所有人，人来人往像走马灯似的，故而需要常年招聘。况且需要简单的心算能力，尤其是百家乐和 21 点，所以中国人应聘比例较高也不是什么稀罕事。

王闹就曾经在唐人街的一家赌场发过牌，据说他的主管嫌他动作有些慢。后来他不干了，他说是他自己辞的。究竟是别人辞他，还是他辞别人，就无从得知了。

这家大赌场需要网上预先申请，很快便有电话通知面试。

那天，前来面试的人有很多，白人、东亚人、印度人、中东人，中年居多，我恐怕是最年轻的之一。他们一个个正襟危坐，紧张兮兮。前台小姐安琪拉是个混血儿，让每个人填了表，然后带大家参加一个考验反应能力的测试。

不一会儿，安琪拉叫我去会议室进行测试，同时还有另外两个人在里面，一个都徐娘半老了，另一个成了老大爷了，二人衣冠楚楚，都是亚洲人模样，后来又陆陆续续进来一些应试者。

安琪拉给我试卷，全是英文，让 20 分钟内完成。猛一看，头有些懵，没见过这种试题，又像是游戏又像是数学题。静下心来，把例题好好看看，马上明白子丑寅卯了，于是没七八分钟就完成了所有试题。这些试题对于心算能力很强的中国人来说可谓太小菜一碟，无非是什么 25 x 1.5 等于多少，要马上心算出来；或者是代数题，老 K 代表十，然后和别的数字相加等等。

我第一个交卷给安琪拉。她一眼看出我有几个错误，居然让我再回去检查一遍。一位大叔吭哧吭哧半天也没做完，安琪拉催他交卷，说时间到了，这大叔还是不肯交卷，安琪拉干脆强行收走，并告诉他，她会让面试官跟他谈。

我交了卷以后，又进来一个亚洲女士，看样子 50 多岁了，一拿到试题就发牢骚说看不懂英文，无法下手。考试结束后我主动和她攀谈，并成了朋友。她英文名叫艾伦，来自台湾，住在本拿比，会计出身，所以做这种数学题应该没问题。我们聊着聊着，干脆一起坐到大厅里接着聊天，别人还以为我们早已认识了呢。我们互相留了电话，相约再次碰面。 正和台湾女士聊得欢着呢，安琪拉约我和面试官见面。这面试官是个黑发蓝眼、身材丰腴、表情严肃的白种女人，和我通过电话，名叫杰梅。

一进门她立刻告诉我：我通过了测试，要准备下一步工作了——一是申请娱乐行业工作执照，二是去办理无犯罪纪录证明，三是准备下个月二日起带薪培训五个星期，然后可以上岗。 面试时间很长，她问了我很多问题，如人际交流能力、解决问题能力、处理与老板的关系能力、处理客户纠纷的能力。

没几天带薪培训就要开始了，在动员大会上结识了一批新朋友。40 人左右的新人，三分之一是华人，还有很多菲律宾人，但不见台湾的艾伦，估计多半是没通过面试。培训是在赌场的一个培训中心，这时候突然发现 40 多个人，竟然四分之三是华人，又走了一些白人。

虽然带薪，但不管午饭，所以第一天没一人带饭，大家只好去附近的赛百味快餐厅就餐，看得出一个个花钱跟吐了血似的——一分钱还没挣，就先花了十加元买工作午餐！那可是 70 人民币，在中国不知能吃多少顿美味可口的盖浇饭啊！

第二天大家则老老实实都带了饭，公司有微波炉，每个人都可以用。午饭的时候一聊天，了解了每个人的来龙去脉。一问，这个是清华硕士，那个是人大硕士，还有北理工、北邮、北航、南大、复旦、南开……，大家都如此，我也顿时就不觉得委屈了。

一个老实敦厚的广州男生，名叫黄伟，毕业于中山大学计算机系，文质彬彬、憨态可掬，和他妻子现在住在远离温哥华市中心的第 49 街。他移民后先在这里的一家餐厅里打工，据他说在国内从不做饭的他在这里当上了厨师，从切菜洗菜到后来干脆独自掌勺，人家现在居然是个粤菜大厨。

胡卫东，30 大几，一口熟悉的南京口音，南京大学国际贸易专业硕士生毕业。目前一人跟人合租住在本拿比市一个荒凉的地方，必须要有一部车，所以他买了一辆便宜的二手车开着，价值 2000 加元。胡的妻子和小孩都在国内。他在这里已经度过了将近两年半，还有十个月就可以有资格申请加拿大护照了。

一个高个东北女孩，一脸稚气未脱的样子，住在列治文的一个荒凉、枯燥的地方。她倒是开着一部八成新的宝马。

回到家后，胡卫东从他本拿比的地下室来电话，和我长聊一个半小时。他一直基本上是在工厂里打工，比如蒙特利尔的一家制衣厂，他负责看机器。车间里全是移民，而坐办公室里的全是加拿大白人。难以想象这位下车间的"纺织工人"曾是堂堂南京大学的高材生。为了省房租，他住到了本拿比；因为远，又不得不配一部车。他的车底盘已经脱落，所以每次行驶起来，底盘摩擦路面都发出剧烈的响声，呼啸而过，但是他浑然不顾。

每天中午吃饭，我都发现什么便宜胡卫东吃什么，不是大白菜就是土豆条，炒得也很粗糙。于是我总是从我碗里给他夹一根鸡腿，他二话不说囫囵吞枣地三口两口就吃光了。他的手表每次都慢五分钟，于是我摘下我的电子表给了他，他竟然双眼都湿润了。他的裤裆永远是裂开的，从来没有缝补过。我问他道："既然日子过得这样，还不如回南京呢！况且你老婆孩子都已经先回去了。"

他几近自言自语般地道："回不去了，回不去了。"

每个人有每个人的算盘和苦衷，一言难尽。他受不了回去以后电梯里公厕里抽烟的人们，受不了进电梯就赶紧按关门按钮的人们，受不了冲导盲犬按喇叭的人们，受不了蹲在抽水马桶上大小便的人们，受不了你给他扶着门他堂而皇之进去却不知道谢的人们……，这就是他为什么"回不去了"。

主要培训项目不仅有洗牌、发牌技巧，服务礼仪，更多的是心算，时不时还有当堂算术测验，每次我基本都可以第一个交卷。

每周都会流失几个人，有的人是自己走的，也有的是被让走的——公司不愿意继续给一个不适合这种工作的人发放培训报酬。

几个星期下来，我稳扎稳打，过关斩将，多次受到培训官的赞许。

有一次考核项目是两盒扑克牌每四张点数相加，看谁最快。培训官以迅雷不及掩耳之势码出四张牌在台面上，呈扇状，然后飞快地又将四张牌合拢推至一边，也就是说不到半秒钟功夫你需要眼快心快，迅速将四张牌点数之合报出。我以20秒创造了员工记录。

培训的最后阶段是每两人分一组，轮流充当荷官和顾客，我和一个以色列女的分为一组，她名叫迪娜，培训成绩也属于全班比较优秀的。我们二人都感觉已经胜券在握了，而且一想到以后就以此为生了，不免还有些叹息——难道这一辈子就和赌徒为伴了？

一天下午，所有人停止培训，挨个被培训官叫到一间办公室里做最后一次个人总结谈话。我们的培训官全是女的，一个白人大妈，其他全是亚裔。透过玻璃窗，可以看见里面被叫去谈话的人紧张不安的神情。

黄伟出来了，笑眯眯的脸上憋得通红，好像刚受了折磨。

胡卫东也出来了，一脸垂头丧气的样子，像是刚被训斥过的小学生。

迪娜出来了，好像信心百倍的样子，踌躇满志、气宇轩昂。

等到叫我了，我丝毫没有别人的那种胆怯，大大方方、淡定自如。

这个谈话十分随意和气，培训官先是肯定你自培训第一天以来取得的巨大进步，然后，话锋一转，指出她们观察到的你的一些毛病。我一听，那些所谓的"毛病"肯定是误会了，三五个培训官要看一屋子 40 几个人，怎么可能百分百观察到位？所以我尽我最大可能礼貌客气地辩解、澄清了几句。培训官听了，只是点头微笑一番，说谈话结束，可以回家了。

我和迪娜都乘坐高架城铁天车回家。刚走到天车站，我二人前后脚收到公司人力资源部的电话，对方道："明天你不用再来了，已经产生的培训费用我们会给你发放支票。"

一听这话，我们都傻了，简直不相信自己的耳朵。想问问原因，对方只字不提。迪娜和我的培训成绩是有目共睹的，再淘汰也淘汰不到我们俩头上啊！

悄悄一打听，黄伟、胡卫东他们都没有收到这样的电话。他们都留了下来，很快就去赌场正式上岗了。

这个不解之谜到了半年后才揭晓，那是几个赌场新员工和培训官聚会的时候，培训官随意透露了一下：当初最后一次谈话，找出每个人的毛病，凡是点头哈腰的，全留了下来；凡是自我辩护的，全让走人，因为他们不喜欢这样的员工。赌场需要的是听话的发牌机器，不需要你有思想，有个性，爱争辩——即便你被委屈了。

也许是天意，不想让我从事这个行业。就在这时，温哥华国际电影节的活动，间接打开了新的大门。

欲知后事如何，且听下回分解。

14

柳暗花明

话说在赌场接受荷官培训，本以为可以顺理成章很快得以上岗，没想到一个电话通知一些人不要来了，其中包括我和那个以色列的迪娜。

迪娜虽然也有些惊讶，但是并没有特别失望，毕竟这不是什么多么令人向往的工作。后来她还和我保持联系。

过了些日子，她说她准备去阿尔伯达省省会埃德蒙顿工作去了，在那里她找到一家酒店去做清洁工，每小时能给 40 多加元，这绝对属于高薪了。那里冬天可以零下二三十度，但是冲着高薪水，也就忍忍了。

而我去哪儿呢？是继续雪片般地发送简历，然后等不来一个面试机会，还是硬着头皮叩响餐馆、菜店的大门，询问是不是还在请帮手？是再去学一门手艺，或水暖工电工，或缝缝补补、改裤锁边，还是报个夜校学学财务会计、售楼经纪？看似死路一条，而脑洞一开，仿佛世上到处都是路可走。

想问问扎西"活佛"，估计他还会说干什么都成，有"小小的障碍"，要"念经"，要"放生"，等等。

算了，就不打扰他了。

跟谭居士打电话，对她来说，能出国就是福报很大了，还有什么可担忧的呢？她电话里还兴致勃勃地告诉我她外孙女去荷兰留学了，学习花卉种植。她还希望外孙女将来有本事也把她接到荷兰看看外国的月亮有多圆。

就在这时，远在多伦多的朋友爱德华发来邮件，说是温哥华国际电影节正在进行中，有一个讲座让我一定去参加。这个讲座的主讲人是本拿比大学的女教授海伦娜•罗斯，题目是《中国电影中的性》，所讲的内容覆盖自中国电影诞生以来两岸三地银幕上展现的中国女性、家庭、婚恋、两性关系等诸多问题。

那是个周五的晚上，我带着相机去参加她的讲座，现场座无虚席，基本上都是高鼻深目的白人。这么多外族人热爱中国文化，着实令我惊讶。

　　我还纳闷，都说温哥华华人众多，可是现场却几乎不见几个亚洲面孔，这是为何？有朋友开玩笑说，一半忙着在大统华等超市打工呢，另一半在饭馆里觥筹交错、大快朵颐，谁有那闲情逸致去听什么中国电影讲座呢？

　　罗斯教授从默片讲到有声片，从黑白片讲到彩色片，从民国讲到文革后期，从大陆讲到港台，滔滔不绝、神采飞扬。我在第一排，为她拍了几张照片。讲座完毕，已经有一群人围着她问这问那，我连见缝插针的机会都没有，因此没能跟她打个招呼就先离开了。回家后在本拿比大学网站上搜到了她的电子邮箱，把她的照片给她发了过去。

　　第二天她便回复了邮件，道："太谢谢你了。我光忙着讲座了，还真没有安排谁给我照张相，你照的照片正好填补了这一空白。很遗憾，没有能跟你交谈。"

　　这一回复就是一个很好的迹象。我又给她回邮件介绍了我的背景，表达了我对她的研究领域的浓厚兴趣，问她是不是在招博士生。谁知她立即约我数日后在罗伯森大街上的一家星巴克见面。

　　国内很多人常挂在嘴边什么"考博士"，严格来说这里不是"考博士"，而是申请博士生，通常来说导师同意了，你基本就被录取了。所以为了申请，你需要先网上搜索你钟情的领域，搜索跟你对口的教授，再跟他们联系。跟找对象一样，有时候不知何故，他可能就看你不顺眼；有时候可能一拍即合，火花四溅。

　　那天我准时到达星巴克，一眼看见罗斯教授已经在买排队咖啡了。我带来了我出版过的书，心里盘算着应该说些什么。我心想，她既然在百忙之中愿意出来见我，说明她对我是有兴趣的，我的条件也是合格的；今天再见面，谈的恐怕就是她更加关注的问题了——一个导师招人，最想知道的是你是否能坚持到底，顺利毕业，把学位拿到。

　　罗斯很快步入正题，满脸的微笑顿时严肃下来，道："我们招生很谨慎，我们系去年就一个人也没招。我要给你提个醒，平均来说我们系的博士生要读五到六年，有的人读八年才毕业也不罕见。因为时间太长，有不少人中途就撤了，有各种各样的原因，有的是找到了好的工作，就不读了；有的是结婚生孩子去了。这样一来，等于我们浪费了很大财力和精力，太可惜了。"

　　我亮出我的书，道："这本书十几万字，从投稿到三校到出版，倘若没有恒心，也恐怕半途而废。既然能写书，写篇论文也不算什么难事。"

　　罗斯赞许地点点头，道："那你就准备申请吧。"

　　我问她都有多少资助，她说钱数不好说，但是每个学生都有这样那样的奖助学金。

　　这事果然没有悬念，来年的三月收到了录取通知书。

重新做起了学生，才感到和四处打工相比，这是一个比较明智的选择：一来蹲了移民监，没有虚度光阴；二来在知识储备、文化修养、人格塑造和学历上有了提升；三来这是最好的融入主流社会的方式，因为每日接触的都是加拿大的师生、员工、各种社区和活动；四来还有收入，包括奖助学金、助教工资，还有偶尔杂七杂八的额外劳务费用——只要你人在大学校园体系中，一个机会能带来另一个机会；五来作为学生还享有很多福利，比如奖助学金收入是免交税的，乘车交通卡、健身游泳只是象征性地收一点费用，几近免费。

校园里挣钱的机会有很多，你可以在自己系里申请奖助学金，也可以到别的系找找项目。自己系里的助教职位要轮流，因为他们要一碗水端平，所以不能守株待兔，要向外出击。

很快我在原住民文化系找到了助教工作，女教授贝克说她一看我照片就相中了我，后来我们成了一直联系的好朋友。还去到东亚系去找教汉语的职位，我心想，别的助教职位你要和加拿大本地人竞争，但是教汉语的职位，恐怕竞争面就小很多了。果然一申请就得到面试，一面试就发了聘书。

在开课之前的教师集体会议上，一共就四个人，除了我，还有中文部主任金丽荣老师、历史系女博士生黄宇宁、校外聘请的刘玉凤老师。这三个人一开口就听出她们来自何方——金老师是香港人，黄宇宁则一口川普，刘老师东北大碴子味儿出来了。也许是因为他乡遇同胞，当晚散会后黄宇宁就成了推心置腹、无话不谈的朋友。她不算漂亮，单眼皮、杏仁眼，有些婴儿肥的脸上还散落着星星点点的雀斑，但是一举一动一颦一笑颇有风韵；个子不高，腿短臀肥，但是能歌善舞，还会吹葫芦丝。她移民留学这一路都是幸运的，28 岁那年办了停薪留职手续（那个时候停薪留职已经很罕见了），离开老家四川，来到这所大学读博士学位，一读已经将近七年，暂时还没有毕业的打算。据她说是她提交了论文报告后，导师认为她还缺少研究方法的训练，又给她打回去让她再修一年的课程，这一来二去就耽误了一年多。

不过这七年她没有虚度，不仅办下了加拿大移民，还靠各种奖助学金、助教薪水愣是存了三万加元，加上父母赞助的几万，交首付买了一套一主卧一书房二卫的公寓，总价格才 26 万加元——她真是赶上了大温哥华地区房地产市场的好时候。她道："我才不愿意毕业那么早呢！我在这里一年，就可以教一年中文。我要是毕业了，这教中文的职位就得让给新来的博士生了！"

我问她道："但是你有没有想到，早毕业可以早去高校里求职啊？"

她不假思索回答道："女人到了这个岁数，教学、研究、职位，都是不切实际的目标了。我现在当务之急是把自己嫁出去！我是家里独生女，现在已经 35 岁，我妈都急了，怕我将来生孩子困难，甚至都发了狠话，说：'你就是被人强奸，也得给我生个孩子出来！'"

　　她叹道："中国家长不管你是否幸福，只管催婚催生，如果不婚，好歹也得生一个，否则女人的人生是不完整的。"

　　至于黄宇宁的浪漫史，还真有些离奇。欲知内情，且听下回分解。

15

异国鸳鸯

话说本拿比大学教中文邂逅历史系四川女博士生黄宇宁，已经在读七年，不仅办下了加拿大枫叶卡，还愣是攒了三万多加元，将近 20 万人民币呢。

她比我早来学校七年，当然有关学业的大事小情都会请教她。至于她如何一边读书一边能攒钱，我还真是要多多请教。我虽然也有奖助学金和助教薪水，但是好像压根攒不了多少。虽然吃喝花费不多，但是我还要假期旅游，要去拉斯维加斯，还要买 iPhone、iPad；且用了多年的联想、惠普笔记本电脑陆续开始频繁死机、自动关机，而新的苹果电脑出来了，好歹也要给自己置办一个，而这些都要花钱，让我攒三万，实在是痴人说梦。

几次和黄宇宁接触，对她攒钱的秘诀终于恍然大悟。每次参加聚会，她带的点心决不会超过三元钱。她的手机和电脑都是最老的，能打电话能敲字就行。有一次她请我在我电脑上帮她往她的 U 盘上倒她的上课视频资料，一共 30 多个，约好了她下午四点多来我家取。我心想，她既然四点来，倒视频要个把小时，再聊会天儿，就赶上晚饭时间了，到时候正好带她去下馆子吃饭。

没想到那天她磨磨蹭蹭七点半才到我家，我已经吃过晚饭了。

U 盘交给她，问她吃过晚饭没有，她说还没有。于是我带她到我家附近的小饭馆。我虽然吃过了，但是我可以陪她吃一点，然后打包回家。

结账的时候，东北老板还挺入乡随俗，过来问道："你们是各自结各自的，还是一起结呀？"

我当仁不让回答道："一起结。"

小黄正美滋滋地嚼着一口宫保鸡丁，从鸡肉缝里挤出几句："我来，我来，我来……"

还没等她掏出钱包，我已经把账结了。

小黄道："哎呀，达哇，你看你，你是主人，我是客人，我千里迢迢来看你，应该我来结呀，怎么好意思让你结呢？"

这一句话把我都打蒙了，半天没反应过来其中的逻辑。转头一想，攒三万元钱可不就是生活中一点一滴、三元五元积少成多地攒起的吗？

　　有一次一家华人移民公司找到我，说是要找几个人帮助他们翻译一些资料。我一人弄不过来，于是找到小黄，看看她是否愿意再挣点外快，没想到她一听说是华人公司，当即拒绝，而且绘声绘色描述了她的一段遭遇——

　　一次，一家华人公司请她翻译资料，答应付给她的报酬是每个字七分钱，合人民币四角多，她不假思索就答应了，后来才得知市场价格是一角五分，合人民币约一元钱。这也就罢了，只当作自己吃了个哑巴亏，事先没有了解市场行情。

　　但是这家公司付钱的时候，却是按照一个字四分钱付给她。她很生气，质问对方："为什么中国人欺负中国人？我辛辛苦苦翻译这么多文字，容易吗？"

　　对方回答："我们对你翻译的稿子不满意，又找别人润色，所以产生了额外的支出，就要从你的翻译费里面出。"

　　黄宇宁义愤填膺道："像这种情况，一般来说加拿大本地西人公司很少这么无赖。如果你又找别人加工，那么额外的支出应该你们自己承担，不能追加到原来的翻译头上，原先说好的报酬不应当再随意改动。"

　　没多久，又有一家西人公司请她翻译，对方按小时付费，问小黄预期的时薪。小黄回答说每小时 30 加元。

　　这家公司的白人女士很天真地说："30 元？太少了！那我就给你 35 元吧！"工作时间自己报，全凭自觉，而且人家就是信任你。

　　原来，人家公司觉得小黄要价低于了他们的实际预算，于是主动多给她五元，小黄暗自纳闷这家公司为何如此大度，甚至有些单纯，所以工作起来极其卖力。

　　黄宇宁语重心长道："我在温哥华这几年，经历多了，凡是华人公司，试工、试讲都不给钱；凡是我去过的西人公司，即便培训都要给薪水。我经历过一家华人公司，请来三四个老外参加公司的活动，帮助助兴，以显示自己的公司如何'主流社会化'，结果不仅没有给报酬，连车马费都不给。"

　　黄宇宁也许在同胞那里碰壁多了，于是任何交往只和洋人来往，甚至是找男朋友，也只找白人。她说宁可找白人的建筑工人，也不会找华人的博士教授，至于原因，她说道："加拿大人，无论是农民还是教授，谈吐、举止，你一眼看不出来，而中国三教九流，举手投足、一言一笑，全都看得出来。说实话，老外的建筑工人论教养都比那北大清华教授强多了。"

　　她这么一说，着实令我哑口无言，是不是太过偏激？我是一个倾听者，从不轻易批评论断，给人盖棺定论，这就是为什么所有人都爱跟我倾诉。于是，她一口气讲完了她的加国罗曼史——

　　"说实话，也许你都不敢相信，我 28 岁来到加拿大，在那之前从来没有谈过恋爱。在川大，大学里人人都谈恋爱，而我就行走在那被爱情遗忘的角落。来到加拿大后我觉得我自由了，这里没有你父母的催促，没有街坊邻居的窥探，没有同事的好奇，没有老同学的攀比；这里的人各过各的，你完全可以自由选择自己的生活。我一直觉得，我的初恋太晚，所以我就得找个老外男朋友才能弥补我失去的青春的缺憾，所以我一开始就认准了，只找老外，而且只找白人。有一次一个阿拉伯人猛追我，还要送我一部二手车，我都没愿意。

　　"我的第一个男朋友是我在学校认识的，名叫马克，比我大七八岁，人高马大、肌肉发达，很爷们儿，出生于安大略省，就是白求恩那个故乡。他的工作是负责学校的垃圾回收。你别看一个收垃圾的，开着垃圾卡车还听贝多芬、莫扎特呢！跟他相处多了，才知道他还曾经因为银行欺诈蹲过一年监狱。不过认识我的时候已经改邪归正了。

　　"我跟他有了第一次，没什么感觉，很不舒服。事后他还笑话我 28 岁了竟然还是处女。我到现在还为此耿耿于怀，这有什么可丢人的呢？后来每次跟他约会，他都会拿此事来取笑我。"

　　我问她道："那你就因为这个跟他分手的？"

　　小黄道："那倒不是。我只是觉得他不够尊重我。他倒是花钱不小气，每次吃饭都是他埋单，而且总是花现金。问题是，每次埋单，他都把钱交给我，指挥我去交钱去，好像打发一个丫鬟。我感觉我不是他女朋友，而更像是一个提鞋拎包的侍者，跟着主子能蹭点吃喝。"

　　很快，黄宇宁就淡出了马克的视野。后来马克时不时还要约她吃饭，都被她谢绝了。黄宇宁说，第一次恋爱就是"练练手"，一个女人一旦有了第一次，以后就彻底放开了。她至今不提马克的名字，而管他叫"老大"。没多久，她又有了"老二"，当然，还是一个加拿大白人。

　　欲知后事如何，且听下回分解。

16

情天恨海

上回说到黄宇宁结束了和老大的关系，有了一次经历，积累了经验，就放开了。很快又在网上找到了老二，名叫迈克尔，仍然是一个加拿大白人——小黄说了，她只找老外。

这个迈克尔外表条件还不如老大，五官有些歪瓜裂枣，挺着有些夸张的啤酒桶肚子；可能因为以前的摩托车车祸，走路还略有一瘸一拐的感觉。然而，就是这么一个人，竟然让黄宇宁堕入情网，欲罢不能，甚至很慎重地考虑到了婚姻问题。这段故事，黄宇宁如是说——

"和老大分手了，倒没觉得遗憾，我们现在偶尔还有联系。我也坦诚告诉他，我又有了新的男朋友，他还俏皮地说，我应该感谢他，是他让我有了性经验，他为别的男人培训了我。我听了总哈哈大笑。但是这个和老二分手，真让我久久不能自拔，直到现在提起他来，我还有些义愤填膺呢！"

我道："是啊，俗话说，爱之深，责之切。听你的语气，你确实被伤着了。好像你提起老大就没有这样的感觉。那么，老二是靠什么让你那么投入呢？"

黄道："说实话，老二外形条件并不好，但是他很会哄女孩子，又是甜言蜜语，又是送花吃饭。老大把我当个丫鬟对待，但是老二视我为东方美女。他更喜欢的是我身后的中国文化，无论我跳中国舞，还是唱中国民歌，他都如醉如痴。我们俩处了一年半，也算是半同居了，我们都保留着各自的公寓，但是一星期大部分时间他都住在我这儿。我做什么他都说好吃。时间长了，他在我面前什么都不吝，经常在我面前咚咚放响屁，也毫不顾忌。

"认识他的时候我已经 30 了，已经不想再耗下去了，跟他都到了谈婚论嫁的地步，他也很认真地考虑起很多问题，比如以后结婚了，我们住在哪儿，有了孩子取个什么名字。有一年我爸爸妈妈来加拿大探亲，我把老二介绍给了他们。我家里人都比较保守，从来没想到我会找个外国人，更没想到我会跟一个外国人同居，但是考虑到我已经是 30 岁的剩女了，他们也就不纠缠这个问题了。

"但是我总觉得老二对我父母不够尊重。有一晚上老二开车带着我和我父母吃完饭回家。没想到这家伙老毛病不改，当着我爸妈面放了一个闷屁，虽然没有响，但是奇臭无比。我妈用四川话问我是不是迈克尔放的。我又问老二，老二没有道歉，摇下车窗，愣说是外面黄鼠狼放的。"

我一听，噗嗤一下笑了，问道："难道你和老二就因为一个屁而分手的？"

　　小黄道："那倒不是。分手有很多原因，主要是我急着要结婚，他虽然也表示有这个打算，但是一天一天过去了，他就是没有动静。而压死骆驼的最后一颗稻草是一次酒吧里的巧遇。有一个周六，老二本来要带我去吃饭的，但是突然他说他一个哥们过生日，他要去一个酒吧喝几杯。正好那晚上我有几个姐们儿也约我去耶鲁镇的一家酒吧，庆祝其中一个人的博士论文答辩通过。结果到了那里，我在人群中看到老二跟另外两个亚洲女人和一个白人男子在一起谈笑风生、眉飞色舞。他也许太投入了，压根没看见我。我想赶快溜走，没想到那俩亚洲女的也起身走了。等她们俩出了酒吧，我也起身离开酒吧，到门口一个角落里等候我的朋友们出来，我要搭她们的车回家。没想到，还没几分钟，老二和他的朋友就出来了，还听见老二对他的朋友道：'这些亚洲女人就是贱，就喜欢找白男人，而且特别粘人，一粘上你甩都甩不掉！'

　　"后来老二再来我家，我向他质问这件事情，他不仅没有歉意，反而指责我跟踪他、偷听他，说我要看心理医生。既然这样了，我们就走不下去了。他扭头就走了。我还暗自希望过个三五天，顶多十天半个月，他会打电话再找我，即使不道歉，就装作什么都没发生一样，我也能再接受他。但是几个月过去了，杳无音信；一年过去了，也杳无音信。我恨我自己手贱，给他发过几次短信，可是永远没有回音；打电话，通了，永远没人接。换个号码打，他终于接了，一听是我，就挂了。久而久之，我那个恨啊，越积越深。你想想，我们毕竟在一起一年半了，怎么人会这样冷酷无情？"

　　我心想，这小黄还是很率真的，她不知道人心是最复杂莫测的。一年半就说明什么了呢？有的几十年夫妻，也同床异梦、形同陌路，甚至彼此恨之入骨。

　　小黄不解道："可是我们在床上亲热时候，他不像是装的呀？"

　　我不便多说什么，心想，公猪母猪交配，也可以热火朝天，只有兽性所驱而没有灵魂交契，再投入也不会长久。

　　老二就这样结束了。有人说，你上一段刻骨铭心的感情经历有多久，就需要多久来疗伤。既然老二和小黄处了一年半，小黄花了一年半才终于走出阴影。这期间她根本没心思做学问，导师有事找她，她就敷衍一下；写论文提纲，她可以半年写出三行字。

　　大概一年半后，她又重新在网上发布了征友广告，这一次老三进入了她的生活。

　　老三名叫内森，一个装修工，住在温哥华北部一个小镇上，开车需要四个小时。他比小黄大七岁，却像是小黄的弟弟，长着一张娃娃脸，一看就是忠厚老实型的。因为那个千人小镇的生活实在寂寞无聊，老三通常每个周五开车来温哥华度个周末，逛逛商场，泡泡酒吧，等等，周日下午再开车回去，开始又一周的工作。

大学里的一个圣诞晚会上，小黄把老三带来了，果然是一脸稚气、言语不多，一双炯炯有神的大眼睛总闪着微笑。他衣着十分朴素，洁净而不邋遢。举手投足间透着羞涩、腼腆。

我心想，通常像这样老老实实、体体面面，不追求时髦的人，人品估计不会差到哪儿去。

第二天电话里我问小黄："老大老二我没见过，但是老三我亲眼见到了，这个还不错吧？"

小黄道："说实话，我已经想跟他散了。老三确实老实巴交，但是就是太抠。我甚至怀疑他找我就是为了每个周末来温哥华有个免费地方住，还有个免费停车位，还有我也是免费的。他倒好，什么便宜都叫他占了，他却一分钱不花。按说来我家又吃又住又免费泊车又免费有美女陪伴，应该请我下馆子吃饭吧？这家伙倒好，一次都没请过我！有一次他来找我，赶上了情人节，我索性直截了当地问他：'今天是情人节，你怎么也不说给女孩子买点鲜花呀？'他二话不说就出去了，过了一会带来一根从 Dollarama（所谓的一元店，因通货膨胀早变成"三四元"店了）买来的假花，我看顶多就一块钱！"

说着，小黄自己都乐了。那一根假花至今她还插在客厅的花瓶里。

我问道："老三不是装修工吗？那收入不应该太低啊！"

"算了吧！" 小黄道，"我听老三说，他自己的房子租出去了，而他又住在挂车里。你说，他省钱省到了什么程度？我要是嫁给他，你要我跟他住挂车里吗？"

她连连感慨道："一个女人奉献肉体，要么为了钱，要么为了爱，要么为了维持家庭，而我，什么都没得到，倒是给别人占了这么多便宜。你说，我再跟老三耗下去，我不是太傻了吗？"

估计圣诞节这一次聚会，老三又是空手而来，于是这次二人见面成了他们的最后一次。后来连续几个周末，老三又发短信给小黄，表示来温哥华还想见她、住她家，全被小黄找理由回绝了。

小黄说她要宁缺毋滥。没多久，她开始琢磨如何找"老四"了，甚至还请我帮她撰写网络广告，那个广告一晚上竟然收到 68 个回复。

不过，老四出现真是上天的安排——合适的时间，合适的地点，合适的缘由。

欲知后事如何，且听下回分解。

17

网络男女

上回说到黄宇宁快刀斩乱麻结束了和老三的关系，但是她毕竟是耐不住寂寞的女人，很快又要上网找人了。有的女人就是这样——不甘心独守空帷，一定要有个男人作伴；有的男人则更甚，只要是个女人他就乐意，香的臭的老的少的都往他屋里拉。黄宇宁对于找朋友有很多渠道，主要是上 craigslist——一个免费的讯息网站，不过几年后因为交友专栏由于有大量投诉说是有卖淫嫖娼交易，被取缔了；其次是收费相亲网站，如 match.com，但是需要每个月都收取会员费，对于精打细算过日子的黄宇宁来说不合算；第三是去温哥华的一家婚介俱乐部，但是要一次性缴纳 5000 加元的会员费，那更是贵得离谱。

一天晚上，黄宇宁来电话说："达哇，我前天在 craigslist 上登了广告，到现在才三个回复，你说怎么回事？"

"你把你的广告发来我看看，"我说道。

看了她的广告，难怪只有三个回复，实在太平淡无奇——

"中国女人，健康美丽，温顺善良，且多才多艺，喜欢音乐、唱歌、跳舞。我还可以教你汉语……"

黄央求道："麻烦你帮我改改吧。"

不出十分钟，我就把新的广告发给她过目——

Multi-talented Chinese Lady Seeking Soulmate

I'm a Chinese woman currently in my final stage of completing my doctoral program in Vancouver. I'm in my 30s, youthful, elegant and shapely, and love to dress to kill. I play several musical instruments, sing Chinese folk songs, and love indigenous Tibetan and Yunnan dances. I'm a native of Sichuan, and make authentic yummy spicy Sichuan food. In my spare time, I enjoy having a nice and hot cup of earl grey at a cozy bar, observing local chicks and guys chatting, boozing, and laughing. I love walking on the beach, watching the lighthouse and sunset, meditating and letting my thoughts flow. I love strolling through art galleries and museums and sobbing in the cinema watching a sad movie.

I'm looking for someone who can be a soulmate, who may share my hobbies and interests and who may find in me good company; someone honest, down-to-earth, loving and caring; someone who cherishes and believes in true love. You should be 35-45, well read and well bred, fit and healthy, willing to embark on an intellectual and soulful journey with a woman who is ready to get onboard. Please kindly reply with a picture if you find me interesting enough. As a courtesy, I will respond to every correspondence I receive. Thanks for your time.

中文译文为：

多才多艺的中国女士寻找灵魂的伴侣

我是一个中国女人，目前在温哥华即将完成我的博士学业。我 30 多岁、风华正茂、优雅多姿、体态丰盈，而且精于着装打扮。我会演奏几种乐器，会演唱中国民族歌曲，喜欢藏族和云南的民族舞蹈。我来自四川，因此会烹饪正宗的香辣川菜。我业余时间喜欢坐在温馨的酒吧里，喝上一杯滚热的格雷伯爵茶，观望着本地的红男绿女谈笑风生、觥筹交错。我喜欢坐在海滩上，一边凝望着灯塔和日落，一边沉思冥想，任思绪驰骋。我喜欢徜徉在美术馆和博物馆中，喜欢坐在电影院中为一部伤情的电影而垂泣。

我要寻找一个能成为灵魂伴侣的人，能和我分享兴趣爱好，钟情我的陪伴；一个诚实率真、充满爱心的人；一个珍视并相信真爱的人。你应该是 35 岁到 45 岁之间，受过良好教育，体魄健康、无病无恙，愿意和一个有诚意的女士携手开始智慧和精神之旅。如果你对我有兴趣，敬请回复并附上你的照片。每一封邮件我都会回敬以我的答复。谢谢你的时间。

小黄看了，兴奋不已，连连说她很喜欢，但就是怕在一堆广告中这一条太过与众不同，所以迟迟不敢发布在网上。

我道："与众不同，在中国文化中未必是好事，因为在一个随波逐流的社会里，人们怕枪打出头鸟。你在一群人中太突出，总难免要招来麻烦，不是嘲讽，就是嫉妒，要么就是七嘴八舌、闲言碎语、流言四起。但是与众不同在这边的文化里却是好事，说明你行走在凡人之上，是一个有意思、有个性的人，你的个性就是你最好的珠宝首饰和时装标牌。"

小黄连连称是，一咬牙一个点击，就发布了。

当天午夜近 12 点，她突然打来电话，说就这么两三个小时，她已经收到了 68 个回复，其中素质最高的恐怕是本地素里大学的一个英美文学教授，自称是哈佛大学和耶鲁大学双博士，虽然年龄略超过她要求的范围，但是看在此人的学术造诣和社会地位，小黄颇为心动。她这一宿一直在琢磨，这个英美文学教授难道就是她心目中的老四？她还想，这个人看来文化素质没得说，女博士找个男教授，还是很匹配的，但是看了此人发的照片，像素不高，隐隐约约看上去不像是欧洲人种。

我说道："这很简单，你上素里大学网站上搜搜他，不就可以看到他的信息了吗？"

黄道："可是他没留全名，只留了个缩写：A. K.。"

我道："那也无妨，你可以键入关键词：素里大学、英美文学、哈佛大学、耶鲁大学，看看有没有人名字缩写正好是 A.K.不就行了？"

黄宇宁茅塞顿开，我和她几乎同时展开了搜索，不出一分钟便有了结果：素里大学外国文学系果然有一个英美文学教授，先后在哈佛大学和耶鲁大学取得双博士学位，他的名字是阿里•卡巴拉（化名），缩写就是 A.K.。这是一个典型的穆斯林名字，不是阿里就是穆罕默德，不是穆罕默德就是阿里。他的履历中介绍他是黎巴嫩人，自幼上的是贝鲁特的英国贵族学校，后赴美国留学多年，英语和阿拉伯语都一样精通。

小黄顿时大失所望，道："哎呀，那就算了，不是我的菜，不过我有个姐们儿不介意，干脆移花接木转给她得了。"

小黄的那个姐们，名叫白玉玲，比她大七岁，一个单身母亲，女儿已经上高中了，对她来说，只要不是中国人，她都会去见见。她干脆直接接过法国文学教授的回邮，李代桃僵地替小黄去跟他约见了。

第一次是在鱼翅皇海鲜餐厅，这个教授还很给面子，点了很多美味，主动埋了单。白玉玲特意留意了一下，一顿饭一共 105 加元，在中国不算啥，在加拿大算是拿得出手了。饭间，他二人分别介绍了各自的婚姻、家庭状况。这个教授离异三年，两个儿子都判给了他，一个 13 岁，一个十岁。他一个人又当爹，又当妈。

白玉玲回家后想："能做一个教授夫人，在国外也蛮风光，回国衣锦还乡，带上教授老公，在俺们那三线小城里晃一圈，也算是给父老乡亲们一个交代。"

于是她就等着教授再次约她。

过了五天，这个教授来短信了，道："玲，这个周五晚我两个儿子跟学校去野营，不在家，你来我家吧。"

白玉玲心想，这信号太露骨了，一顿饭就把老娘忽悠上他家过夜去了？不过，她已经是老游击队员了，根本不在乎这个，于是她回复道："怎么去啊？"

教授立马回短信说："你不是住本拿比吗？先乘坐天车到温哥华市中心，换 4 路到阿布特斯站，再换 44 路到凯撒街夹安东尼街，我家就在那附近。到了那里你给我短信，我再把我具体地址发给你……"

白玉玲看了短信，气得暴跳如雷，骂道："去你大爷的吧！"当即就把此人短信全给删了。

68 个回复，绝大部分年轻的都不靠谱，剩下的最诚恳的，都是一些年过 60 的长辈，他们倒是严肃认真，因为他们更多考虑的是退休生涯还是要有个端茶倒水、互相照应的生活伴侣。小黄哪肯甘心这么早就陪一个长者过他的退休生活？有人说，夫妻是缘，儿女是债，既然是缘，不到合适的时间、合适的地点，那个真命天子不会出现，即便网上广撒网，也捕不到一条鱼。

还不出一个月，老四终于出现了，这个人最终成了黄宇宁的孩子爹。

欲知后事如何，且听下回分解。

18

白面郎君

上回说到黄宇宁网上打出征友广告，第一晚就收到 68 个回复，后来三天一共收到 140 多个回复，但是挑花了眼，而且效果并不好：首先，情真意切的，往往都是岁数太大的，希望找个端茶倒水、共度余生的生活伴侣；年轻英俊的，她倒是一眼相中，回了邮件，结果对方再也没有消息，可能就是一时起兴来个邮件发张别人的帅照恶作剧一下；也有的不太老也不太年轻，40 多岁的，聊了半天结果人不在温哥华，而住在遥远的美国爱达荷州、内华达州、犹他州等等，更是不现实。

就在黄宇宁回复广告的激情逐渐开始冷却的时候，老四终于走入了她的生活。那是一天下午她在温哥华的大图书馆里给学生批改小测验，一张大桌子只有她和坐在斜对面的一白人男子，二人至少已经坐了一个半小时了，那人一直在电脑上工作，聚精会神。这时，那年轻白人男子走到她身边礼貌地问她好，然后问她愿不愿意一起去喝杯咖啡。

黄宇宁半秒的犹豫都没有，马上痛快答应了，反正她也坐了大半天了，该走动走动了。

这男子名叫本杰明，瘦高个，长得不算丑，但也不算英俊，白白净净，戴着一副黑边眼镜，显得格外学究气，真可谓一个白面郎君。黄宇宁说他猛一看，脸庞有点像一只浣熊，后来给我发来照片，我一看果真如此。他只比黄大一岁，已经在当地 Telus 公司任工程师，但是又回到本拿比大学里半工半读准备拿下计算机的硕士学位。

当天晚上黄就来电话一五一十向我汇报了一番，还笑着道："达哇，你看我怎么什么都跟你说呀？我觉得主要是因为你研究人性，总是手捧弗洛伊德、福柯那些人的著作，又比较开明，所以我跟你说这些事，我自己心里也特别舒服。"

我道："过奖了。如此看来本杰明就是你的老四了。年龄只大一岁，又是校友，又在 Telus 工作，又主动请你喝咖啡，看来真是如意郎君。"

黄乐了，道："不过我还不知道他什么意思呢。他只不过就请我一杯咖啡而已，他有没有女朋友，是不是要找女朋友，愿不愿意找中国人，对我有没有兴趣，我一概都不知道呢！"

我回答道："那你就先处着看呗，走一步看一步。"

黄道："好的，我会随时向你汇报我们的进展。"

挂了电话，我没对这件事看好，因为一杯咖啡不代表什么，也许那老外只想学学汉语？也许他只想了解一下别的研究生的学业？黄是不是自作多情呢？

看来我判断错了，因为不出几天，黄汇报说本杰明已经把她带到他家里去了。他租住在一家人的独立屋后的一小套出租公寓中，月租金 800 元，内有一间客厅加厨房、一间卧室、一个卫生间，简简单单。这边很多人家的独栋住宅经常会在一层建有一两套用于出租的单元房，和主人家不一个入口，这样用租金收入可以覆盖一些日常开支，算是以房养房。她还纳闷，这微软的工程师怎么不住更好一些呢？

黄绘声绘色描述道："我觉得本杰明有点不对劲。因为我在他家时候，他问我要不要看个电影 DVD。我说什么 DVD，他就放给我看了，原来是一部成人片，第一个镜头是一个穿着高跟鞋的女人，踩在躺在地上的一个裸男身上……"

我一听，倒抽一口冷气，道："那本杰明把你怎样了？"

黄噗嗤一笑，道："他还会对我性虐待不成？要是真是那样，我还能活着给你打电话？除了看 DVD，别的什么也没发生。后来他就开车送我回家了。"

我提醒道："看来你还是小心一点，万一遇到坏人怎么办？你也真是，你应该去之前告诉一下我或者刘玉凤老师，让我们知道你的下落，否则万一联络不到你了，大家得多着急啊！"

黄感激道："好的，下次我去哪儿一定先通知你们。谢谢你的提醒！"

谁知，接下来一个多星期，黄宇宁再也没给我发过短信，打过电话。我的电话她不接，短信也不回。

那个时间正是蒙特利尔发生食人魔马尼奥塔杀害中国留学生林俊并将其分尸的的时候。善良忠厚的林俊，遇人不淑、噩运临头；一亿人里也未必能挑出几个马尼奥塔那样的变态恶魔，偏偏叫他碰上了。他离开家的时候，没有带任何个人物品，没有告诉老师、同学和朋友，自己的一只猫还留在家中，就这样随随便便去了那个马尼奥塔的公寓。公寓大堂监控录像显示他衣着整齐、头戴棒球帽，跟着马尼奥塔进了公寓大门。在我们看来那个马尼奥塔一看相貌就不正常，而这个再正常不过的老实人就这样成了他的刀下鬼，进去以后就再也没能出来。

这个案件在全加拿大高校中引起轩然大波，中国留学生和家长尤其关注加拿大治安问题——实际上加拿大社会治安和北欧、日本等国都排在全球前十名，高于中国、美国和俄罗斯。试想，留学生年纪轻轻，只身一人来异国他乡读书，父母远在中国，没人照应。他们会交什么样的朋友，去什么样的酒吧，饿了是否有人给做饭，病了是否有人送医院，天冷了是否有人问寒暖，这一切全要靠自己，想想，也真不容易。

　　林俊是怎么认识马尼奥塔的，至今没有确认的官方消息。最初有报道说是他们是约炮网上认识的，后来林俊母亲坚决否认，说她儿子就是被骗去为马尼奥塔"修电脑"。可能考虑到尊重逝者隐私和家属的要求，加拿大警方和媒体后来对此一致保持缄默。

　　问题是，不管林俊和食人魔如何产生交集，一个男生都惨遭不测，何况像黄宇宁这样的弱女子？

　　走在学校的走廊里，脑海里想着变态狂，这时远远看见了刘玉凤老师，我问她道："刘老师，最近有没有见到过小黄？"

　　"我有半个月没跟她联系了，"刘道。

　　我一听，顿时觉得不妙，因为刘老师和我是黄宇宁为数不多的朋友中的两个。

　　我道："那就奇怪了，我也有一个多星期没她消息了。电话不回，短信也不回。你看，我们是不是要报警？"

　　刘听了哈哈大笑，道："至于吗？你太小题大作了。小黄那么聪明机灵，她能出事儿？"

　　"你难道不知道蒙特利尔林俊事件？"

　　"咳，那才是多少概率？估计是几亿分之一吧？"

　　"没错，概率是很低，但是，发生在别人头上是几亿分之一，但是发生在自己头上就是百分之百啊！"

　　刘点头认可，道："那就报个警吧。"

　　我掏出电话，准备拨打 911，就在这时，黄宇宁突然出现在我们眼前，笑容可掬、满面春风。

　　后来，她悄悄告诉我说，之所以这么久销声匿迹，是因为本杰明终于和她有了实质性的进展，终于成了她的老四。原来老四又请她去了他家，这一次二人共度一个浪漫温存的周末。热恋中的女人，心里只有一个人了。但是很快，热恋变成了冷战。

　　欲知后事如何，且听下回分解。

19

真情假意

上回说到黄宇宁终于和本杰明进入了实质性阶段，本杰明一跃晋升为黄的老四，但是很快烦恼又来了。原因是每个周六，老四约黄上他家过夜时候都会说："星期六晚饭后我来接你！"

星期天一早，二人起床后，简单冲个澡，老四便把黄宇宁送回家，早饭都免了。所以，二人约会了几个星期，一顿烛光晚宴都没有过，只过夜，不管饭。

黄对此颇有微词，她没有另外的人可以倾诉，只有跟我抱怨，道："这老四也是，我们究竟是什么关系？到现在也没请我吃过饭。每次来接我，都强调'晚饭以后（after dinner）'，第二天一早也不管早饭，就直接把我送回家。你说，我们这算什么？"

我一听，捧腹大笑道："小黄啊，这很明摆着，他就是要找个人解决一下生理问题，他有这个需求，他觉得你也有，一个巴掌拍不响，所以这一来二去就被'制度化'了呗。"

黄愣了半天，问道："那你分析分析，老四爱我吗？"

"爱？这哪儿是爱啊！这简直是糟蹋人间美好的爱情！"对于这种平时睿智、此时糊涂的女人，我有些不耐烦了。

黄有些不乐意了，马上开始反驳道："我不这么认为！我觉得老四是爱我的，至少他每次带我去他家，都开车管接管送！"

我笑得一口茶喷到了手机上，道："小黄啊小黄，如果老四连接送都做不到，你还要倒贴公交车票钱，那你岂不是连站街小姐都不如？人家妓女每次还收 100 加元呢！"

我说完就有点后悔，是不是太直白了？不过，这种狠话也好，能给陷入愚痴境界的女人敲响警钟。黄一听，没有再反驳，道："好吧，我说什么也要跟老四摊牌，非得让他破费请我吃一顿饭！"

接下来的一个周末，老四一如既往地打电话给黄宇宁："晚饭后我来接你……"

黄道："我们不如一起晚饭吧？"

老四回道："那也好。"

于是老四开车接她后直接去了一家餐厅。黄描述道，那是一家印度快餐厅，还不是点餐的那种，而是你先到柜台那里仰着头看头顶的菜单，再跟营业员下单，做好了喊你的号，你再去柜台那里取。这两大盘印度餐，无非都是各种糊糊、用大饼蘸着吃。黄一看，就没了胃口。

再接下来的一个周末，黄依然要求老四带她下馆子吃饭，不过这一次她要求去一家高级一点的餐厅。她想，恋爱中的女孩子总要有点虚荣心嘛，要去有情调的餐厅，要有烛光和音乐相伴，要有和情人的双眸对视，此时无声胜有声，实在浪漫至极。

这一次黄带着老四去了罗伯森大街上的一家西餐厅。幽暗雅致的环境，舒缓的萨克斯风音乐，每张桌子上都点着蜡烛，烛光摇曳，把在座的每个人都照得格外柔情似水、魅力四射。穿着十分合体的黑西裤黑衬衫的侍者，一个个顶着精致的发型，英姿飒爽、行走如风，活像 T 台上的模特。其中一个金发碧眼的服务生来到小黄和老四面前，彬彬有礼递上了印刷精美的菜单，从胸口口袋里掏出纸笔，准备记录。

小黄埋头看起了菜单，但是不知该如何点餐——西餐名目对于中国人来说太复杂，也太没有诗意，不像中餐，霸王别姬、狮子头、松鼠桂鱼、珍珠丸子，一个个充满诱人的画面感。于是她对老四说："还是你点吧。我什么都能吃。"

老四仔仔细细看起了菜单，半晌无话，不知他是在看哪道菜更便宜，还是在看哪道菜更好吃。

那个服务生礼貌地道："先生，需要再多给你一点时间吗？我一会再过来。"说完，他走开了，去服务别的客人了。

伴随着隐隐约约的肚子咕咕叫声，老四最终点了沙拉、汉堡、甜品、可乐。

到了该结账的时候，他迟迟不动。

小黄心想，你不动，难道就指望我会动？

这时，那位服务生过来，把账单夹子直接交到老四手中——通常餐厅都是这样，要么问一下你们是否各自结账，要么想当然地直接把账单交到男士手中。

老四摸了一下裤兜，对小黄道："糟了，我今天没带现金。"

小黄一愣，他既然这么说，也不可能逃单啊！所以她只好掏出自己的信用卡付了账。

事后，小黄赶紧给我打电话汇报了这一事件。

我觉得有些蹊跷，问道："老四没带现金，所以刷了你的卡，难道他没有信用卡？老外不用信用卡，只用现金，我还很少听到。"

小黄道："男人嘛，都是要被女人调教的。按说他是微软工程师，不缺这点钱。下次你看我怎么修理他！"

再接下来的一两周，小黄又拉着老四带她吃饭，而且叮嘱他一定带好钱。果然，这几次老四都痛痛快快埋了。

没想到很快又发生了一件事，使小黄和老四之间爆发了一场热战，这要从老四的家人说起。

说起老四身世，黄宇宁颇为动情，充满了无尽的母爱——老四没有一个正常的家庭，他的父亲常年酗酒闹事，父母过早离异。后来母亲很快再婚，第二任丈夫是一个德高望重的外科医生，收入丰厚、好房好车。他二人婚后又生了一儿一女，一家四口住在富人云集的西温哥华海景房中，夫妻恩爱，儿女乖巧，家庭生活其乐融融。而老四的生父，离异后越发落魄，一直没有再娶，孤孤单单一个人租住在小公寓里，靠政府救济勉强糊口。

老四说，当父母离异了，作为孩子才突然意识到你一夜之间没有家了，那一天开始你会突然意识到你是独立的，这世界你就是你一个人了。

每年圣诞节，他的生母会请他去她家里过节，他会见到和蔼可亲的继父和同母异父的弟弟妹妹，但是那毕竟不是他的家，是他弟弟妹妹的家。

老四很有爱心，总是关心弟弟妹妹的学业和前途，帮他们出谋献策、规划人生。

当然，他也时不时会去看看生父，那简陋的公寓，只能容得下一个佝偻着背、烟酒不离、咳嗽不断的老人。他会开车带他父亲出去吃个饭，聊一聊彼此近况，转达一下他生母的近况。

这一个周六的下午，老四提前把小黄接到他家中，他先出去陪他父亲吃个饭。就在晚上六点左右，小黄从老四家给我打来电话讲述老四的种种感人故事，连连说越接触越发现他是一个有血有肉、有情有义的好人，以前的抱怨早已烟消云散。说着说着，半个多小时过去了，她开始有点饥肠辘辘。

"你瞧，我都说饿了，老四跟他爸应该已经吃得差不多了。我估计老四会给我打包来。"小黄道。

我的直觉告诉我，老四想不到给她打包，但是小黄执意说那是不可能的。就在这时，老四进家来了，小黄赶紧挂了电话。

半个小时后，小黄又给我打来电话，道："达哇，我们吵了一架。叫你说中了，老四跟他爸吃饭，没有给我打包！我厉声质问他：'你明明知道我在你家，赶上晚饭时间没有吃饭，你居然举手之劳给我打包一点饭菜都不肯？"

殊不知老四没有任何歉意，反而怒火冲天，回小黄道："那你为什么不提醒我？你不说出来，我怎么知道需要打包？"

一句话更是惹恼了小黄，她提高了嗓门吼道："这是人之常情，还需要我说出来？你难道没有脑子？"

话赶话，调门儿一个赛一个，老四见机先沉默下来。

棋无对手，小黄也就消停下来。

那晚二人没有一起过夜，老四直接开车把小黄送回家，路过一家赛百味，他停下车来让小黄进去吃饭，而他都没有下车。

这件事以后，小黄很少再跟我说起他们之间的事，我一度以为他们已经散伙了。

过了一个月，小黄说打算约我跟老四还有另外几个朋友聚餐，我欣然答应，但是老四死活不来——他不愿见小黄的任何朋友。

又过了几个月，小黄来了封邮件，说暑假她带老四去四川成都玩了一趟，见了她父母。成都当然生活悠闲、美食遍地，人家是"乐不思蜀"，而老四是"乐不离蜀"。那之后，有两三年没再有小黄的消息。

说来也巧。过了许久，一日我从一家沃尔玛超市购物出来，看见店外木椅上坐着一个"大妈"格外面熟，仔细一看，竟然是小黄！昔日的乌发少女，如今满头白丝，腰胯比以前粗了一大圈。五官还是以前的五官，就是多了很多斑斑点点。她拎着菜篮子，坐下歇息片刻。她看到我，颇为惊讶。

"老四呢？"我问道。

"在家看孩子呢。"

他们已经有了一个女儿。

二人是否已经正式结婚，她没有说，我也不便问。她只说，老四现在住在她的房子里。自从他们有了这个女儿，老四也就心定了，踏踏实实跟她过起了日子。

我又问："那你的学业呢？"

小黄道："我已经毕业了，但是一直带孩子、做饭，没有工作。老四养着我们。他的房子退了，现在住着我的房子，不用他交房租，他花钱养我还不该吗？"

"那你们现在感情应该不错了吧？小日子过得很甜蜜啊！"

黄叹口气道："凑合吧。说实话，我不是很满意，他也不是很满意，但是走到这一步了，就过下去了。不管怎么样，作为一个女人，一生中必须要经历的历程，我顺利完成了，给我父母、我自己，有了个交代。"

一年后，他们又添了一个儿子。小黄人生的全部就是老公、儿女、灶台、洗衣机，所以和老朋友基本切断了联系。

疫情期间有一日我在华人的大统华超市吃快餐，正好看见前方有一女子带着一双幼小的儿女吃饭，喂了女儿喂儿子。那女子明显是中国人模样，一身乡土气息，而一双儿女却一头棕发，没有继承她的单眼皮、丹凤眼，看上去很是可爱。定睛一看，不是别人，正是小黄。

我没有跟她打招呼，只是悄悄给他们三人照了几张相，等他们散去后，从微信上发了过去，没写只言片语。她收到了照片，方知道我看见了他们，只是淡淡问候了一句。

这些朋友都是人生道路上的过客。国内的老朋友也是过客吗？那谭居士如何了？后来得知，吃斋念佛几十年的谭居士被协和医院诊断得了老年痴呆，即阿兹海默症。

欲知后事如何，且听下回分解。

20

预知时至

一晃已有些日子没有回国探亲访友，虽然远隔万里，但是电话不断。谭居士总盼着我能回去，扎西"活佛"则终于碰到一个有"福报"的汉地弟子，把他接到南京，给他出资看病。

佛家说人生有五大福报，一长寿，二富贵，三康宁，四有德，五善终，其中最大的福报就是善终。何为善终？寿终正寝，无疾而终，最好是睡梦中安然离去，而善终的最高境界还有预知时至，那就是知道自己寿数将至，或明示他人，或给予各种暗示。

有同学的父亲曾患心梗，一次家中冲澡时猝然离世，享年 72 岁。现代社会 72 岁不算长寿，而且走时因在淋浴中，所以赤身裸体、一丝不挂，需要家人破门而入，为其穿衣蔽体，所以不算善终。另有朋友的父亲，虽然走时 87 岁，算是长寿，但是那日起床后刷牙洗漱，一仰头正要漱口，结果倒地不起，这也不算善终，因为走得狼狈，猝不及防。还有老者，虽然离世时 93 岁，但是最后的几个月饱受病痛折磨，虽然长寿，但最后的日子生不如死，度秒如年，这更不算是善终。

谭居士总爱把善终福报和预知时至挂在嘴边，看来她每日里吃斋念佛，图的是自己将来也有预知时至的本事，然后由阿弥陀佛脚踩一朵祥云在她禅定中将她接走。她打听的预知时至故事很多，也爱听别人分享故事。新加坡有一老居士，临走前曾在纸上写下数字，众人不解。最后老人走的那天就是这几个数字排列组成的月日。河北有一老太太，是否信佛不得确信，但一生助人为乐，闻名遐迩，临走前一日对家人说："明天不要敲我房门，不要给我送早饭，下午四时以后再开门。"家人照办，推门后老人已经往生。

说起预知时至，一件匪夷所思的事情却发生在我身边。

温哥华开语言学校的茅秀琴老师在我们很多人心目中一直是一个和蔼可亲的大姐形象。她和丈夫带儿子 2001 年移民温哥华，带了所有的积蓄，一共一万加元，先是给人打工，后来干脆自己开了语言学校，从五个学生做起，越做越大。我也介绍同学在她那里教过托福雅思课程。

一日，茅老师请我在罗伯逊大街上的汉记中餐厅吃饭。到了结账的时候，服务员端来两个幸运饼干。茅老师慢条斯理地打开了她的饼干，看了字条，面露微笑。我也打开了我的，顿觉扫兴，那字条上写的是——

未来一周内有不幸之事发生。

　　我暗想："温哥华中餐厅去了无数，幸运饼干也打开过无数，无非都是无关痛痒的话，或者是溢美逢迎之辞，这一次为何如此奇葩？"我随之将纸条搁置一边，并没有跟茅老师透露。

　　那纸条的话我并没有在意——一张纸条，胡言乱语，随机分发，落到我手，岂可当真？我心想，且在未来一周内静心等候，看看究竟有无不幸之事。

　　令人发指的事情发生了，就在三天后，我爸竟然在午睡时往生，全家人愕然，因为他没有任何已知疾病，且头一天还和邻居谈笑风生数小时之久。

　　我先告诉了茅老师。她目击了我打开幸运饼干的过程，我当时的面部表情竟然被茅老师捕捉到了，后来她一直记得，道："当时我就看见你明显脸色都变了，我也没好意思问怎么回事。"不过她马上分享了她的故事——

　　她的父亲多年前 84 岁往生，虽然不信任和宗教，但一生乐施行善，街坊邻居中有口皆碑。老人一共六个子女，全靠老人挑担子做点小生意养活大。那一年三月，老人给所有六个子女去信，但是蹊跷的是落款日期竟然写的是五月十日。茅老师大哥收到信很是纳闷，道："爸爸是不是老糊涂了，明明三月 26 日发的信，怎么落款是五月十日呢？"茅老师再仔细看看，果然落款也是五月十日。结果，就在那年的五月十日，老人往生了。

　　"难道是你父亲预知时至，知道自己五月十日会走？"我好奇问道。

　　"不应该，他既不是高僧大德，也不是居士，什么教都不信，应该没有那本事。"茅老师道。

　　"那你的意思是，纯属巧合？"我又问道。

　　"这不好说啊！如果是巧合，哪有这么巧的事情？我们兄弟姐们几个，这么多年一直百思不得其解。"

　　回到北京，跟谭居士说起此事，她有她的理论——她认为是佛的启示，冥冥之中会有无形的力量在给我们这个空间的人以各种符号暗示。我说了我们家的情况，她还羡慕得不行，说无疾而终，一睡不醒，简直福报太大了。她的喜乐和赞颂，无疑是给我的最佳一剂良药，胜过别的所有人的劝慰。

　　她道："这种情况啊，就说明业已经消干净了，老佛爷就可以给接走到西方极乐世界了。你看看那些病房和老人院里的老人，一个个皮包骨头，吃不了饭，咽不下水，每天哼哼唧唧，活也活受罪，走也走不成，那就是业力显现啊！一个人如果有业，没那么容易放你走的！且让他多受几天罪呢！"

　　我虽然不敢妄然判断对错，但是总觉得各种宗教对于苦痛和终了的解释，唯有佛说更能白圆其说。别的宗教在很多方面实在难以自圆其说，以至于成为无神论者的笑柄。当然，各有各的优点，我们只能博采众长，不可选边站队、厚此薄彼。还是净空法师那句话说得到位："十方三世佛，共同一法身"，修行，就要去做"佛陀的学生，做上帝的儿女"。洗脑最可怕的结果，就是失去了自己独立思考和判断的能力。

那几日，北京又有一居士大姐张霞出现，是我在新浪博客上认识的，其新浪博客关注者有几十万人之多。她对我家之事表示出极大的关心，说她正好在接待一位藏地活佛，建议我做中阴期超度。藏文"中阴"意为一情境结束、另一情境开始之间的过渡时期。藏传佛教认为，人往生后到能够轮回某道这一段时期，共有 49 天，如果这 49 天中请僧人做佛事，会有利于亡者的归宿。在那时刻，能有张霞大姐和她的活佛关照，即便一个人不信这些东西，也会感到很多的温暖。

我内心正在为素昧平生的张霞居士的雪中送炭之情涌出一股股暖流的时候，那暖流又一下子又冰冻三尺——张霞居士看我同意她的提议，马上发来一个菜单——

藏传佛教中阴期超度仪轨（包括烟供、火供、念经）

基础套餐：价格 1600 元

大众套餐：价格 2800 元

豪华套餐：价格 3600 元

张霞说，因为我们已经是朋友了，活佛还会给个"优惠"。

那是我最后一次跟这位"居士"联系。原来，天下没有免费的午餐。

就在这时，扎西 "活佛：还不错，他远在藏地念了中阴期度亡经。我要给他汇款，他这一回不似以前，是坚决不要，而且压根儿就不回复我催要他银行账号的短信。

谁都要经历的事情，随着时间的推移能多少疗一些伤，但是记忆是抹不掉的。这件事没出几年，谭居士自己又出大事了。

欲知后事如何，且听下回分解。

21

痴呆是福

上回说到回国一趟短暂看望了谭居士，再回加拿大以后就只能打网络长途了。自从认识谭居士以来，我们就一直是无话不谈的忘年交。虽然她对于人生、社会的有些见地值得商榷，但是她有很多人生经历是有智慧积累的。她生于 1936 年，年轻时候脾气暴躁、性格刚烈。据她说，只要和人两句话说翻脸了，立刻上去给人两耳光。不仅如此，还嗜肉如命，连猫肉狗肉都吃。曾有一次她跟单位里的厂长发生矛盾，私下里把厂长家的猫捉走，剥了皮煮了吃了。谁能想到就设这么一个人，最终会吃斋念佛？

50 多岁的时候，接连两年内她父母、丈夫接二连三过世。她受了严重刺激，突然疯了，东单满大街跑，上不了班。单位里对她网开一面，职位保留，工资照发。她披头散发、疯疯癫癫跑到了菜市口附近的法源寺，一头跪在老住持面前，要求出家。

老住持道："阿弥陀佛，老衲愿意收留你，你还是在庙里带发修行吧，暂且先别考虑出家，你毕竟还有三个子女都未成家，在俗世间还有未尽的使命。"

当日，谭居士开始断肉茹素，过午不食。每日在庙中打坐念佛，还为庙里义务劳动。没两年，老住持年事已高，自知所剩日子无几，对她道："我圆寂后，你还是回家修行吧。庙里以后也不清净。"

于是，老住持一往生，谭居士彻底搬回家中。以前的锅碗瓢盆都扔了，因为都沾过荤腥。她的锅，不允许儿女任何人使用，因为碰不得半点肉沫。她每日忏悔，知道前半生身口意业力深重，选择了较为极端的苦行，每日沿着东单大街讨吃要饭捡垃圾；遇到讥讽嘲笑她的人，她会当面扑通一下给人下跪磕头。这样持续了半年。

修行的目的是什么？归根结底就是为了改造自己。改造自己谈何容易？俗话说，江山易改，本性难移。

修行之人，无论他选择什么渠道，信神归主也罢，吃斋念佛也罢，改造历程基本都是一样的，首先就是忏悔反省自己——每天自己什么事做的不对，说出的话有什么不当，什么地方虽然自己在理，但是否伤害了他人？

我虽然没见过年轻时候的那个刚烈谭女子，但是我感觉到她改造了自己不少，虽然还有以前个性的残存遗留。在自我改造上，她是我的一个标杆。

　　我知道，冲动是魔鬼，人有时候一冲动，说出的话，敲出的字，都是和自己年龄、学识、层次不相匹配的，但是关键要看这个人事后会不会反省认罪。"对不起"这三个字，对于不修行的人来说，也许说出口比登天还难；"错了也不能认错，"这是一个朋友的座右铭。但是修行之人，会放下自尊，亮出谦卑，脸面似乎丢下了，但是灵魂却走在了凡人之上。

　　几次和谭居士通话，她从以前银铃般的洪亮嗓音逐渐变得有些有气无力，说是最近夜里失眠，白天时常头晕，有一次竟然在家里晕倒，还是自己苏醒过来的。去协和医院看了，也没有什么明确诊断。

　　又一次，她在家里厨房熬粥，回卧室小睡一会儿，谁知这一睡厨房就着了大火，黑烟从晾台冒了出去，楼下邻居不停地喊："老谭！老谭！你家着火了！"她死活没有听到。还是邻居报了火警，来了几辆消防车，12 个消防员，把她家厨房火扑灭了。那厨房极其狭小，又满是油盐酱醋和电线。烧坏了炉灶和炖锅，没造成更大损失已是万幸。

　　没多久，赵兰菊告诉我一件事情，令她不快。她和谭居士约好时间去看她，谁知赵兰菊到她家时候，她竟然不在家，后来说忘了。这样的事发生了几次。赵兰菊电话里开玩笑跟谭居士说："要是扎西活佛跟您约，您肯定忘不了！"不料谭居士还笑着道："没错，没错！"

　　赵兰菊的第二任丈夫是新加坡人，早就告诉了谭居士。结果我好几次跟谭居士打电话说起赵兰菊，她总说赵兰菊老公是藏民。

　　谭居士知道我电话从加拿大打来，经常会问寒问暖，问什么时候回北京，还对温哥华充满向往。结果突然间开始，每次跟她打电话，她都问道："你回北京好久了吧？"

　　再接下来，她家电话就永远无人接听。我和赵兰菊都很牵挂。赵兰菊在北京，去打听谭居士下落的重任落在她头上。她隔三差五往谭居士家打电话，终于有一天有人接了，是谭居士的二女儿。一接电话，那一头就是好几口叹气。

　　谭的二女儿道："您恐怕不知道吧？我妈她……，她已经被协和医院诊断为老年痴呆了，也就是阿兹海默症。这个病从初发有几年了，但是诊断不是一下子就能确认的，要经过漫长的观察。这不？协和医院刚刚确诊，说是得了老年痴呆，而且嘱咐说，她已经不能独立生活了，必须要有家人天天陪着，所以我就把她接我家了。"

　　确诊之后，谭居士的忘性似乎一天比一天大。明明给她脖子上挂着家门钥匙，她到家门口竟然找不到钥匙。她儿子来看她，她说是她弟弟。她佛经也不念了，不记得自己几十年茹素，和家人吃饭又大快朵颐吃起肉来，还连连道："还是肉好吃！"她现在身边没人不行，因为连上厕所擦屁股都擦不干净了。

赵兰菊是很有慈悲心的，听了以后无比怜悯，还深为自己因谭居士屡次爽约错怪老人而内疚。她表示要去看看谭居士，可她女儿坚决谢绝，道：

"您的心意我们领了。还是别来了，因为她肯定不认识您了。我们现在谁都不让她见，因为那样会伤害大家，何必呢？"

我不敢相信认不出来我的谭居士会是怎样，难道就这样：人还健在，就再也见不到了？她女儿发来过照片，总宅在家里的谭居士神色很好，比以前还白了、胖了。

有人问，吃斋念佛几十年就落得这样的结局？我心想，一个人一个命定，也许没有前几十年的修行，现在还未必这样至少晚年衣食无忧、女贤子孝。再者，这样的痴呆，不知人事疾苦，不忧天下纷乱，不也是一种"漏尽"的境界吗？从这个角度讲，这样走到头，也是一种善终。

再说到本拿比大学教中文的那个活儿，如果不出意外，我可能就一直干下去了。我是那个中文部的负责人金丽荣老师招进去的，当然一直对她感激涕零。没想到，招我的是她；整我的也是她。事出有因：台湾方面委托她让我们每个班推荐一个学生夏天去台湾学汉语，台湾提供奖学金，要求是加拿大公民或永久居民。于是我推荐了我班上的一个印度男生——他生在香港，两岁就随家人移民加拿大，当然是加拿大人，而且全班就他学汉语最热情。

跟金老师说起此人，她马上说："那怎么行？人家要的是加拿大人！"

我回答道："可是他是加拿大人呀！"

金犹豫了一番，道："恐怕还是不行。我想，台湾人心目中的加拿大人肯定是白人啦！"

说完了，她又回到办公室给我们群发了邮件，强调"只要白人！"

我暗想：这人要么是弱智，要么是胆大包天敢于冒天下之大不韪。这什么年代了，赤裸裸地种族歧视不说，还写在电子邮件里！

几个中文老师中，无一人回应。只有我回复说："这可是种族歧视哟！"

之后，我就知道我闯祸了。金老师本来已经续聘我一学期了，但是在那之后在给我的评语表上全写了坏话，一句好话度没有，最后的总结是：建议不再续聘。

她如果聪明的话，可以写五句好话，再写五句坏话，依旧可以有理由不在续聘。但是她真是不够聪明，写了全部坏话，是个人一看就会感觉里面参杂有有私人情绪。

我心想，加拿大这个民主法治国家，总有伸张正义的地方吧。于是给金老师的顶头上司、一个白人老头儿系主任发了邮件，他还挺恳切，马上回复他会去彻查此事。

　　然后两个月后，他一直杳无音信。再给他回邮件，他发了一封冷冰冰的邮件，称他听了金丽荣的陈述，决定站在她的一边。后来有一天我在学校坐公交车，巧遇这老头儿，他可能心虚，自知理亏，见到我满脸尴尬、躲之不及。

　　于是我又找了工会，工会的人倒是义愤填膺，看了金写的"只要白人"的电子邮件，看了她给我写的全是坏话的评语，一个个哭笑不得，连说这人实在太蠢了。

　　工会尽了最大的努力，最后给我争取回来的仅仅是金老师撤回她写的坏话连篇的评语，但是拒绝道歉，也不再续聘。

　　此处不留爷，自有留爷处。时光飞逝，很快我就获得了博士候选人资格，可以离校完成论文了，不料来到多伦多教书，却陷入骇人听闻的"淫窝"。

　　欲知后事如何，且听下回分解。

22

误入淫窝

上回说到在多伦多附近的密西沙加谋得一份教书的职位，带着小狗宝宝坐飞机又乘机场大巴辛辛苦苦来到这里。那儿的系主任安然老师是我网上结识的一个忘年交，她盛情邀请我去任教。

房子是事先在网上找的，看了图片，也请当地安然老师的朋友去现场考察并和房东见了面，那是一座联排中的一间卧室，每月只要 400 加元，包括水和上网，电费由室友平分。

房东有个额外要求，那就是签约时还要缴纳 400 元电费押金，因为前面的租户离开的时候给他留下一千多元的取暖电费。

房东不住在家里，只有另外两个租户。去看了房子的那个朋友的朋友来邮件说房子还不错，房东是个加拿大白人青年，30 出头，金发碧眼、身材修长，谈吐举止都很斯文有礼，一看就是受过良好教育、工作体面的中产阶级以上的人物。听她这么一说，我就放心了。

凌晨两点，万籁俱寂，我和宝宝带着行李终于找到了这座房子。外观相当漂亮，有棱有角，错落有致，结构呈我喜欢的那种不规则形状，周围环境也很优雅。一直惦记着房东发过的电子邮件，说门口邮箱里会给我提前放好入大门和我房门的钥匙。

但那是深更半夜，找邮箱费了半天功夫。好不容易摸到铁铸的邮箱，打开盖子，里面空无一物。我还疑心是不是自己没摸到，连续摸了三四遍，确实空无一物。

我心想，这可糟了，房东不住在这里，我又没有钥匙，这凌晨两点，我难道就站在门外一宿不成？无奈之下，只好厚着脸皮拨通房东的手机号，可是根本无人接听。

我试着推拉大门，殊不知这房门根本没锁上，我正好长驱直入。

客厅里灯火通明，一片狼藉；洗衣房里洗衣机和烘干机都在隆隆作响。默念着房东邮件中的指南：我的房间在楼上右手边。拎着两个行李箱还有宝宝爬上楼，看见左右各一房门，我的那个房间房门大敞，连锁都没有安装。

室内漆黑一片，竟然没有电灯。用手机照明，看见满屋犹如被打劫过一般，满目狼藉。沙发床上没有床垫，只有木板"排骨"；桌椅残缺不全，地毯上污迹斑斑。

旁边的这间屋房门也大开，开着昏暗的台灯。路过时眼角余光打探到里面地毯上坐着一个光着白花花大屁股、上身穿着胸罩的白人女子，身边还有一只大拉布拉多犬。

　　我心里顿时凉了半截，简直难以置信这种事情会发生到我身上！这难道是在加拿大？难道是在这所平静的大学城？我有没有找错地方？

　　我在肮脏的地毯上铺上了床单，就打算这样和宝宝将就一宿，明天再跟房东联系，或者干脆另找地方。

　　宝宝实在是乖巧可爱，它才不管我们睡在哪里——无论是自己家舒适漂亮的卧室，还是这个龌龊肮脏之地，它只要和主人在一起，就是它最大的豪奢。

　　就在我们刚刚进入梦乡不久，一阵巨大的脚步声和吵闹声惊醒了我们。从门缝望去，大约有三四个男人醉醺醺地爬上楼来，那白人女子立即出门相迎，把他们拉到自己房间，淫声浪语响起，开始行那苟且之事。我看看手机，此时是凌晨四时多。

　　好歹熬到了天亮，我索性也不给房东打电话了，直接报了警。接线员一听，既没有打架斗殴，又没有偷盗抢劫，就把这事划分到非紧急的出警类别里，让我慢慢等候。

　　我又打了两次，还让我慢慢等候。

　　可是我怎么等？我已经饥肠辘辘，想出门买饭吃，但是我没有家钥匙，我的房间更没门锁，我不可能带着两个箱子加上宝宝东奔西跑。更何况那白女人就在我隔壁房间接客，这能叫人放心吗？

　　下楼到厨房里看看有无什么吃的，倒是看见到处是中国的油盐酱醋，心想，这里一定有中国人居住。

　　正纳闷呢，一个精瘦的男人从门外拎着一只小狗进入客厅，远远看见厨房里的我，满脸微笑向我打招呼。他用他那略微口吃的江南口音介绍他名叫李强，移民温哥华的上海人，因为女儿来这里上大学读精算专业，便辞了温哥华的工作，来这里陪读。女儿头一年已经毕业，顺利在多伦多金融区找到了待遇优厚的精算师工作。本来他可以解放了，但是女儿有一条很凶的约克夏，而她新租住的豪华公寓不让养宠物，他只好继续留在这里，为女儿养狗。自己又找了家汽车配件厂的工作，薪水不很高，但是因为是加拿大本地的公司，日常管理中规中矩，老板员工个个平等，福利待遇应有尽有，也不轻易裁人。

　　他道："在这里干活，还没有见到过那种指手画脚、刻薄吝啬的老板、上司，最基本的尊重还是有的，反正只要天天心里舒服就行，反正比我先前干的那家台湾公司强很多。"

　　见到他之前，我一直怀疑是不是上当受骗了，因为自己没去看房子，轻易在网上看了图片就预定了，并缴纳了第一个月和最后一个月的房租，以及 400 元电费押金，一共 1200 元，确实有些冒险。加上房东不在这里住，电邮不回，电话不回，更让人疑窦丛生。

　　李强道："上当倒是没有。房东是真的，房子也是他的，但是确实你碰上了一个妓女邻居。那女的几乎每天都招一些不三不四的男人，还有一个是个常客，是个 20 岁上下的小白脸，不过她说那是她表弟。我觉得她就是卖的，否则怎么可能天天夜里都来男人，而且都不重样的？"

　　我一听吓了一跳，加拿大还有这事，确实头一回碰到。我不解道："那就奇怪了，有这么一个租户，房东不撵她？你又愿意跟这样的人做室友？"

　　李强不屑一顾道："咳，我跟她又井水不犯河水的。我住在半地下，她住在二层，这么大的联排就我们俩，而且她基本不怎么用厨房，我又有自己的卫生间，所以她做什么对我根本没有什么影响。我一天恐怕都见不到她一面。而且关键是我的房租才 200 元！哪里还有这样的好事？至于房东嘛，我跟他反映过几次了，他也警告过这女的，但是没有用啊！她关起门来，你也不知道她在做什么。租赁合同又没有不允许租户带客人进家，也没有限制客人的数目和来家里的时间，你说是伐？"

　　我心想，所言极是。人说加拿大是法治国家，既然有合同，就按合同上的条文办事，确实没有哪一条足以让房东下逐客令。

　　李强看我早饭没吃，眼看到中午了，所以一边跟我聊着一边做起饭来。他是一日三餐都不厌其烦要在厨房里折腾，洗菜、切菜、煮米饭、炒菜，天天如此。三下五除二，他炒了个西红柿炒鸡蛋、一盘西兰花。可能因为我已经饿透了，那顿饭吃起来相当美味可口，尽管他厨艺实在一般。

　　就在这时，我们透过窗户看到门口街边一辆警车停了下来，走出一个油头粉面的年轻白人警察，戴着墨镜，嚼着口香糖，不慌不忙走到我们门前，对着门内喊道："谁报的警？"

　　我赶紧放下碗筷，出门迎接警察。

　　他漫不经心地问了我姓名、生日、工作单位，核对了我的证件，又慢条斯理地掏出纸笔准备做记录，还一边问我道："有袭击吗？有抢劫吗？"

　　我回答："都没有。"

　　他开始有些嗔怪起来，责问我道："那你报什么警？"

　　我顿时一愣，在加拿大每次和警察交往的经历都是极尽客气友好，怎么这次奇葩全叫我一天之内赶上了？

　　我一五一十描述了我的经历，我说我高度怀疑被无良房东诈骗了，骗了我两个月房租。

　　"这事儿啊，你得自己跟房东沟通！"警察道。

　　"我当然第一时间就给他发邮件、打电话，可是这都到中午了，根本没有回复。"

　　一听我这么说，他脸色顿时严肃起来，盘问了李强几句，确认他是住在这里的租户。然后开始四下里巡视起来，我亦步亦趋地紧跟着他。到了洗衣房，他看到墙上贴着房东出租许可——这所城市的人口因为以大学生为主，百姓营生也以服务大学生为主，所以对房东出租住房有严格审核与管制。那政府颁发的许可证上确实印着房东的名字：安冬尼·奎斯本。他一边看着这张许可证，一边做了笔录，道："看来这房子是真的，房东也是真的。我明白了，你担心的是有人冒充房东在网上骗钱，对吧？"

　　我点点头。警察道："你之所以觉得被骗，是因为这个房东不接电话，也不回电话，对吧？那我给他打个电话，看他接不接。"

　　我把房东电话给了他，心想，看来这个警察还不错，跟我一开始对他的印象发生了逆转。

　　果然，这警察一打电话，那房东就接了。面对警察，他似乎成了一个特别好说话的和气好人，表示出有求必应、百依百顺的姿态。我从警察手里接过电话，这个房东却没有丝毫赔礼道歉，只是百般辩解，说他确实留了钥匙在信箱里，沙发床上确实有床垫，云云。他开始将一切都甩锅到那白女人头上。

　　我说，对不起，这里我没法住，钥匙没有，床垫没有，房门无锁，我需要房东您马上解决这些问题。他马上说一定解决。我问他今天是否能解决。他支支吾吾，说他住在多伦多城里，赶不过来。就这样，车轱辘话说了半天。

　　警察还不错，他越听越明白了端倪，开始对我表示同情起来。我挂了电话，他说道："这种纠纷，实在不是我们警察能管的。有一个房东与租户仲裁委员会，专门处理这种事情，你可以跟他们联系。"

　　说着，他还真心不错，掏出他的小本子，找出了那个委员会的电话和网址，让我记下，然后他就告辞了。

　　李强是个好心人，道："你如果不介意，就先在我屋里凑合一下吧。"

　　我进他房间一看，虽然简朴得让我大跌眼镜，但是收拾得井井有条，连被子都叠得方方正正，跟军队营房有一比，真是很多年都没见过还在叠被子的了。房间狭小，窗户有一半在地面上，一半在地下。

　　我说："算了，我还是另找住处吧。马上开课了，我也需要赶紧有个安稳踏实的地方备课。"

　　他眨了眨眼睛，一拍大腿，突然想起什么，道："前一阵我小孩同学家长从上海来看孩子，住在一个中国女士家里，她家房子很大，房间很多，一直有卧室出租。我帮你问问，至少可以临时住几天。你就是找长租的房子，也不是一时半会就能找到的呀！"

"好吧，那就谢谢了！"

他马上拨通了电话，电话那边传来银铃般的说话声。很快他就搞定了，挂了电话兴奋不已地对我道："这女的姓单，是个大善人，她说你现在就可以搬过去。看在朋友面上，她一天只收 50 元，管一日三餐，而且随时可以退房。"

我二话没说就答应了，因为这种情况下就是找旅馆，至少一晚也要 100 元。说完，他开上他体无完肤的破丰田把我送到了单女士家。

欲知后事如何，且听下回分解。

23

寄人篱下

上回说到遭遇不负责任的房东，差点露宿街头。上海男子李强给介绍了一个有短租房间的单女士，并开车把我带到她家。听李强一直絮絮叨叨说这单姓女士如何善良厚道，我顿时感到因祸得福。单女士名叫单英，50 岁的年纪却有着一张沟壑纵横、饱经风霜的 70 岁的脸，实在和她真实年龄不相称。她离异后和前夫达成协议，二人共同购买的这座 2500 多平方呎的独立屋由她和三个孩子居住，前夫搬出去自己租房单过。她有二女一男，老大老二都是女儿，分别是 14 岁和 12 岁，最小的是儿子，只有八岁。

一进大门，单英便已在门厅里笑脸相迎了。那挑高的门厅，和通向里间的偌大厨房，显得家里十分气派。厨房外是一大片绿草茵茵的院子，大得可以供孩童踢足球。刚进家还有些转向，因此数不过来到底有多少间屋子。心想，这单英应该属于那种不差钱的中产阶级人士。

她只字不跟我提收费的事，但是她已经跟李强说得很明确了：每天收我 50 加元，随时可以退房，她管我一日三餐。按照市场行情来说，这个价格并不便宜，但是考虑到我急需落脚的地方，而且还带着宝宝，她就是收我 80 元，我也得咬牙答应。没乘人之危，我已经谢天谢地了。

她把我带到我的房间，那是一个儿童房，里面一个上下铺的木床就占满了空间，上铺无人，我就睡在下铺上。房间还算整洁，就是从天花板一直延伸到墙角出现了黑色的裂痕。她说一直要找人来修房顶和大门前的车道，但是因为报价都太贵，一直拖延。我心想，看来她经济也不宽裕，否则这么大的问题还不尽早解决？

我隔壁还有两个房间都出租给了中国人，一个是在密西沙加社区学院上学的中国女生，英文名叫丽莎，另一个则是已经毕业并工作的中国女生，在一个会计事务所任职，英文名叫贝蒂。她的两个女儿住一间卧室，小儿子和她住一间卧室。

她又带我再次参观了这座房子。到了厨房，她说道："每天我们在这里吃饭，我们吃的也不好，我也不会做饭，你别嫌弃。"

天色渐黑，我说要到附近的便利店买点日用品，她道："我陪你去吧！"于是我们步行到了一家便利店，我买了牙膏牙刷之类的物品。出来后又在星巴克请她喝咖啡。她倒是毫不见外，把自己的情况一五一十都说给我听。

　　"你看我们家房子不错，其实我没有什么钱。这房子是我们自己选图设计的。我们买的时候，房价还便宜呢！我们俩一共花了 28 万加元，不可思议吧？这可和你们温哥华没法比。我前夫和我可以说是白手起家，我们来的时候带了四万元现金，在机场转机时全被偷了。到了这里几乎一无所有。那时候找工作容易一些，我们俩都是做 IT 的，登陆之前就已经收到了应聘信，所以一来就有了收入。"

　　单是那种埋头学习工作型的，从来不知道自己去主动出击找个男朋友，因此 30 多了还从未有过恋爱经历。大学毕业后去深圳发展，到了 34 岁才交了第一个男朋友，后来成为她的前夫。前夫比她小一轮，二人谈恋爱的时候，所有亲朋好友都不看好，但是她义无反顾地和这个小男友结了婚，又办了移民。在加拿大陆陆续续生了三个孩子。等到她人老珠黄了，小老公在网上又谈了一个比他又小一轮的女朋友，最终导致二人婚姻的解散。

　　我问道："那你现在还工作吗？"

　　她道："其实我特容易找工作，对我来说找个年薪七八万的不是问题。我就是因为要拉扯这三个孩子，所以一直没法去上班，为了孩子我必须牺牲事业。"

　　她突然想起了什么，道："对了，孩子他爸爸，也就是我前夫，偶尔会到家里看看孩子，你如果见到他别惊讶。"

　　我问道："那我住在你家里是不是不方便啊？"

　　"那倒没有，因为我和我前夫有协议，我们离婚是因为他有了新欢，他过错在先，所以他净身出户，这房子留给我和孩子居住，我是否出租，租给谁，他管不着。"

　　第二天上午十点多，我还在梦乡中，只听到单英咚咚敲我房门，喊我下楼吃早饭。我一点不饿，而且就想睡个懒觉，心想："住在别人家里真是好麻烦啊！睡个懒觉都不成！"我一百个不情愿地揉揉惺忪睡眼，起来简单洗漱一番，下楼跟她和她三个孩子吃饭。

　　不知那是早饭还是午饭，她说的还真很到位——三个正在发育的孩子跟她喝着浓稠的白米地瓜粥，吃着萝卜干榨菜。她另外又炒了一个圆白菜、一盘土豆丝。那土豆丝切得有手指头那么粗，而且她恐怕不懂过水、加醋去淀粉可以使土豆丝更脆，所以一盘粗粗的土豆条绵软得一夹就断。

　　可以看出三个孩子很不情愿吃这些东西，但是个个都很乖，无一人发牢骚怨言，好像是在完成使命般，静悄悄地用纤细的小手指头夹着筷子，埋头往嘴里扒饭。我一看实在没有食欲，暗想，还是一会儿出去吃吧，反正我每到一处都要打探当地有名的美食餐厅。

　　单英给我盛了一大碗粥，连连嘱咐道："你别客气，随便吃。我们吃的也不好，你就将就点儿吧。"

89

　　说话间，我抽出一张面巾纸擤了一下鼻涕。单赶紧把我的碗筷端走，道："哎呀，你感冒了！我得给你单独准备碗筷，否则这几个孩子就被你传染了！"

　　看她那一惊一乍的样子，我也不知说什么好，突然有种寄人篱下的感觉——世上金窝银窝，不如自己的狗窝，有条件还是自己住自己的家！我这不是特殊奇葩遭遇，使我不得不寄人篱下一个星期吗？我想起以前有演艺圈的朋友，有俊男也有靓女，漂在北京，仗着自己年轻漂亮，可以傍个什么人同居蹭住。别看彼一时风光无限，可那毕竟不是你的家！露水夫妻，多不靠谱，最终还是要有名正言顺的自己的家。

　　我三下五除二吃了一碗粥，马上出去找房子去了。不过路上我先去了一家只两张餐桌的中国小餐厅，这里没有什么炒菜，只卖肉夹馍、煎饼果子、韭菜盒子、醪糟汤圆之类的中式快餐。我二话不说先点了一碗醪糟汤圆和两个相当够味的韭菜盒子，填饱了自己肚子不说，还另外买了几个韭菜盒子准备给单英带回去让他们尝尝。

　　又路过一家中国夫妻开的便利店，男的叫姜大鹏，女的叫陈丽娟。敢情在异国他乡中国人之间很容易一见如故，只聊了三分钟我们便成了朋友。一听说我要找房子，陈丽娟立即说："我们这个小店别看小，却是小城华人的信息交流站，谁出租房子，谁要租房子，都来我们这里贴海报。"

　　姜大鹏抢着道："赶得早不如赶得巧，前两日还真有一个老外来我们这里问有没有人要租房子。这个老外叫约翰，是搞装修的，不久前刚给我们换了天花板。"

　　我道："这人怎么样啊？我是刚碰到差劲房东，真有点一朝遭蛇咬，十年怕井绳的感觉。"

　　"人没得说，特厚道。我们跟他认识许久了，他帮我们干过不少活儿，绝对靠谱，"陈丽娟道。

　　我连连道："那就好！知根知底就好，不像我在网上随便找的，一不小心差点掉入淫窝。什么时候能看房？"

　　姜大鹏当即给约翰拨通了电话，然后告诉我今晚约翰下班后可以去接我看房。

　　我回到单英家，把那一袋韭菜盒子交给她，让她和她孩子吃。她却道："咳，你买这干啥？你要吃韭菜盒子吗？我可以给你做！"

　　说着，她把那一袋韭菜盒子放一边，开始到自家院子里摘韭菜去了。只见那厨房橱柜台面上，七零八落地散放着各种油盐酱醋老干妈瓶子，每个瓶子下都粘粘的一圈经年累月的油渍。我暗想，中国语言真是博大精深，终于明白俗话说的"油瓶倒了都不带扶"有多么形象了。

　　晚饭时间到了，她那标志性的大嗓门儿开始叫我吃饭。下楼去到厨房，她做的"韭菜盒子"摆满了餐桌，三个孩子被她挨个喊话从游戏机和平板电脑中揪出来吃饭。咬一口她的韭菜盒子，那皮儿感觉比城墙拐角还厚，咬三年都未必能吃到馅儿。等吃到韭菜鸡蛋馅儿了，忽咸忽淡，感觉盐没有撒开。况且皮儿厚馅儿少，吃完了一个实在不够过瘾。不像我买的，皮儿薄馅儿多，有韭菜、碎炒蛋、粉丝，咬一口滋滋冒油。

当然我还要感谢她的一番辛苦。只见那三个孩子放下她的"韭菜盒子"，都去吃我买的韭菜盒子去了。三个孩子都很乖，只字不提哪个更好吃，看来一个个心知肚明，却守口如瓶。

晚饭后七点左右，约翰果然来接上我去看房子，他 47 岁，一双不成比例的粗壮的手和一张和年龄不相匹配的沧桑的脸。他平日里要么做装修，要么修电器，要么做建筑工，因为手艺好，信誉高，总不缺活儿干。别看是个装修工，谈吐和举止还很有教养。只开车七分钟，他便带我来到一座矗立在一座葱葱郁郁的山坡上的独栋二层小楼，看似孤僻，其实距离我工作的学校只有十五分钟步行距离。房子里虽然老旧，但十分整洁利落。走在铺满地毯的木地板上，发出咯吱咯吱的细微响声，有一种复古的感觉。我一看就很喜欢这里，心里已经拍板儿了。

他道："这房子以前是一所按摩推拿诊所，现在改造供人居住了。一共有四间卧室，楼上两间，我住一间。楼下两间，靠厨房的一间住着一个上海的留学生，人很安静，很好相处。靠大门有一间大卧室没有忍住。现在一共有两间卧室可以出租，你随便挑吧。"

楼下的那间确实很大，里面带有一个洗脸池，收费是 600 元。楼上的那间小一些，收费 450，但是和卫生间近在咫尺，性价比很好。所以我当即就挑中了楼上那间，跟他签了两个学期共八个月的合同。他说他还需要三五天做些装修工作，等我从单家退房正好可以入住。

我心想，跟约翰住在一起也有好处，他自己就是个装修工加电工，守着这么一个房东加室友，方便多了。至于这房主是谁，我还一直纳闷，只听姜大鹏说，这是约翰老板的房子，老板免费让他住，但是条件是要他负责出租和日常管理维护。

签完了合同，一块石头落地，约翰又把我送回到单家。我突然想起单要找人修房子，约翰不正好就是干这行而且手艺不错吗？跟约翰说起这事，他马上连声道谢。回家后又跟单英说起约翰，她也很高兴，道："太好了！有你这层关系，他肯定会收便宜一些的！"

连日的奔波，加上单家房子大、室温太低，接下来的一天我的感冒更加重了。单英毛遂自荐要去帮我买感冒药。我给了她 20 元，她很快帮我买药回来，还带回了发票，药钱不足八元，但是她并没有找我钱。我心想，是不是她把跑路费和油钱也算进去了？如果追着她找钱，也实在不够大度，反正没多少，也就算了。

又一日，单带着孩子咚咚咚敲我房门，说要跟我"好好谈谈"。我吓一跳，究竟我做了什么不合适的事情，让她这么兴师动众？

她问道："你是不是今天早晨赶在贝蒂要上班的时候上卫生间了？"

我有些丈二和尚摸不着头脑："这是哪儿跟哪儿啊？我几时上卫生间，贝蒂几时上班，我怎么会知道呢？"

单道："她告诉我说，她今早要上班时，卫生间叫你占着了，她上不了，气急败坏，还冲我摔门来着。我看，以后你们上卫生间错开不成？"

我道："哟，看来那是我的不是了？怎么错开个法儿啊？"

接下来单英了些说什么我都没在意。我越发觉得住在这里真是一百个不自在，好在还有两三天我就搬到约翰家去了，可是即便是剩下这两三天都如坐针毡、度秒如年。在单家的一周，赶上万圣节，我给她孩子们买了玩具。看到她家卫生间里地上、浴缸里、盥洗台上都沾满了那两个女生的长发，甚至连洗漱盆和浴缸下水都有些堵塞，我看不下去，彻底清除了一遍。我刚略有些为她和租户之间的不愉快开始扪心自责，又转念一想，不对啊，我住她家七天，交给她 350 元，那女生的房间是我的三倍大，一个月才交她 400 元，为什么我用卫生间的时候别人等不了，我就要责怪自己呢？这是什么逻辑？

这一周可真是漫长，终于到我搬家的那天了。告别之际，我把单英叫来，给了她 350 元，让她当面点清。她一边说："咳，不着急，不着急，"一边麻利地接过钱点了一下。我心想，不着急什么呀？我这后脚就要离开了。

她又道："别多给我，你可别多给我啊！"

出门的时候，她说她周五晚上会带孩子们来我的新住处看我。我高兴答应了，并准备叫一些外卖，大家好好聚聚。

到了那天晚上，她倒是准时出现在我的新家，但是风尘仆仆，来去匆匆，说不好意思，她不能久留。我问她怎么回事。她掩饰不住内心的兴奋，活像情窦初开的少女，道："我刚得到一个工作面试，是市政环保局的工作，就在明天上午十点！我今晚就不能聚了，我得回去好好准备一下我的英文！"

说着，她搁下了她为我做的美食——锡箔纸里包的还是她那皮儿比城墙拐角还厚的"韭菜盒子"。

她走后，我一想，对不上啊！她不是说为了拉扯三个孩子不肯工作吗？她总说，凭她的资历随便一找都是月薪七八万的职位，只不过她为了孩子做出了巨大的牺牲。怎么突然来一个面试，就让她这么兴奋得跟掉进了金矿里一样？我倒是希望她能得到这份工作，但是后来的结果是面试没有通过。她依旧没有工作，却收获了爱情：我不经意间当了一回红娘——单英和约翰好上了。

欲知后事如何，且听下回分解。

24

无心红娘

上回说到从单英家退房出来，搬到一山坡上的独栋小木楼，房东加室友叫约翰，是本地出生的英国人，从事装修、建筑工作。他离异后一直单身，两个女儿都已经 22 岁，在英国从事打耳钉、纹身之类的工作。

这个约翰很容易相处。在加拿大有过合租经历，基本都是老外室友，华人还真不多。也可能是因为幸运，我接触过的老外室友多数都比较自觉，宁可吃点小亏也不占便宜，而且凡是在公共区间，使用公共设施，基本上能做到为他人考虑；其次是如有摩擦或冲突或发生摩擦与冲突的潜在可能，能直面交流，能听得进去，而且不会往心里去。当然，何等人种都有差劲的、缺德的、自私自利的，但是我这里说的是十几年来的总体印象。

约翰干的是重体力活儿，每天早出晚归。我们小楼里一共四个人，他起得最早。他的卧室和我的卧室挨着，每天早晨我还赖在暖洋洋的被窝里的时候，都可以听见他开门、关门、锁门、下楼蹑手蹑脚，而且不开走廊的灯，生怕把我惊醒。我和约翰共用一个卫生间，楼下两人共用一个卫生间。约翰用了卫生间以后从不会留下用过的痕迹，冲得干净，不留异味，并会按照我的习惯将马桶盖盖好，座圈从无污渍。我放在卫生间里的洗手液、卫生纸，他从来不碰。他没有过半夜三更洗澡扰民，没有大声放过音乐，没有带来过客人，没有在洗碗池里留下未及时刷洗的餐具。像我这样算是比较挑剔的人，对他的埋怨为零。

有几天新闻上总是在播出法国巴黎的恐怖枪击事件。约翰称他和一个穆斯林同事发生了争执，他认为言论自由无可非议，如果有人取笑宗教或政治领袖，大可不必当真，英国人经常拿英国王室开玩笑，女王从来不介意。而他的穆斯林同事则认为取笑领袖人物是大不敬，会激怒穆斯林。约翰则说，穆斯林如果不接受西方的言论自由，为何又趋之若鹜纷纷移居欧洲？

约翰有一双巧手，我感觉没有他不会修的。我入住后三个月就目睹过他修好过烘干机、吸尘器、下水道、水龙头、淋浴、还见他开过铲雪机，擦过天花板，还见过他爬过屋顶修补漏缺。周一到周五已经十分劳累，到了周末他还坚持去教堂做义工，为做礼拜的人们泊车。

既然这么能干，加上单英确实需要有人帮她修房顶和车道，我牵线搭桥帮他俩接洽上了。没多久，单英短信告诉我说约翰开始邀请她一起去教会学习《圣经》，可是这约翰的嘴闭得比蛤蜊还紧，只字没跟我提过。单还津津有味描述道，前两天，约翰冒着严寒，开车去她家送给她一本大字体的《圣经》，因为她眼神不太好，字小看得吃力。这单英喜欢把"我是基督徒"挂在嘴边，但是我一次没见过她读《圣经》，所以那大字体《圣经》她未必赏识。

难怪这一阵子约翰每次下班回家冲个澡就匆匆出门，他走后十分钟我都能在楼道里闻见他用过漱口水的气味，还夹杂着一点古龙水的气息。我纳闷为何他近一个月来一反常态，原来晚上有了打发时间的去处。

我问单英道："你们光学《圣经》了，正事儿办没办啊？"

单诡秘地道："你什么意思呀？什么正事儿？你说个明白！"

"你不是请他修房顶和车道吗？修了没有啊？"

"早就修好了！活儿特棒！"单听上去十分满意。

"那就好。我想，收费一定合理吧？"

单迟疑了一下，道："嗯。"过了片刻，她又接着道："实话实说吧，最近这一个月他几乎天天晚上都来我这儿吃饭，有时候还带一束鲜花或一盒点心……"

说着，她开始向我打听约翰的情况。先是问我这房子究竟是不是他的，我说还真不清楚，只是听人说是他老板的，但是这不是从他口中说出的，所以不敢确定。二是问我知不知道约翰有多少收入。我说，凭他这么多手艺，收入不会太低。

单道："得了吧！我看他收入高不到哪儿去。你看他，每次来我家吃饭，带的东西都不超过十元钱。我估计他是算好了这顿饭大约成本十元，所以他就往十元以里的东西买。"

我哈哈大笑，道："你呀，这样算就没意思了。我敢保证，约翰压根儿没那心眼儿！人们常说，中国人有八个心眼儿，老外顶多有三个。不是一点儿心眼儿没有，而是肯定没中国人多，尤其是在人情世故上！"

我奇怪单英为什么打听起约翰来了，原来，他们俩好上了。

一个单身母亲拉扯三个尚未成年的孩子十分不易，没有正式工作，靠家里房间出租为生，即便这样，三个孩子学钢琴、学游泳什么的，一点不能输在"起跑线"上。一个女人如果这种情况，在中国再找对象恐怕太难了，但是约翰却义无反顾地加入了她的生活，承担起了一个丈夫和父亲的角色。

首先，他每天工地上下班以后，先回到我们这里换下满是泥土、灰尘的工作服和靴子，冲个澡，含一口漱口水，二话不说，开上车就奔赴那单家，到了她家就帮着做饭、管孩子，时不时还要给她修修这里，弄弄那里。这个约翰还是西餐烹饪高手，他给单的孩子们烤的蛋糕，孩子们比商场里卖的还喜欢。他甚至还给单的小女儿和儿子辅导功课，直至深夜十点。近 12 点离开单家，回到我们这里，第二日早晨六点多起床，上个厕所冲个澡便又去上班，周末也不睡懒觉，还坚持去教堂做义工，真是个劳累命。

我内心祝福这对异国情侣，也为单英找到归宿而高兴，但是似乎我这个红娘白当了，因为单向我明确道："其实我们本来就认识！以前去教堂的时候我们就有过一面之交，只不过又重逢了。"

没多久，单英说为了节流开源，打算把家里地下室全部装修打隔断，以增加出租收入，约翰将承担这一浩大工程。

我问单："这工程挺大的，那得给约翰多少工钱啊？"

单回答道："我们现在既然都这个关系了，当然就免费啦！"

做女人，或者说做一个亚洲女人，生存还是蛮容易的，尤其是国外。

后来又问约翰这么大工程得多少费用。他说："我们既然已经好上了，工钱就不要了，她只出材料钱而已。"

我心想，估计那修房顶和车道的工钱，单也省了。她倒是省了不少钱，而我白交给那黑心房东安德鲁的 1200 加元还没有要回来，这安德鲁是不见棺材不落泪，倘若没有法律部门的强令，他是一分钱不退的。

耐人寻味的是，所有的中国朋友都无一例外问我，这黑心房东是不是中国人？当我说是白人的时候，又无一例外问我是不是俄罗斯人或东欧人？当我说是加拿大本地人的时候，所有人都瞠目结舌，不敢相信。对于他们来说，加拿大白人身份似乎就是高尚道德的象征。

金秋九月上网缴纳了 50 加元向当地房东与租户仲裁委员会提交了投诉申请，到了大雪纷飞的 11 月下旬才通知原告被告出庭——其实不是什么法庭，就是一个会议室内一群有纠纷的租户和房东，等候着仲裁员的问询和裁判。华人估计当惯了房东，总说加拿大法律偏袒弱势的租户，而我感觉这一艰辛的秋菊打官司历程中我根本没有得到任何偏袒和同情，要钱回来比登天还难，最后只要回来 800 元。

预知详情，且听下回分解。

25

智斗无赖

上回说到因工作来到多伦多附近的大学城，不巧遇上差劲的加拿大房东安东尼，从未谋面，只在网上沟通，到了出租房子那里，却满屋一片狼籍——不但没有大门钥匙，我的卧室没有门锁，没有电灯，沙发床没有床垫，只有木片"排骨"，更可怕的是旁边房间里还住着一个疑似卖淫女，群奸群宿，令人发指。

无论怎么跟房东沟通，他死活不退我预交的 1200 加元，其中包括第一个月房租 400 元，最后一个月房租 400 元，还有 400 元电费押金。我知道，除非你遇上一个正人君子，否则谁会把到手的钱再退给你？更何况你们素不相识，更不知他住在哪里；只有一个手机号，一个电子邮箱，他完全可以不搭理你。有一天你催款催烦了，自然也就懒得要了。

当时报警后出警的警察给我出了主意，让我向"房东与租户仲裁委员会"投诉。于是网上交了50 元手续费，填了表，简单描述了事情来龙去脉，复印了当时跟房东签的租赁合同和来往邮件，然后就可以等着这个委员会的出庭聆讯传票了。

一个多月后，委员会给我寄来传票，还让我负责把另一份传票递交给房东安冬尼，并确保他收到，要有他收到的凭证——或者是挂号信签收证明，或者是他收取时有旁观者目击，总之，你必须提交证据，证明他收到了。如果被告收到了但缺席出庭，那么仲裁员可以在被告缺席的情况下作出裁决，而这种情况可想而知——通常是对缺席者不利的。

可是问题来了：我不知道房东安冬尼具体地址，怎么递送传票？这不是胡扯吗？这就是加拿大法律对于弱势的租客的偏爱？于是我给安冬尼发去手机短信，索要他住家地址。

他本身就想赖钱，可能告诉我他家住哪里吗？当然不会！想到这里，又来气了，这就是加拿大民主法治啊？吃了亏，难道就白吃了？

于是我只能将传票用挂号信方式寄到他的出租房那里，虽然他不在那里住，但是那登记的房主就是他的名字。那不是他家，又是谁家呢？

不到一周，还住在那里的李强告诉我挂号信到了，他替安冬尼签收了，并发短信告诉安冬尼。他取不取就是他的事情了。

到了开庭那天，坐了一屋子人，基本上都是租户投诉房东，只有个别的是房东投诉租户。现场没有正规法庭那么正式，倒是有点像中国古代的县衙门。别看那么随意，这个仲裁委员会的判决是有法律效应的。

果然，安冬尼缺席。仲裁员是一个黑发黑眼浓黑眉毛大眼球的白皮肤女人，究竟是欧洲裔还是伊朗裔，说不清。听了我的陈述，看了我出示的挂号信签收证明，当庭宣布判安冬尼还我 1200 元。

当我绘声绘色描述隔壁房间的卖淫女的时候，只见全场所有人愕然不已，眼珠子都快掉出来了。他们不敢相信这样的事会发生在这座以高科技产业、知识精英云集而著称大学城里。

加拿大是这样的，只要是司法机构宣判了，执法力度是很强的，极少有人敢抗法，因为代价太高。

这一回我堂堂正正把仲裁委员会的判决书电邮给了安冬尼，又短信通知他查看邮箱。点了发送键后，感觉终于扬眉吐气。我不再联系他，等着他乖乖地联系我吧。他不是屡次三番不理睬我的短信、电话、邮件吗？看看他是否敢不理睬司法机构的判决书。

等啊等，没等来安冬尼跟我联系，却等来仲裁委员会的又一封通知，说他们收到了安冬尼的回复，上次传票他没收到，故而缺席出庭，因此仲裁委员会准许撤回判决，重新审理！

翻手云覆手雨，这善变的仲裁委员会着实让我见识了诉求正义与公平的艰辛。

我想，安冬尼明知第一次他缺席的情况下判他退还我全部的 1200 加元，依然死活不认账，还要坚持出庭据理力争，说明他会无理狡辩，会找我这方面的软肋。所以，二次出庭之前，我务必思虑周全，不打无准备之仗。大多数人在这种情况下总凭着冲动、感性，想象着自己多么在理，多么正确，多么委屈，而对方多么理亏，多么蛮缠，多么可恶。而我知道，打官司不能只打苦情牌，要有谋略，要知己知彼，就像下围棋一样，每走一步都要考虑到下三步的可能性。

我仔细过目了所有资料，理清脉络，初步判断安冬尼会怎么呈词，仲裁员会怎么回应。我心想，这仲裁员轻易撤回判决，有可能有偏向房东的嫌疑；我作为在加拿大的一个中国人，面对的将不是一个对手，而是两个，而且是两个加拿大的对手。

我这么想：第一，安冬尼的目的就是 1200 元都不退。第二，如果不退钱，他就要找不退的理由。第三，当地租赁房屋的有关法律规定，房东不退钱的理由可以是租户已经入住，但自行放弃，另寻他处。他肯定会咬准这一点不松口。

而他毕竟不是弱智，很可能考虑到我会反驳说入住后我发现房屋条件和合同上陈述不一致或未达到适宜人的居住条件而做出应对。法律有规定，在这种情况下，租户有责任主动和房东联系、协商，解决问题。他可能会狡辩说，他跟我通了电话，答应一一解决我提的问题。可是除了警察打电话他接了，我打电话他永远不接，他是在电话里跟警察毕恭毕敬地有求必应，警察一走他就杳无音讯。为防止他当庭撒谎，我上手机网站打印了从入住第一日到出庭那日的所有电话进出的清单，还打印了跟安冬尼往来的 80 多封电子邮件，其中后面十几封全是我的单方邮件，可以看出压根没有他的回复。

二次出庭的那天，外面大雪茫茫，一片银装素裹白色世界。我没有车，一步一个雪坑步行到了仲裁现场，其实就是社区活动中心中的一个会议厅。

未开庭前，会议厅里已经坐满了被告、原告以及他们的家属朋友。一个自称是调解员的中年白人男士找到我，身后跟来一个神情紧张、目光游离，不敢正视我的年轻白人男子，原来他就是安冬尼本人。正如最初我的那个朋友的朋友所说，这安冬尼怎么看都像个体面人：金发碧眼、眉清目秀、身材修长，约有一米八几，年龄约 30 出头。上身穿着精致的羊毛衫，下身笔挺的西裤，脚上是一双皮靴，手上不停地晃动着一把车钥匙，似乎在做自我安慰。

那调解员负责我的案子，把我们带到了仲裁现场。这一次仲裁员依旧是上次那个黑发黑眼浓黑眉毛大眼球白皮肤的女人，一脸严肃，不怒自威，颇有王熙凤协理宁国府的气势。

果不其然，问讯的时候一问一答都是我事先预想到的。

仲裁员问我道："你是否入住了？"

我回答："是的。"

仲裁员道："是不是你第二天自己放弃的？"

我回答："是的，但是……"

仲裁员立刻打断了我的话，道："你只回答我的问题，是还是不是。"

我一看这形势不妙，和第一次出庭那种酣畅淋漓大相径庭。

旁边站的安冬尼，面无表情。我暗自琢磨，难道就因为这安冬尼唬人的外表，女仲裁员就背离了职业道德，开始偏袒无赖？

仲裁员问我道："你为什么要放弃？"

我又重复了一遍重复了无数次的话，一五一十描述了我的奇葩遭遇。

仲裁员听完，那双威严的黑眼转向了安冬尼，问道："你有没有与租户保持沟通，并答应解决租户提出的刚才那些问题？"

安冬尼那张人五人六的斯文面孔后隐藏的厚颜无耻终于显露了，只听他面不改色地道："我一直在和租户联系，接下来的几天我都和他通电话，我很诚恳地愿意解决他提出的那些问题……"

这下子，那女仲裁员仿佛如释负重一般，目光转向我道："房东没说不解决问题，是你自己放弃的。"

我一听，简直怒火中烧，这是什么混账仲裁员？简直荒唐透顶！

我回敬道："他所述不属实！"

我用气得有些发抖的手打开文件夹，取出资料，道："这里是我打印的过去三个月所有的手机进出电话清单，上面没有一个对方打来的电话，没有一条显示对方接听过我的电话！"

说着，我像洗扑克牌一般故作声响整理了那堆纸张，做出要提交给仲裁员过目的姿态。

她给了我一个手势，道："就不用看了。"然后目光转向安冬尼，问："人家有证据，你怎么解释？"

安冬尼顿时哑口无言，理亏词穷。

我趁热打铁，又掏出厚厚的电子邮件打印稿，以我最锐利的目光巡视了现场一周，和所有的观众都对视了一下，然后提高了嗓门道："我这儿还有 80 多封邮件的证据，证明房东自从网上收了我的钱之后就彻底失踪，再也不跟我联系！"

只听全场一片唏嘘。

仲裁员看我在煽动公众情绪，顿觉不妙，赶紧示意我打住，好像我在藐视公堂。

没有当庭宣判，只是在聆讯后，那个男调解员再把我们二人带到另一间小办公室。原来程序是这样的：调解员先庭外调解，如果被告、原告达成一致了，就省了等候判决的旷日持久的过程，对于三方（仲裁方、被告、原告）都是省时省力的好事。如果被告原告达不成一致，那只好再走下一步了。我当然也不愿意打持久战。

这个调解员快人快语，看来人都是同情弱者，他方才听了我的遭遇，明显站在我一边，还没听安冬尼如何狡辩，就已经开始言辞犀利地劝他老老实实把 1200 元都还给我得了。安冬尼终于退了一步，说只退电费押金 400 元，两个月房租不能退，原因是因为我的放弃，当月和接下来的一个月我的那个房间都空着，他没有房租收入，所以损失就得由我那 800 元弥补。

这个满口谎言的家伙，再·次被我揭穿了：我事先已做了功课，李强透露给我，我那个房间第二个月他就租给了一个来自哥伦比亚的租户，他怎么可以信口开河说两个月无租户呢？一听我揭穿他，他满脸通红、无地自容，那调解员更是变得开始有点替安冬尼难为情起来。这时，情形发生了逆转，我成了强势一方，面对我的气势，安冬尼倒成了弱势一方，只见他垂头丧气坐在那里，像是犯了错的小学生，等待着老师的责备，家长的惩罚。

调解员目光又转向我这边，让我做出让步，说道："你看，你毕竟入住了，他当时也答应解决问题，但是你匆匆离开另找别处，确实也没给他机会解决问题。我看，就退还你 800 元吧？"

调解员那灰绿色的双眸里有尴尬，有无奈，有疲倦，有自责。

听他这么一改口，我多少有些失望，因为我怎么看都觉得应该 1200 元全部退还，但是我无心恋战，生活中还有更重要的事情，所以我只犹豫了两秒钟，就同意了。

这调解员如释负重，立即转向安冬尼，道："你看看，人家都同意了，你还要怎么样？"

这安冬尼可真是爱财如命，让他退钱比割肉还疼，半天不吭声。

调解员道："你现在同意也罢，不同意也罢，最后判决了，未必结果比现在这个更好，何必呢？你好好掂量掂量吧。"

不见棺材不落泪的安冬尼，咬咬牙，只好同意了。

调解员顿时满面红光，像是喜事临门，突然精神矍铄起来，拍拍安冬尼的肩，又跟我握握手，然后就宣布结案走人了。

离开的时候，安冬尼依然目光游离，不敢正眼瞧我。他掏出手机，面无表情地跟什么人打起电话来，可能是他老婆？他攥着车钥匙在我前面离开，我心想，如果我请求搭他的车一程，他会如何反应？算了，我还是一步一个雪坑，步行回家吧。

第三天，他从网上给我打来 800 加元，不多不少。

后来，听李强说安冬尼终于把那个卖淫女撵走了。后来李强也搬走了，他搬到了自己买的公寓里，有泳池，有健身房，自己的房子自己住，舒服多了。

严格来说，我没有取得应该的胜利，我交了 1200 元，退回 800，那 400 就算是交学费了。生活中总要有交学费的时候，不是这个地方，就是那个地方，我们不可能一点冤枉钱都不花，我们只能是把损失降到最低。人生中，最不可惜扔掉的就是钱财，所以我没有什么遗憾。

一场鸡毛蒜皮的官司，让我对社会、对人生又有了新的领悟，那就是正义无论在哪里都是在极少数人手里的。我还算有点墨水，况且这样，试问那些英文不通、甚至是英文尚可，但不足以出庭跟加拿大人雄辩的，岂不是干吃哑巴亏？如果自己不善辞令、缺少辩才，容易被人抓住瑕疵，恐怕还要支付昂贵的律师代理费用。如此一来，正义、公理，岂不是纸上谈兵、水中捞月？

从中国到加拿大，到处都没有百分百的正义。碰了很多次壁，我开始在天国里寻求真理和正义。一次华人聚会，打开了另一扇门，结识了形形色色的人，使我有机会了解那一个酸楚、隐秘又抚慰破碎心灵的世界。

欲知后事如何，且听下回分解。

26

小城众生

上回说到来到多伦多附近小城密西沙加，原以为可以过上无忧无虑、与世无争的田园生活，谁知一去先打了一场维权官司，即便是千百元的纠纷，也耗费了好几个月的时间，心想，以后无论怎样可千万别惹官司，所谓"祸福无门，惟人自招"，要自己本本分分做人，多吃点亏，少与人经济往来；接触人虽不可避免，但要敬而远之，说话时莫信口评论。如此这般，多半会远离是非。当然，也有是非从天而降，那只好去应对。

这座小城，似乎就没见过没有雪的样子。每年从 11 月开始下雪，一直下到来年四五月间，几乎每天都雪花飘飘，然后家家户户就开始了冬眠般的生活。如有一日不扫雪，恐怕家门都难以迈出。

可怕的不是大雪，而是雪化的日子，街道到处泥泞不堪不说，被雪覆盖了半年的各种花花绿绿的垃圾逐渐裸露出来，蔚为壮观。

我倒是不介意大雪。我总觉得晴暖的天气代表着肤浅，而雨雪天气象征着深奥。我能想象出雨果在阴雨连绵的巴黎书房中、摇曳烛火下笔耕不辍，托尔斯泰在冰天雪地的俄罗斯图拉烧木取暖，奋笔疾书，但我难以想象哪个作家只穿着沙滩裤躺在白色沙滩的芭蕉树下在思索命运的悲怆和人类的苦难。

那是一个寒风刺骨的一天，说是零下 17 度，但是加上风冷效应足足有零下 30 度的感觉，开车的人们都迟迟不愿意触摸冰冷的方向盘，但是我却出门来参加便利店老板姜大鹏介绍的一个华人文化沙龙，据说由当地一新移民孔孝先主持。

孔孝先，年龄 50 左右，移民前系北京出版社编辑，妻子则是北京理工大学教授，儿子已入多伦多大学，据说在那里很快崭露头角，成为多大一名学霸。

孔先生总是一副温和有礼的样子，爱广交朋友，颇有《水浒传》里柴大官人的遗风，不过柴进爱结交四方豪杰，这孔某则爱往来文人墨客，家里经常高朋满座，可谓是"谈笑有鸿儒，往来无白丁"。

华人文化沙龙就在这种情况下油然而生，每月一次，每次一个地点，大门向小城任何华人敞开。每次有数人演讲，每人 20 分钟，向大家介绍一部作品，或小说，或诗集，或哲学历史专著。

　　经姜大鹏引荐，我和孔孝先联系上了，他盛情邀请我参加演讲。我初来乍到，自然想顺便给众人介绍一下自己，索性就带去了自己的书《改命》。

　　那一天在一家庄严肃穆的教堂的会议室里举办。日光透过彩绘玻璃照进室内，外面凛冽的北风此起彼伏地呼啸，室内则暖意融融，一派祥和。现场来了十几个人，都是陌生面孔，少的十八九岁，长的七老八十。另外三个演讲人都是女士，一个是华为离职的 IT 工程师杜文丽，一个是 80 后文艺青年徐春红，一个据说是曾经的工程师、现在的自由职业者，名叫谢明霞。

　　杜文丽第一个发言，她选读了颇有争议的有关奥修的著作。如果一个人每夜入睡前床前灯下爱读这类书，说明她的灵魂还是有救的，否则吃吃喝喝、家长里短，看看肥皂剧，不就如同行尸走肉？况且这是一个前华为 IT 工程师，看来不完全只和枯燥乏味的程序打交道。前半生效劳华为赚取生活的自由，后半生移民加拿大养花种草、读书思考，真可谓完美人生。

　　我第二个发言，向大家谈了我的《改命》一书创作经过，只见孔孝先听得耳朵都竖了起来——他尤其对命理、宗教、超自然之类的话题兴趣盎然。我一共带了五册，他当即表示要购买两册。我身旁又有三个人都要购买，五册书当场宣布售罄。

　　其中买我书的一个 70 岁上下的老太太没带现金，还问别人借了钱购买了一册，令我感激不已。然而她一句话就让我大跌眼镜，她问我道："你出这本书，花了多少钱？"

　　这简直让我哭笑不得，我回答道："我没花钱出书，我是收版税收入的，而且税率低了还不行呢！"

　　我心想，这老太太够奇葩的，大庭广众之下，和她素不相识，这样的问话够直的。老太太名叫田秀英，一桌十几个陌生人，唯独她给我留下了印象。

　　孔孝先听得入神，破天荒地让我打破 20 分钟限制，继续说。我说，还是留着时间给下面的人吧。于是文青徐春红开始向大家介绍起《少年维特的烦恼》。只见她还没说上五分钟，就被田老太太没好气地打断了，道："你废话太多，太啰嗦了，还是捡重点说说就行了。"

　　众人一听，顿时全场一片僵局。徐春红本来埋在书页里的如醉如痴的脸，缓缓抬起来的那一刻唰的一下泛白了，两眼委屈地眨着，似乎要挤出几滴眼泪。会议桌另一端一男子满脸通红，杀气腾腾，似乎要挥拳打人。我还纳闷这是何故，原来他是徐春红的老公——自己老婆被人羞辱，当然看不下去。而永远一副敦厚样子的孔孝先依旧笑容可掬，道："没事，没事，继续说吧，有大把时间呢！"

　　被田老太太这么一激，徐春红只好硬着头皮草草收场，接着轮到了压轴的谢明霞。这是一个 50 岁的女人，看上去倒是很朴实，一开口让我见识了小城大戏——她向大家推介的"名著"是直销公司"呼优那"的保健小册子。我正纳闷孔孝先为何会纵容此事，田老太太又发话了："我看你可以打住了！你这既不算是文学，也不是什么哲学、历史。我知道你也去过我们那个教会，你还不如为我们读一读《圣经》呢！"

谢明霞辩解道："可是我这本书被称作是保健品行业的《圣经》啊！"

田老太太道："你趁早拉倒吧，不就是那个搞传销的吗？她们好多人拉过我好几次，我家门槛都快磨平了，我就是不入！"

谢继续辩解道："文学是人类的精神营养品，可是我这也是在推广营养品啊，而且是货真价实的营养品，钙片啊，葡萄籽精华啊，舒肝宝啊，我们一家都确实受益匪浅。我送您一本小册子，您不妨回家好好看看……"

田道："得了得了，可别给我看，我眼睛不好，白内障，没法看你们那些东西！"

话音未落，谢马上接着如连珠炮单般迎合道："眼睛不好啊？那就得吃我们的视力宝！我们的视力宝含有维生素 C 和锌，有植物营养素叶黄素、玉米黄素和山桑子，能通过对抗自由基损伤维持眼睛的长期健康，帮助维护良好的眼睛健康和视力，还通过支持神经功能和抗氧化活性来帮助大脑……"

田像是椅子着了火一般突然起身打断了谢，道："我没兴趣听。"她又扫视了现场众人，问道："你们现在谁回家？开车捎我一下。"

时间也差不多了，孔孝先见状索性宣布这次沙龙结束。

我也没车，正好有人顺路把我和田老太太依次送回家，如此就有进一步机会和田老太太认识了。看了今天这出戏，感觉这是个人物。她也就是来了加拿大，倘若还在中国，这性格不知得得罪多少人！老太太是有故事的人，有着十分悲催和离奇的经历，后来居然跟我成了温哥华的邻居。

欲知后事如何，且听下回分解。

27

天宝之死

上回说到在加拿大多伦多附近大学城的一次华人文化沙龙上结识了田秀英这个人物，心直口快，得罪人无数。此人是个矛盾综合体，善的时候可以留生人在家里免费吃住，恶的时候可以指人鼻子骂得狗血喷头。90 年代就铁了心"润"到了加拿大，是 20 多年的老移民了，但是至今仍活在《新闻联播》中，拥护党中央决无二心。出身书香门第，祖辈尚佛研易，但是她却笃信基督新教，热衷查经传道，常常自夸曾经带领多少人决志受洗。

了解田的故事，先是从别人口中，然后再是她的自述。移民前她是兰州大学图书馆的一个不大不小的行政干部，丈夫杨树平则是化学系副教授。上世纪 90 年代中期老杨得到一个机会来蒙特利尔的麦吉尔大学做访问学者，做着做着，在田的鼓动下顺便就办了技术移民，把老婆也顺带一起办了。就这样，田秀英国内的工作彻底没了，如今不惑之年，国内一分养老金都没有了。

来到蒙特利尔后田秀英跟人去了教堂，开始决志、受洗、敬拜、祷告，《圣经》不知翻烂了多少本。想当年她也曾是"不爱红妆爱武装"铁骨铮铮的红卫兵头目，誓死捍卫毛主席，坚信从来就没有什么救世主，但是东方出了个"大救星"。就这么一个人怎么会跟信基督教沾上边？

认识她之后的一个周末，田给我打来微信视频电话，道："达哇，你的《改命》我看完了，大部分内容我很认同，但是你有一个极大的硬伤，我要给你纠正一下。"

我好奇道："在下洗耳恭听，愿闻其详。"

田慢条斯理道："你的书里面把佛教抬得太高了。你知道吗？我们这个世界只有一位真神，《提摩太前书》、《申命记》、《以赛亚书》都多次提到。你要好好看看《圣经》。如果没有的话我可以送你一本，我这儿中文版、英文版的都有。"

我答道："谢谢！佛教的智慧是博大精深的，当然，《圣经》也有《圣经》的智慧。博览群书、触类旁通，都是好的。"

田有些不爽了，道："你就别给我提佛教了，我恨死佛教了！佛教是最骗人的宗教！我爷爷、奶奶、我姥姥，他们都吃斋念佛，要说对佛教的了解，我不比你多？"说着，她讲述了一件心酸往事……

她和丈夫杨树平青梅竹马，自由恋爱结合，婚后先有一女天赐，后有一子，取名天宝，意为上天赐予的宝贝，于 1975 年冬季降临人世。天宝从小乖巧可爱，别人给他一块糖，他知道省下来先给妈妈吃。田晚上洗脚，他知道给她递擦脚毛巾。看了春节联欢晚会，他会学费翔的《一把火》，逗得她夫妻俩捧腹大笑。一次深夜，天宝从噩梦中惊醒，田秀英听见哭泣声赶紧去问个究竟。只听天宝说："妈妈，我梦见你出国，不要我了。"田赶紧亲吻孩子的额头，道："傻娃子，妈妈要是有出国的好事，还能不带你？"

1987 年那年，天宝未满 12 岁，一家去九华山旅游，在一座寺庙里遇到一黄袍白须老僧人，据香客们反映说此法师能掐会算，精通周易。虽然原始佛教反对占卜，但是自佛教传入中国，逐渐和本土文化相融，以至于学佛者都研易，研易者皆信佛。佛教信因果宿命，常言"一饮一啄，莫非前定"；易经信命定，认为富贵穷通，皆有定数。所以二者一拍即合。

老法师门前香客云集，但他似乎一眼就看中了小天宝，两眼顿时放光，道："这孩子不一般啊！有没有生日啊？"

田是爱听好话的人，没来不理会这些佛呀道呀什么的，一听老法师这话顿时停了下来，道："有的！1975 年 12 月 26 日，几点我记不清了。"

田转身问老杨，老杨倒是记得死死的，道："凌晨一点不到。我记得刚生出来，钟就响了一下。我瞅了一眼，刚好一点。"

法师翻了翻万年历，将生日转换成了农历，得出八字：乙卯、戊子、辛卯、戊子。

然后他用笔在一张纸上写写画画，全是田秀英和老杨看不懂的东西。

念念有辞了几分钟，法师说道："好啊！这八字，有两个文昌星，主学问。这孩子将来前途无量啊！一定要好好培养，将来不是清华就是北大。"

田秀英一听，欣喜万分，激动不已地问道："师父，您看看有什么注意事项吗？"

法师摇摇头，道："有点磕磕碰碰，但都无大碍，有护法加持，一路畅通。我看啊，你这孩子不是一般人家的孩子，不仅将来有名，还会官高爵显，也就是说，会当大官儿呢！"

老杨道："还是继承我的衣钵吧，就老老实实当个学者。当官哪那么容易啊？我们可是都经历了无处次政治运动，都怕了。"

法师道："莫怕。你知道吗？你儿子的八字和胡耀邦的八字一模一样啊！我乍一看，就觉得眼熟，因为昨天还有人拿胡耀邦的八字来找我看。"

田和老杨听了更是乐得合不拢嘴，问老法师收多少钱。老法师道："佛家普度众生，怎能收钱呢？你就看情况随心留下香火钱即可。"

田当即给法师留下 10 元钞票，老法师面有不快之色。老杨见不合适，又添了 40，又从法师那里请了念珠、观音像等佛具，并花钱请法师开光。带了那法力无边的佛具，回家路上都神清气爽的。

然而，刚回家不到一周，天宝天天嚷嚷着说头疼、恶心，起初以为是感冒，但是头疼逐渐加剧，以至于夜里从睡眠中疼醒，只好送去医院。

很快诊断就出来了——儿童脑质瘤，这是一种恶性肿瘤，是医学上的难题，由于它与正常脑部组织基本没有明显界限，采用手术难以完全切除。即使能够进行手术，也存在着很大的危险，稍不小心就可能危及生命。况且脑部不适宜放疗化疗，效果也不会好，因为这种手段杀不死多少癌细胞，却杀死大量正常脑细胞。

这一消息对于田秀英夫妇来说犹如晴天霹雳。好好的孩子，一向健康，怎么会突然有了这个病？况且二人家族都无此病史。医生说，十万个人里才有几个人会得此病，为何偏偏落在了自家儿子身上？

从送到医院到宣布死亡，仅仅一周时间。

就这样，一个活泼可爱的儿子没了。

那"文昌星"呢？

北大清华呢？

前途无量呢？

官位亨通呢？

想起那和尚的信口雌黄，田秀英恨得咬牙切齿。

一年多来，田秀英每每遇见亲朋好友，她总会说同样的话："唉，我真傻，我竟然相信老和尚的话，他说我儿子会有出息，会上北大清华，还会当大官，我真信以为真了。结果半个月不到孩子就没了。"

久而久之，人们管她叫"祥林嫂"，能有耐心听她絮絮叨叨的只有她的"贺老六"。

等到"贺老六"得到出国进修的机会，田秀英义无反顾地辞职跟他陪读去了。她总忘不了那一晚天宝的话："妈妈，我梦见你出国就不要我了！"

田默默道："大宝，妈的心肝儿，我会把你带到加拿大的！"

走的时候，她带上了天宝的所有照片和一小瓶骨灰，到了蒙特利尔，先去圣劳伦斯河把骨灰撒在了河中。

可是，福无双至，祸不单行，不出几年，"贺老六"也走了，撇下田秀英母女二人。

欲知后事如何，且听下回分解。

28

悲情人生

上回说到田秀英和丈夫老杨出国到了加拿大蒙特利尔，老杨在麦吉尔大学得到一个访问学者的机会，每个月可以从校方领取一些津贴。那是 90 年代中后期，当时的中国和加拿大生活水平差别还是巨大的，自然来了以后如果有机会申请移民都不会轻易放弃。

二人得到了枫叶卡，后又都将枫叶卡转为了加拿大公民卡。田秀英初次享受了一点法语区的福利，那就是魁北克省政府给新移民出钱，让他们免费去学法语。就这样，曾经学过一点俄语而一点英语没学过的田秀英来到加拿大先学了法语，没多久甚至能用法语做一些基本的会话，只是偶尔会将法语和俄语搞混，常常搞得法裔加拿大人一头雾水。

田秀英学外语有很多窍门：俄语的"星期六"是"袜子搁在鞋子里"，"请坐"是"杀鸡见血"，"再见"是"打死你大娘"；法语"你好"是"笨猪"，"再见"是"杀驴"。凭她学语言的独门绝技，很快就成了中俄法三语大拿。

起初二人主要生活来源都是靠老杨学校里发的访问学者津贴，虽然不多，好在蒙特利尔房租便宜，交了房租紧紧巴巴够二人生活。访学期限到了，老杨又申请到了多伦多附近的密西沙加读博士后，二人搬离了蒙特利尔。那之后的收入全是靠奖助学金，发完了就没了，还得去打工。

于是田秀英硬着头皮也出去找活儿干。她发现认识其他华人最佳途径就是去华人教会。去教会未必都冲着上帝，而冲着"组织"，那里总有热心人帮忙，从翻译个材料到介绍工作，时不时有免费快餐饮料，逢年过节还有晚会活动，虽然号召各位奉献捐款，量力而行，但也不是强求。吃了十几次慈善圣餐，田秀英只奉献过五加元。

田秀英起初倒是对宗教活动毫无兴致，但却乐于在那里结交朋友，在那里可以找到免费司机，偶尔开车带她办点事，也可以找到免费托运，回国时候顺便帮她给国内亲友捎带一个包裹。她还在那里经人介绍先后去了几家制衣公司和几家华人开的便利店，但凭她的性格，没有一家工作超过三个月的。

俗话说一物降一物，否则夫妻过不到头。以田秀英的性格，这世上除了老杨，估计没有第二个男人能跟她过到一块儿。田不擅长收拾屋了，结婚前的老杨还算是挺干净利落的一个男人，结婚后也凑合起来，家里只要有一处随意，就有三处、八处、15 处的邋遢开始累积起来，久而久之就成了杂货店一般，几乎无法下脚。

田舍不得扔东西，家里活像废品收购站：书橱成了半个碗橱，里面横七竖八躺着老杨的书本、田淘来的瓷盘瓷碗，还放着药瓶、点心盒、购物发票、信件等物。貌似大街上捡来的沙发上胡乱盖着一个床单，一屁股坐歪了，也从来不规整一下。盘子和碗里的剩饭菜，上面再扣一个大碗，就这样放进冰箱里，懒得用保鲜盒。百叶窗有几页脱落了，就永远那么脱落着，似乎眼不见心不乱。

田爱去二手店淘画，但是淘回家又迟迟不挂，就堆在墙角，全都落上了灰尘。

她爱包饺子、拉面，每干一次活儿案板上、桌子上、地板上全是面粉，那案板擦都不擦，还沾着四处飘扬的面粉就收进了橱柜里。

大街上捡来的吸尘器，没吸两个星期就坏了，放在那儿也舍不得扔，期待着有一天突然哪个松了的零件又紧了，机器又可以转动了。

旧的不去，新的就不会来。别人进她家如果脱鞋，脏的绝对是袜子。

田倒是一日三餐都给老杨准备得好好的，从不让老杨下厨房。她爱打发老杨去买菜，但是每次都要数落老杨半天：这个菜买得不新鲜，那个菜没买对；这个菜买贵了，那个菜买少了。

老杨属于那种十锥子扎不出一滴血的，总是笑呵呵地就过去了。老杨爱收看"美国之音"，只要被田秀英碰到，她准开始絮絮叨叨骂那些华人记者、播音员为"汉奸"，所以老杨只好偷偷摸摸收看。老杨是个理工男，不太相信中医阴阳五行理论，总觉得说得之乎者也的，但是不解决问题，而田秀英是坚决捍卫中医的，只要说到这个话题上她总是要拔高调门儿时刻准备要吵架的样子。她总要说中医是中国的国宝，西医治标不治本，只有中医标本兼治。但是老杨始终搞不明白，究竟哪个人类难以攻克的疾病，西医无能为力而中医宣告标本兼治了？老杨总会说："老百姓信中医的多，多半都是人云亦云，古装电视剧上看来的。"

"你懂个屁！你以为你多喝了几年墨水，就比老百姓懂？你不是老百姓啊？你不是老百姓生的啊？"田这时候总爱这么教训老杨。只要一有爆发战争的苗头，老杨赶紧闭嘴，出门到外面转一圈，琢磨着田的气头缓和差不多了，才回家来。

田一遇到不顺心的事就开始埋怨老杨把她带到加拿大来，似乎所有的不顺心都是因为这个国家造成的。看病、化验、取药，只要一有排队，田就一百个不满意，因为她总是恨不得去了以后她是第一个病人，所以她总要挂在口边："加拿大可真耽误人的病啊！这要是在中国不就立马办了？"

但是老杨不这么认为，他深深记得那一年带他老母亲去国内三甲医院看病，带着老太太挂号科、诊室、化验科、药房楼上楼下到处跑，人头攒动、孩哭娘叫，到处是医院的药水味儿不说，取尿的厕所里的茅坑还趴着肉乎乎的蛆虫；老人走不动了，偶尔遇到有电梯，总是有人进了电梯以后迫不及待赶紧按关门键，以至于他们迟迟进不了电梯。

有了对比，老杨是既来之则安之的，田秀英则是既不愿意换回中国护照回国定居，还要天天抱怨加拿大。老杨不能劝她，只要一劝，她就会发飙道："怎么啦？我就不能发表我的意见了？"

他们的儿子天宝早夭了，她用了七八年的时间才缓过劲儿来。两人生活在加拿大，稳定下来，总觉得少了点什么。老杨说还可以再生一个，还起名字叫"天宝"，她马上就会发飙道："你以为我儿子是猫是狗呢？再养一个还叫原来的名字就行啦？"

虽然一年 365 天至少有 360 天田秀英在和老杨抬杠中度过，但并不等于他们没有了感情。田是深爱着老杨的，他们算是青梅竹马，自由恋爱结婚，没有介绍人，没有家长安排，一切都是水到渠成，老杨是田的第一个男朋友，也是一生中唯一的一个丈夫。对于田来说，爱的结果就是抬杠，就是找茬儿；假如她对你客客气气了，那反而说明她对你没有了兴趣。

她女儿天赐以前总爱说："妈妈，我怎么觉得爸爸好像爱你更多一些？"

田总是得意洋洋地说："那当然啦！要是他不爱我更多一些，我能找他吗？"

70 后的人问父母这样的话极为罕见；40 后的那代人，说出这样的话，有这样婚姻的人，更属罕见啊！不知有多少老一代人羡慕？

自来到加拿大，为了省钱，二人一直没有舍得回国一趟。

这一年秋季，田秀英接到家里电话，80 岁老母亲前两天吞了一枚金戒指想自杀，被家人喂了韭菜拉了出来。她母亲在她出国后被诊断得了老年痴呆，即阿兹海默症，总是健忘、失忆、失语，生活已经不能自理。众人不解她为何要吞金戒指，大家都分析说可能是老人家怕自己的病连累大家，想早点了却此生。

田一听赶紧订了机票回国去了。走的时候给教会的牧师、师母和教会的朋友们匆匆打了个招呼，牧师和师母号召大家紧急集体祷告，希望神的恩典降临到田秀英母女身上。

风尘仆仆赶到国内，到了医院，母亲恢复尚好，很快可以出院。田出国的时候，母亲还千叮咛万嘱咐让她常来电话报个平安。等她再回国的时候，她已经不认得她这个女儿了。

"谢谢你，闺女！你从哪儿来啊？"她母亲攥着她的手，问道。

"妈，我是秀英啊！我昨天刚从加拿大回来，专门来看您来了！"田秀英心里一阵酸楚。

"哦，你从加拿大来啊。就你一人在国外啊？你爸妈都在加拿大吗？"母亲脸上十分安详，依旧是那张熟悉的脸，但是如今又那么陌生。

田秀英不想再多说什么了。她暂时住在她二姐家，晚上回到家就开始连夜祷告。大洋那边的加拿大密西沙加，华人教会里的弟兄姊妹也在为她母亲祷告。第三天，医院说她母亲没有什么危险了，可以回家了，于是他们把她接回了家。等她再去看望出院的母亲时，她惊呆了，这一回她母亲竟然认出了她，老泪纵横道："秀英啊，你可终于回来了！我还以为再也见不到你了呢！"

再聊几句，田和姐妹们发现她们的母亲老年痴呆症竟然痊愈了！不仅思维清晰，记忆力恢复，而且还能跟人打麻将。这之后她母亲又健健康康活了四年，直到 84 岁时候寿终正寝。

田秀英跟她们的姐妹们议论道："这简直太奇怪了。难道妈的老年痴呆症是因为吞金戒指吃韭菜好的？"

二姐哈哈大笑，道："希望如此，以后凡是得老年痴呆的都可以这么治疗了！"

她又转念一想，"莫非是祷告被神垂听了？"

她母亲的确是被诊断为老年痴呆（阿兹海默症），医生已经说了，这个病在全世界都是难题，是不可逆的。如果不是因为吞金戒指吃韭菜好的，那一定是因为祷告的缘故。"在神没有难成的事！"从那时起，田秀英觉得自己真正开始信主了，并在自己的亲朋好友间开始积极传道。

接下来的几天她陪母亲很开心。一天，她和母亲还有两个朋友打麻将的时候，接到加拿大的一个长途，是老杨的朋友打来的，让她赶紧回去。至于什么原因，对方没说清楚，只是说老杨住院了。田秀英顿时感觉不妙，因此改了机票第二天就回去了。

等到她到家的时候，家里空无一人，饭桌上还有老杨没刷的碗筷。她放下行李，和接她的朋友匆匆赶往医院，有个医生专门接待她，告诉她老杨已经突发性脑溢血去世了。女儿还在外地大学，尚不知晓。田顿时犹如五雷轰顶，不敢相信这是真的：一来走之前无任何征兆，二来老杨从来没有什么心脑血管病史，压根儿就没听说过有什么类似的毛病，连高血压都没听说有过。等她赶回来，人已经不在了，遗体放在了太平间冷冻了起来。

医生问她要不要看看确认一下。她战战兢兢点了点头，甚至还怀有一丝希望是他们搞错了。她不知道是怎么走进太平间的，两条腿似乎已经不听使唤。到了那里，看见一面墙全是巨大的金属抽屉。医生拉开一个抽屉，拉开尸袋拉链，只见头朝外躺着一个人，熟睡一般。田的两条腿已经软了。

她不知应该是恐惧还是悲哀还是凄凉，浑身颤颤巍巍挪步上前。那紧闭双眼的敦厚面庞，不是老杨，又是谁呢？她想嚎啕大哭，可是已经哭不出来。医生在旁边，一脸沉重、无奈的感觉，似乎逝去的人也是他亲人。

　　田不知道看了多久，好像走过了漫长的一生，医生没有催她的意思。她最后用麻木的手轻轻地摸了一下老杨冰凉的额头，默默扭身走出太平间，轻轻擦了擦湿润的眼角。那医生缓缓地把那大抽屉推了进去。他们接下来要跟田秀英商议遗体交接问题，在医院里不能停滞太久，需要有殡仪馆接走，安排下一步遗体告别仪式和火化事宜。

　　老杨究竟是怎么走的？说来真是不可思议。就在前一天晚上，老杨和田秀英共同的朋友张志高夫妇二人的台式电脑坏了，总是死机，二人急得像热锅上的蚂蚁，打电话请理工男老杨来给看看。老杨绝对是个热心肠的人，换了别人找个冠冕堂皇的理由推脱易如反掌，而老杨则不，他可是放下碗筷就匆匆赶了过去。到了张家，椅子还没坐热，热茶还没喝上一口，就开始给他们修起电脑来。只见他蹲在地上捣鼓那笨重的主机，终于快弄好了，想站起来捶捶腰，孰知刚一站立起来，仰着头直直地"咚"的一声倒了下去。

　　张志高夫妇都在跟前，看到那一幕都吓傻了，趴在跟前喊着老杨的名字，半天也不见反应。他们一不会做心肺复苏，二也不知道该先打电话给谁。

　　打到老杨家里，没人接电话；又打给老杨别的朋友找田秀英，都说田回国了。这下子这夫妇乱了手脚。

　　张志高老婆问是不是要报警，而张志高说应该赶紧叫急救。张志高老婆犹豫半天，道："万一过一会儿老杨醒过来了，这叫急救的钱不是白花了吗？"张志高道："是啊，这是在咱们家出的事，这急救费账单可是要寄到咱们家的哟！"

　　就这么琢磨来犹豫去，半个多小时过去了。老杨不仅没醒，他二人倒是更慌了——就这么下去麻烦更大，左思右想，看来还是得叫急救。就这样，这夫妻俩硬着头皮拨通了 911，十分钟不到，急救车便来把老杨抬走了。

　　到了医院急诊部，抢救了好半天，医生说错过了最佳抢救时间，宣布人已死亡。

　　田秀英后来得知了真相，起初确实满心埋怨张志高夫妇，耽误了最佳急救时间。但是在那困难的时刻，有教会的朋友们陪伴、劝慰，她很快就原谅了张志高夫妇。她默默道："这能怪谁呢？人算不如天算，自己该着了，谁都怪不着啊！"

　　她的人生还要继续。先是儿子没了，后是老公没了。50 多岁，还可以再走一步，但是她没有再找，对于她来说，谁也比不上她的老杨。人走了，她才意识到是不是以前对老杨刻薄了一些？倘若时间能倒流，人生能按一下"撤销"键，她会好好改改自己对老杨的态度，让老杨多感受一些温存。可是没有如果，过去的，就过去了。从那以后，她的人生主要与《圣经》相伴；寂寞了，教会里还有很多朋友。

我认识田的时候，老杨已经走了十几年了。讲起以前的故事，我看不出亲人的离去给田的心理带来什么阴影；她的每一天都充满了喜乐。

一天，她说要带我去见一个灵恩派教会的牧师，绘声绘色地描述这个牧师如何受到圣灵感召，能够洞察人的内心世界，甚至发出奇准的预言。她第一次见这个牧师的时候，他竟然能说出她去世的儿子的事情。怀着好奇的心情，我同意随她去拜访这个牧师。

欲知后事如何，且听下回分解。

29

如此圣灵

话说田秀英先是儿子没了，再是丈夫突然撒手人寰，原本和谐美好的一家四口只剩下她和女儿，女儿不在身边时候，她就一人形单影只生活着。但是她不仅没有沉沦，反而通过信教让自己振作起来，凡是初次见她的人都不相信她曾有过这般伤心的经历。

我总觉得像她这样有个信仰也好。有愤世嫉俗者总爱引用马克思的话，戏谑宗教是"麻痹人民的鸦片"，而信教的人又有不少互相抨击对方的宗教或教派，但是平心而论，不管你信何宗何派，只要不是邪门歪道，人生都有了一个盼头，否则人死如灯灭，那活着岂不是就是行尸走肉、坐以待毙一般？

我在加拿大本拿比的临终关怀医院做过志愿者，最大的体会就是有无信仰的巨大差别——这个信仰，不一定指某个宗教，而是任何一种引导你人生价值取向、驱动你人生前进的念头。

我见到的那些垂死的老人、病人，已经被医生宣判"死刑"，才从正规医院转到了临终关怀医院。我亲眼目睹，凡是什么都不信的，最后的日子充满了恐惧、彷徨、困惑、遗憾、愤怒。而那些有所信的，则如此坦然、淡定、平和，甚至视死如归、幸福圆满。而且这跟人种无关——西人按说有基督教传统，但是未必"信"，因此一样六神无主、贪生怕死；华人也未必都是无神论者，有的半道受洗或皈依，弥留之际都如此祥和平静。

我服侍过一个华人老太太，病房里四处可见十字架，还有一个大大的"爱"字。聊天得知她终生信奉天主教。去看过她三次，虽然每次起卧都伴随着病痛，但时时不忘敬拜、感恩，还请我用中文为她祷告。她是少数几个临终前还充满正能量的人。没几天她的病房就腾出来了，原来人已经去了天堂。

当然，未必只信基督教才能有如此心态。病人中也有信佛的，临终一样地安详。即便你信的是一种理想主义中的乌托邦，那也是一种动力的源泉，正如保尔•柯察金一样，为捍卫苏维埃政权而做钢铁战士，即便最后瘫痪失明，一样克服困难，创作小说，鞭策后人。

所以我真心觉得，精神之旅，万法归一，没必要厚此薄彼，更没必要上纲上线，争论出个对错正误。形而上学的领域，谁敢站出来宣布正确答案？恐怕只有那些巨婴似的半瓶子醋敢于如此，因为毕竟童言无忌。

田秀英对华人教会很熟悉，我也希望多了解一下这个群体。她要带我认识教会的人，我总是欣然答应。很多人说我开明包容，的确，我也去参加过巴哈伊的活动，也听穆斯林给我讲《古兰经》，也跟犹太人探讨他们的宗教节日和沉重历史；大脑有多个扇面，何必只打开一扇，关闭其他？无知可以永远是无知者的借口，狭隘也永远是狭隘者的托词。

田陆陆续续向我引荐了几个华人教友，却都有一个特点，那就是见人就爱自报家门："我是基督徒！"

我一直纳闷，为何不见某个白人奔走相告"我是基督徒"？

还有一福建人、一台湾人更甚，见人就自我介绍道："我们家三代基督徒！"

我暗想，那加拿大欧洲人后裔，要是溯祖追宗，恐怕几十代都是基督徒，因为他们生下来就受洗，牙牙学语就被带到教堂做弥撒。为何"三代基督徒"也可以是骄傲的资本？田倒是不像他们那样高调，她是真读经，真敬拜，真祷告，真布道。心里是真的，口上就懒得去广而告之了。

田先去福音派，后去灵恩派，后来又不限门派。福音派扎根《圣经》，注重宣讲；灵恩派更自由活泼，重圣灵启示。田秀英对于这两派倒是说了句公道话："福音派自认正宗，但比较沉闷。灵恩派虽然很有活力，但是容易走偏。其实要是能结合起来就好了！"

她曾经一直去福音派，偶尔听人说有一灵恩派华人教会"橄榄园"，经常有"神迹"发生，大大增加了教徒们的信心，一传十，十传百，口碑相传，门庭若市。田不是那种轻信的人，凡事都先以怀疑、反对为主，但是她这次颇为心动，因为她刚读到过灵恩派的介绍，很想亲眼目睹一下。

一次，"橄榄园"请来了来自多伦多小有名气的灵恩派华人牧师韩彼得布道，田秀英半信半疑地去了。这是一个年轻、时尚的牧师，看上去也就是 30 大几、40 出头的样子。他穿着修身的西服、包腿的西裤。没打领带，白衬衫敞开领口，露出金光闪闪的项链。脚上蹬着擦得锃亮的尖头皮靴；一头飘逸的半长发，颇有摇滚歌手的风采。当晚的流程第一部分是敬拜，第二部分是宣教，这和她去的福音派如出一辙。第三部分则全场沸腾了——韩牧师和一群义工在台上站成一排，挨个给众人一对一祷告。只见霎那间台下一群人蜂拥上去，不到十秒钟，韩牧师前已经排起了长队，而那些义工前每个人也有五六人排队。

田坐在前排，因此得以排到韩牧师队伍的第六名位置。不出几分钟，只听得现场有多人此起彼伏哇啦哇啦说起了别人听不懂的口令，自称是"方言"。《圣经》中的"方言"讲的是为了方便在不同语言的人群中传播福音，神恩赐给说外语的能力；也可以是自己与神的沟通，不可译，也无须翻译给别人。第一次讲"方言"记载在《使徒行传》，时至五旬节，使徒被圣灵充满，出去用"别国的话"传播福音，"都听见他们用我们的乡谈，讲说神的大作为！"（使徒行传 2：11）。《哥林多前书》中，保罗说："弟兄们，我到你们那里去，若只说方言，不用启示，或知识，或预言，或教训，给你们讲解，我与你们有什么益处呢？"（哥林多前书 14：6）。灵恩派教会里的"方言"，基本上都是不可翻译的。田不会说"方言"，因此认定那些说方言的都是胡言乱语而已。

田眼睁睁地看着她前面的五个人相继被韩牧师说哭了，更加好奇了。终于排到了韩牧师跟前，第一句话就让她心里颤动一下——

"我看见了一个男孩的形象，笑容绽放，流光溢彩……"

韩牧师的话音未落，田已经落下了两行热泪，这说的不就是自己早夭的儿子天宝吗？他活到现在，也该有 40 岁了。

韩牧师继续道："神说，你为儿子而来，他现在天堂，一切安好，请勿牵挂……"

至于接下来韩牧师又说了什么，田完全听不进去了，她已经在四下里到处找手帕、纸巾。

一义工很快递上来一盒面巾纸。她赶紧揪了一大把，擤擤鼻涕，擦干眼角。

她相信，韩牧师绝对是被"圣灵"感召了，否则说不出那么"到位"的话。

她和我认识以后，不出两个月，赶上韩牧师第二次来"橄榄园"，她带我去了。这一次田秀英没有什么要问的，她倒是热情地把我介绍给了韩牧师。等到要挨个祷告的时候，她又赶紧把我推向前台。我心想，我要听什么指导呢？我想听听自己何去何从吧！因为到哪里都是匆匆过客，今年总看不到来年，怀揣着未知数，能活到哪月哪年？

到了韩牧师跟前，他建议我打开手机录音，因为他即将受"圣灵"感召，会脱口而出"圣灵"的忠告。只听他说道——

"我看见一片麦田，麦子都倒了。神说，不要拔掉麦子重新种植，扶起来麦子，让它们继续长，你就会有收获……"

他那"圣灵"驱动的嘴几乎贴在了我脸上，都能闻到他嚼过口香糖的味道。

一听这话，着实毫无感觉，因为说谁都可以，说哪种情况都可以。

他又接着道："我看见你背着一袋子金币。神说，不要守着钱财，要把它们花出去……"

这一席话让我心里一块石头落了地，那就是，我得出了结论：田秀英的见证有误。

回家路上跟田说起韩牧师的"一袋金币"之"异象"，田却连连叫奇，道："哎呀，这还不准？你不是北京的房子刚卖了吗？卖了的钱，不要存着，赶紧在加拿大头房子，把钱花出去。韩牧师不就说的这个意思吗？"

我笑道："得，怎么说你都认为准。你怎么知道韩牧师的意思不是让我把钱全捐给他们教会呢？"

过了几天，田给我来了个电话，道："达哇，看来韩牧师还真是不如以前了，因为我认识几个朋友也都说他现在没以前灵了。以前他给所有人祷告，还确实是比较灵的。自从他开始只给现场奉献的人祷告，就失灵了。看来圣灵知道他的目的是收钱，于是收走了赐给他的能力。"

韩牧师灵还是不灵，田秀英没有什么遗憾的，因为她总说："我都一把岁数了，也没有什么可求的，自己祷告就行了，神也不是只垂听他韩牧师一人。"

她还煞有介事地说："可能因为我经历非凡，我的祷告，神总爱垂听。有好几次神迹，有机会说给你听听，你判断判断是不是很神奇？"

我说好的。结果，不仅她有"神迹"见证，我也见证了几桩"神迹"。

欲知后事如何，且听下回分解。

30

现代"神迹"

回说到田秀英之所以虔诚信教，和她身边俯拾皆是的"神迹"不无关系。严格来说，天主教说的"神迹"是指一切有悖自然与科学法则的现象，如耶稣用神力驱魔、医治、水上行走、清水变酒、五饼二鱼喂饱五千人等等。如有世界各地有"神迹"报告，梵蒂冈要派人严格鉴定，在穷尽一切科学手段都无法解释时候才认定为"神迹"。但是现在很多人把"神迹"扩大到生活中不可思议的巧合，田秀英就是一个。她告诉我的第一个"神迹"就是祷告后，她母亲的阿兹海默症（老年痴呆）竟然好了，虽然医学界公认这个病是不可逆的。事发时候我不在现场，不知具体情况，所以听她那么一说，没有完全当真。

但是第二个"神迹"有点匪夷所思。有一年，田秀英和教会朋友回国在桂林一带旅游，火车上认识一个老人姓龙。这个龙老爷子在旅途中闷闷不乐，因为他家的宝贝金毛犬丢了 20 多天了，一家人魂不守舍，老伴则茶不思饭不想，终日以泪洗面，痛不欲生。

龙先生叹了好几口气，道："唉，你知道，这丢了狗比丢了孩子还让人心里难受啊！人毕竟还会说话，还认字，可是这狗不会说话呀！这 20 多天，它住哪里，吃什么，是不是被人宰了吃了，我们都提心吊胆啊！"

不得已，田秀英向龙先生宣教，讲述耶稣行使神迹的故事，然后提出给龙先生祷告，祈求神帮助他们家找到丢失的狗。

龙先生道："如果能找到狗，我定信耶稣！"

说实话，田秀英根本没有信心，联想到中国流动人口多、流浪狗多，卖狗肉和吃狗肉的也多，若要找到失踪 20 多天的狗，难乎其难！但是说出去的话，泼出去的水，即使不成，该给人祷告还是要认认真真祷告。

结果出人意料，第二天，龙先生接到他老伴电话，他老伴在狗市上竟然见到有狗贩子在卖他们家的大金毛，要价 2000 元！老太太一接近那狗，那狗活蹦乱跳、激动不已，拼命地往老太太身上扑，围观的众人看在眼里，一致咬定：这狗的主人一定是老太太！

大家义愤填膺，强烈要求狗贩子将狗归还原主。

狗贩了则委屈地说，这是他从别人手里买的，就冲着他养了这狗那么多天，就给了 200 元赎金吧。老太太二话不说，掏出 200 元，把心肝宝贝带回了家。

头一天祷告，第二天宝贝狗失而复得，如果说是巧合，这巧合别说在中国，就是在加拿大，也是极其不可思议的。田秀英自己都觉得很蹊跷。打那之后，龙先生阵真地开始信耶稣了。

第三个例子是又有一年，田秀英和教会的朋友开车横跨美国自驾游，开开停停，游览大好河山。有一日她们来到中西部的大峡谷，那里荒无人烟、地势险峻，大自然的鬼斧神工给这一带造就了光怪陆离的奇特地貌。田因为连日爬山涉水，一双鞋已经穿坏了。于是她祷告，希望神能赐给她平安、健康。

没想到，这一天她们开车到大峡谷的某一个休息区，她一眼看见休息处垃圾箱旁边有人放了一双女式旅游鞋，大约八九成新，两只鞋鞋带系在一起，而且不大不小，正好是她的尺码！这双鞋穿上很舒服，至今她还放在家中珍藏。

我也曾经横跨美国自驾游，知道一路上游人本来就不多，而且因为所有人都是开车旅游，如果有一双八九成新的鞋不穿了，一般就扔到后备箱里带回家了，根本不会扔在荒山野岭中，扔在路上的鞋只有可能是穿破的不能再穿的鞋。

第四个例子是又有一年，田秀英回国和二姐旅游，二人上了火车，却想起忘带手纸，而中国火车厕所从不提供免费手纸。田坐在下铺开始祷告，希望主赐她手纸。话音刚落，她二姐发现她的铺上恰恰放着一卷手纸，莫非是前面的乘客不小心遗留下来的？

我不敢说田的这些案例都是"神迹"，几乎所有人都说是巧合。人生中充满了巧合，但是瑞士心理学家卡尔•荣格认为就没有巧合这种事儿。神迹总会以巧合的方式出现，或者说总可以以非神迹的理由给予解释。但是有的巧合纯熟一般巧合，有的巧合就不那么简单了。有的解释是解释得通的，但是有的解释又不通。

对于我来说，这又引申到另一个艰深莫测的哲理，那就是世间若有神迹，那一定也是显示给信的人，愿意与之契合之人，决非显示给每一个人。这世界如果没有神迹，岂不是太无聊了？正是因为有神迹之传闻，我们才会对身边的这个世界充满未知的领域永远充满好奇。

倘若耶稣不显神迹，恐怕就不会有后来的基督教。耶稣的门徒跟着他走，没有一个是听了他"爱人如己"教诲而决定跟随他的，而无一例外都是亲眼目睹神迹以后才毅然决然跟随他的。最后，所有门徒在经历疑惑和恐惧之后又一次坚定信念则是因为耶稣一生最大的神迹——从十字架上复活。这也从另一个方面说明一个玄之又玄的深奥哲理，那就是道德与正义倘若没有神迹的介入，就等于是空谈。

我们思考神迹和巧合之间辩证关系的终极目的是什么？我们不是在茶余饭后闲聊解闷，而是在了解天人合一的秘密下探索人如何与"天"沟通从而主宰自己的命运。读书读到与荣格同时代的心理学家瑞恩在实验中证实：人的心理是可以扭转随机发展的事务的结果的，所谓事务随机发展，也就是爱因斯坦说的"上帝掷骰子"。他的实验结果证明，灰心丧气和焦躁不安会使随机发展的事务结果朝令你更不如意的方向发展，而集中注意力和乐观的期待则反之，会让随机发展的事务朝随你心愿的方向发展。这也解释了为什么我在教会遇到的人都幸福快乐，而看不到牢骚满腹、怨天尤人的满载负面能量的消极人士。有一个朋友常年患病，但是也很巧，她恰恰是世间万事万物从来都不从好的方向来解读，这不证明了心理学家的研究结果吗？

31

耶路撒冷

时光荏苒，很快结束了密西沙加的两年生活，拿到了加拿大社会科学与人文学科学会（SSHRC）颁发的为期两年的博士后奖金，约 8 万多加元，但是人家要求自己联系接收单位和导师。倘若规定期限内联系不到接收单位，这笔奖金就会作废。

以为很容易，因为有联邦政府机构出资，不需要接收单位出钱，但是实际上也颇费周折。网上到处发邮件，不是一去无回，就是有人已经退休；或者是对方说领域不吻合；或者是对方很积极，但是系里又没有这种安排；或者是对方同意，但是他或她也不知该如何操作，所以迟迟没有明确答复。

心里暗想，怎么世间这么多眼看到手的好事就这么多障碍呢？

就这样，前后给 30 多家单位和个人发了邮件，如果加上每个人来来回回的邮件，估计上百封。终于多伦多大学有一叫娜丁的女教授表示浓厚兴趣，其实我们的领域非常不相配，她是黎巴嫩人，幼年随家人逃难来到多伦多，研究领域也都是和中东有关，但是我们第一封邮件就十分投缘。我邮件中说我会唱黎巴嫩国宝级歌手法鲁兹的歌。生于 1934 年、至今还健在的法鲁兹在阿拉伯世界无人不知、无人不晓，是黎巴嫩人全民偶像。娜丁惊讶不已，回邮道："这太不可思议了！我去世的母亲最崇拜法鲁兹了！"

本来就对我有兴趣，一听我会唱法鲁兹的歌，娜丁很快刀斩乱麻，立即在我发去的表格上签字，之后她又去找他们的系主任签字，于是这件事就搞定了。

我觉得还是有必要很快再见一下本人。

于是在积雪成冰、寒风刺骨的一天，我开车去多伦多，把车停在郊区的一座大型商城，再乘坐地铁来到多伦多大学市中心的校区。我和娜丁约好在大学附近的一家咖啡馆见面。敢情校园里的咖啡馆都是知识精英，连气氛都不一样。一连串经历让我深深感觉到，无论你申请博士还是博士后还是找工作，这世界哪有什么百分百衡量评估一个人的学术背景？还不都是跟找对象一样凭直觉来看彼此是否投缘？当然，你的业务也不能太次，否则你连一块敲门砖都没有。

本来通电子邮件就有好感，坐在一起喝咖啡就更有好感了。

聊着聊着我用阿拉伯语为娜丁演唱法鲁兹的《愉快的旅行》，又唱了《明亮的眼睛》，其实都是小时候听朱明瑛的磁带学会的。

娜丁一听，真傻了，乐得满脸像一朵花一样绽放开来，犹如情窦初开的少女，那感觉就好像改革开放初期中国人听洋笑星说相声一样。

我又唱了在埃及学会的一首歌，满首歌都是"哈比比"（阿拉伯语昵称宝贝的意思）。她更是开怀大笑，道："你的阿拉伯语比我的还标准！我自小就来加拿大了，阿拉伯语忘得差不多了，是你勾起了我童年的回忆。"

随后没多久，我就回到了温哥华。

接下来的两年，娜丁很给力。这一路倒是畅通无阻，没有障碍。障碍，总是人给你设置的；人生是否顺畅，很大程度上要靠情商和处理人与人之间微妙关系的能力。这方面我很不足，因为我也是性情中人，是装不来的。

国家给钱，没有要求你如何去花。反正就这么多，你自行安排。

第二年的冬天，酷爱旅游的老朋友王闹说约我一起去旅游。这王闹生于 1957 年闹元宵的日子，故而家人给他取名"闹"。他已经周游了 50 多个国家，唯独土耳其以外的中东国家没有去过。他让我找一个国家，说道："你看吧，可以去你去过的，也可以去你没去过的。"

中东地区我已经去过埃及、卡塔尔和以色列。土耳其当时尚未去过，但是那是一个世俗之地，不是我的首选。卡塔尔属于去过一次就没必要再去的地方。埃及，是我曾经想长居的地方，甚至还给当时的埃及总统穆巴拉克写过亲笔信，但是杳无回音。以色列，那是圣地的所在，爱读《圣经》、笃信基督的人，就是去个十次八次也毫不稀奇。

但是埃及正值内乱之际，多国政府警告公民谨慎前往。这么看来，还是以色列是首选。虽然已经去过一次，但是那一次是我独自前往，毕竟有很多不便，很多地方没有尽兴。比如说，自己去，上下大巴、去厕所都要带着随身行李，因为没有人给你看包；名胜景点照相留念，要用自拍杆，感觉也很别扭。吃个饭，点一汤一菜一米饭，又太多；点少了又吃得不过瘾。既然王闹愿意同行，再去一趟以色列，也可以考虑。

但是问题是有过一次圣地之旅，去一趟也很辛苦。首先是安检繁琐；其次旅途很长，需要转机，旅途会比较辛苦；第三，那里没什么旺季淡季之分，一年到头都有世界各地去朝圣的，酒店或者民宿都会比较紧俏，很难预订；第四以色列消费高昂，已有领教；第五，当地旅游景点遭遇过刁民纠缠，去了少不了纠纷，跟团会好很多。

正犹豫不决中，一天，我去银行存一张支票，心里还在思前想后，突然看见厅内沙发上坐着一个戴犹太小帽的顾客，让我一惊。因为戴犹太小帽的人在温哥华地区极其罕见，过去十几年也没见到过，怎么这一次就让我见到了呢？

一个加拿大本地朋友说："是啊，这也太巧了。戴犹太小帽的这里的确一辈子也没见过。"

一位牧师则说："这就是圣灵的力量。"

一个犹太裔朋友则说："可能是天使，在引导你重返耶路撒冷。"她还说，她小时候奶奶说，如果神有暗示，会连续给你三次巧合。

是圣灵，是天使，无从证明。目前我能肯定的说法就是这个巧合太巧了，所以让我下定决心，一鼓作气网上订购了去以色列的机票。

这件事如果说纯粹巧合，那么几周后的另一事件就更巧了。那一天我乘坐城铁前往列治文的华人教会，因为要经过五座城市，路上用耳机听 iPad 里面的音乐以打发时间。我存有几十首歌曲和音乐，其中只有两首是和基督有关的，而且采用的是打乱顺序、随机播放的方式。没想到的是，当到了教堂门口的那个十字路口，耳机里突然响起了电影《耶稣受难记》主题曲《复活》，于是这个曲子伴奏我步入了教堂。我惊讶不已，很多朋友说真是神迹，但是后来一个朋友道："这就是每天发生的巧合而已，不是什么神迹。如果你 iPad 里面没有那个曲子，但是却播放起来那个曲子，那才叫神迹呢！"我半开玩笑回答道，如果是那样，那不是神迹，而是恐怖了！

我和王闹从温哥华起飞，在伦敦转机，先飞以色列特拉维夫，再乘凌晨三点的机场小巴去耶路撒冷。

第一次来的时候我还在特拉维夫的本古里安机场被拦截，被国家安全人员叫到一间办公室详细问话，估计那是因为一人独行的原因，通常一人独行更有可能和独狼行动联系起来。这一次倒是大大方方就让入境了，没有任何为难。

我预订的简易酒店距离大马士革城门只有十几分钟步行距离。

第二天一早我们早饭后便前往久违了的圣墓大教堂。到了这里，感觉就跟到了家一样。这里据信是耶稣钉十字架、下葬并复活的地方，因此是基督教最为神圣的朝圣地。

初次来耶路撒冷的时候，当时颇受花园冢的宣传影响，显意识中倾向于花园冢是福音书中描述的各各他和圣墓所在地，而潜意识总把我带到圣墓大教堂。随着后来跟进的考古发掘，考古学者进一步倾向于圣墓大教堂才更有可能是耶稣钉十字架、下葬和复活的地点，因此有的学者甚至戏谑道：去花园冢朝圣等于是"浪费时间"。所以这一次来耶路撒冷，全然对花园冢没有了感觉。

其实有头脑的人好好想想也会觉得花园冢不靠谱，圣墓大教堂才是真格的。

第一，支持花园冢者认为，耶稣钉十字架是在耶路撒冷城外，而圣墓大教堂现在位于耶路撒冷老城内；花园冢却在老城外，距离大马士革门不远，因此草率地得出结论：花园冢比圣墓大教堂更靠谱。可笑的是这些人没有考虑到耶稣时代的耶路撒冷老城比现在小很多，别看圣墓大教堂现在在城墙内，那时可在城外，而考古发现圣墓大教堂还有其他两个犹太人的墓穴，按照犹太传统，人死后都埋葬在城外，这一考古发现证明了圣墓大教堂当时的确位于耶路撒冷城外。这就好比北京动物园，在清朝时候绝对是北京城外远郊，但是现在却位于车水马龙的北京闹市区。我曾经还纳闷呢，怎么动物园会建在市中心区域呢？

第二，假如花园冢是耶稣下葬地点，那怎么可能 1867 年才发现？两千年来风风雨雨、兵荒马乱，但是无数基督徒都在捍卫他们心中的圣墓，怎么会出现 1800 多年的断层？这不是太小看千百年绵延不绝的亿万忠实信徒的智慧与毅力了吗？这就好比说北京故宫，就是再过两千年沧海桑田，中国人、北京人，能把故宫遗址搞错吗？

第三，考古学家进一步考证，花园冢是公元前八至七世纪的，而据《圣经》记载，当时耶稣下葬的墓穴是新的，不可能是有七八百年历史的老墓，这就进一步否定了花园冢是耶稣墓穴的猜想。

第四，据传圣墓大教堂是君士坦丁大帝的母后圣海伦娜去朝圣时候发现的。海伦娜极为虔诚，在耶稣去世后三百多年前往耶路撒冷，在圣墓大教堂所在地找到了钉耶稣的十字架等遗物，因此这里才修建了圣墓大教堂。虽然考古学家已经无法证实，但是从当时的情况看，这一说法是很靠谱的。这300年中虽然看似有个断层，但是耶稣的门徒绵延不绝，300年对于重要地点的毁灭和掩盖也不会过于颠覆，所以海伦娜不会随随便便认定这里，她自有她的确凿根据。至少，整个耶路撒冷没有第二处比圣墓大教堂更吸引无数信徒去朝拜。

王闹早在 1985 年就去蒙特利尔留学，在那里被人拉去教堂受洗，但是他却不信任何宗教，所以我每每想起有中国人爱自称"我是基督徒"就好笑，什么叫"是"？什么叫"不是"？如果对耶稣没有感觉，到了圣地每一个地方就和参观任何历史遗迹别无二致，少了些敬畏和膜拜之心，心态也就是一个观光客的心态。

到了圣墓大教堂，我飞也似地跑到入口附近的那块红色石床跟前——这块巨石人称涂膏石，相传死后的耶稣被人从十字架上取下，放在这块石头上为尸身涂抹膏油，准备下葬。原来的石床早已荡然无存，这块石头是后人在 1810 年放置的。鲜红的纹路，象征着耶稣留下的宝血；光滑冰凉的表面，不知是被多少人触摸亲吻的结果。每次去总是有一群人把圣像、香烛、《圣经》等物放在上面，低下头贴着石板默默敬拜。

好像专门有人给我留了位置一样，我找了个位置，扑通一下趴在石床上，口鼻都紧紧贴着石面，百年来的熏香已把石头熏出淡淡的香味。

　　我既无家仇也无国恨，但是仿佛有一生一世的委屈，顿时失声痛哭起来，哭成了泪人，也顾不得大庭广众下的斯文和矜持。我哭冤死的耶稣基督，哭被世人讥笑咒骂的好人，哭只在人世活了 33 年的青年，哭被酷刑折磨、在剧痛中痉挛的肉身，哭临死还要宽恕刽子手的胸怀。

　　接下来的一个多星期我每天早晨七点多早餐后都来到圣墓教堂。各各他、小墓室，排队排到跟前，进去以后念念有词敬拜祷告完毕，又回到队尾再排一次队，再进去；再回到队尾，再进去。就这样反反复复，别人进一次，我进了好几次。稍微多逗留了一会，便有神职人员劝阻加轰赶："可以了，可以了，下一个！"

　　在圣墓，可以一坐就是几个小时，思考人生，反省自我。

　　我看见一人，瘫倒在小墓室外的墙边，久久不肯站立，把自己身心臣服给了上帝。忽然间觉得自己如此渺小卑微，会觉得在耶稣的大能面前，自己犹如无助的羔羊，不禁为自己以往不当的言行羞愧，为他人的伤害之举宽恕。

　　圣墓教堂里每一处我都去停留、祷告，想起耶稣的话，"你祷告的时候，要进你的内屋，关上门，祷告你在暗中的父，你父在暗中察看，必然报答你。" 其实没必要再争论有神无神，我权当耶稣为一真实的历史人物，单从他流传后世的话语来看，气度风格就在无数圣人之上，难道不值得来瞻仰敬拜吗？

　　接下来的一天，我们前往加利利一带，在五饼二鱼堂祷告后发生了一件匪夷所思的怪事，众人纷纷说是"神迹"。

　　欲知后事如何，且听下回分解。

32

圣地奇事

上回说到银行的一个奇遇使我第二次来到圣地以色列。而就在 12 月四日这天在《圣经》中的加利利海（湖）旁，又发生一件奇事，至今令我百思不得其解。

头一日，我和王闹报了一个当地旅行社的一日团，前往耶稣的故乡拿撒勒和耶稣早期传道的塔布加、加利利一带。这是我第二次前往《圣经》中描述的这一系列神奇又神圣的地方。

这之前，温哥华的周牧师的太太周师母在微信上为我引荐了住在加利利的华人牧师黄家奇。早上五点，我收到黄牧师的微信。得知我这一日将去拿撒勒和加利利，他一早为我祷告，得到领受，说这将是一个"奇妙旅程"，愿我在报喜堂得遇天使长加百列，让我"像马利亚一样得信"，并"让更多的超自然事件"发生在我旁边。

报喜堂是我最喜欢的地方之一——这是现代建筑与考古遗迹完美结合的典范。我向往拿撒勒很久了，如今这是一座阿拉伯人云集的城市，只有这座报喜堂尚有当年的感觉，圣母马利亚在这里由圣灵感孕。就在这地点，后人们先后盖了毁，毁了盖，一共建了五座教堂。我现在看到的这座报喜堂建于 1966 年，墙壁上镶嵌着世界各国的教会捐献的圣母像。尤其看到日本的那幅像令人忍俊不禁。

这一天上午我们16人的团跟犹太导游和司机先去了拿撒勒报喜堂，后去塔布加五饼二鱼堂。我们临时拼凑的 16 个人来自不同国家，包括美国、阿根廷、南非、危地马拉、越南等等，素不相识，加上司机和导游，一共 18 个人。一个超级奇怪的事情就在我们之间发生了——

五饼二鱼堂是耶稣显神迹的一个地方，位于以色列西北部加利利海（湖）西北岸的塔布加，靠近迦百农。修建这座教堂是为了纪念耶稣用五饼二鱼喂饱 5000 人的神迹。这座教堂修建于据信是当年耶稣五饼二鱼喂饱 5000 人的那个地点，祭坛下面就是那块石灰石，耶稣曾把五饼二鱼放置在这上面。该堂最早由西班牙朝圣者于 380 年始建，百年后得到扩建。614 年被波斯人摧毁，地点失传。直到 1888 年，天主教科隆总教区的德国天主教巴勒斯坦协会重新找这个地点，随后开始考古发掘，发现了五世纪教堂的马赛克镶嵌画和四世纪小堂的基础。

来到这里，面对那块石灰石，我找了个视角绝佳的位置悄悄坐下，默默祷告，感谢主耶稣牧养我们并赐予丰富的食物。祷告其实是赞美，没有索求什么，只是表达对主耶稣的敬仰，我说道：

"主啊，只要信你，还愁什么缺吃少喝？你能用五饼二鱼喂饱 5000 人，最后还可以打包，我们还有什么可担心的？"

人生中我目睹了亲友们有各种担忧——没房子的担心下个月房租，有房子的担心还不起月供，年轻人担忧找不到工作，中年人担心被裁员减薪，老年人担心老无所依，一旦有个三长两短，身边没有一个端茶倒水的。有人说有钱人没有担忧，像马云那样的。其实不然，财力有多大，烦心事恐怕就有多多。如果一个人什么担忧都没了，那恐怕这一生的使命也结束了，也就该往生了。

宁静下来，远离尘嚣，不禁庆幸：只要头上有个天花板遮风避雨，餐桌上有一日三餐，还有什么别的苛求与奢望？

除了默默祷告，我还打算在随后的景点——耶稣受洗的约旦河，体验一下施洗约翰为耶稣施洗的感觉。然而，就在这之后发生了极其匪夷所思的事件！

离开五饼二鱼堂，包括导游和司机在内，我们 18 个人前往加利利海的圣彼得餐厅吃午饭。这个餐厅我来过一次，有所了解——这里常年每天接待来自世界各地的朝圣团，摩肩接踵，人声鼎沸，络绎不绝。因餐厅与世隔绝，物流不便，运输困难，故而餐费较贵，也情有可原，每个人约 25 美元多（80 谢克尔），还不包括饮料。

临到餐厅前，犹太导游说，有一家"神秘组织"给我们全体人埋单了，而且让大家都闭嘴，不要问谁埋的单，也不要跟别人说。

吃饭的时候，果不其然，餐厅服务人员单单来到我们桌前说："你们这一桌有人埋单了。"

一时间大家交头接耳，连连称奇，王闹好奇得不得了，起初还以为团费包括午餐，后得知并不包括，又问坐在旁边的南非男子，那南非人也说："太奇怪了！"

我则像侦探波洛一样分析究竟谁埋的单。莫非是犹太导游埋了单？导游不可能，因为他们挣钱不易，而且最后我给他小费时他受宠若惊。他因为什么、为了什么会破费给近 20 个人埋单？18 个人的单是 450 美元，导游一天还挣不到这一半。

莫非是某一个团员？也不可能，因为这些老外最后没有一个给小费的，怎么可能给 18 个人埋单？一个人 25 美元，18 个人得多少钱啊？那可是 450 美元啊！即便可能当日是自己生日或结婚纪念日，也没必要默不作声吧？

难道是圣彼得餐厅给我们免单了？更不可能。这家餐厅收钱还收不过来呢，怎么可能无缘无故单单为我们这一桌免单？即使是他们干的，那也没必要那么鬼鬼祟祟保持匿名吧？

后来，美国一个退休政府官员朋友分析说，可能是以色列政府看到我来自加拿大，为了促进以色列和加拿大双边关系，特意给我们埋单。这也太离谱了。第一，以色列政府要想和加拿大示好，给我一人埋单就可以了，为何埋全团 18 人的单？第二，即便是以色列政府干的，为何不光明正大，还要匿名？

饭后上车，团员们一致说谢谢导游，导游说："不是我! 要谢上帝!"

大家没有再刨根问底，只是一直觉得诧异。

我不禁联想到黄牧师的微信，难道这是天使长加百列干的? 这也太蹊跷了。

跟耶路撒冷华人餐厅君子堂老板袁女士说起此事，她连连称奇。不过她不信超自然之说。她分析说："肯定是有人给埋单，但是这个人是谁？"

她说："我们这里常有牧师悄悄给顾客埋单，就是为了隐姓埋名做点善事。"

她的厨师陈师傅恰巧也认识黄牧师，拍着胸脯说："肯定是黄牧师给你们埋的单！"

回到旅馆我给黄牧师发微信核实，他则道："不可能。我都不知道你们去哪里吃饭，我怎么会给你们埋单？"他说的有道理，虽然他知道我要去拿撒勒和加利利，他根本不知道我跟哪一个团，哪一个导游，去哪一家餐厅吃饭，他怎么能做到给我们埋单呢？

想想也是，黄牧师收入有限，还要养家糊口，三个孩子都在上学，即便知道我们在哪里吃饭，也不可能花 450 美元给 18 个人埋单。

当然，教会的朋友们一致说这是"神迹"，有的说是上帝埋单，有的说是天使埋单。田秀英特爱听这个故事，她兴致勃勃说，上帝埋单是不可能的，但是天使化作人形，来到人间做这种事倒是很有可能。

就这么一个不解之谜，让我们这么多人猜来猜去，最后，黄牧师和何师母一锤定音道：就不要再执著于谁埋单了，谁埋单无关紧要，关键是我们要多多感恩！

这件事就这样，成了一个永久的不解之谜。但是，这件事给我以新的启迪。《新约》中《马太福音》在《登山宝训》中记载耶稣道："你们要小心，不可将善事行在人的面前，故意叫他们看见；若是这样，就不得你们天赋的赏赐了……""你施舍的时候，不要叫左手知道右手所作的，要叫你施舍的事行在暗中，你父在暗中察看，必然报答你"（马太：6:2—4）。

这段文字很重要，这是基督徒建立自己无私忘我的品格的一个核心指导思想。佛教也提"阴德"比"阳德"更重要，但是在世俗化的佛教圈内，我目睹的是许多人更倾向于彰显功德，功德榜总以捐款数额名列诸位善信，钱多的肯定排在前面，钱少的则垫底。

由此我想，加利利神秘埋单人，就因为不透露自己的身份，大家猜来猜去——这个说导游，那个说餐厅，这个说某团员，那个说某牧师，还有的说是以色列政府，我还一度猜是不是温哥华的牧师胳膊伸到了加利利给我们埋的单。你说好笑不？就是因为猜了一大堆，也猜不出谁，所以对每一个怀疑对象都充满了感恩。

做善事公开做，留了名，人家可能只感恩你一人；而做善事暗中做，且不留名，人家可能感恩整个社会。这才是基督的境界啊！再回味《登山宝训》，感觉耶稣的确太伟大了。请问：古往今来的无数圣贤，除了耶稣基督，还有谁能有这般境界？

回到耶路撒冷，我们又徒步走到橄榄山。殊不知王闹也自称发生了"神迹"——他一口气健步如飞爬到了山顶，而他长年的膝盖顽疾竟然不翼而飞。他描述道："太奇怪了，我这膝盖是年轻时候跳舞练功留下的老毛病，在温哥华逛街都走不了三百米，但是我竟然一口气爬到了山顶！"

还有一个奇怪的事是，我在以色列的十天，每天只吃一顿早餐，但是全天都不饿，尽管每天都马不停蹄到处游览。这个现象也是从来没有过的。

高高兴兴离开了这里，回到温哥华，心里多了几分淡定，但是也会有反复，那就是总面对杳无音信的未来每一天，不禁会有担忧。很快，发生了一件屈辱的事情来考验一个人的忍辱能力。

欲知后事如何，且听下回分解。

33

塔罗大师

话说第二次到圣地以色列，遭遇几桩不可思议的奇事，包括牧师和田秀英在内的一干信教之人都连连称好，说我是有属灵恩赐之人，但是无论何种属灵恩赐，都不旨在给你带来你所希望的俗世间的东西。

田秀英曾得意地告诉我她为侄女祷告，得来一份微软公司的工作；为外甥祷告，得来一栋性价比超高的独立屋。她还自夸道："我的祷告总是被神垂听。"

垂听又能如何？生活平淡中继续，渐渐地断绝尘念。即便上天给你挫折磕绊，那都是对属灵的考验；况且只要头顶有天花板遮风避雨，餐桌上有粗茶淡饭，人就心满意足了，切不可将执著迷惑了心窍，将那神圣的殿堂当作讨价还价的场所。

回顾历史，1858 年二月到七月间，据信圣母马利亚向法国南部露德的贫苦少女贝娜黛特显圣十八次之多。起初人们普遍认为这是她的一派胡言，后来因为确有神迹发生，人们逐渐开始深信不疑。尽管如此，贝娜黛特于 1879 年 35 岁时在病痛中去逝。1909 年，她去世 30 年后开棺验尸，人们发现她手上的念珠和十字架早已氧化，但尸体完好无损。1919 年再次开棺验尸，法医报告称，一些部位皮肤腐化，但大部分皮肤保存完好。1925 年第三次验尸，尸体依旧基本完好，犹如睡美人一般。验尸报告称此现象似乎有悖于自然规律。1933 年，贝娜黛特最终被梵蒂冈教宗封圣。

凡人都不解命运为何没有垂青这么一个有属灵恩赐之人，为何让她出生赤贫人家？为何让她目不识丁，以捡柴为生？为何让她未体味人间烟火便出家修道，为何又让她病痛缠身，35 岁英年早逝？有多少人因此以玩世不恭的态度讥笑别人的人生抉择和道路，讥笑别人所信乃是虚无缥缈、自欺欺人的骗局。在这些人眼中，活着能让人羡慕和高看，才算是达到了人生的终极目标，这岂不是太短浅了？贝娜黛特称，一次圣母显圣中对她道："我不能保证这一生给予你幸福，但是我可以在下一生给你幸福。"贝娜黛特还说道："童女马利亚用我作为一把扫帚，扫去尘埃。我的任务完成了，扫帚就要重新放回到门后了。"在病床上弥留之际，她最后一句话道："圣母马利亚，为我祷告吧，我这个可怜的有罪之人。"

仔细听来，这一切和佛教话语多么相似！文本虽不同，但内涵如出一辙。回望世道沧桑，顿然感悟世间一切信仰间的纷争、诋毁，归根结底都是来自无知与偏执。同去圣地的老朋友王闹戏谑道："20 多岁的时候，别人拉我去教会受洗，我去了，也没觉得给我带来什么好。后来，别人又拉我去皈依活佛，我又去了，也没觉得有什么好。天堂里估计都要发生争战，因为都说自己是唯一的真理。我现在都不敢信了。我妈嫁过两个男人，你说，他们如果现在都在天堂，我妈该跟哪个丈夫呢？他们会不会打起来呢？"

我回道："所以说，人经常需要'灵魂出窍'般地跳出来看问题。假设自己是一面镜子，你如果站在某一边，那镜子只能照见另一边。但是如果你从这两边中跳出来，看看这两边，恐怕就看得更清楚了。"

回到家，长达十天夜不成寐，有人说是"耶路撒冷综合症"，即圣地归来，思绪万千，兴奋残留，故而难眠。那些日子，不知是多了一些开悟还是多了一些迷惘，那联邦政府颁发的博士后奖金很快要到截止日期，而下一步可去何从尚无着落。到处申请职位，却犹如大海捞针般音信渺茫。有几度几乎登堂入室，离成功只有一步之遥，却又功亏一篑——的确，任何赛事只要不是那冠军，其他都是失败者。

一日，强作欢颜应邀去 Home Depot 建材城应聘去了，心想，就是搬搬货物，整理货架，也心甘情愿了。

对方只给了店面地址，却没有办公室门牌号码。到了那里，不知道该找谁，只好硬着头皮到收银员那里询问道："你好，我是来面试的，我应该去哪里呢？"

这个印度女收银员又带着我跑到客服柜台那里帮我询问了一番，那个人打了个电话，让我站一边等着。以前我在这里站着是以顾客身份，今天却是来讨一个饭碗。

过了十几分钟，一个穿着黄色工作围裙的华人女士笑眯眯地走过来。看那样子像是一个干杂活的员工，其实她也是一名不大不小的管事的经理。

她先问我姓甚名谁，然后带我七拐八拐绕过几排货架，从一小门进入只有内部员工可以通行的楼道，又爬到二楼，进入一间大屋，外间一群穿着满是灰土的制服的员工在吃极其简易的午饭，里间是一斗大的办公室，只有一桌二椅，还有一个书架不是书架、货架不是货架的架子。

这女士自称叫凯西，从一堆纸张中抽出我的简历，匆匆扫了几眼，抬起头问我道："你说国语吧？"

我点点头，道："嗯，是的。"

于是她改口完全说起普通话来，又低下头看了两眼我的简历，道："啊，你有硕士学历，为什么会愿意来我们这儿啊？"

本来刻意把博士学历从简历中删掉，只保留了硕士学历，没想到这都成了绊脚石。看来没戏了，下次应该只保留高中学历。

　　她的话不知该如何接应。我如果说我多么爱 Home Depot 的工作，那完全是违心的话，人家绝对不信；我如果说我碰壁太多，只要有份工作就行，则显得自己太无尊严，倒和那讨吃要喝的没什么两样了。

　　她看我迟迟没有应答，倒是快人快语起来，道："其实我都不应该跟你说这个。我的学历应该比你还高。我……还是博士呢。"

　　我心里一惊，差点说出"同命相连"来。

　　原来，这凯西在国内就是复旦大学英国文学博士，凭这一纸文凭办了移民来到温哥华，却一直在餐厅、咖啡馆打工。眼看自己的文凭自入境加拿大后就等于一张废纸，她又申请了温哥华 UBC 大学的中国文学博士，主修春秋战国文学。磨磨蹭蹭七八年后拿下了文凭，可以勉强东奔西走赶场般地代课，一口气跑了维多利亚、多伦多、渥太华等好几个地方，给外国人教中文，给中国人教英文，却都是那不靠谱的营生，总是招之即来，挥之即去。有课则有一份饭钱，没课就分文无有；课多了钱还尚有盈余，课少了钱还不够交房租的，所以还要再找一份兼职。有的地方还有些人情，只要有课都给老人儿留着；有的地方则很冷血，有一学期她因国内父亲病重回去两个月，一回来她的课已经安排了别人上，好容易占的一个坑就这样飞了。

　　她道："我可真是烦透了！不知我走这条路是否是上了贼船！就这样，我改了改简历，就说自己是社区学院毕业的，学的是客户服务管理，正好赶上 Home Depot 招会汉语的客户服务，我就来应聘了。干了两年，好歹混了个经理。不管别人怎么看，反正我现在也算是全职，更何况这是大店，也不轻易裁员，所以可以比较踏实了。"

　　"不瞒你说，我和你一样，也有博士学位。我还在做博士后呢，"我牙缝里终于挤出这句话。

　　她眼珠子差点掉了出来，道："那你还真打算在我们这里工作？没想继续申请个大学教职？"

　　"申请了，还在继续申请中啊，可是这就跟买彩票一样，猴年马月能碰到呢？"

　　"我有同感！你还别说，我的同学中就有运气好的，英文还不算利落，业务也不算突出，但是一申请就有了初试，然后校园面试，100 多个人里挑一个，就中了。你说这邪乎不？不知哪一世烧高香积了福。"

　　"那你这就算是已经放弃学业了吗？"

　　"原先我也打算来这里先干着，骑驴找马，可是久而久之人就有了惰性，也就不想再折腾了，况且加拿大人不在乎这些活给别人看的东西，真是无所谓。就好比买鞋，有的人先要考虑别人看在眼里如何；有的人则只考虑自己的脚穿上去是否舒服。"

聊到这儿，只听有人敲门。凯西忙道："可能是下一个来面试的。跟你聊得不错，你且先出去等我几分钟，我们再接着聊。"

我连忙起身，开门告辞，只见门口站着一个文文静静、戴着黑边眼镜的华人女士，约莫四十岁，穿着一身修长的深紫色呢子大衣，袖边和帽边还镶着一圈蓬松的貂毛，颇显华贵。我正好出去上了趟洗手间，查了查电话，回了几封短信，再回来时，凯西办公室的门已经敞开，她二人站在那里如同老友一般有说有笑。远远看见我，凯西招手道："看来我们仨很有缘，这位是莎拉，北大才女！"

莎拉连忙摆手道："不敢当！"

凯西笑道："看来我们伟大的祖国为加拿大贡献了第一流的打工族！难怪人说加拿大人均学历世界数一数二！"

过了一会儿，又来了一个白人男子应聘，白白净净，西装革履，手里攥着打印好的简历。凯西只好打发我们先走，并互相加了微信，约在周末煤港海边的咖啡吧聚会。

回家路上，路过一间小店，橱窗里满是魔幻题材的装饰。透过窗户一看，里面坐着几个人，才发现这是一间塔罗牌占卜店。进去以后，得知外间都是排队的客人和他们的家眷朋友，里间门帘后有一塔罗牌大师在给客人一对一占卜。关键是她墙上挂着她和歌坛天后麦当娜的合影！没两下子能把大明星给忽悠了？好比那国内的大师王林，如果纯粹是骗子，焉能把马云、赵薇等诸多名人都忽悠成他的座上客？这如何解释？

我心里一动，不妨也试试，看看大师如何说。

最后叫到了我，这是一个披着一头波浪金发、一口伦敦音的英国女人，名叫伊丽莎白，年龄约 50 岁上下，和蔼可亲，仿佛是个邻家大姐，有一见如故的感觉。她只问了我的名字，也不问何事，一上来就让我洗牌、分牌，她再接过去布牌阵，一边布一边道："啊！三个月之内有搬家移居之相，我看是因为工作的原因！"

我一听，顿觉好奇，连忙问道："搬家？是不是从一条街、一个区，搬到另一条街、另一个区呢？"

她道："没那么简单！我看是搬到遥远的东边！"

我乍一听不免有些困惑，连忙问道："这东边是远东地区还是东海岸啊？"

我心想，如果是远东，岂不是说我又要打道回府了吗？好不容易出来的，咋又回去了呢？

她马上解释道："我说的东是东海岸的意思，而且是美国的东海岸。"

有点像天方夜谭，但是我耐心地继续听她说下去。只听她还说，去那里是因为有工作；而且去之前还会有去度假旅游。暗想，这都是不着边际的事，反正不准了也不可能退钱，就听她那么胡侃一番。

"我还看见你有一只狗，但是很快还会有第二只，这第二只年纪很小，但是跟第一只是一个种，一个颜色，来给第一只作伴……"

一听这话，我马上就判断完全是胡说八道，因为从种种因素看，这都是不可能的事。第一，我压根没有再养一只狗的打算，因为两只狗旅游出行不便，看兽医费用更是双倍；第二，我的宝宝是纯种玩具贵宾，加拿大如果买这个品种，不仅很罕见，而且动辄两三千加元，我也没有那个预算；第三，即便我再有一只，也只可能是到动物收留站领养，但是通常都是岁数较大的杂种犬，不可能有纯种玩具贵宾。

说来蹊跷，就在十天后，果然我家里来了一只两个月的小狗，和宝宝一个种，一个颜色。欲知源委，且听下回分解。

34

多此一举

话说去 Home Depot 建材市场面试，却认识了两个新朋友凯西和莎拉，二人都不愿意透露中文姓名。海外中国人有两种，一种是独来独往、拒人千里之外，因为有难言之隐或要守护秘密而不愿多与人交流；一种是一见如故、相见恨晚，很快就跟人推心置腹、无话不谈。我们三人却是第二种，一见面就约好周末在煤港的咖啡吧汇合，凭海临风，畅所欲言。宝宝也带来了，众人都喜欢得不行，一位女服务生走过来还专门给宝宝打了一碗清水，所以我的咖啡四元，却给她留下二元小费。

煤港，听上去毫无诗情画意，却犹如天堂中的 VIP 会所，这里北邻狭长的一片内海，远山含翠，近水凝芳，海岸上是曲曲折折绵延数里的人行道和自行车道，还有鳞次栉比的餐饮娱乐场所，所来游客无不赞叹。我们仨点了啤酒和咖啡，沐浴着微咸的海风，讲述起了每个人的故事。

莎拉多年前北大国际关系专业毕业后去上海工作了一段时间，后跟随新婚丈夫移民到温哥华。国际关系这种专业等于没有专业，还不如修鞋匠有一技之长，于是在这里又去社区学院学了会计，才算从餐厅切菜洗菜端盘子的工作解脱出来，先后找了几家公司，香港人的、台湾人的，她都干得不爽，最后找到了一家加拿大大银行工作，一干就是三年。有了对比，才觉得能跻身主流社会做个白领简直是再幸福不过的事情。

"那你为什么离开了呢？"凯西十分不解，"那要是继续干下去不比我们建材城的工作体面多了？"

"咳，我不是抽风了吗？人家也没让我走，倒是我觉得在那里日复一日，年复一年，就那样等着自己人老珠黄，有朝一日退休？我呀，自己辞职，去大学里学了一个神学。"

凯西开怀大笑起来，道："你可真逗！怎么又跟基督教干上了呢？"

事出有因。

这莎拉和她丈夫陈启亮是在上海认识的。她丈夫是做IT的，作为主申请人来到了加拿大，她算是副申请。两人来到温哥华后先是一起在一家台湾人开的中餐厅打工。老板娘比较苛刻，以他二人没有餐厅工作经验为由，让他俩免费试工一周再说。至于为什么要白干一周，老板娘自有道理："那，你们没干过餐馆，是不是？那我就要给你们培训，培训是免费的啦，我也不收你们培训费，也就免你们工钱啦。"

　　三天后，老板娘认为陈寡言少语，但年轻力壮，所以安排他在后面帮厨。莎拉外貌清秀，性格外向，口齿伶俐，就让她跑堂。

　　一日，餐馆生意奇好，客人要七个宫保鸡丁，四个堂食，三个打包，老板娘忙里忙外，跑到厨房让陈启亮赶紧多切几个鸡胸脯，再准备葱段、花生米等等。陈启亮一着急，愣是切掉半个食指指甲盖儿，连带着一丝人肉，顿时血流如注。他赶紧捂着手指问别人有无创可贴，谁知老板娘压根儿没在意他的手指，却喊叫道："你还站着干什么？客人都等急了！"

　　说着，她接过菜刀，自己三下五除二干了起来，还一边牢骚："还是要我亲自上阵，这哪里少得了我？要你有什么用？"

　　陈启亮站在一旁，怒火中烧，倘若他再冲动一些，恐怕就要出人命了。他忍住了自己的火，等生意消停一会儿，不冷不热地跟老板娘说他不干了，让老板娘把这一天的工钱结给他。

　　回到家，陈启亮让莎拉也不要去那里干了。

　　莎拉道："正好，我听说西人餐厅小费收入更高，对员工也是极有人情味的。凭你的勤力，我的口语，找一家西餐厅应该不是问题吧？"

　　说着，二人抽出当日报纸就给一家刚营业三个月的西餐厅打了电话，第二天就去面试，第五天就上班了，他们没有告诉人家他们是夫妻关系。先是试工培训一周，竟然还发最低时薪。老板兼厨师是个瘦高的白人男子，名叫马修，倒是十分客气，说话慢条斯理，没有任何架子。这个区域华人众多，恰好需要会说中文的服务生，于是马修安排他二人都去跑堂。赶上周末，一晚上一个人小费最多的时候能拿到100多元。

　　陈启亮遇上一件奇怪的事情——几乎隔三差五都会有一个红头发女士一个人来吃饭，看样子大约六十岁，但是洋女人通常会早衰，所以他也不敢确信究竟多大。此人身材肥硕，行走蹒跚。无论冷暖，脚上永远是一双厚底皮拖鞋，通常起蹲不便的人爱穿这种鞋，省去了弯腰穿脱的麻烦。每次来都是陈启亮接待她，帮她脱掉外套，挂在衣钩上，安排她坐下，倒上一杯冰水。她每次晚上来只点两样东西——一个蔬菜沙拉，加一小碗红菜汤。两样加起来不过20元，但是她每次都给陈启亮留下十元的小费。看到这位客人如此慷慨，陈启亮更是殷勤备至，久而久之二人几乎成了旧相识，一见面还总是问寒问暖。就这样一晃就是四个月过去了。

　　突然，有一个月红发女士再也没来。陈启亮不免有些失落，与其说是心疼少了的一大块小费收入，倒不如说他对红发女士的下落担心牵挂。

　　一个月后的一天，红发女士重新出现在餐馆里，她瘦了不少。

这一次她又照常点了蔬菜沙拉和红菜汤。结账的时候，她悄悄给陈启亮裤兜里塞了 200 元钱，道："实在对不起，我生病了，这一个月没有能来吃饭，影响了你的小费，这点钱就算我的补偿吧！"

那陈启亮岂肯收下如此巨额的小费？他连忙掏出来要退还。

红发女士却坚决不收，道："你快收起来吧，叫老板看见不太好！"

二人推来推去，陈启亮执拗不过，只好收下。而这一幕叫莎拉看在眼里，回家就问陈启亮跟那个女客人是怎么回事。任凭陈如何解释，莎拉都坚决不信。陈急了，道："我就是外面有人，也不可能找那么一个又老又胖的洋女人啊！"

莎拉是个偏性子，第二天就赌气不去上班了。不上班就没有收入，柴米油盐都要靠陈启亮一个人的薪水，所以她在家里坐立不安，连开个冰箱都要看陈启亮颜色。就这样二人从冷战到热战，最后就闹起了分手。陈启亮搬了出去，后来又找到了 IT 行业的工作，而莎拉申请了学生贷款，去社区学院学了会计。

在她形单影只、寂寥乏味的时候，有朋友拉她去了教会，众多教友知她工作、婚姻都不顺意，每次都集体为她祷告。谁知没多久她就找到了银行的工作，她认为这是祷告被神垂听了，从此参加教会活动愈发积极，甚至萌生了做牧师的念头。最终，在银行知干了三年，她自己辞职又去大学读了一个神学证书，成全了她的一个心愿。而这一纸证书却没有任何实际意义，所以我们才会在建材城里遇见来求职的她。

她问凯西道："你看我去你们那儿能行吗？"

凯西笑道："你呀，恐怕我们庙里装不下你们俩啊！你们俩，一个是精神境界高，一个是知识水平高，怎么会愿意在我们那里天天和建材打交道？我看，就算了吧。你们还是继续申请更好的工作吧。"

莎拉听了，默不作声。她抱起了宝宝，转变了话题，问起来宝宝的饮食起居。凯西突然问我道："你工作的时候，宝宝怎么办？"

我答道："我这些年都是教课，所以除了一两个小时在课上，基本上都和宝宝作伴。"

凯西问道："那如果你去做那种朝九晚五的工作，该怎么办？宝宝会多可怜啊！"

我说是啊，正因为如此，我没有怎么卖力去申请朝九晚五的工作。

说到这里，我把那个塔罗牌大师伊丽莎白的预测将给了她二人听——什么宝宝很快会有一个伴儿，和它一个种，一个颜色。我说我死活不信。

"宝宝要是有个伴儿就好了！"凯西感叹道，"这样你上班的时候，它们俩一起玩，不至于太寂寞。"

我们三人聊着、笑着，夕阳西下，很快天色转黑，华灯初上，咖啡吧也要打烊。

凯西打车回家，莎拉步行回家，我则乘坐有轨天车和宝宝回家。

然而，匪夷所思的事情发生了——

就在十天后，凯西打车带着一只两个月大的香槟色小玩具贵宾犬来到了我家门口，说是让这个小东西给宝宝作伴。她刚刚在网上从一个台湾狗贩子那里花了 2000 加元买了它，我毫不知晓。她下了出租车，又从后备箱取出一整套宠物用品，包括狗玩具、尿垫子、狗罐头、狗碗等等。这突然一幕让我惊诧万分，怎么一只幼犬，说送来就送来了？

我是收也不是，拒也不是。看见那蠕动的毛茸茸小东西下了地就往我跟前爬，我犹如接过一只烫手的山芋。而凯西从未有过宠物，更不知如何照顾一只脆弱的幼犬。我只好暂且收下，第二天便去带小东西打疫苗。宝宝似乎对它毫无兴趣，甚至不乐意它侵占自己的地盘。

又过了数日，我电话里问凯西道："你是不是为了让英国大师的预测应验，而特意买了这只小狗？"

凯西听了先是一愣，接着发毒誓道："我确实记得你说了英国大师的预言，但是我 100%确信我买这只小狗的时候根本没有想起她的预言！"

我道："那也太蹊跷了！"

"我也觉得太诡异了！"凯西也连连叫奇。

我转念一想，世间哪会有这种巧合？莫非凯西跟英国大师早就认识，特意为我设下的圈套？于是我又问道："你老实交代，你是不是英国大师的托儿？"

电话那头只听她憋得半晌说不出话来，接着道："你......，你这也太离谱了！我根本跟她不认识！还是听你说起此人我才知道有这么个人，我怎么可能是她的托儿？即便是她的托儿，我这又为了什么？"

我心想，所言极是，看来世间总是有这样稀奇古怪、常理无法解释的事，只能说是是概率万分之一的巧合，叫我赶上了。

没多久，我还真去上朝九晚五的班了，不过天意又让这段经历转瞬即逝，却见识了各种奇葩人物。

欲知详情，且看下回。

35

无事生非

上回说到新朋友凯西冷不丁地给贵宾宝宝送来一个小弟弟——一只只有两个月大的香槟色贵宾犬。这么大的幼犬正是最难养的时候，首先它大小便毫无控制，所以要时刻留神；第二它的牙还没长齐，所以一日三餐要在温水中提前泡好狗粮；第三，要打齐所有的疫苗，要更新芯片信息；第四，它的本性是要出去玩耍，所以要适当带到户外接触阳光和空气，但是又要提高警惕，不能接触其他动物。我还为此买了一个护栏，可以围成一个四面有墙的小院落，小狗在里面不会憋屈，还能分出游戏、餐饮、大小便区域。

撒开了投简历，90%都是徒劳的，终于来了一个实质性的电话，那是一个略有口音的女人，自称名叫杰奎琳，在市中心写字楼云集的区域经营着一家叫"马赛克"的语言培训连锁机构。电话里现聊了半个多小时，听口气倒是十分客气礼貌，说着说着就开始对我满是赞赏褒奖之词，马上就约我三天后下午二时去面试。

那天早早准备齐全，事先为此还买了新衣、新鞋和新包，毕竟好久没有正装打扮了。到了那里，果然是高楼林立的商务区中的一座高耸入云的写字楼，楼里满是律师事务所、会计事务所、建筑设计公司等等。

因为提前半个小时到，所以先在楼下咖啡厅坐了一会，还差十分钟的时候移步大堂又坐了五分钟。眼看还有五分钟到两点，这才去乘坐电梯。等到到了这家公司门口，还差一分钟到两点，于是又在门口等了一分钟，盯着手机时间，当秒数刚到一点 59 分 59 秒，准时推门而入。

前台是一个眉清目秀的亚洲女人，以为是华人，却见她点头哈腰、满脸堆笑，说着口齿不清的英文，猜想多半是日本人，于是我用日语跟她打了招呼，她鞠躬的度数立即随之增加，赶紧用日语回应，顺便夸夸我的日语水平如何高超——其实我就记得那几句而已。

她果然是日本人，名叫田中美智子，先是把我领进一间办公室，里面有一张宽大的老板桌，靠墙还有一张边桌。随后她端来一杯水。

等了七八分钟，又有一个亚洲女人走进来，身材高挑，皮肤白皙，眯着一双杏眼，似笑非笑，颇为诡异。原来她就是杰奎琳，自称是菲律宾人，但强调自己家族主要都是华人血统，还说她有西班牙血统（多半是扯），难怪她不是典型的东南亚长相。

她毫不见外，一股脑儿把这家公司和她的来龙去脉全说给我听了。这家马赛克培训机构属于特许经营品牌，全世界都有这家公司，他们的温哥华分部目前只有包括她在内的三位员工，加拿大总部设在多伦多。温哥华分部的前一任老板是个德国后裔，当初公司地址一直在吸毒流浪汉云集的温哥华东区，和一家会计事务所合用一个门脸。那时候他们的前台就是田中美智子，老老实实跟他们干了七年。德国老板赶上退休，公司正好被杰奎琳的老板穆罕默德买下。穆罕默德是个善于经商的伊朗人，从菲律宾请来了当年他的老同事加部下杰奎琳，一点一滴将频临倒闭的公司做起来，头一年换了地址，从破败不堪的东区办公楼搬到了温哥华市中心的商务区。因为田中美智子熟悉公司所有业务，加上又是个日本女人，对公司忠心耿耿，对上级言听计从，就沿用了下来。

那之后，杰奎琳又从网上招聘来一个日本男士，名叫中岛太郎，做一些办公室打杂的工作，和田中美智子的工作有交叉的地方，为的是二人如有一人生病或辞职，公司业务不至于立即瘫痪。

我问道："莫非这家公司和日本有关？"

杰奎琳诡秘地笑道："哪里和日本有关系？我们三个人就有两个是日本人，原因是我试了很多人，还就是日本人好管理，没有白人的特立独行、人权至上，也没有华人的口舌是非、人际来往，倒是融合了中西的优点，既敬业，又听话，又不多事。只要用了他们，你绝对可以放心。"

这一席话马上给我带来很多困惑，她既然那么看好日本人，为什么把我叫来？

我还没问出口，估计她有读心术，马上猜到了我的疑问，道："对于你，我是很钦佩你的学识和经历。说实话，我就羡慕你们这些读书多的人。我十八岁就开始在这家公司打工了，从前台接待做起，一直到分部经理，就是没有好好上学读书。"

她曾经是穆罕默德的老部下，那时是在马尼拉的一家美国公司，从事员工英语培训工作。穆罕默德后来经过多年打拼，有了原始积累，先是收购了马赛克公司的多伦多分部，开辟为加拿大总部，又逐渐收购了其他加拿大城市的马赛克，最终来到了西海岸，从德国人手里买下了马赛克温哥华分店。那时的这家公司，已经入不敷出，人员流失，只剩下田中美智子一个员工，维系着可怜巴巴的三五个客户。好在每个月房租只有 2000 元，除此之外没有什么硬性成本，还算比较容易维持。穆罕默德毅然决然把杰奎琳从菲律宾请来。杰奎琳本来已经改行做户外野营培训，这时临危受命，一个人飞到温哥华，和田中美智子两个人又重新把公司做了起来。

眼看着生意略有起色，杰奎琳决定冒险将公司搬到商务区的高档写字楼里，这样也是为了公司的未来。她道："我跟穆罕默德提出这个建议，他原先犹犹豫豫，生怕挣的钱还付不起房租，但是我说服了他。公司如果为了图房租便宜，窝在那贫民窟里，就永远不会翻身！"

　　我透过她办公室的玻璃窗扫视了一下，她索性起身带我参观了一下整个公司，除了前台、她的办公室，还有一间超小的厨房，剩下四间屋都用作教室了。谈不上豪华，但是叫那日本女人收拾得井井有条。

　　杰奎琳问道："你猜猜我们的房租多少钱？"

　　我不愿意初次见面就显得对公司机密如何好奇或在意，摇摇头说："猜不出来。"

　　她颇为自豪地道："一个月才 6000 元！"

　　我一听，惊讶不已，暗想，就这价位，我都可以在这里开公司了，为何还要来给人打工呢？

　　她又道："这个价格是我谈下来的！那时候我一心想搬到商务区来，因为这里有很多上班族可以成为我们潜在的客户。我挨个楼察看，这儿原来的那家租户是一家旅行社，不打算干了，于是我让他们转让给了我，不仅沿用了他们的租赁合同和价位，连他们的办公家具都全部留给我们了。"

　　她领我看了前台，回到她办公室，又指了指她的老板桌，道："这一桌一椅全是他们留下来的，我们一分钱都没花！"她接手后，唯一的工作是把前台的标识换成了马赛克。

　　她越自夸，我就越不安了，他们都这么能干，究竟要我来做什么呢？平白无故白给一个人开一份薪水，这钱拿得不会太轻松。

　　我们又坐了下来，她貌似语重心长地道："这几天我面试了很多人，我感觉只有你能把我们公司引领提升到一个新的高度……"

　　我只想安安稳稳有口饭吃，殊不知却面临如此重任，心里犹如打翻了五味瓶。我的职责是两个日本人以外的所有工作，他们负责引人过来，我就是那见客人并销售课程的。换句话说，我做的是销售。

　　她又道："今天我还不能决定，因为我明天还要面试几个人，再跟穆罕默德汇报一下，后天就有信儿了。不过，我觉得你应该差不多……"

　　她那眯起的杏眼，似乎在暗示着什么喜讯，但是我却喜不起来，冥冥之中感觉这又像是千百万个小作坊私人公司一样，他们确实需要人，但是给你开一份薪水又多么咬牙切齿，如同割自己身上肉一般；他们一元钱都舍不得让你白白挣去，而每付给你 100 元都恨不得你能带来 500 元的收益回报。

　　所以，两天后杰奎琳打电话告诉我"喜讯"并通知我下周即可上班的时候，我不知"喜"从何来。她发来的合同，职位是总监的职位，薪水却是前台的薪水，还有所谓的"佣金"，多半都是永远见不到、摸不着的。

　　上班的第一天，田中美智子和中岛太郎已经在前台电脑上各自工作，我却不知道坐在何处，只好坐在前台对面的椅子上，等到杰奎琳来，再如履薄冰、客客气气问她我坐在何处。

　　她指着她办公室老板桌旁的那张边桌，道："你临时先坐在那儿吧！我们办公室确实很紧张，因为所有的房间都用作教室了，所以先委屈你了。"

　　我倒是不介意。我把我的包放在边桌下面，从包里掏出自己的苹果电脑。

　　她指着她的那台廉价的戴尔手提电脑道："以后你可以用我的这台电脑，就不用带你自己的了。"

　　这一天，都是她在给我"培训"，把办公室每一个抽屉，每一个文件夹，每一个客户明细，田中美智子和中岛太郎的性格特征、工作特点，全部讲给我听，恨不得我一天之内就熟悉所有情况。我隐隐约约感觉她好像是在找一个人无缝对接地替代她，但是出于礼貌我没敢多问。

　　当天下午，老板穆罕默德从多伦多赶来，跟我面谈，又给我讲解培训一番，晚上还请我们吃饭。总体感觉这是一个很和蔼可亲的老者，没有老板的架子，就是吃饭的时候还要谈生意——销售、市场、广告投放、客户反馈，等等，没完没了。那俩日本人是有问必答，马上入口的饭菜还要吐出来先回答老板的问题。这一幕活像回到了旧日中国的白领生活。

　　第二天，我一早提前半小时赶到，办公室里只有田中美智子，要赶去做物业安排的失火演习，因此留下我一个人。

　　我按杰奎琳所说，来到她办公室坐在那个边桌旁，掏出电脑和文件，温习她昨天的培训内容。

　　大约十点多，杰奎琳才到公司，见到我，似乎不再有前几日的客气，以略有命令的口气道："你今天先到隔壁教室里临时坐一下，我要用这张桌子办事。"

　　我二话没说，合起电脑和文件夹就挪到了隔壁房间。这一天的培训于是就在这间小房间展开。

　　第三天，我干脆一来公司就直接坐到了这间教室里。十点多杰奎琳到了，知道我在，却一直没有进来跟我打招呼。过了半晌她进来，面无表情道："十分钟后你到我办公室里来一下，我要跟你谈谈。"

　　一听这话，顿觉不妙，听口气不像是什么好事。但是转念一想，我一共才来三天，一言一行、一举一动，已经够小心翼翼了，实在想不出有什么可以挑刺儿的地方。

　　进了她办公室，她表情像是变了一个人，开门见山道："我好心好意把你招来，是我招的你，可是你屁股还没坐热，就急着要越俎代庖、取而代之！"

　　我顿时感到丈二和尚摸不着头脑，伴随着莫名的气恼，问道："这是怎么讲？"

　　她愤愤不平道："昨天，你没经过我允许，就坐了我的桌子。你怎么也应该事先问我一下！我毕竟还是这家公司的经理，我还没有走！你就这么着急想让我赶紧走？"

　　一听这话，我恍然大悟，又气得头晕耳鸣，简直想拍桌子骂人，从来没见过这么胡搅蛮缠之人，而且前后反差如此之大。

　　我平息了一下自己，回敬道："其一，我坐在那个边桌那里，是事先问过你的，你亲口告诉我办公空间紧缺，可以临时坐在那里。其二，我压根不知道你要离职，谈何迫不及待希望你赶紧走？其三，我当然知道你招我来，自然心存感激，什么'越俎代庖'、'取而代之'，这又是从何说起？"

　　我以为这一番理性的解释能够让她明白和释怀，但事实是再如何解释都是徒劳——这世上不是所有人都明事理、易沟通的。我们总是千方百计说服别人来为自己设身处地着想，却不知绝大部分工作都是浪费时间，所以生活中，大多数情况下，如果沟通无效，你就要回避、躲开。想到这里，我心里在盘算离开之前该跟她说些什么。

　　"我很感谢你对我的认可和这几天的培训，但是我也是一个人，是有尊严的。我并非没有这份工作就要露宿街头。说实话，这样的公司，就是我自己都开得起。"

　　杰奎琳一听这话，马上客气下来，不再是上下级的态度，恢复到了面试时候的平等。

　　我以为这事就这么说开了，摆平了。她没有说让我走，倒是说还要接着培训，还夸我不愧学历高，记性悟性就是好；与我相比，那两个日本人就是木头疙瘩。

　　于是我第四天照常来上班。

　　这一天很奇怪，我来了，杰奎琳一直没到公司，倒是下午四点快下班的时候，那个穆罕默德出现了。他跟两个日本员工说了半天话，又轻轻走到我跟前，请我到另一个房间里说话。

　　我心想，肯定和昨天的事情有关。

　　他沉思了半晌，终于开口道："昨天下午，杰奎琳给我来了电话，我想你知道是什么事情。我觉得我们之间还是不合适，以后有合适的合作机会，我们再请你吧。这几天的钱我会让公司总部的人力资源部结给你。"

　　他这么说，我一点没有吃惊，本来就已经如坐针毡了。

　　我回道："你肯定听了杰奎琳的一面之词。我也不想多说了，她毕竟跟你那么多年。我只是想说，我在这儿就那么几天，内心是把你的公司当作自己的来看待。"

　　穆罕默德一听，竟然眼角都湿了，想说什么，又说不出来。

我说："好吧，那我走了。"

他坚持出门送我到电梯口，我进电梯前，看到他双眼还是湿润的，不敢直视我。

出了这座写字楼，顿时浑身一阵轻松。远处迎来了莎拉和凯西两个朋友——我们事先约好再次海边聚会。我一五一十把这里的经历说给她们听。凯西道："就这么个小公司，6000元房租，咱们仨都开得起，一人平摊 2000，我们两个博士，一个北大，我就不信，我们必须要忍辱负重去给那些龟孙打工？"

我问凯西："如果是你，你会怎么办？"

她道："这要看你多迫切需要这份工作了，如果特别需要，那就只好给人认个错。"

我暗想，就是上街乞讨，也不能认根本不是错的"错"。我错在何处？简直是一派胡言。不过，这件事确实有些过份，都过了五六年了每当想起这件事和那表里不一、胡搅蛮缠的菲律宾女人还有些义愤填膺。

我望着我一身新衣、新鞋和新包，笑道："他们这几天给我开的钱刚好买这些无用的东西了。也好，我正好回家陪宝宝了，命该如此。"

塞翁失马，焉知非福。刚受气不到一个星期，接连收到两个并不怎么太诱人的聘书，一个来自本地私营二年制学院——凯撒学院，虽说先签一学期合同，但是人家负责人明确告诉我：你可以指望以后每学期都会给你排课，所以不用担心；一个是美国康涅狄格州的正规大学，仅仅是替人家请假的教授一年而已，三个月后报到——那塔罗牌大师伊莉莎吧还真碰准了。为了去那美国的学校，跟凯撒学院毕恭毕敬、客客气气地谢绝了。本来我可以占的一个坑，刚谢绝就被另一个人占了，一直到今天，所以说那个坑几乎是终身职位了。

很快就要飞往美国东海岸开始新的历程，走之前，莎拉提议我们先来个欧洲自驾游——这又叫伊丽莎白碰准了。欲知后事如何，且听下回分解。

36

情欲文革

上回说到去美国之前有朋友要约我一起去欧洲自驾游，我觉得那是一个好主意。这两个朋友一个是王闹，一个就是莎拉。二人为此还专门来我家商议此行。我的不少朋友都愿意跟我出行，这样他们省了不少麻烦，比如订机票、找酒店、看地图、问路、讲解，等等。王闹想去欧洲深度旅游一趟是因为他加拿大干爹刚刚于 88 岁寿终正寝，他想去散散心；莎拉是因为失业后一直在家拿着失业金，新工作又迟迟没有着落，所以决定撒开了出去玩一趟，期待着破而后立。

在我家里我上网搜索欧洲各地便宜酒店，实在很难找到三个床的房间，大多数都是两张单人床的房间。王闹拍着胸脯道："没关系，我睡地上，你们俩睡床上。"

我问道："哟，那合适吗？睡地上多硬多凉啊！"

王闹道："没事儿，我还救喜欢睡地上！"

我应和道："好吧，那我给你准备一个睡袋，我家里还正好有一个从未用过的睡袋。"

就这么定了，我于是制定了环绕欧洲的线路，在网上订了三个人的往返机票，并在网上从阿姆斯特丹的国际机场租了车，而且还订好了酒店。每个人往返机票才 800 多加元，他二人连连拍手称便宜。

谁知没几天，王闹和莎拉等人聚会的时候，却跟众人抱怨道："这达哇也够自私的，也不看看我是 60 多岁的老人了，非要我睡地上，还要给我准备一个睡袋！"

不出几天，这话让莎拉学给我听了，着实让我百思不得其解，我于是质问王闹，王闹无法矢口否认，却对莎拉传话耿耿于怀，这一来二往，导致莎拉很不愉快，当即决定退出，取消廉价机票损失了 600 多元。我心想，这二人也真是，一个 60 多了，一个奔 50 了，怎么还这么小孩子脾气？其实我一点没有计较，如果计较的话，人生中很多有意义的事情都要被搁浅、放弃，何必呢？

去欧洲，少不了要重返捷克布拉格——如果整个欧洲你一生只有机会去一座城市，那就应该是布拉格。

老朋友蔡京生曾在布拉格发迹，后回北京发展，近年来又回到了布拉格，微信上盛情邀请我去布拉格找他一聚。蔡京生 1960 年 12 月生于北京的高级知识分子家庭，人都说像是《鹿鼎记》中的韦小宝，年少时风流倜傥、沾花惹草，且活泼顽皮、风趣幽默，在哪里都是一个开心果。他从小被父母送去少年宫学唱歌、弹琴，还和同龄的蔡国庆一起参加少年合唱团，后来专门学习黑管，并在恢复高考后录取至中央音乐学院。大学期间，曾有奥地利维也纳国立音乐学院的教授来华讲学，准备在北京的几所音乐院系选个苗子去奥地利留学。班上有业务比蔡京生好的没选上，却选中了他，原因很简单——那个维也纳的教授后来解释说："我们不要那出窑的砖，都已经成型了，就没有什么好再培养的了。我们更看重的是一张白纸但有很高的音乐天赋和领悟力，这样你可以随心所欲在那张白纸上勾画，画成一幅完美无缺的佳作。"

蔡京生论成绩，远非班上尖子；论用功，更赶不上班上一大堆出身苦大仇深家庭的孩子；论思想表现，他从来政治上不积极，连共青团员都是勉强入的，还特别蔑视耻笑那些拼命巴结老师、写思想汇报、申请入党的同学。他给班上同学的唯一印象就是，这是一个穿着时尚、嬉皮笑脸、每隔一周就换一个女朋友的小帅哥，而且总是大手大脚，兜里只有五元钱都敢请同学吃饭、为别人埋单。

但是就这么一个花花公子，却被维也纳来的音乐教授相中了，人家看中的是他绝妙的悟性和乐感。于是音乐学院上了两年，他就办理退学手续，又去北外突击了三个月的德语，随后前往奥地利维也纳开始了留学生涯。

那是 80 年代中期，人们还一贫如洗，根本买不起机票，所以需要从北京坐国际列车先到前苏联首都莫斯科，这就需要七天七夜，然后再从莫斯科到维也纳。

出发的那天，蔡京生浑身只带了父母好不容易换来的仅有的 100 美元。他的女朋友送他到火车站，他二人在站台上热拥，千言万语道不尽，迟迟不肯分手。火车开动了，他上了火车，摇下车窗，二人继续道别。火车跑起来，她就一边哭着一边跟着火车跑。蔡京生心里一股酸楚，索性掏出那仅有的 100 美元从车窗里给他女朋友扔了出去。

在火车上的那一周实在漫长。蔡京生浮想联翩，想起了自己经历的所有女人。他才 20 多岁，在男女关系上已经经验十分丰富了。他的初蒙发生在他五岁的时候，那还是在谈性色变的文革期间，他看到了一个五岁儿童不应该看到的一幕幕。那时他父母正在接受改造，有时候晚上回不了家，就把他托付给亲戚家的一个大姐姐带回家照顾，此人名叫何慧芳，不到 30 岁，他管她叫芳芳姐姐。她总梳着精干的运动头，爱穿着洗得都起毛边的白衬衣，一条肥大的蓝裤子，脚上是一双黑布鞋，常拎着一个"为人民服务"的帆布包。

一次，芳芳姐姐把五岁小蔡京生接回自己家，她家里正巧也都无人在家。二人简单的晚饭后，芳芳又照顾小蔡京生洗脸洗脚，安顿他上床睡觉。

就在半夜，小蔡京生被咯吱咯吱作响的床给震醒，睁开眼一看，吓他一跳：芳芳姐姐一丝不挂俯身双手扶在床沿上，脸冲着他，大汗淋漓，像是刚从热气腾腾的澡堂里出来，身后则站着一个也一丝不挂的干瘦男人，一样的满身大汗，下身紧紧贴着芳芳姐姐的臀部，一边撞击着芳芳一边大口喘息，还露出一口玉米粒般的大黄牙，背景的墙上是那伟岸的毛主席像。小蔡京生微微睁开双眼，幼小的心灵充满了困惑，只是以为那黄牙男人在欺负芳芳姐姐。却见芳芳姐姐没有哭也没有叫，而是急促地轻声对他道："小京京，快闭眼！"

小蔡京生只好佯装闭眼，很快又睡着了。不知过了多久，他又醒了，又微微睁开双眼，这时只见那二人依旧一丝不挂，黄牙男人站着，芳芳姐姐面对他蹲着，如醉如痴地用口"伺候"着那个男人的阳具，地上则扔了一地乱七八糟的手纸......。

小蔡京生记不得何时才又睡着的，因为那一晚几乎一宿他都是在微闭双眼佯装睡着。蔡京生回忆说，那是 1966 年，文革之初，这说明人的本能是不用教的。

我暗想，估计我可能没那个"本能"，如果没有互联网和发达的信息流通，我恐怕没有他芳芳姐姐和那个男人的悟性。

这个芳芳大姐姐如今还健在，已是 80 多岁老太太了。蔡京生后来回国时候在一个菜市场还见过她，看那淳朴得不能再淳朴的打扮，你怎么也相像不出 1966 年她在一个五岁孩童前做出的一幕幕。这就是人性。蔡总说，谁也不要站在道德制高点去对别人品头论足，因为都是人。

欲知后事，且看下回。

37

欧洲往事

上回说到我准备去欧洲进行一场环欧自驾游的壮举，正好远在捷克首都布拉格有一位多年老朋友蔡京生邀约我们去那里一聚。我设计的自驾游本来要历时一个月，但是由于要去美国工作，不得不临时缩短为半个月。行程从荷兰阿姆斯特丹开始，再往东，往南，折回西，再折回北，最后回到阿姆斯特丹。

众所周知，西欧是现代文明的发源地，而荷兰虽然是弹丸小国，只有两个北京的面积，却是人类历史上举足轻重的伟大国家。人口仅比北京略多，却是仅次于美国的全球第二大粮食和农产品出口国。性交易合法，且对娱乐性药物相当宽松，其首都阿姆斯特丹 2017 年却被评为欧洲最安全城市。人口稠密度达到每平方公里 500 人，却有着一流的住房居家环境和设施。在 17 世纪全国人口仅有 150 万，却是欧洲乃至世界的经济中心和第一海上强国，而且成立了世界第一家证券交易所。

更何况，这个国家有一半的土地高于海拔一米，将近三分之一的土地低于海平面，洪水灾害频繁。历史上荷兰人一直与海争地，修坝拦海，风车排水，填海造地，目前有 17% 的土地是人造的。

当年彼得大帝前往荷兰学习，回国后就推行改革，把落后的俄国打造成欧洲强国。明治维新前的日本排斥所有西方列强，唯独与荷兰成为贸易伙伴，且推崇"兰学"，使其快速发展现代化，成为亚洲唯一的发达国家。

这么一个小国，当然必去无疑，没准我也能学到点儿什么。

果不其然，到了荷兰，处处令我赞叹不已，只有比想象中更好。谁知，后来驱车往东，越往东越糟糕——德国不如荷兰，东德不如西德，捷克不如德国......，每往东 100 公里，就要多发 100 句牢骚。

蔡京生 80 年代初到欧洲，先到了奥地利，这也是和荷兰不相上下的发达国家；奥地利是世界的音乐之都，顶尖的宜居之地。作为学黑管的蔡京生，来到这里和国内音乐院校同学一比，顿时有高人一等的感觉。虽然幸福感油然而生，但是一来到就面临要填饱肚子的问题。

来时全家好不容易换了 100 美元，他全扔给了哭着追火车与他道别的女朋友。身上还有零星一些美元，已经换成奥地利先令，但还不够一周的饭钱。学校承诺第一年会有一些奖学金，但是刚够抵消学费和住宿。第一天晚上，安顿好了宿舍，他便去超市里买日用品和食品，谁知那些瓶瓶罐罐花花绿绿的全是德文，他根本不知道哪个是洗涤灵，哪个是沐浴露，哪个是酱油，哪个是醋。这些还好办，慢慢查字典再说，当务之急是赶紧买点快餐填饱肚子，什么便宜买什么。沿着一排排货柜走啊走，终于看到一堆罐头，是所有罐头食品中最便宜的。他饥不择食，赶紧买了一小桶，又买了最便宜的面包，回到宿舍就狼吞虎咽地吃了起来。

谁知那罐头吃了一半，越发觉得不对劲，再仔细瞧那外包装，分明是一只猫头。原来这是猫罐头！难怪是最便宜的！

多年后蔡京生给我描述这段故事，我问道："你不是留学前去北外德语速成班培训了几个月吗？连这个都不认得？"

蔡京生一拍大腿，道："咳！你知道我们，文革中学工学农学军，英语 26 个字母都认不全，那北外突击德语，压根儿一点儿没学进去！我这点儿德语还都是后来在奥地利逼出来的！"

说是要好好学习，报效祖国，有的留学生做到了——比如他的忘年交老朋友、后来成为中央音乐学院院长的左因老太太，同一时间国家送她到莫斯科柴可夫斯基音乐学院学管风琴，彼时全中国只有三人会弹管风琴，左因便是其一。但是蔡京生心思不在报效祖国上，他道："刚来欧洲发达国家，对我震撼很大。欧洲学生周末可以去酒吧，假日可以晒太阳，而对于我们中国留学生来说，只能缩在宿舍里流泪想家。看电视看不懂，看杂志看不懂，打电话打不起，写信邮票舍不得买。所以我的当务之急是要解决经济问题，没有钱，一切都是扯淡。"

一个周末，一群西欧各国的同学约着他一起去酒吧，大家围绕一长桌，点了扎啤、薯条、花生米、汉堡包等物。学生在一起聚会，自然各埋各的单。蔡京生却不知西方这一习惯，以为谁招呼他去，就会为他付账，且兜里分文无有。

到了酒阑人散的时候，每个人掏出钞票或硬币搁在桌上，他才意识到并没有人给他埋单，天下没有免费的晚餐。他坐也不是，走也不是，如热锅上的蚂蚁，心想："这可怎么办？好歹我也是七尺男子汉，不说我没抢单，却要躲单，这多给中国人丢脸！问同学借？这不是我蔡京生的性格。跟服务员解释，先欠着，下次再还？可是这一桌高鼻深目的老外无一人这样，为何偏偏我一中国人要这么丢人现眼？"

好歹他们人多，根本没人注意，服务员也清点不过来，所以就放他白吃白喝跑了。蔡京生是典型的好面子的北京男人，这件事让他恨不得有个地缝钻进去。

蔡京生是哼着古建芬的《年轻的朋友来相会》出国的。他 20 多岁，风华正茂，告别了十年动乱，赶上了恢复高考和改革开放，正是"80 年代的新一辈"。出国前他憧憬着"再过 20 年，我们重相会，伟大的祖国，该有多么美！"等到出了国了，才发现伟大的祖国再不改革开放几乎要被开除球籍了，即便再过 30 年也没有人家的美。而过了 30 多年后我来到荷兰，想起蔡京生的话，思绪万千——祖国虽然壮大了，但却成为世界上最大移民输出国之一，那究竟是说明中国人更富了，还是祖国更好了？

刚开学几个月，蔡京生就有了小算盘，他打算一半儿精力放在学业上，另一半儿精力放在如何省钱和赚钱上。他从小不爱读书写字，所以不愿意给家人写信，只愿意打电话。可是打长途要去投币电话亭，经常是还没讲几句话电话就断了。当地华人留学生想出一个妙招，传到他耳朵里——即用女生一根长发，一头拴着硬币，手提另一头缓缓将硬币降入投币孔，等到硬币用完，电话终止，再用那根长发将硬币提出，接着投币再打。这个办法一传十十传百，相当一段时期维也纳电话局发现国际电话量大增，收入却不涨，百思不得其解，最终发现了奥秘，不得不重新修改投币电话的投币孔设计。他们甚至惊叹中国人的"聪明才智"。

语言不好，暂时没法打工，但是他听说了一个挣快钱的办法，那就是去赌场。在那里，赌场为了鼓励顾客去赌钱，会经常免费发放代金券，每人凭每张代金券可以去领取一个可以兑现的筹码，价值 200 先令，约合 20 美元。蔡京生听说这事儿，心想："这奥地利赌场的规矩，岂不是漏洞太大了吗？我要是多领几个筹码，赌场转一圈，不赌钱，再到兑换窗口换现金，或者干脆卖给新来的游客，不就挣钱了吗？领一次筹码是 100 先令，一晚上跑个七趟八趟，不就可以领七八百先令吗？"于是他带着另一个中国留学生去试了几次，果然挣了些钱。结果是，他去得多了，哗啦啦又跟了好几个中国留学生，赌场注意到了，就永久取消了这一促销方式。

中国人每有一计策，这奥地利人就有一对策，总是要断他们的生财之路。第二年全额奖学金变成半额奖学金，蔡京生要尽快找到生财之道，于是他准备去街上练摊儿。他亲眼看见维也纳一区域有一些人街边铺张塑料布就卖些皮包衣物，不乏亚洲人模样的，经常围满了奥地利顾客，他颇为动心。打电话告诉北京的哥们儿托人捎来雅宝路的一些皮货，有皮帽子、皮靴、皮夹克、貂皮围巾等等。等上三五个星期，货到了，他也去跟着练摊儿了。那里别的华人摊贩大多是相貌猥琐的福建、浙江老华侨，而突然出现了这么一个北京来的韦小宝，又帅气又可爱又逗乐，不仅有艺术家气质，还会流利的德语，很快围上来一群金发碧眼的女士；就冲着不多见的东方美男，一个个也慷慨解囊，很快一堆货物一扫而光。

蔡京生第一次尝到了做生意的甜头，心思更不在学业上了。他心想，这器乐专业，限制太多，时不时要上集体课、单独课，还有没完没了的集体排练、演出，即便将来毕业了，最好的出路也就是有个靠政府和社会救济的乐团能够接收。于是他去跟学校的教授谈，想在第二年改声乐专业，因为声乐专业自由得多，他可以腾出更多时间去练摊儿，去挣钱。

没想到还真顺利，主要原因是他天生一副男高音的嗓子，跟教授磨了几次，竟然批准了。学校也认为这么好的男高音苗子学黑管确实有些屈才。

改行学声乐以后，他基本上都处于放鸽子状态，除了基础的乐理课和辅修课，教授只是每周偶尔约见几次，主要靠学生自主练习。蔡京生心里想："我可是除了睡觉都在练啊！我摆摊儿的时候不也是在喊嗓子吗？"

又一次去同一个地方练摊儿，这一回却摊上倒霉事了——两个警察过来叽里咕噜问话，他一时没听懂，人家就收了他的摊儿，把他带到了警察局。一问才知道，原来那个地方练摊儿也都是要有执照的，他压根儿不知道！

他问警察道："这不公平！为什么前几次没查我，这次偏偏查我呢？"

老一点儿的那个警察拍拍他的肩膀，道："年轻人，前几次没查到你，是因为你幸运而已。"

交了罚款，货物没收，警察就把他放了。

回宿舍路上，蔡京生连连捶自己的脑袋，为自己的巨大损失心痛不已。他迟迟不肯回去，拖沓着脚步走到了多瑙河边，一个人坐在河边发呆，掏出兜里的烟，一根接一根抽了起来。他心想："这究竟是老天跟我过不去，还是我跟这世界过不去，咋做什么什么不成呢？咋挣个钱就那么难呢？"

直到一包 20 根烟全抽完，他才慢慢走回宿舍。他的宿舍二人一间，同屋是个学大提琴的奥地利男生，名叫弗里茨。

走进漆黑的宿舍，他懒得开灯，一头倒在床上，拉上被子就想蒙头大睡，却见对面的单人床上两个人影在颠鸾倒凤、淫声浪语。蔡京生打开床头台灯，只见弗里茨和一女人一丝不挂，在颠鸾倒凤。那女人没有丝毫羞涩，骑在弗里茨身上，挺着两个西瓜大的乳房，扭过头来冲着蔡京生抛了一个媚眼。弗里茨则向蔡京生招手道："京，来，我们三个一起来玩儿！"原来这女子是弗里茨花钱招来的东欧妓女，按小时收费。

蔡京生虽然是血性方刚的青春男儿，看到那一幕活春宫颇受刺激，但是他内心对两男一女是很抵触的。他倒是很有修养地道："谢谢你，弗里茨，我就算了。我还是到楼下大堂里看一会儿电视吧。"说完，他起身就下楼了，把房间留给了那二人。那晚他就在大堂沙发上睡了一宿。

自来维也纳一年多，蔡京生还没有过女朋友。他觉得经济是首要问题，不解决经济问题，就没心思琢磨男女问题。谁知很快，他竟然成了维也纳中国留学生中第一个开饭馆的。

欲知后事如何，且听下回分解。

38

人在旅途

上回说到来到荷兰，从那里准备开始环欧自驾游，不免回忆起旅居捷克布拉格的老朋友蔡京生的欧洲往事。其实这蔡京生和王闹很早就认识了，那还是 80 年代，那时候蔡京生有个女朋友叫戴燕燕，是北京师范学院外语系的高材生。有一次蔡京生去戴家，只见客厅餐桌边坐着一个文文静静、眯着笑眼的年轻男子，正在跟戴燕燕学英语。据说他早就一门心思要出国，找了很多门路，最后他妈还是靠嫁了一个英籍华人才终于解决了他的出国问题。这个年轻男子便是王闹。

十几年后蔡京生跟我回忆那一幕，记忆最深刻的就是王闹当时的穿着打扮。蔡京生描述道："别看我有时候不记事儿，马大哈，但是有的细节我是一辈子忘不了的。那时是 80 年代初，人们还都穿得很土，男的基本上都是松松垮垮、皱皱巴巴的中山装，不是灰就是蓝，哪里有什么款式造型？可是我那天一眼就注意到这王闹虽然也穿的是中山装，但是就是和别人不一样！他的中山装显得服服帖帖，还有恰到好处的垫肩，而且还收了腰，所以特别衬托出宽肩细腰，显得这个人特精神。"

那个年代人们着装确实款式单一、色调沉闷，而这王闹偏偏有什么诀窍让自己与众不同呢？后来我问起王闹此事，他也记得那天，道："那时候蔡京生还是个小帅哥，怎么现在成了这幅模样了？老倒是不显老，就是不单单谢顶了，脸也圆了，腰也粗了。"

说起他那套亭亭玉立、玉树临风般的中山装，他自夸道："没错，我那时候的衣服不是我自己做的就是我改过的。即使再没有什么选择，我也会把到手的成衣加工一下，尽可能时尚一下。我那中山装本来比较肥大，叫我那么一改，走在人堆儿里立马脱颖而出。"

别人还穿纯棉的，他就开始穿涤纶的，夏天则率先穿上了的确良，特意到西单、东单、王府井等处转一圈，引来无数艳羡的目光，他心里特别得意。他还很早就学会了烫发，常用一个电钳子，把自己的刘海儿烫成一个大波浪，颇有文艺范儿。

这王闹当时已经从专攻跳舞的文艺兵退役，开始往裁缝上转型了。从小就喜欢缝补、绣花之类的女工，当时正要恶补英文，准备出国学习时装设计呢。王闹的故事更加离奇、另类，不亚于蔡京生的经历，以后章节再详谈。

有人问，王闹既然口是心非、表里不一，怎么还会与他结伴同行。王闹缺点不少，优点也很突出，他是一个只有一块儿土豆都能跟人分一半儿的那种人；在旅行中的消费观上，跟我十分一致——我谈不上穷游，更谈不上奢游，只不过不想虐待自己罢了。我自由行结伴过多人，大多有致命的毛病，以至于你无法再与这类人结伴出行，但是王闹还真没有那些常见的毛病。举例说，有一年我和另二人结伴出行 11 天，其中一个总爱占便宜。问题是你占一次两次可以，这一路上都想占，实在不妥。若三人打车，理应大家分担；若有一人抢付，另二人应该下次回报，但是偏有此人被惯出了毛病，别人埋单，天经地义。另有一例，又一次和一朋友出行，这人实在太省钱：深夜下飞机，疲惫不堪，我们又拖着行李去找酒店，我实在想多花点儿钱打个出租车算了，而她却执意还要满大街找公共汽车——如果你说服她别再麻烦找公交车只有一个办法，那就是你打车，她蹭你的，那是可以的。更有的，对文化历史一概毫无兴致，只爱考察物价，或照相打卡，证明到此一游便回去交差。

一到荷兰，先参观阿姆斯特丹运河风貌，还有那闻名世界的红灯区，还有诸多博物馆，第三日我们便驱车来到羊角村，一路上对荷兰的基础建设之精细赞叹不已，甚至怀疑这荷兰人是不是都有强迫症，一桥一路，一石一砖，都要那么规规矩矩、整整齐齐。

这羊角村被中国游客熟知和向往的程度甚至超过了荷兰本地人。这里有村民 2600 多人，每年却迎来 20 万中国游客。这里消费率先接受微信支付，并处处可见中文标识。这里被称为是"北方的威尼斯"、"荷兰的威尼斯"，整个村落的交通全靠人工运河中漂泊的船只和 180 多座小桥。这个小村美轮美奂，有人说是人间天堂，有人说是天上人间，有人说是童话王国，有人说是流动的画卷……。历史上这里一片贫瘠，村民发现地下富含泥煤，于是靠挖煤为生，挖着挖着挖出了很多羊角——这里曾经洪水泛滥，很多羊被淹死在这里，留下了众多羊角，于是索性就把这里叫作"羊角村"。而且，由于过度挖掘，形成一道道沟渠，村民们干脆把沟渠改造为人工运河，村里的交通全部依赖小船。久而久之，羊角村被大小运河所包围，成为今天的"荷兰威尼斯"。

看看羊角村，犹如对荷兰民族窥一斑而见全豹。这个村子家家户户似乎都是美学修养高深的艺术家。如果不是，那为何这个村子能自发地演变成如此设计精巧、规划完善的人间天堂？看那繁花似锦、绿草如茵、大树参天，还有独具匠心的桥梁、阑干、指示牌，以及一艘艘洁净可爱的船只，莫不是有一个强大的物业管理公司？或是村民自发组织的委员会？游客往往只看到美的表面，却很少琢磨问题的本质——究竟是哪一只无形的手在管控维护着这里的一切？是谁人的思维和理念在维系着羊角村的过去、现在和将来？我一直暗想，倘若在中国某乡村，也有 2600 村民，给他们这么一片土地，是否也能造就出这样美如仙境且高度文明发达的村落呢？地球只有一个，但为何地域却存在如此巨大差异？莫怪上帝不公，其实差异无非都是人为制造而已。

王闹道："老蔡怎么会定居捷克布拉格？那不是东欧社会主义国家吗？应该让他来羊角村买房子。"

　　我当即手机上网搜了一下，得知羊角村一栋房子价格至少要 100 万欧元，真心不便宜。蔡京生买得起吗？

　　话说 80 年代中后期，蔡京生留学维也纳，心思不在学业上，而一心要赚钱，从街边练摊儿开始，又去了一家犹太人开的亚洲餐厅打工。严格来说留学生是不可以打工的，但是当地执法人员对此睁一只眼闭一只眼，他们也知道中国留学生的不易，更多是同情和怜惜，犹如我们今天看北朝鲜留学生一般。

　　犹太老板是个不到 70 岁的弱小老头儿，名叫汉斯，子女都不在身边，只有一个老伴儿，腿脚不便，深居在家，只是偶尔会到店里。这亚洲餐厅以中餐为主，但多是不甚地道的粤式快餐，如炒面、捞面之类。汉斯也是刚从前任老板那里接手没多久。蔡京生去了，先是在厨房和几个南斯拉夫人一起打下手，切菜洗菜，后来专门跑堂。有一次，中国大厨因涨工资的要求没被满足，跟汉斯吵了起来，撂挑子不干了，而店里的客人催着要上饭菜，可是那汉斯根本不会中餐烹饪，一时间急得团团转。救场如救火，情急之下，蔡京生自告奋勇去当一回临时大厨。他心想："有什么呀？不就是炒饭炒面吗？是个中国人都应该会啊！"

　　于是他披上围裙，抡起大铲就准备开始大干一番。谁知饭馆里烹饪和家里不一样，在家里炒一小锅，淡了可以加盐，咸了可以兑水，但是这一下子要炒好几个人的份儿，谈何容易？虽然初露锋芒，不是很成功，但是奥地利客人吃不出来，还连连竖起大拇指，称中华美食果然名不虚传。汉斯看在眼里，乐在心里。

　　几个月后，汉斯把蔡京生叫到他家里，道："京，我看你里里外外挺能干。我岁数大了，也不想干了，这餐厅就转给你吧！"

　　蔡京生一听，以为汉斯在开玩笑，道："我？您在拿我取乐吧？"

　　汉斯道："我就看好你了，我觉得你能行。我实在不想干了，准备跟我妻子搬到以色列去，和我的三个女儿团聚。"

　　蔡京生问道："可是我没有那个经济实力接手啊！"

　　汉斯道："没关系，我不收你转让费。你就自力更生，交房租、发薪水、采购，挣多挣少都是你的。将来我回来，你管我饭就行了。"

　　蔡京生听了不禁大喜，他早就想有自己的生意，没想到这一天过早到来了。就这样，这家餐厅实质上成了他的，那爱撂挑子的中国大厨叫他给彻底开了，曾经任劳任怨打下手的南斯拉夫人留了下来。他又改了菜单，稍微重新装饰了一下店面，将店名改为"龙的传人"。很快这家餐厅竟然成了维也纳男女老幼有口皆碑的热门去处，连他们学校的教授和同学都喜欢上了。他竟然成为当地第一位开饭馆的中国留学生。

时光匆匆，很快到了 1989 年，那个不寻常的一年。本来要面临毕业回国，蔡京生早早把餐厅转手，小赚了一笔。谁知赶上了六四，回也不是，留也不是。他心生一计，和一个中国同学举着声援六四的牌子和募捐箱子静坐在在学校里、大街上、教堂门口，竭力作出沉痛、悲催的模样。那过往的奥地利人无一不大发怜悯之心，纷纷往募捐箱里塞钱。三天下来，二人回宿舍一清点，足足有五万多先令，合 5000 多美元！二人立即平分，喜不自胜。

此时的蔡京生和作曲系来自台湾的女生陈慧菱成了恋人。他身边不能没有女人，而且他不喜欢太强势的女人，偏爱那种小鸟依人型的。陈慧菱娇娇滴滴，会煲汤沏茶，会看男人颜色行事。她也赶上毕业，却焦头烂额不知该如何下手写毕业论文——作曲系的毕业生写论文，一个华人如果去写贝多芬、施特劳斯、莫扎特、舒伯特、贝多芬，怎么也写不过人家奥地利人，况且导师还要看到新意才行。

蔡京生点子多，给陈慧菱出主意道："我看，你不如写京剧的音乐！首先，这奥地利人本来就对东方文化有兴趣；再者，这里的教授不懂京剧，所以你写什么就是什么，也容易通过。"陈慧菱一听，豁然开朗，找找中文书籍囫囵个儿地抄一抄再翻成德语，什么西皮二黄之类的，就算是毕业论文了。谁知那奥地利的教授看了如获至宝，连连叫好，还给她颁了一个年度优秀论文奖，以表彰她对中西文化交流的贡献。自那以后，陈慧菱对蔡京生佩服得五体投地，二人越发如胶似漆，难分难舍。

蔡京生不情愿回国，毕业后奥地利又很难滞留，于是跟陈慧菱去了台湾，在台北文化大学音乐系谋得教书职位。但是他还是不甘心教书为生。90 年代掀起了东欧倒爷大潮，随着 1990 年匈牙利队中国实行免签，一时间上万人涌入匈牙利，以至于该国不得不在 1992 年紧急终止免签政策。很多人都借机发了一笔横财，没多久，蔡京生也打起了主意要回欧洲。后来生意做大了，甚至还得罪了东欧的黑社会。

欲知后事如何，且听下回分解。

39

蔡氏性经

人在荷兰，特意要考察一下究竟有何地方比加拿大更先进、前卫。这个弹丸小国，面积只有两个北京大，人口比北京略多，却是仅次于美国的世界第二大农产品出口国。都说中国地大物博，为何不能单单辟出一个荷兰大小的地方，就能养活十四亿百姓？何苦还要四处进口粮食？荷兰仅仅 25 万人从事农业，就干过了中国、印度几亿农民。到处走走看看，深深体会到终极差异在于观念和教育，这不是简单的一个宗教信仰、民主法治、制度建设就能解释的，而是历史、文化、社会、地域政治等错综交织的多种因素。我甚至开始相信民族性了。

随便举例，阿姆斯特丹的超市、快餐厅里到处可见集刀、叉、勺子于一体的一次性塑料快餐餐具，两头各是勺、叉，叉子边缘则是带锯齿的刀子，大大节省了原材料。而加拿大从未见过这种创意，至今还是刀是刀、叉是叉、勺是勺，消耗程度是荷兰的三倍。为何不小小一个创意，就节省三分之二的材料消耗？

带泰迪宝宝来到举世闻名的梵高博物馆，门口的保安看到小狗，礼貌客气地拦住我，说宠物不得入内。我回说我有家庭医生信函，宝宝给我提供心理的理疗、情感的呵护，我们必须寸步不离。家庭医生的信，我随身带着，但是严格来说对方通常不能查看；他有权问你有没有，但是无权查看，因为这属于个人隐私。于是这个保安问了身边另一个保安，二人又用对讲机给上司打了电话，结果不到三分钟，得到上级答复，彻底放行，畅通无阻。

到了存包处，一个风度翩翩女经理向我走了过来，道："对不起，我们博物馆以前还没有这种情况出现，耽误你时间了！"

奇怪的是，就这么几分钟，博物馆上上下下所有员工都得到了通知，所以我带宝宝所到之处，没有一人再次拦阻、质问我。也就是说，博物馆领导早已通知到了所有员工。

于是宝宝成了历史上第一次进入梵高博物馆的小狗。

随后去了荷兰国家博物馆，依旧如此。几处博物馆的效率之快，观念开明，给我留下了极深的印象。

后来，越往东边的国家走，观念越落后，官僚越严重；一西一东，文明程度像 50 度灰阶，有序地排列开来。

　　徜徉在阿姆斯特丹的红灯区，可看见橱窗里搔首弄姿的妓女和街巷里人潮汹涌的游客，偶尔透过橱窗看到和妓女讨论价格的顾客，谈吐得体、举止优雅，却不见丝毫混乱与喧嚣。原以为这里有庞大的性产业，没想到和广东东莞比，这里简直太纯洁了。到处可见有待出租的窗户，说明生意并不成气候。妓女所租的房间都是私家所有，代代继承。全世界的烟花女子都可以来这里租房，在窗口亮相，晚上的租金是 150 欧元，而接待一个顾客起价是 50 欧元。也就是说，这些小姐一晚上要有三个客人才可以把房租给赚回来。另有英文报道说，每年来这里的顾客仅四五千人。这明里的红灯区，却远比那中国遍及城乡的暗娼业萧条逊色很多。

　　我看的不是风俗产业，而是荷兰人对此行业的观念和管理。荷兰这个国家认为，黄赌毒是彻底禁不了的，越禁则越容易滋生黑帮犯罪、人口买卖、地下洗钱。与其法律严禁，不如有限度地合法化并予以严格管理。不碰的人，永远不碰；碰的人，也不再偷偷摸摸。

　　80 年代来奥地利留学的老朋友蔡京生对此特别认同，凭他多年的经验，形成了他无师自通的性理论。他常常道——

　　"人就是人，关起门来在卧室里干的，不都一样吗？别出门看上去都人五人六的，其实那些一本正经的最虚伪。那些大大咧咧的，毫无顾忌敢说出口的，反而是最健康的。"

　　蔡京生爱说黄段子，也爱大庭广众之下炫耀自己的性经历，但是据我对他的了解，他骨子里确实不算花也不色。

　　他回忆在维也纳留学期间，国内河北某市委书记率一个地方代表团来维也纳，来到他常去的一家赌场，一进门就问他道："有女服务员吗？"

　　原来，此人一出国，专打听哪里有三陪，哪里有脱衣舞，倒是对音乐会、歌剧毫无兴趣。

　　他所言极是，他的话使我想起在北京通过亲戚曾经接触的一个中东某国大使馆文化参赞，因为跟他熟了，才无话不谈。按说此人信教虔诚，又有三个孩子，竟然从中关村、三里屯买了 500 多张欧美黄色光盘，天天都津津有味地用 DVD 机观看，如醉如痴、聚精会神，以至于沉迷其中，不能自拔。他甚至还利用外交官身份之便，将光盘带回国跟铁哥们分享，在那里男人们看了光盘一个个如饥似渴、欲火中烧，又捶胸顿足、懊悔不迭，仿佛看了光盘才知道枉费了青春大好年华。

　　蔡京生道："人嘛，都是人！越压抑，越容易压出病来。你看看那些穿黑袍蒙面纱的妇女，来到西欧，一下飞机就迫不及待地换上袒胸露背的性感服饰。"

　　他讲述了两个人性压抑并畸形释放故事。

　　第一个故事发生在文革时期的江西农村，那时候他父亲被批斗，下放到江西农村接受再教育，他和姐姐也都搬到了江西。住家附近有一个驻扎的军营，有一个猪圈。有一个负责养猪的小士兵，虎头虎脑的，也就是十七八岁，正值青春期，一次撞见了公狗母狗交配，那就算是他人生中上的第一节性教育课，算是对他开了蒙。结果没几天，他强奸了一头母猪，被人撞见。再后来没多久，没经过审判、量刑、定罪，他三下五除二地就被连队给枪毙了。这是发生在文革期间的真人真事。蔡京生多次跟我讲起这段往事，至今对他震撼很大。

第二个故事发生在他留学时期的 80 年代维也纳，好几个中国留学生乘放假之际，接待国内访学的学者，一群人想体会一下西方社会的性解放，竟然招了一群东欧、前苏联的妓女，包了酒店，集体淫乱。有的在地毯上，有的在沙发上，有的在床上，有的在餐桌上……。蔡京生也参与其间。有一个天津来的快枪手，感到自己要率先结束了，操着天津话对蔡京生道："老蔡哪，我先走一步了！"

蔡京生一边节奏分明地"啪啪啪"着，一边哈哈大笑道："那我就不送了！"

蔡京生对此很看得开，也从不介意谈论这些。他道："文革压抑太久了！我们那群人要是在国内，赶上严打，恐怕个个都是死刑！"

实际上，蔡京生不是什么好色之徒，他每一段感情都是真挚的，也从来不沾花惹草、脚踩多只船。他对成人书刊、录像毫无兴趣，用他的话来说，是"见多不怪"了。那种东西只有国内的朋友总要托他带一些回国，在奥地利当地则几乎无人问津。

他初尝禁果发生在他 15 岁的时候，文革尚未结束。那个被他弄怀孕的女孩儿是他班上的英语老师，才 18 岁。最后的结果是女老师被开除，身败名裂，全家被迫搬家，以避邻居闲言碎语，而他算是被害者，毫发无损。

两年后，高中毕业了的他无所事事。虽然恢复了高考，由于文化课基础薄弱，艺术类考生大多入学较迟。此期间，他又和邻居家一个名叫蒋丽萍的女孩儿好了。那个女孩儿是这家人领养的孤儿，从小没少挨打。蔡京生姐姐参军，父亲挨斗，父母离异，家中无人，因此总是招那个女孩儿来家里玩，还一起买菜做饭，过起了小夫妻的日子。这女孩儿竟然为他堕胎三次。最后结果是两家人闹得鸡犬不宁，二人还一度离家出走，但是迫于生计不得不又返回到家中。成年后的蔡京生，说他一生中最纯真、最投入的就是这段感情。留学以后回国的他还打听过蒋丽萍的下落，知道她早已嫁做人妇，是个贤妻良母，就没再去打搅。

在北京上大学的时候他几乎是一周一个女朋友，但是基本都不是认真的。其中有一个还是在《人民日报》社工作，二人有一次竟然下班后在《人民日报》总编室里云雨一番，一边大汗淋漓，一边还喊着"下定决心，不怕牺牲，排除万难，去争取胜利！"

　　出国前最后的那个女朋友是他在乐团里认识的弹竖琴的，她就是那个一边哭一边跑，追着火车跟他道别的那位。他为她动了真心，把身上仅有的一张 100 美元钞票透过车窗扔给了他。可是后来因为联络不变，天各一方，二人通信越来越少，那女的等不及，就嫁人了。蔡京生难过了许久，但是他嘴上是不承认的，他哼一声，道："女人嘛，不能太当回事。我就是公共汽车，到站就停，她要是不上车，下一站还会有别人上，过时不候！"

　　他这辆公共汽车停了无数的站，上了无数乘客。要说最刻骨铭心的，还是蒋丽萍，毕竟一个弱小孤女，为他堕胎三次。后来有几次感情，他也都是一心一意的，但是都是女人离开了他，不是因为不爱他，而是因为太爱他了，而受不了他的占有欲——他希望这个女人是他的第一个也是最后一个，只为他怀孕、流产、生子；他离开她可以，但是她不能离开他，而要死守着他；更多的是因为受不了他的暴力倾向，他可以对一个女人很好，甚至为她的家人花钱出力，但是如果发现有背叛或者挑衅，他会以拳脚交加。他平生最恨背叛，估计和年幼时他父母离异有关。文革初期，他母亲主动揭发他父亲，划清界限。文革后他父亲平反，夫妻二人又复婚了。后来的他对他母亲还算孝顺，但是总抹不去童年的阴影。

　　1989 年六四之后，他离开奥地利，跟着他台湾女朋友陈慧菱去了台北。到了那里才知道这陈慧菱家里来头不小，家人非富即贵，住着豪宅，开着名车，佣人就有好几个。陈慧菱没有再从事自己的专业，而是继承父业，做起了房地产生意。凭着维也纳的文凭，蔡京生很容易在台北文化大学音乐系谋得教职，颇受当地女生喜爱，她们常议论他道："这个蔡老师，好奇怪好奇怪也！"

　　生活虽然优越，但是他一百个不舒服，因为总觉得是笼中之鸟，靠女人吃饭，而自己一事无成。陈慧菱看出他的郁闷，道："你要是上班不开心，那就不去了，待在家里好了。"蔡京生听了更觉刺耳。后来没多久，他又乘着东欧社会主义阵营解体，回到欧洲，从匈牙利开始，到捷克斯洛伐克，做起了倒买倒卖的生意，从几个大包到几个集装箱，越做越大。后来为了竞争而恶性降价，得罪了当地黑社会组织，传闻说是要追杀他，他不得不又回到国内。

　　一回到北京，他就开了一家英语培训学校。先是报纸上招聘经理，湘妹子谢美华率先应聘来了，而且成了他的又一任女朋友。再接着北师大的冯亚琳老师应聘来做教务长，负责帮蔡京生招兼课老师，结果把我招去了，就这样我和冯亚琳、蔡京生、谢美华都认识了，且成为了一生一世的朋友。

　　这家学校租用了一所市属院校主楼二层的一部分教室，在当年来看，设计还算前卫。刚开业的时候只有五个学生，却要请三个老师。为了显示档次，蔡京生还让我请来两个外教，每人一小时 150 元，在当时已是天价。所以刚开始是赔钱的，但是赔钱也要开，否则那五个学生也流失了。

蔡京生是敢赌的人，他不在乎这些。结果不出半年，学生多达 400 多人。生意火了，令人不解的事也多了。

欲知详情，且看下回。

蔡京生是敢赌的人，他不在乎这些。结果不出半年，学生多达 400 多人。生意火了，令人不解的事也多了。

欲知详情，且看下回。

40

穿越德国

从荷兰阿姆斯特丹开车前往德国科隆，开始了环欧自驾游。这一程我先开，因为德国境内高速路很多路段不限最高车速，因此我一脚油门便踩到了极致，以至于小小的紧凑型尼桑车开始有飘飘悠悠的感觉，估计若是打个盹儿都可能开到别的车道上。王闹吓得高声尖叫。后来的路程以他开为主。此人开车活像小心翼翼的老妇人，左顾右盼，见车便让，也正因为如此，他开车时候你可以踏踏实实在后座上躺着睡一觉。

人们都说，要看清一个人的人品，最好一同旅游一次便尽览无余。这王闹纵有百般缺点，凭良心说，此人还是很善的。走到哪儿口干舌燥没水了，他会把他唯一的一瓶水给你。到了旅馆酒店，他会让你先上卫生间，他先看手机候着。如果只有一张床，他会让给你，他睡地上。你买了易碎工艺品没处放了，他会帮你放在他的拉杆箱里，一直帮你拖回到你家。有多少人能做到这些呢？我遇到的屈指可数。

但是此行见识了王闹的一个古怪习惯，那就是一进旅馆就赶紧脱得一丝不挂，当我面赤条条走来走去，毫不顾忌。我心想，此人焉得如此放肆？于是问道："你怎么这样随便啊？"

他若无其事道："怎么啦？舒服就行！"

无论高级酒店还是廉价客栈，他都这么全裸睡觉，也不怕从床单被罩上感染什么疾病。

我则是一定要穿得齐整睡觉，不单单是嫌床单被罩没洗净，更多是觉得人进入梦乡也要保持体面，因为谁都难以预料是否会突发地震、海啸、火灾，更何况还会有睡梦中往生的可能。

我们入住了一家装修典雅现代的三星级酒店。当日科隆奇热，而酒店不仅没有空调，连电扇也没有，原因是这里历史上极少有如此高温，人们根本不需要电扇。

科隆是一座二战几乎被夷为平地的城市，虽有历史，但无甚可看，唯有一座双子大教堂，堪称哥特式建筑奇迹。相传二战时盟军轰炸科隆，竭力避开这座教堂，所以这座教堂得以保存下来。尽管如此，还是有 70 多处被炮弹轰炸严重受损，但在战后得到了很好的修缮，并于 2006 年脱离了濒危世界遗产名录。

我们放下行李便离开酒店在找这座教堂。在我请教路边一个德国人的时候，他二话不说便让我们跟他走。他放弃了正去办事的路线，专门带路，还说道："我会带你走一条最近的路。"

跟着他身后，在街巷中，在人群中拐来拐去，我心想："不会再次遇到那一年在耶路撒冷遇到的泼皮无赖吧？"当时我问路，其实我去的客西马尼园就在眼前，他指了指，便强行索要了 16 美元。我心想，这德国人带我走了那么多街区，不会问我要 50 欧元吧？

这人把我们带到了一条宽敞的大街上，我们一眼便看到了高耸入云的双子大教堂两个尖顶。他还不放心，告诉我们怎么继续走便到教堂大门。握手道别，我的一句"Danke"（德语谢谢）令他惊喜。他随即沿原路回去——这么一个以后恐怕再也见不到的陌路人，就这样永别了，但是他给我留下了极好的印象，这一天的心情都十分舒畅。由此我想，人与人之间都那么良善，生活不就轻松愉快很多吗？为什么社会处处非要充满戾气，人和人之间都那么防范和仇视呢？

更耐人寻味的是，这个德国人带着我们走了十几分钟路，一直没有搭讪，只管默默走他的路。看似不苟言笑，临别时我的一句德语"谢谢"又让他心花怒放。

王闹道："看到没？这就是为什么我不喜欢发达国家！尤其不喜欢加拿大、德国、英国这样冷若冰霜的国家。一个个都拒人于千里之外，那么不容易接近，说句什么话都要小心。还是泰国好！在欧美国家我去酒吧什么的，从来没有人主动跟我搭讪。而到了泰国，人人都那么热情友好，主动跟你称兄道弟。"

我心想，主动套近乎，多半都是有目的而来；那热情友好的面孔后深藏的是步步为营的计划，希望得到经济上的接济、物质上的帮助。

王闹早在 2010 年 50 多岁的时候就开始准备移居泰国了。他温哥华干爹去世前，就陆陆续续把自己的值钱家当用集装箱运到了泰国。这次欧洲自驾游之后，王闹就彻底搬到了泰国芭堤雅。不出两年，我的预言全准了，他道："唉，泰国人还是太穷，左邻右舍全问我借钱！泰国人你是知道的，借多少花多少，就别指望他还钱了！"

知道泰国人从他手里"借"走多少吗？约合 40 多万加元！那是他辛辛苦苦卖温哥华房子赚来的。

但是，他依旧享受着那种热带风情和第三世界的热闹、喧嚣、随意。

德国人看似严肃古板，但是这一路上需要帮助时，活雷锋也不少。人分两类：一类是独来独往的，远离尘嚣、洁身自好，独享一人世界的逍遥自在；另一类是群居动物，离不开有人陪伴、同吃共眠，少不了高朋满座、吃喝谈笑。加拿大华人大多属于第二类，因此常有"好山好水好寂寞"的牢骚。可是，一个人若是喜欢读书思考，焉能有独孤寂寥？王闹和那在奥地利维也纳留学过的蔡京生都是群居动物型的，好笑的故事有不少。

再说同蔡京生。从欧洲又回到北京，开办了语言培训学校。他身边少不了女人，因此很快又有了女朋友，那就是前来他学校应聘的湘妹子谢美华。别人是宁缺毋滥的，而他是宁可凑合也不愿意身边缺人。有过感情经历的人，男女有明显性别差异：女人经历过一次感情破裂，大多再次择偶都会慎之又慎，且有可能长期独身，等待着那个对的人，不敢再犯第二次错误；男人结束了一段感情，则很快又有了新人，甚至会闪电再婚，兴许还会赶紧再生一个，似乎要向世人证明他魅力永存、不缺女人。

但是这段感情究竟是良缘还是孽缘？若说孽缘，二人也有恩爱甜蜜时刻，但是不出三天，二人就在学校办公室里当着众人面争执起来，不出三句话，蔡京生便拳脚交加，还会抢起凳子朝小谢身上砸去。有一次，已经怀了孕的小谢被蔡京生打得满院子跑。学校里有两个女老师看在眼里，不劝架倒不说，跟我描述起此事时候还说道："这男人打老婆啊，多半是这女的嘴不好！责任在这女的嘴上！"我心里倒抽一口冷气，心里想，要是你挺着大肚子被老公打得满院子喊救命，你也会这么责怪自己吗？那是不是要赶紧跪地上向男人求饶赔不是呢？

就这么打打停停，二人还结了婚，生了两儿一女，一起过了 15 年。一个美国女外教道："这要是在美国，打一个耳光就意味着婚姻的彻底终结。不知道你们中国人这是怎么了？隔三差五吵架打架，竟然还过了十几年甚至一辈子！"她分析说，看来婚姻中的中国人都有斯德哥尔摩综合症。斯德哥尔摩综合症是指被害者对于施害者产生情感，甚至反过来帮助施害者的一种情结。 通俗一点讲，就是施害者总虐待被害者，而一旦稍微对被害者好一点点，被害者反而感激不尽，久而久之甚至把施害者当成恩人，并对此产生心理上的依赖。

话说蔡京生的学校开了三个月开始收益。当年大学同学王德根夫妻俩经常来学校串门儿，还介绍了他们学校的美国外教道格拉斯来代课。小谢又招来两个下岗女工担任前台接待，二人轮班。蔡京生脑子很多，点子很多，但是就是不抓细节，因此经常是他拉屎，小谢给他擦屁股，还好，有纰漏都能对付过去。他也给我安排了一门课，报酬还不错，比其他地方都高。至于你教什么，怎么教，他一概不问，只要把学生哄开心了就行。有一次一群学生闹事，说非要金发碧眼的外教不可，黑头发的都不行，更别说美籍华人了，于是蔡京生拉上我便去语言学院、友谊宾馆等外国人多的地方拉外教，专门瞅那些金发的，结果找来两个俄罗斯的，虽然他俩英语错误百出，但是因为金发碧眼得到学生热捧，蔡京生喜上眉梢。

有人质疑这是误人子弟，但是蔡京生马上显示了当律师的天才，铿锵有力辩护道："谁说学英语就要学英国、美国英语？学英语就要学会适应世界各个国家的英语！印度英语、苏联英语、南斯拉夫英语、日本英语、德国英语，啊，你都得能懂！我就认识一个人，大学里学了英语，到了莫斯科，苏联人的英语一句也听不懂，那不是白学了吗？现在都讲究全球化，所以，我们的学校就要针对这一现象，因材施教，与国际接轨！"

　　那人顿时被他侃蒙了，点点头，觉得言之有理。其实蔡京生爱用这些东欧、俄罗斯的冒充英美外教，更多原因是他们更好管理，给一点儿报酬一个个就感激涕零、俯首帖耳。他请过的英美国家外教大多爱较真儿，原则性很强，稍微觉得不爽就撂挑子。蔡京生生平最恨那种人。

　　每天晚上九点半下最后一节课，蔡京生会带上小谢、王德根夫妇、道格拉斯等人去西单东来顺下馆子，一顿火锅可以吃到夜里 12 点以后，天天如此。最开始从来不叫我，据说是因为蔡京生觉得我太古板正经，跟他们不是一路人。谁知接触久了他才发现原来我也是一个爱说笑逗乐之人，于是夜夜饭局都把我叫上，每次都一堆人，全是他埋单。我都觉得他甚至可能会家里养着一堆食客。他活像那《红楼梦》中贾母，只要身边有王熙凤、刘姥姥这类插科打诨的活宝，你天天去吃他的喝他的，他都乐意；你在他跟前再怎么放肆都可以。他是个性情中人，也许和搞音乐有关，他要是喜欢你，你骑他脖子上拉屎都可以；他要是不喜欢你，你多么优秀他都看不上你。

　　有一阵儿他那儿招了一个北外女研究生，大家叫她小于老师。一次，她用前台电话当着蔡京生和别人的面给同班同学打了个电话，只听她道："哇，你都交入党申请书了！我刚写好思想汇报，你帮我看看写得成不成？"

　　这小于扭头刚走，蔡京生当着员工面骂道："你们让这个傻 X 赶紧给我滚！我最讨厌这种人了！"

　　小于走了，又应聘来了个复旦大学外文系的小龙，尖嘴猴腮，一口老北京腔。很快小龙跟蔡京生打成一片，成了蔡京生的宠臣。蔡京生还自夸道："北外算什么？北外的走了，我这又来了个复旦的！哈哈！"

　　小龙自幼丧母，由父亲一手拉扯大。有一次只见他一人在办公室里缝扣子。蔡京生见了顿时大发恻隐之心，当即把小龙如同亲弟弟对待，表示要重点栽培。没多久，蔡京生每晚的食客又多了个狼吞虎咽的小龙，别看人精瘦，饭量大得惊人，吃起来顾不得说话理人。

　　一晚，饭桌上众人聊起上海，就一些地名和风俗纷纷问起了小龙，谁知这平时快人快语的小龙突然腼腆起来，也许是喝酒喝多了，脸上通红，没多会儿找个理由就先撤了。王德根老婆问道："这小龙不是上的复旦大学吗？怎么就跟没去过上海似的？"

　　蔡京生听了，没有多想。他觉得疑人不用，用人不疑，况且小龙是拿着复旦大学毕业证来应聘的，这能有假？

　　他没怀疑过小龙学历，小龙倒是先怀疑了蔡京生的学历，一次私下里悄悄问我："你说，这老蔡那维也纳音乐学历是真的吗？怎么觉得有点扯啊？"我说道："那不可能吧？他那么多中央音乐学院的朋友我都见过，那要是假的，不早就揭穿了？"

　　谁知，道格拉斯的一席话让蔡京生终于动摇了。道格拉斯是美国人，对众人道："这个小龙英语很差，你别看他说得那么快，挺能唬人，其实全都是错误，不可能是复旦大学外文系的。"即便如此，蔡京生仍然不相信，但是还是委托我给复旦大学外文系去电话核实一下。

　　第二日我拨通了对方教务员的电话，想查询 1997 年是否有此人毕业。对方倒是十分配合，让我报上小龙性别年龄，翻了一会儿档案，明确回复道："查无此人。"

　　小龙简历上称他还曾经在新东方任教，于是我又打给新东方。对方说确实有过这么一个人，但是没待多久就走了。我问道："请问他是复旦大学毕业的吗？"

　　对方答道："他是自己那么说而已。"我好奇问道："请问这是什么意思？"对方答道："呵呵，我的意思很明显，您自己领会去吧。"于是电话就挂了。

　　都这样了，蔡京生还是没有百分百相信，甚至还怀有一丝希望是大家搞错了。于是他把小龙单独叫去长谈，小龙一把鼻涕一把泪承认了他的学历是假的，证书是找街边"办证"的给伪造的。但是他有他的辩解："如果我不这么做，您就不会给我这份差事。"

　　蔡京生心软了，没有让小龙走，而让他继续留下来，教一个儿童班，同时做点营销之类的杂物。

　　小谢倒是气不过，问蔡京生道："都这样了，你还留着这种人！"

　　蔡京生语调软了几分，道："看他那样也挺可怜的，从小没了娘，扣子掉了自己缝。算了，就不计较了，人活着都不容易啊！"

　　小谢心想："呵呵，你打我的时候可没这么心慈手软，对这么一个江湖骗子却成了活菩萨。"

　　食客虽多，却鲜有人是真心。蔡京生后来倒霉了，那些食客却一个不露面了。我总想，那些喜欢群居的、热闹的，像王闹、蔡京生这些人，平生如同及时雨宋公明，接济不少人，但树倒猢狲散，最后才发现，除了我没有一个真朋友。我跟他们来往是纯粹的，没有丝毫利益关系。后来蔡京生进了看守所，我回国五天，还专门抽出一天与小谢去探监。

　　欲知详情，且听下回分解。

41

命由心造

　　读万卷书不如行万里路。德国境内自驾游，只有把东德、西德、南德、北德都走一遭，才知道中国媒体常年过于正面宣传德国了。说德国人思想理性，却不知全民曾被希特勒洗脑、麻痹；说德国人纪律严明，却见到无处不在的涂鸦和酒瓶。只有高度富庶文明南德巴伐利亚给我们留下了美好的印象。到了东德，则见识了破败的街道、丑陋的建筑、迟钝木讷的人们和僵硬呆板的官僚作风。按说两德统一已经近 30 年了，前苏联和社会主义的影响恐怕还需要几代人才能彻底洗净。

　　原计划在柏林逗留四天，这座城市既没有伦敦的厚重人文历史，又没有巴黎的浪漫艺术风情。勃兰登堡门一带美学上有违和之感，该城门被建筑专家认为是最丑陋的城门之一。几家博物馆走了一圈，和大英博物馆、卢浮宫、大都会博物馆无法相提并论。大街小巷走了无数圈，毫无规划设计感，一派杂乱无序。况且连日高温都在 36 度以上，以至于不得不一天就待在柏林最大的商城中，享受免费的空调。

　　在捷克布拉格的老朋友蔡京生来了好几个电话，问我们何时能到布拉格。于是我们索性提前一天退房，驱车赶往捷克。想当年，蔡京生离开台湾又回到欧洲，来到当时还是捷克斯洛伐克的这个国家，定居在布拉格，做起了中国和东欧的贸易。

　　蔡京生有浓厚的捷克情结，原因是他走过这么多欧洲国家，捷克是最适合他的，一是比那些西欧国家生活费用便宜，二是在东欧社会主义阵营中捷克工业基础最好、经济条件最好，且毗邻德国、奥地利、匈牙利、波兰，地理位置优越。彼时的苏东各国正赶上中央计划经济向市场经济转轨，正是下手的大好时机。蔡京生从最初的几个大包都几个集装箱，中国廉价商品源源不断地运到了东欧。但是中国人做什么都一窝蜂，没多久就开始非法涨价、变相提价、囤积居奇，而且进的货物大多粗制滥造，又常有违背合同现象，最后给当地人留下极其恶劣的印象。说到蔡京生，他有个特点，可以说是既是优点又是致命缺点，那就是虽然脑子快、点子多、敢想敢为、一马当先，但是就是不注重细节，不注重可持续发展，换句话说，那就是创意不错，执行力不强，因此很多本来可以干得轰轰烈烈的一番伟业，总是虎头蛇尾不了了之草草收场。有时候如此收场还能卷一点儿钱跑路，多数时候则是血本无归，甚至还惹得一身官司。

　　按说蔡京生从 15 岁初尝禁果开始就女人不断，但是实话说基本上全部是女人追他，散伙的时候也基本都是女人要离开他。拿她们的话说，离开他会很痛苦，但是跟他在一起更痛苦，两种痛苦相比较，还是选择分手。90 年代初在布拉格，他很快又认识了一个精明能干的上海姑娘，名叫王晓虹，是六四之后来的，对于当地情况十分熟悉，也会一些捷克语，帮了蔡京生不少忙，诸如跑警察局、税务局、海关等等。一来二去二人就住到了一起，还养了一只大德国牧羊犬，名叫丽莎。前面说到蔡京生生意做大了，也就胆大了，因为变相提价和假冒伪劣产品得罪了当地的华人黑势力，说是要追杀他。于是他卷了一点儿财物又回到了北京，顺便还带回家一顶捷克水晶吊灯。

刚在北京开办了一所语言学校显山露水，不到一年便遇到麻烦。原因是租给他教室的干部管理学院换了领导，看到他生意兴隆，不免产生妒意，要在第二年大幅度上涨房租，否则就要赶他走。蔡京生是不吃他那一套的，执意不搬，而且干脆房租也不交了，能赖一个月是一个月，同时他再私下里找人疏通关系。这一年过年的时候，蔡京生跟媳妇小谢去湖南岳父岳母家过年，就在大年 30，学院的女院长指使人趁其不备破锁而入，强行把蔡京生教室的所有课桌椅、电视以及他办公室内的设备全部抬走。等他们回来时发现所有教室一片狼藉，已经无法复课。小谢一时性急，找到那院长给了她一个大耳光子，打得蔡京生连连拍手叫好，称赞小谢的护夫壮举。后来又打了旷日持久的官司，各说各有理。总之，学校是办不下去了，蔡京生又重整河山，先后开了婚介所、广告公司。他和小谢生养了两儿一女，但是 15 年后这段婚姻走到了尽头。二人都是我的好朋友，到了快离婚的时候，二人都隔三差五给我打电话，每次少则半小时，多则一两个钟头，无非都是数落对方的不是。乍一听公说公有理，婆说婆有理，弄得我实在无法表态，我既不能帮蔡京生说小谢的不是，也不能帮小谢说蔡京生的不是；我若是在蔡京生面前说小谢的百般好，蔡京生会一百个驳斥；我若是在小谢面前说蔡京生的种种好，小谢则会 1000 个否定。

蔡京生总说："这女人也是，我给了她一个家，是她自己不珍惜。"

小谢说："老蔡的大男子主义使得他把每个女人都当成物品，和一只狗一只猫一样。"

蔡京生说："不是我爱打她，而是这女人朽木不可雕也，实在无法沟通。"

小谢则说："老蔡的暴力倾向会让他迟早吃大亏。"

二人结婚 15 年，打架是家常便饭。久而久之，小谢也学会了以暴抗暴。一次我们一群朋友约蔡京生到野三坡游玩，一大早蔡京生来了个电话："对不起，我去不了了。我破相了，我这脸被小谢挖破了，从额头到下巴颏儿，长长一道血印子，实在不敢出门丢丑。"

即便这样，婚姻依旧继续维持，一来是为了孩子有个健全的家庭，二来凑合过着比离婚分家恐怕更方便一些。但是总有压死骆驼的最后一颗稻草，那就是当蔡京生把广告公司全部交给小谢经营的时候，小谢高薪聘请了一个能吹会侃的北漂，甚至不把蔡京生放在眼里。蔡京生要插手的时候，小谢则将广告公司的账目全部转走。蔡京生叹道："如果夫妻间都走到这一步了，看来没法走下去了，那就只好离婚了。"

签署离婚协议的时候，二人都恢复了冷静和理智，突然一夜之间成了过去 15 年中偶尔擦肩而过的陌路人。二人协议离婚后三居室公寓让小谢和三个孩子使用，蔡京生搬到原先父母居住的老房子里去。小谢继续经营蔡京生一手创办的广告公司，蔡京生另谋出路。小谢虽然读书不多，但是颇有远见，早在土豆网纳斯达克上市的那一年就意识到将来广告行业都是自媒体、短视频的天下，传统广告将失去优势，所以她招来了摄像、剪辑人员，自己尝试写剧本，拍短剧。正好我认识的一位颇有名气的台湾电视剧导演要去北京拍戏，我特意引荐给了小谢。导演姓高，60 多岁，家境殷实，在温哥华市中心拥有五套高级公寓。此人离婚多年，子女都成家，现在什么都不缺，唯独缺一个暖炕头的老婆。第一次去北京，他对小谢的印象极佳。第二次去北京之前，他将我请到了他位于温哥华市中心的一座高层公寓内，带我从大堂到物业游泳池、健身房，一直到他家转了一大圈。家里装修高档，但空空如也，最吸引眼球的是那可以眺望海滩的偌大的阳台。

他解释道："我根本都不住在这里。这原来是给我母亲买的，但是老太太不喜欢市中心，一心要住在华人居多的列治文，所以这套房子一直空着。"

他请我坐下，一本正经地道："明天我就又要去北京见小谢了。这套房子将来就留给小谢和我住。她的孩子嘛，我会视如己出……"

我一听，愣了，介绍他们拍戏，没想到已经到了谈婚论嫁的地步。

没出几天，蔡京生从北京给我来了个电话，问道："我想跟你核实一下，有个什么姓高的台湾导演，是你的朋友吗？"

我说："是啊？怎么了？"

蔡描述道："昨天凌晨近两点，我回家一趟取东西，却看见小谢和这个老高挨着坐在沙发上聊天，二人竟然喝着同一个茶杯里的水。我问这是怎么回事，小谢说他是你的朋友，是谈拍戏的事情的，我就没再问下去。"

看到杀气腾腾的蔡京生进家，高导演顿觉不妙，赶紧告辞离开了。蔡京生厉声告诫小谢："这房子是给孩子们住的，不是留给你找姘头的！"

小谢听了十分不快，道："这什么话？我就不能来个朋友了？更何况是达哇老师的朋友！"

蔡提高了嗓门吼道："来朋友有凌晨两点来的吗？"

小谢回道："谁还规定了两点就不能有朋友？干这行的都是夜猫子，晚上不睡觉，白天不起床的大有人在！"

　　看在孩子们都熟睡了，第二天一大早还要上学，二人克制住了，就没再继续争吵。蔡京生取了点东西就回自己住处了。

　　谁知过了一个星期，又有一晚过了午夜，蔡京生临时回家一趟，在走廊里看到小谢挎着老高的胳膊缓缓走了出来。这一回蔡京生二话不说，上去就照老高脸上一拳，将其眼镜打飞，因为打得太狠了，自己的手当时就肿了起来。老高被打倒在地，蔡京生还不罢休，上去便专门照他的裆部猛踢。那老高瘦瘦小小，哪有招架之势？只能蜷缩在地上喊救命，一双手捂眼睛也不是，捂下体也不是。小谢劝也劝不住，只好跑到物业办公室去敲门求助，半天没人回应，于是又报了警，没出十分钟警车呼啸而到，把三个人都带到了派出所盘问。

　　老高说是被蔡京生无端袭击殴打，而蔡京生执意说是老高先动手，二人是互相打斗。警察问小谢，小谢自然站在老高一边，还提出调看物业的监控录像。一群警察看了录像，二话不说，让小谢带老高去医院，把蔡京生扣了下来，这一关就是十天。那十天是蔡京生一生中最漫长的十天，和 20 多人挤在一间密闭小屋里，墙角就是大小便的地方，谁拉一泡屎，撒一泡尿，臊臭味马上传遍整个房间，经久不散。晚上想倒地睡觉根本没有空间，谁能靠着墙睡一下就已经很舒服了。

　　老高那边也度日如年，小谢带他到了人民医院看急诊，垫付了三万元钱。全身查了个遍，眼睛看不清了，嘴里肿得无法吃饭，小便又出不来，搞得老高直冲着她发脾气。

　　蔡京生那边一日三餐吃的是白菜帮子、茄子头之类的东西，凡是厨房里经常扔掉不要的，都是给他们吃的。

　　老高那里倒是有小谢一日三餐送汤送饭。小谢烧得一手好菜，而老高没心思赞美她的手艺，只是口口声声说不能饶了蔡京生。

　　等老高出院了，蔡京生也出了局子。法医初次鉴定结果是轻微伤，因此不构成刑事案件，蔡京生没有刑事责任，只有行政责任，只需要接受治安处罚和民事赔偿责任。蔡京生是拒不赔偿的，且被刑事拘留了十天，而小谢白白垫付医药费三万元，就算是蔡京生的赔偿了。

　　但是老高是不甘心的，半年后他又回到北京，找了关系，重新将法医鉴定从轻微伤改为轻伤，想送蔡京生进监狱。之后派出所几次通知蔡京生"投案自首"，但蔡京生拒不服从。结果是有一天他在网吧里的时候被突如其来的警察给带走了，这一次一关就是几个月。

　　那个春天我回国五天，最后一天抽出一天时间准备去探监。约了小谢，开车好不容易找到了丰台看守所，那是一片尘土飞扬的城乡结合部，犹如回到了 80 年代的北京。到了接待处，我说我来看望蔡京生，对方让我登记了姓名，小谢也登记了她姓名。警察问我们是蔡京生什么人，我回答是"朋友"，小谢回答是"前妻"。警察说前妻不行，必须是直系亲属，因此我们白来了一趟。

　　临走的时候，我回头遥望着高墙内的一座座房子，不知道蔡京生此时此刻在哪一座里面面壁发呆还是思过？他被关押的那些日子，没有一个人去探望他，给他送点儿钱来。他至今认为自己身陷囹圄的原因就出在这个女人的身上，他一想起来就咬牙切齿、恨之入骨——他恨小谢家里留客，恨小谢报警，恨小谢去医院照顾老高，恨她在警察面前没有替他说话。我弱弱地问他一句："这样值得吗？冲动是魔鬼，你已经不是 20 多岁的年轻人了，就为这口气搭进去宝贵时间和人生，图了什么？"

　　但是冲动下的人只会看着那一刹那，不会看到五年后、十年后、30 年后。时间会医治一切，过了很久，才发现当初执著的事物原来都毫不重要，而自己当时偏偏一口气堵在那里了。当然，说的时候容易，真冲动了，恐怕理智全没了。想起这之前有人给蔡京生算一卦说是来年有"牢狱之灾"，蔡京生一笑置之，没想到还真应了。说是命中注定也罢，可是这命中所注定要发生的，不也是自己一时冲动导致发生的吗？所以说，命既是既定的，又是自己的内心造就的——拿蔡京生的例子来说，你改变不了小谢请老高到家里来的事实，但是可以改造自己易动怒和施暴的内心。我们生活中掌控不了的，自然没办法改变；但是我们能够掌控的，就应该把它做到最好，让良缘发挥到极致，把孽缘控制到最低。

　　连续开车五六个小时，我们从柏林赶到了捷克首都布拉格，在那里多年未见的蔡京生汇合。欲知后事，且看下回。

42

今夜无眠

到了捷克首都布拉格，这是我第二次来这里，这是一座可以把人美哭的城市，人走在流动的历史画卷中，难免会质疑是否穿越到了中世纪，或者是置身在好莱坞的片场。二战中纳粹德国占领下的这座城市经历过盟军的轰炸，万幸的是并不特别严重。法国空军轰炸机最早在 1940 年四月飞越布拉格上空，但只是投下宣传手册而已。第一次轰炸发生在 1941 年十月，英国皇家空军投下四颗炸弹。1944 到 1945 年之间美国空军又轰炸了三次。美军飞行员后来多次表示后悔，且战后美国为损毁的历史建筑进行了经济补偿。

经历了二战战火，这座城市基本保存了下来，成为世界上少有的整座城市构成的历史文化遗产。而地球那一边，另一座古城北平和平解放，没放一枪一炮，却毁在和平年代，毁在自己人手中。

我们上午十点多到达市中心，鉴于酒店 12 点以后才能入住，因此先去查理大桥走一圈，然后来到皇宫一带，看到街上有一家台湾奶茶快餐店，于是进去准备吃点儿东西垫垫肚子。那蔡京生是不到下午两点不起床的主，因此没必要现在就跟他联系。

进了狭小的奶茶店，柜台后面一女人掀开帘子走了过来，问我们想点些什么。

我问道："您是台湾人？"

她说不是，但是经营这家挂着台湾名号的奶茶与快餐店。我估计多半是从前面老板手里盘下来的。问她尊姓大名，她只说姓王，叫她王小姐就好了。

她梳着齐耳短发，穿着围裙，戴着套袖，脸色暗黄、五官下垂，似乎心事重重。

我和王闹点了两杯奶茶，他一盘卤肉饭，我一盘香菇饭，一共不到十欧元，约 80 人民币。我不禁纳闷，这在寸土寸金的皇宫区，两个人才消费这么点儿钱。这要是在北京故宫一带吃个快餐，还不知要多少钱呢！

我想问问王老板她的房租需要多少钱，但又不好意思问，只好改口问道："您这儿收费不贵啊！承担房租压力大吗？"

她回答道："要是房租承担不了我还怎么开店呀？"

我点点头道："您这儿房租应该不便宜吧？"

她挥挥手指指外面这条青石街道，道："这是哪儿？这是皇宫区啊！能便宜吗？"

于是我心里猜出个几分：这里开店的房租不会很贵，至少和北京或温哥华比。

她又将目光转向王闹，问道："你们是从哪儿来的？"

王闹一向回答是："从加拿大来。"他回答的当然没错，他 1985 年就去加拿大了，拿加拿大护照也快 30 年了，不是从加拿大来从哪儿来的呢？

但是他在加拿大是坐不住的，一年有多半时间不是在中国就是在泰国，因此对中国的近况比我熟悉多了。

她又道："我问的是你是中国哪里人！"

王闹回答道："啊，我是北京的。您呢？听您口音应该是江浙一带的。"

她答道："是的，我是上海人。"

王闹问道："您来捷克多久了？"

"我是六四时候来的，这么些年了只回去过三次……。中国现在很不错了！尤其阿拉上海，变化太大了。"

王闹道："是的，中国现在基建是很棒的，日新月异。"

王女士看着窗外，有些发呆，道："是啊，这里这二三十年就没有变化。我当初来这里真是来错了，这二三十年我要是在上海，肯定比我现在混得好。"

她最遗憾的是出国太早，国内亲友 2000 年前后买的商品房，早已经翻了数十倍价格，如今个个都坐持百万元乃至千万元资产。

她突然转过头问我道："你猜我有多大？"

对猜人年龄我略有尴尬，心想，还是少说三岁吧，于是我弱弱地问一句："您应该 58 岁吧？"

她脸突然沉了下来："什么？我看上去 58？"

我不知道是猜大了，还是猜小了，无言以对。

她仿佛是自言自语，道："想我刚来的时候，还是小姑娘，现在成了老太婆了。"她话锋一转，接着道："不过，这里的民风是国内永远比不上的。你看，我这里来的捷克客人，几乎每个人吃完饭都把盘子刀叉给我送到厨房来，中国游客则给你杯盘狼藉弄一桌子。有时候我去马路对面办点事情，就请店里的顾客帮我盯一下店，人家客客气气地就坐在店里帮我守着，直到我回来。这在中国可能吗？"她又罗列了捷克的一大堆好处来。

　　说到中国的不好，王闹慷慨激昂起来，口若悬河地抨击中国种种时弊。这时王老板话锋又一转，道："再不好，中国人都有钱了，有钱就是大爷。我那时候刚出国来这里，哪有中国游客？中国穷的时候，我们出来就觉得低人一等，现在则都知道是中国游客在支撑着这里的旅游业！"

　　我明白，她的内心是矛盾的。你说中国好起来了，她心里是酸楚的，为这 20 多年在捷克的飘零打拼且事业无成而懊悔；你如果说中国的不好，又会伤她作为旅居捷克的华侨的自尊心。总之，你怎么说，她心里都不会平衡。这些人也是，你既然安身在哪儿，就多看那个地方的好，就别再比较了；人内心的痛苦和浮躁，大多来自于横向比较。时光不能倒流，历史没有如果，人每走的一条路都是偶然加必然的唯一结果。

　　她的茶饭清淡可口，我们打算还要再来，于是要了她一张名片。出门后才看到她名叫王晓虹，难道她就是蔡京生曾经在布拉格的那个上海女朋友？如果是的，这也太巧了吧？

　　一顿饭吃了两个小时，多半时间都在聊天儿。出来以后我们去圣维塔斯教堂和黄金小巷转了一圈，这就快到了傍晚。我们去酒店办理入住，然后给蔡京生打了电话，把他约到了酒店大堂。

　　一个身材壮硕、头戴棒球帽的中国男子闯入了眼帘，那正是蔡京生。一脸的胶原蛋白，除了脸胖了一圈，基本没有什么褶皱和松弛，他说这是和他爱吃肥肉和生鱼片不无关系。人的老化和吃什么关系有多大，还有待于考证，但是可以肯定心态和基因一起决定了一个人外表——蔡京生不是走常规渠道的人，并不把年龄总挂在心上，因此不会总是给自己以心理暗示。很多人到了什么年纪就想到该穿什么衣服、摆什么姿势、说什么话，去什么场所……，该当爹妈的年纪就强迫自己去当爹妈，该当爷爷奶奶的年纪就想着该抱孙子，久而久之，他的年龄就要刻在自己的脸上和一举一动上。

　　按蔡京生的话说，年龄就是个数字而已，他从不介意告诉别人他的年龄，也没经历过什么中年危机，该吃吃，该喝喝，天塌下来当被盖，只要还再活一天，就多有一天的梦想。

　　王闹也是如此，60 多岁的人，去时装店还在看小青年爱穿的花花绿绿的时尚服饰；他决不会暗示自己：我已经 60 多岁了，该去看看那些灰暗保守一些的衣服了！

　　我要请他在酒店里就餐，而他执意带我们去了一家中餐厅吃饭聊天。

　　看来没猜错，那个经营快餐店的王晓虹正是他多年前在布拉格的上海女朋友，她早已成了捷克公民。此次就是她协助他办了过来。移居捷克相对容易，只要在捷克注册公司，便可申请捷克居留，三年后可获得欧盟永久居留权。

　　再次回到布拉格，在飞机上一夜无眠。蔡京生思绪万千——曾想着回国大干一番，却官司纠纷不断，最后为了躲债不得不再次出国；自己虽然是土生土长的北京人，有很多人脉，最后发现如果不是皇亲国戚或是像高俅那样攀上什么大人物，只有别人吃骨头你喝汤的份儿，中国毕竟不是单靠本事吃饭的国家。他没想到回流之后最后还是要出国，这一回哪怕沦落到街边卖唱，他可以重新练起他的美声，唱一曲他爱唱的《今夜无人入睡》。不过，以他留存的一点实力，开一个小店绰绰有余。够了，还要什么雄心壮志？养条狗，找个女人，买一个郊区的房子，前面有花园后面有菜地的，不也很舒服吗？北京那夜夜笙歌、觥筹交错的生活，他已经够了。

到了布拉格机场，王晓虹来把他接到她家中。他再次看到她，感觉她的形容举止倒更像是他的长辈。而她默默无语，没有久别重逢的激动，只给了他一个缓缓的贴心拥抱。再次见到他，她不知是应该高兴还是怨恨，想起他离开她后，他们的狗丽莎每天都要到他留下的拖鞋上闻上半天；12岁的一天，丽莎倒在了他的拖鞋上，永远地睡着了。

到了王晓虹家，这是布拉格郊区的一座犹如童话王国的小独立屋，只有地面一层。捷克民族自小就有审美的熏陶，每一个小栅栏、小招牌、小把手、窗棂、门框，都做得精巧可爱。进了家，王晓虹直接把他带到了一间小而温馨的客卧，道："你就暂时住在这里吧。"说着，她就去做饭了。

晚饭的时候，只见王晓虹准备了三套餐具，其中一套放在长餐桌尽头主人的位置。蔡京生心想，"看来我还是她的男人"，于是直接一屁股坐到了那里。

正纳闷家里还有何人来就餐时，有人掏钥匙开房门进来，王晓虹顿时扑过去来了个欧式拥吻，然后把那人介绍给蔡京生，道："这是我先生帕维尔！"又把蔡京生介绍给帕维尔，道："这就是我的老同学、声乐才子蔡京生！"

帕维尔是捷克人，这房子就是他自己建的，盖房子、装修、打家具，无所不能。一见到蔡京生，他就伸出那张宽厚的大手准备握手，却迟迟等不来蔡京生的手。王晓虹则示意蔡京生坐错了地方，那个位置是留男主人的。

蔡京生愣了一下，把餐具往前一推，突然起身，二话不说提来自己的行李扭头便离开了王晓虹的家。王晓虹追了出去，拦住了蔡京生，问道："怎么了？你生什么气？"

一向爱冲动的蔡京生，几秒钟后缓和了下来，道："我没生气，我是怕打扰你们两口子的生活。"

"怎么可能？这么多年了，你想想，我也不可能一直等着你呀，我有个伴儿也是正常的，况且我跟帕维尔提过你，他不反对接待你呀。"

蔡京生道："我还是另找住处吧。"

王晓虹道："你要是执意出去找地方住，也行。不过你还是吃完饭我带你出去找旅馆，好不好？"

　　蔡京生心想，前脚已经走出来了，后脚再踏回去？算了，这顿饭就不吃了，跟前女友的丈夫一起吃饭，多别扭啊！

　　王晓虹见蔡京生不言语，道："好吧，随你。不过，接下来我还是会继续帮你的，找房子、开通手机、开账户、办驾照，都需要有人陪你去跑腿，我毕竟在这边那么多年了。你可不要不接我电话哟！"

　　说着，王晓虹回家跟帕维尔赔了个不是，开车带蔡京生找旅馆去了。伏尔塔瓦河畔既便宜又漂亮的旅馆数不胜数，蔡京生特意选了查理大桥下卡夫卡曾经居住的旅馆住了下来。外面吃了个捷克烤猪肘，回到旅馆，澡也没洗就脱个精光钻进了被窝。谁知心潮澎拜，久久难以入睡，于是他穿上衣服，出去找了个酒吧。

　　在吧台，他叫了一大杯有名的捷克扎啤。一个披着一头瀑布般金发的少女凑了过来，穿着黑色吊带裙，下面是一圈蕾丝边，腿上套着长筒袜，脚上是一双超高的高跟鞋，用英语向他问好。蔡京生则问她是否会说德语，她连连点头，于是说起了一口俄罗斯口音的德语。

　　女子问道："先生这么晚一个人，需要有人陪伴解闷吗？"

　　蔡京生单刀直入问道："你就干脆直说吧，打一炮多少钱？"

　　女子哈哈大笑，道："你太有意思了。你就请我一杯马提尼就可以了！"

　　蔡京生道："那小意思。"于是蔡京生又为这小姐叫了一杯酒。二人如此般畅聊了起来。

　　欲知当夜后事如何，且看下回。

43

俄国妓女

上回说到蔡京生回到阔别多年的布拉格，夜不成寐，去了一家酒吧，遇到一位操着俄罗斯口音的、穿着性感的小姐，原来此人是来自俄罗斯的妓女，名叫伊丽娜，家乡在遥远的西伯利亚名城伊尔库茨克，大学时学的是德语，毕业后去了莫斯科。本来人生目标是成为外交官，但现实是残酷的，外交官没有做成，却当了导游，后来发现做妓女的收入远远比导游高，因此便改了行。

当伊丽娜主动跟蔡京生搭讪的时候，蔡京生不想废话，直接问她多少钱，伊丽娜却只让他请了她一杯酒。蔡京生正好也寂寞无聊，二人就这样攀谈了起来。

几杯酒下肚，蔡京生起了性，又一次问道："你怎么收费啊？"

伊丽娜道："别急，是这样，我有一个故事，你要是能接一个让我满意的结局，我就免费！"

蔡京生笑道："呵呵，什么故事，请说吧。"

伊丽娜道："从前，有一个女孩儿酷爱芭蕾艺术，但是天资不够，因此梦想有一双神奇的芭蕾舞鞋，穿上它便舞技大增……"

蔡京生心想，"这故事怎么听上去那么熟悉？"但是他没打断她，继续听她讲。

"这个女孩儿一念如磐的愿望终于打动了上帝，于是上帝赐给她一双神奇的红色足尖鞋。她穿上以后，果然舞技突飞猛进。狂喜之余，她突然发现她停不下来了，她意识到照这样跳下去，她很快就会累死……，"伊丽娜一口气喝完了酒杯中最后一口酒，冲着蔡京生问道，"故事该怎么结局呢？请你来编个结局吧！"

蔡京生心想，这倒是不难，他从小就是编故事的好手，于是他只考虑了五六秒，便绘声绘色地接起了故事：

"这女孩儿跳啊跳啊，跳到山坡上，跳到田野里，始终停不下来。累得不行，想坐下歇息，却被这神奇的舞鞋所驱赶，于是还得接着跳。这时候她跳着来到了一条小河旁，那里水流湍急。她心想，也许跳到河里，逆流而上，会让她速度得以减缓。于是她纵身一跳，钻进河水中，逆流慢游，终于得到一丝歇息。就在这时，一头鳄鱼看见上下摆动的红色舞鞋，意识到来了食物，马上追了上来。这女孩儿拼命游泳，希望甩开鳄鱼，不料鳄鱼一口咬住了她的双脚。她拼命挣扎，终于挣脱了双脚，却把舞鞋留在了鳄鱼的嘴里。鳄鱼吞了舞鞋，开始疯狂地跳起舞来，根本无暇顾及这女孩儿。最终，女孩儿使出最后的力气游到了岸边，鳄鱼却累死了。女孩儿爬到了岸上，已经昏了过去。这时候，路过一个白马王子，给这女孩儿进行人工呼吸，女孩儿活了过来，二人结了婚，过上了一生一世的幸福美满生活。"

伊丽娜听罢，兴奋不已，对蔡京生道："太完美了！我让很多人给这个故事接尾，都不让我满意。唯独你的结局又有创新，又充满浪漫，又合情合理！"

这时，酒保过来说还有十分钟酒吧就要打烊。蔡京生埋了单，准备回旅馆休息。伊丽娜道："我不会失信，我说了，如果你能给我一个满意的结尾，我会给你免费。"

蔡京生看着伊丽娜那扑闪扑闪的睫毛和碧绿色的双眸，世俗中又透着一丝清纯，颇有些动心，但还是婉言谢绝了，道："谢谢你，时候不早了，你也该回去休息了。"

伊丽娜充满期盼的脸马上耷拉了下来，斜睨着问道："你觉得我不够漂亮？"

蔡京生道："那倒不是，你相当漂亮。"

"那你家里有女人在等你？"

蔡京生道："还真没有，她们没有一个人会等我。"

伊丽娜毕竟有了一些江湖经验，耸耸肩，马上恢复了老成的姿态，从小包里掏出一张名片递给蔡京生，道："这是我的联系方式，有时间我们再喝酒，下次我请你。"

蔡京生收下了名片，回到了自己的旅馆。人一刹那会有无数起心动念，他自己都理不清他当时是怎么想的。要是自己年轻一二十岁，也许他就把伊丽娜带回旅馆了，她不但年轻、漂亮、性感，而且聊起来能感觉出来这还是一个很有意思的人，举止、谈吐都是有些修养的，但是也许正因为如此，他不想那么随便，好酒应当慢慢品尝，权当做一夜情未免有些浪费。再者，找妓女和找个聊得投机的朋友是两回事，掺乎到一块儿有些说不清道不明，反而让人备觉尴尬。如果是单纯找个妓女，他也觉得没意思，因为他常挂在嘴边那句话："男女不就那么点儿事儿吗？有什么呀？"如果只找一个聊友，那就应该与性分开；如果分不开，那就麻烦了，那就意味着情感投入，意味着伴侣、婚姻、家庭、责任、义务，甚至法律纠纷……。他这个年龄，经历了这么多，想想这些，都怕了。

但是一回到旅馆，脱了个精光钻进被窝，从床头柜上拿起伊丽娜那微微发出香水味的名片，他又有些后悔了，心想，这送上门来的免费服务，怎么就让自己回绝了呢？想给伊丽娜打个电话，又觉得不妥，只好作罢。

接下来的几天，王晓虹带蔡京生东奔西跑办了很多手续，找到了一套公寓，一切都安顿好了。王晓虹几次请蔡京生去家里做客，都被蔡京生谢绝了，他实在不情愿去她家里，但是她的捷克老公帕维尔倒是大大方方，几次出面陪蔡京生买家具、电器、生活用品，出了不少力，蔡京生也请他们夫妇下馆子吃了好几次饭，以表示感谢。他们陪蔡京生考察了很多生意，最终蔡京生选择收购一家杂货店，原因有二，一是他的财力有限，虽然曾经轰轰烈烈一番，但是到如今可拿出的现金并不很多，也只够买个小生意做做；二是他有过开饭馆的经验，又忙又累又利薄，而开杂货店虽然缠人，但是并不辛苦，有供货商专门上门来送货，什么东西卖得好，一个电话人家就来送货，而且生意很稳定。

开了杂货店，他雇了一个学中文的捷克大学生弗拉斯提拉夫，既能跟他沟通，也能跟捷克客人交流，他也开始去语言学校突击一下日常捷克语。因为刚开始他捷克语不大灵，对弗拉斯提拉夫依赖性较大，所以给弗拉斯提拉夫开的薪水比市场上平均水平高出一些。

开张以后，从第一天开始就有客人，买插座、灯泡、塑料杯、纸盘、小五金、生日卡等等，虽然都是小东西，但是薄利多销。弗拉斯提拉夫很敬业，有客人就接待客人，没客人就去收拾整理货架，手底下永远有活儿，蔡京生一百个满意。

第一个月，突然连续有三天只来了三个客人，蔡京生是经过风浪的，心态还算沉稳，但是弗拉斯提拉夫有些为老板着急，道："蔡先生，您看可能因为是刚开业的原因吧，这几天生意不好，我拿这份薪水心里有愧，我想请您给我降一些薪水，以后生意好了再给我加薪，好不好？"

蔡京生是个顺毛驴儿，吃这套，越是替他着想、不计报酬的，他反而越是给你厚待；越是跟他锱铢必较、毫厘不爽的，他就越是要克扣、拖欠你的薪水。他回道："不用。别只看这眼前几天，要往一个月、一年、三年来看。"

果不其然，三天没生意，过了这三天，顾客们就跟商量好了似的，一群一群地来，以至于他和弗拉斯提拉夫两个人都应接不暇。过了半年，回过头一看，每个月的流水几乎都一模一样，且略有上升，所以根本不用在乎哪几天没生意。他感到需要再雇一个人，马上想到了伊丽娜。

当晚，他掏出伊丽娜的名片，拨通了她的手机号。不知道半年过去了，伊丽娜是否还记得他，是否还在布拉格。铃声响了，电话那头迟迟没有人接。

到了深夜十点半，他的手机响起，那头有一女人问，是谁给她打过电话，背景是嘈杂的酒吧音乐声。她正是伊丽娜。她当然没有忘记他。他约她第二天到他店里来看看，她欣然答应了。

第二天，伊丽娜来到店里，一副女大学生的打扮，充满了知性，和酒吧里的她判若两人。她在杂货店里走了一圈，赞叹不已，对蔡京生道："你们中国人真神奇，在伊尔库茨克、莫斯科也是，我见过很多中国人，来的时候就拎着一个包，灰头土脸，不出几年，就开了自己的饭馆、工厂、商店、菜园子，车子、房子都有了。你们到底是怎么发起来的呀？难道你们都会种金子不成？"

蔡京生笑道："谁都是从零开始，从第一桶金开始。小本生意，有口饭吃就行了。"

伊丽娜陷入沉思，心想："苦难的俄罗斯人，残酷的现实逼得男人借酒浇愁，逼得女人卖春为生，但凡我也有足够的第一桶金，何苦去做这一行？"

她虽然条件好，价钱能要高一些，但是每接待一个新客都不禁要提心吊胆——又老又胖又丑的，她嫌恶心；吸毒酗酒的，又有人身危险。更何况时不时有变态客人，以性虐待为乐。还会有很多客人，各种各样的传染病，也未可知。她就有个姐们儿，干这行最后得了子宫颈癌。为了安全起见，她加入的这个地下"协会"提供保镖，但是要收取一定比例的保护费，所以虽然她要价高，但是她得不到全部的收入。

她一直提醒自己，这一行是暂时的，挣够了，见好就收，因为女人的归宿还是婚姻、家庭，还是要相夫教子。但是什么时候才叫"够"呢？她以请客人故事结尾的方式给自己心理上一个精神补偿——那就是，我还没有沦落到失去灵魂和人格的地步。

俄罗斯女人有多少会从事这一行业？不是所有人，但是不少，分布在欧洲各大旅游城市——你不会见到来自诸如荷兰、瑞士、德国、挪威等富裕国家的女人充斥这一行业。布拉格因为西方游客众多，尤其德国人居多，而且消费比西欧低廉，所以伊丽娜选择在这里落脚。在这里你可以收西欧的价格，生活费用却是西欧的一半。

苏联解体的前一年，伊丽娜出生在伊尔库茨克附近的小镇，她还有两个姐姐。父亲在他们姐妹很小的时候就因为心脏病在家中猝死，由在中学教书的母亲一人把三个姐妹拉扯大。她母亲那个时候长年的月收入仅约合十美元，就靠这十美元，一家四口勉强维生，一个月都未必能吃上一次肉和水果。伊丽娜是 18 岁才第一次吃上香蕉，还是大学一个宿舍的同学给她的。虽说解体后人们期待生活有所改善，但是历经叶利钦和普京统治，西方制裁、卢布贬值，普通老百姓依旧生活窘迫。她母亲现在的退休金不到两百美元；她如果还在伊尔库茨克，一个月收入顶多 300 美元。有本事的人都去了莫斯科，她去那里当了导游，如果不做点副业，每个月顶多能有八九百美元的收入，但是要在莫斯科过上体面的生活，怎么也要挣到 15 万卢布，约合 14000 人民币，或者说近 2000 美元。

回首往事，伊丽娜沉思良久。蔡京生半开玩笑道："怎么样，我这儿缺人，你要不要来帮个忙？我这儿就是白天忙，你晚上该干嘛就干嘛去，我不管。"

没想到伊丽娜很爽快地答应了，道："可以啊，我什么时候来上班？"

"明天就来吧！"

　　就这样，价钱还没谈，人就来上班了。当然，蔡京生也不会亏待她，给她开的时薪和弗拉斯提拉夫一样。店里多了个美女，弗拉斯提拉夫干活儿就更起劲了。正好，弗拉斯提拉夫也没有女朋友，几次暗示伊丽娜想请她出去喝杯咖啡什么的，但是都被她谢绝了。

　　赶上了蔡京生生日的那天，他把弗拉斯提拉夫和伊丽娜都请到他家中，他弄了火锅招待二人。就在那晚上，极具戏剧性的故事发生了。

　　欲知详情，且看下回。

44

无爱可诉

　　有好多人问这个长篇连载故事是否是虚构的，因为很多故事实在离奇。我的答案是，正因为离奇，恰恰是我编都编不出来的，所以基本上都是真实的故事，只不过为了叙事的便捷和对若干真人身份的保护，特意做了一些处理，如移花接木、李代桃僵、时空转变等等。

　　上回说到蔡京生在布拉格安顿下来以后在家里举办了一次生日聚会，请来了王晓虹夫妇、俄罗斯伊丽娜、捷克员工弗拉斯提拉夫。王晓虹又带来两个曾经住在他家里的中国留学生，李芳芳和陈嘉宇，都在查理大学学钢琴。蔡京生和伊丽娜事先达成默契，如果有人问他们怎么认识的，就说是伊丽娜是留学生，看了招工广告来的。

　　吃着饭，大家表示要唱歌助兴。得知伊丽娜来自俄罗斯，众人便一致要求蔡京生为大家演唱一曲《莫斯科郊外的晚上》。唱完了《莫斯科郊外的晚上》又唱了《三套车》。王晓虹则唱了《山楂树》。伊丽娜听得入神，也轻轻哼唱起来，还奇怪地问道："你们中国人怎么对俄罗斯歌曲这么熟悉啊？"

　　王晓虹道："我们那个年代嘛，跟着苏联老大哥，谁不会唱苏联歌曲？"她颇为兴奋地问伊丽娜道："对了，你们现在的俄罗斯人对我们中国人怎么看？"

　　伊丽娜一听，颇有些丈二和尚摸不着头脑，耸耸肩，道："奇怪，怎么我遇到的中国人都问我这个问题？"她心里想，这人的逻辑思维是怎么了？俄罗斯有一亿四千万人，中国人有 13 亿，有学富五车、才高八斗的知识精英，也有目不识丁、足不出户的乡村农妇，什么叫俄罗斯人怎么看中国人啊？

　　她脑子转了转，想想如何回答这个问题，道："俄罗斯人每个人都不一样，一个一辈子没离开自己故乡的人，和一个多次去中国旅游的人；一个从未接触过中国人的人，和一个学习汉语和中国文化身边不少中国朋友的人，恐怕对中国人的看法都不一样。"

　　"哦，是这样！"王晓虹似乎恍然大悟，蔡京生则连连称是。王晓虹又问道："那你觉得中国人好吗？"

　　伊丽娜耸耸肩，眨了眨眼，正不知道该如何应答，蔡京生接过话茬，半开玩笑道："瞧你这问的！"王晓虹嗔怪道："随便问问嘛，我来布拉格那么多年了，还没去过俄罗斯呢！"

　　伊丽娜笑笑，道："呵呵，哪里都有好人！"

王晓虹又问道："你们俄罗斯和捷克一样，都曾经是社会主义国家，现在已经发展得不错了吧？人们还怀念苏联时期吗？捷克人可不怀念那个时期哟。"

王晓虹的捷克丈夫帕维尔点点头，道："那倒是。二战前的捷克斯洛伐克工业基础就很不错，全世界能排到前十名，自加入苏联社会主义阵营，就穷了起来。1989 年东欧剧变天鹅绒革命，捷克和斯洛伐克逐渐分割为两个主权国家，都实行了私有化，并建立市场经济，到了 2006 年世界银行就把捷克列为发达国家了。"

王晓虹道："是啊，持捷克护照可以免签去很多国家呢。又是申根区国家，欧洲基本可以随便跑，方便得很。"她又问伊丽娜道："俄罗斯现在也应该不错了啊，怎么我看见俄罗斯游客来布拉格还都需要签证呢？"

每次有人问这话时，和别的俄罗斯人一样，伊丽娜都会觉得自尊心有些受伤。曾经的超级大国，一本护照的通行便捷度却赶不上一个弹丸小国；都在欧洲境内，别人可以畅通无阻，但是俄罗斯人出境却需要签。虽然签证也不难，毕竟要填表缴费等一系列手续，没有那种买机票或开车说走就走的潇洒和便捷。

伊丽娜如是说："那是因为免签是对等的，俄罗斯也不给他们免签。"

年轻的中国留学生陈嘉宇问道："据说莫斯科红场其实并不大，比天安门广场小多了！"

不知为何这句话又伤了俄罗斯人的自尊心，伊丽娜有些不快地回问道："你去过莫斯科吗？你去过红场吗？你怎么知道？"

陈嘉宇一愣，心想，这还用亲自去一趟才知道吗？这俄罗斯人的个人自尊为何非要和红场的尺寸绑在一起呢？

帕维尔则是哪壶不开提哪壶，说起了当年"布拉格之春"遭到了苏联和华沙成员国饿武装镇压，苏联的坦克开进了捷克斯洛伐克，最终镇压了民主运动。帕维尔那是还是少年，但记得家仇国恨，记得人们对苏联的厌恶和抵触。他义愤填膺地说着，似乎忘记了在座的还有一个俄罗斯人，而她的自尊心不容外国人当她的面指责她的祖国，但是和同胞们一起怎样批判自己的国家和政府都不为过。

弗拉斯提拉夫观察到了伊丽娜似乎有坐立不安之感，于是将沉重的历史政治话题转向西伯利亚的森林、贝加尔湖的风光。一说到贝加尔湖，王晓虹又来劲了，道："其实贝加尔湖就是中国的北海啊！苏武牧羊不就是在那里吗？太可惜了，被你们俄罗斯给占了！"

陈嘉宇一听，接着道："海参崴、海兰泡也是中国的呀！"

伊丽娜自我解嘲道："是，都是你们中国的，呵呵。"

　　蔡京生吆喝大家干杯、唱歌。他打开电脑，找到现代京剧《红灯记》的伴奏，唱起了李玉和的那段"狱警传，似狼嚎"的片段。众人听得津津有味，尤其是伊丽娜，仿佛被李玉和那英雄气概给迷住了……

　　这一晚聚会总体上伊丽娜感到浑身不自在，觉得自己非常不合群。她只有回到俄罗斯人中才觉得如鱼得水，因为他们有着共同的身份认同。散会的时候，弗拉斯提拉夫与她一起离开，请她上家里坐坐，被她谢绝了。他要陪他走一程，她同意了，但是到了她租的小公寓楼下，他黏糊啦半天，她还是执意跟他分手道晚安了。

　　闪前到 2018 年夏季，我在布拉格与蔡京生重逢，听他讲述这一个个故事。我问道："后来怎么样了？伊丽娜还在布拉格吗？"

　　蔡京生不好意思笑了，习惯性地拍了拍后脑勺，道："咳，这不后来她非要来我家找我，干了几回，就是不要我钱，还要来跟我住，我不同意就自杀。"

　　我吓了一跳，问道："怎么？她死了？"

　　"那倒没有，说来话长。"

　　原来，问题的根结就在伊丽娜做过妓女的历史问题。他二人如胶似漆、颠鸾倒凤的时候，蔡京生总爱把这个话题带出来，问道："你的活儿那么好，是不是跟每个客户都这样啊？"

　　而当伊丽娜稍微冷淡被动的时候，他就会问："你跟你的客人也都这样吗？"

　　总之，伊丽娜进退两难、左右不是，且备感侮辱。终于有一天她爆发了，抄起一个酒瓶把酒浇在蔡京生头上，然后摔门而去，彻底消失了。

　　我叹道："既然她一心一意跟你，何必旧事重提呢？"

　　蔡京生道："是啊，人倒是好人一个，但是知道她有过那段历史，毕竟是个阴影，所以每次干那事儿眼前全是那一幕幕摆脱不掉的画面。"

　　他是需要一个历史清白的，最好他是她的第一个男人，因为他说他从来不要"二手货"。这倒不是难事，因为总有女人需要找个经济依靠，大千世界从来不缺少这种女人。

　　离开了布拉格，我和王闹又开车去了中世纪 CK 小镇，接着开车前往瑞士、法国、比利时。两年后听人说蔡京生又官司缠身了，店面房东跟他打官司，邻居也跟他打官司，供应商也跟他打官司。看来有官司缠身命的人无论到哪里都摆脱不了官司缠身的命。

　　从欧洲回到温哥华，我就准备去美国了，莎拉依旧在网上发简历找工作，王闹则彻底搬到了泰国芭堤雅，过上了半退休的生活——戏剧多的人到哪里都充满了戏剧，到了泰国甚至比在中国、加拿大还是非不断。

欲知后事如何，且看下回。

45

午夜牛郎

上回说到从欧洲自驾游回到温哥华，王闹就准备彻底移居泰国了。写到这第 45 回才第一次开始详细讲述王闹的故事，是因为他的故事完全可以另外写成一本书——他的故事离奇得任何好莱坞编剧都编不出来。

他现在过着半退休的生活，在泰国芭堤雅家中养花种草，闲暇时间还在继续写他那部永远写不完的自传，曾用名《午夜牛郎》，此名源于他曾经长达数年当"午夜牛郎"的经历。他曾经去香港找过香港的出版社要出版手稿，孰知对方看了几章后就断然谢绝了，道："你这写的也太露骨了，连《金瓶梅》都会自愧弗如啊！"

王闹 1957 年生于北京的一个艺术家家庭，自幼习舞。舞蹈演员职业寿命太短，所以后来改行从事时装行业。他总说自己昨天还是阳光灿烂的小帅哥，突然间就成了一个即将领取加拿大养老金的老者。

我问过他，对于时光流逝、年龄增长，他是否经历过心理危机。他说那倒是没有，因为他走的这条人生之路不是常人走的路，那就是到什么年龄就该做什么年龄要完成的人生使命，所以没有什么事情会时刻提醒他到了什么年龄段。因此年龄对他来说就是一个数字而已，不影响他及时行乐、潇洒人生。

初次认识王闹还是在北京三里屯的一个酒吧里。一个叫韩峰的电影爱好者与人合作，盘了一家即将倒闭的酒吧，用二手市场淘来的烂桌椅沙发稍微改装一下，变成了"燕尾蝶电影吧"。《燕尾蝶》本是一部日本电影，这位韩峰，自称在东京学了电影制作，回国后壮志未酬，没能拍上电影，但是开了这么一家供京城电影圈人士聚会的场所。据他说连陈凯歌、冯小刚都是他酒吧的座上客。

一天晚上，韩峰来电话通知众人当晚会有一位"加拿大著名华人时装设计师"来率众业余模特展示他设计制作的中年妇女时装。设计师名叫王闹，据说在多伦多、蒙特利尔学了时装设计，一心要"报效祖国"，于是"毅然决然"抛弃了加拿大的荣华富贵，回到贫穷但慈爱的祖国母亲怀抱。他认为，国际国内时装行业全是年轻人的天下，鲜有为中老年妇女设计的作品，因此他独辟蹊径，立志服务于中国中老年妇女。

当晚酒吧里灯火通明，人头攒动。一群大妈级业余女模特穿着靓丽的服装穿梭在人群之中，多次博得热烈的掌声。最后主持人请上来设计师王闹。只见此人约 35 岁上下（真实年龄要大八九岁），文质彬彬、亭亭玉立，穿着紧身且闪亮的短袖衬衫，下身是一条包腿的白色西裤；精心修剪漂染过的发型，不知打了多少发胶。左耳悬挂着一个不停摇曳闪烁的耳坠，更显眼的是那一副宽大的黑框眼镜，后来才知道那是纯装饰用的——他并不近视，也不远视，只是公众场合讲话他会怯场，所以要用黑边眼镜遮挡一下他那总是顾左右而言他的双眼。

确实，他不善于公众演讲，有些词不达意、语无伦次。但是下台后和人们交流，又滔滔不绝、笑容可掬。

我们这一桌坐着两位女士，一个已经 50 多岁，是个时尚编辑，正好对王闹的事业充满兴趣。另一个是当时一位知名男演员的秘密女友，所谓秘密，也就是说两人同居在男演员回龙观的别墅，但是那男演员对外从不公开他们的关系，逢人便说自己还是单身贵族。

就这样我们认识了王闹。这个人实在有个性，和我们几个人第一次见面就掏了心窝子——

他的父母、哥哥都已癌症去世，一家四口只剩他一人。他从小喜欢唱歌跳舞、绣花针织，五岁的时候就觉得自己生错了，应该是个女孩儿。打雷下雨时候总要望着天空，希望一道闪电下来，一下子把他劈成一个女孩儿。上中学的时候，有邻居家孩子对他哥哥说："你弟弟是个娘娘腔！"结果他哥哥给人一顿拳打脚踢，以至于人家家长告到王闹父母那里去。严格来说，王闹并不算娘娘腔，只能说是比较中性。如果在一群操着吴侬软语的江南的男人中，他甚至还算是爷们儿的。

到了青春期，他的性别认同更是模糊不清。文革末期，他参军了，成了一名光荣的文艺兵，住在夏季清凉但冬季寒风刺骨的山西大同。连队里排练舞蹈，不是《红色娘子军》就是《白毛女》。领导让他跳洪常青，他也能跳出阳刚劲儿，但是骨子里却一心想跳吴清华；让他跳大春，他也跳得满堂彩，但是他特别有想跳白毛女的冲动。

"我不知道为什么，反正我对表现男人的东西有种先天的排斥，"他总是那么说。

在部队里，还有两个文艺兵战友跟他特别要好，一个叫路星，一个小名叫丫丫。那丫丫，后来可不得了，留学美国，又因为一部反映美国华人打拼的电视连续剧一跃而成为中国一线女星。王闹总说，丫丫是他的初恋。说来奇怪，按说他认为自己的灵魂是女性，却说不清道不明为何对丫丫能有懵懂的感觉，也可能因为丫丫骨子里有种男人的刚毅，二人能发生异极相吸、化学反应？但是丫丫最终跟路星好上了，后来一波三折在美国成了家。青年时代路星的英俊是众人皆知的，走到哪里都有很高的回头率——高个长腿、浓眉大眼，正是那个年代的俊男标准。

在连队里，王闹和路星一个宿舍。一次去集体澡堂，路星让王闹帮着搓背，突然有一刹那，王闹脑子里跟充血了一般，脸红到了脖子根。他帮路星完，路星又给他搓背。人家大大咧咧的，可是王闹心里却又一百只小鹿在乱蹦。

冬天到了，宿舍里没来暖气，王闹以冷为借口，要跟路星挤一张床。路星完全把王闹当成一个哥们儿，毫不介意。一天晚上，宿舍里所有的战士都睡着了，只有王闹一人辗转反侧。他又从上铺爬到下铺，轻轻拍怕路星，打个招呼，又钻到了路星的被窝里。路星似醒非醒，拍拍床板，示意"来吧"，然后扭头继续呼呼大睡。

这夜里王闹做了出格的举动——他面朝路星的后背，竟然在路星的背上湿乎乎地亲了一口。路星顿时惊醒，回头悄声道："干嘛呢你？"

王闹不好意思地笑嘻嘻道："我以为你睡着了。咳，人家喜欢你呗。"

路星笑道："你又不是女的。喜欢我干嘛？"

王闹道："那我要是变成了女的呢？"

路星开玩笑道："你要是变成女的，我就娶你！"

王闹记住了那句话。但是后来他一直没有变成女的。他每次电视节目上看到金星，总会想起曾经的自己。不过不是每个有跨性别倾向的人都有金星那样持之以恒、坚如磐石的变性决心。他们中的绝大多数都是此一时彼一时，人生不同阶段会有不同的感受。以王闹现在的话来说："我觉得自己身上有个那家伙甩来甩去的挺精神的，干么要'一剪梅'啊？"

如今年过60的他从温哥华移居到了泰国芭堤雅，朋友们都开玩笑以为他要去泰国做人妖呢。他会自我解嘲道："人岁数大了，就没那个资格了。就这么过吧，挺好的。"

按说王闹如何从温哥华去了芭堤雅，如何又从北京到了温哥华，这里的故事可以单写成一本书。他在北京三里屯燕尾蝶酒吧举办时装秀的时候，早已经去加拿大一二十年了，他这属于回流。

前面章节曾经提到，改革开放初期，蔡京生在女朋友家中遇到一个来学习英语的青年，模样清秀，身材苗条，虽然穿着是千篇一律的中山装，但是他的中山装明显与众不同——那是的确良面料，当时的稀罕之物，而且腰身是收过的，显得人玉树临风、精干挺拔。那个学英语的青年就是当时一门心思要出国的王闹。

话说文艺兵复员以后，回到北京，街道给他安排的工作是在王府井东风市场看守仓库。他向往着大舞台、大银幕，要当明星，哪里肯在那种地方待下去？所以他时时刻刻都不安分，只要有机会就唱唱跳跳，别人甚至都以为他有精神病。　次，有人从广州带来几块电子表，让他垂涎三尺，于是跟人干起来倒卖走私手表的生意，不料被人告发，在派出所被关了十天。即便在关禁闭的时候，他也带领狱友们唱歌跳舞，唱《祝酒歌》、《年轻的朋友来相会》，甚至还操练起了英语："我爱北京天安门！""毛主席万岁！"等等。狱友们都羡慕他身陷囹圄也能那么心情愉悦。他跟狱友说道："你们知道吗？我要出国了！"

众人问道："去哪儿啊？你小子有这本事？"

王闹道："当然去美国了！"

"嘿，真行。去了国外别忘了咱哥们！也给咱找个出路啊！"一狱友道。

王闹吹嘘道："没问题，到时候我就把你塞到我行李箱里，给你托运出国，哈哈！"

关了十天以后放了出来，王闹更是铁了心要出国，茶不思饭不想。他母亲更是心急如焚。

那年头，邓小平上台，搞改革开放，全国大城市都掀起了出国热，先是有海外亲戚的只要有能耐都出去了，好一些的去美国、欧洲，差点的也去了香港，下了南洋。再接着就是大量的公派留学，然后又开始了纯自费留学和自费公派留学。别说老百姓，家喻户晓的影星、歌星出去留学的就有陈冲、张瑜、朱明瑛，嫁出去的有龚雪、郑绪岚、斯琴高娃。还有小有名气的罗燕、娜仁花、张铁林、王伯昭、麦文燕、邬君梅……。

接下来移民国外的又前赴后继。似乎出国是一件极为光彩的事情，比上北大清华还光宗耀祖。一看到有路子的人都坐飞机远走高飞了，王闹心里总是痒痒的。他的父亲已经在文革末期因为癌症去世了，只剩下母亲和哥哥。他让母亲问遍了他们知道的所有近亲远亲、七大姑八大姨，打听有无海外关系，却都没有听说有海外血脉。他母亲爱子心切，心想，没有海外关系，咱可以创造海外关系，于是凭借自己的一番风韵和姿色，先后嫁了两个中央高干，条件就是：你得把我儿子办出国！

王闹的母亲那时已经 50 开外，是京剧团小有名气的程派青衣，举手投足、一颦一笑都有着旦角演员独有的神采和魅力。对她来说，生活就是演戏，演戏就是生活，为了儿子，逢场作戏也未尝不可。

可是，这两位"中央高干"最终都没有能履行诺言，压根儿没有把王闹办出国，所以以两次离婚而告终。

再一次婚姻则是跟一个海外华侨牛先生，此人是京剧名票，跟程派名家赵荣琛有过交情。来北京看过几次王闹母亲演出的《锁麟囊》。那晚只见王闹母亲在台上深情地唱道：

一霎时把前情俱已昧尽，

参透了酸辛处泪湿衣襟。

我只道铁富贵一生注定，

又谁知人生数顷刻分明，

想当年我也曾撒娇使性，

到今朝哪怕我不信前尘。

这也是老天爷一番教训：

他教我，收余恨、免娇嗔、且自新、改性情，

休恋逝水，苦海回身，早悟兰因。

可怜我平地里遭此贫困，遭此贫困！

我的儿啊！

把麟儿误作了自己的宁馨！

声音未落，全场响起雷鸣般掌声。一谢幕，老牛就捧着鲜花蹿到后台，当即拜倒在王闹母亲的石榴裙下，经人介绍二人认识并闪婚。

老牛妹妹住在加拿大蒙特利尔，好歹也是个经营着酒店餐厅的富婆，答应可以帮助联系王闹去蒙特利尔学习时装，并给予一定资助。王闹心想，虽然没去成美国有点小失望，但是加拿大也不错，满是欢喜，学英语的劲头更足了。

凭着继父这层海外关系，终于有一天，那是 1985 年，王闹怀揣东借西凑的 1500 元港币和 100 美元，从北京坐火车到深圳罗湖口岸，再去香港坐飞机前往多伦多。不料在罗湖口岸通关的时候，身上带的 1500 元港元还叫小偷给摸走了。

欲知后事如何，且看下回。

46

迷失蒙城

时光飞逝到人类历史上史无前例的新型冠状病毒疫情期间的泰国芭堤雅，已接近 65 岁的王闹在那里过起了半退休的生活——每天起来浇花、喂鱼、海边散步，在家里弹弹电子琴，唱唱歌，晚上逛逛比以往清净不少的红灯区，大排档吃一顿泰国海鲜饭，街边品尝椰汁、榴莲、山竹，按摩院里再来个一个半小时的泰式按摩。

虽说 20 多岁的时候他一门心思要去西方国家，还是多亏自己的亲妈嫁了一个海外华人，换来了一段海外关系，才把他送到加拿大，但是除了刚落地的头几年以外，他后来在加拿大住得并不踏实，因为他更喜欢泰国。温哥华卖一套公寓，泰国可以买好几套，自己住一套，其他用于做家庭旅馆，以后再领取加拿大的养老金——他盘算着在泰国养老一定比加拿大舒服得多。至于医疗福利，泰国当然没有加拿大好。他心想，等到有一天老得动不了了，再回到加拿大申请养老院也不迟。趁现在还能蹦能跳，能吃能喝，先在芭堤雅快活几年再说。

上回说到 1985 年他初来加拿大，浑身仅有的 1500 港元竟然在深圳罗湖口岸被人偷走了。好在加拿大有继父老牛的妹妹接应，还不至于流落街头。老牛的妹妹虽说财力雄厚，但是王闹并没有沾光太多——那个"姑姑"只是为他联系了一家私立时装学校而已，且给他交了一年的学费，又帮他找了一家人家的地下室，另外每个月资助他 500 加元零用，直到他学完，仅此而已。

尽管这样，王闹已经欣喜若狂了，这和他国内的生活比已经是天壤之别。那家私立时装学校由一个名叫索菲亚的意大利裔老太太所创办，校址就在她自己家里。

王闹初见索菲亚，便掏出自己曾绣的毛主席像，还有自己织的毛衣、裁的西装、中山装和唐装等等。老太太戴上老花镜仔细看了看那针线活儿，没说什么。对这位从不轻易夸人的严师来说，如果沉默不语，便是最好的褒奖。

初来加拿大，王闹便被人拉去教堂受洗了。教会的善男信女们认为这些来自共产主义世界的不信上帝的人都是灵魂得不到救赎、死后无法进入天堂的孤魂野鬼。对于这一切王闹都充满好奇和兴奋，但是脑子里还带着深深的冷战思维，时刻铭记资本主义已经腐朽没落，人民生活在水深火热之中，自己身负重任，势将共产主义旗帜插遍全球。因此每次遇到对这个来自封闭落后的社会主义中国的小伙儿充满好奇的加拿大人，他都不忘充当一下《人民日报》海外义务宣传员，让外国人知道一个"真实的中国"。比如，他会义正词严地对加拿大人说道，加拿大有卖淫嫖娼现象，而社会主义中国却早已消灭了这一道德沦丧、残害妇女的古老产业；加拿大随处可见无家可归的流浪汉，而社会主义中国消灭了贫富差距，人人都分配有工作；加拿大新闻报道总看到有吸毒贩毒现象，而社会主义中国的人民群众对于毒品是闻所未闻；加拿大可以买到色情刊物和录影带，而在社会主义中国，出版、音像市场绝对一尘不染，代表着社会主义精神文明达到了西方难以企及的高度。

但是，说是这么说，他被人第一次带到蒙特利尔的成人商店，看到那一本本充满肉欲的画册和录像带，顿时面红耳赤、心跳加速，舍不得买，回到家又彻夜难眠，满脑子都是那勾起人荷尔蒙的画面。他也许来错了地方，因为蒙特利尔乃是加拿大最性开放的城市，多伦多与温哥华都望其项背。他一宿都在辗转反侧，一边是腐朽堕落的资本主义花花世界，一边是壮志未酬的共产主义事业；一边是勾人魂魄的洋春宫和花样无穷的性娱乐业，一边是工农兵革命造反的无性世界和十亿被压抑已久的饥渴灵魂。更何况他曾以为自己的性倾向是中国人中的异类，没想到出了国却发现这里还有这么一个庞大的弱势社群，时不时游行示威、争取权益。他心里暗自乐道：原来自己并非心理疾病患者，甚至还可以引以为豪。但是很快，他受了一个奇耻大辱——

一天，一个刚认识不久的华人朋友告诉王闹有一家夜总会将举办舞蹈比赛。那人说，多参加这种文艺活动，将来有利于办理移民，因为移民局希望多招纳一些有文体特长的特殊人才。王闹自幼学习舞蹈，劈叉下腰、摸爬滚打，自然是专业水平；论翻跟斗、拿大顶，都不在话下，这是那些业余舞者无法相比的。王闹心想，这是多么好的展示中华文化的机会啊！他打算跳一出中国传统的剑舞，并穿上自己特地从北京带来的古装行头，头上戴上一个贾宝玉那样的如意冠，两根丝带在下巴颏儿下打一个结，一亮相英姿飒爽、豪气逼人，准会鹤立鸡群、全场叫好。

那晚他在家精心装扮一番，镜子里照照，颇有小李广花荣的少年英武之感。

第一次在加拿大演出，他多少有些紧张。被朋友开车拉到了最繁华的圣凯瑟琳大街，各色酒吧霓虹灯闪烁，空气里弥漫着香水和脂粉的味道，又夹杂着酒气、尼古丁和大麻味。

来到了一家夜总会，他都没顾上看看店名，直接被带到后台。一进后台，他顿时糊涂了，这里怎么看上去像是男澡堂？只见一个个肌肉猛男赤条条在更衣、打扮，绝大多数是白人，其中也有一两个黑人。和人家硕大结实的肌肉块儿相比，自己简直瘦小得像个发育不良的豆芽菜。更让他傻眼的是，每一个等待上场的"舞者"都在急不可待地打着肥大的"飞机"，以让自己的宝贝看上去更粗壮坚挺一些。这究竟是什么鬼舞蹈人赛？他悟明白了——这是一场脱衣舞男的艳舞比赛，观众绝大多数都是女性。原来，色情业不仅有女性从业者取悦于男顾客，也有男性从业者服务于女顾客，这是西方人理解的男女平等和妇女的解放。这可是 80 年代的蒙特利尔，竟然如此开放，没有人家做不到的，只有那个时代刚出国的中国人所想不到的！

很快到了王闹上场，他指望着展示一下中华文化的博大精深、古典舞蹈的优雅多姿，没想到刚一上场先是一片鸦雀无声，接着就有人吆喝"赶紧脱！"然后就是一片喧哗起哄。他还想来几个云手，再来个金鸡独立的造型，这时全场一起喝起了倒彩，让他赶紧下台。他恼羞成怒，连幕都没谢，回到后台拎起自己的背包，就匆匆离开了那里。

他不知道带他来的朋友在哪里猫着呢，不知道自己该怎么回家，更没钱打出租车，所以就在街上一个人站着，失声哭了起来。

他心里如打翻了五味瓶，又是震惊，又是恼怒，又是沮丧。

他怀疑那个朋友诓他来这种地方就是想看他出丑。他总觉得加拿大人是友好的，是喜欢中国文化的，怎么会受如此般的奇耻大辱？

他想到了这外国人的性开放，却着实没想到会这么开放，世上还有这种"舞蹈"大赛？而大洋那边，他的同龄人们还在唱着《祝酒歌》、《年轻的朋友来相会》，憧憬着四化建设，畅谈着五讲四美三热爱……，与此同时，他们还深夜拉上窗帘悄悄播放邓丽君的"黄色歌曲"，以至于人们戏说年轻人"白天听老邓，晚上听小邓"。

就在这时，一个一头金色卷发的白人姑娘从夜总会里出来，跟他打了招呼——

"你是刚才那个跳中国舞的吧？"

王闹一愣，道："是的。你怎么知道？"

"我在台下看了，你跳得真好，我从来没见过这种舞蹈，感觉又像是舞蹈，又像是武术。"

"谢谢，我还以为没人喜欢呢。"王闹心情好了起来。白人姑娘自我介绍说她叫伊芙，是法裔加拿大人。她这晚和几个闺蜜一起来这家夜总会，是为了给她庆祝 23 岁生日。

伊芙道："你不要往心里去，不是大家不喜欢你的舞蹈，而是这种地方不是艺术家来的地方。我从小学过芭蕾，舞蹈都是相通的，我知道你很棒。"

王闹一听来劲儿了，道："芭蕾啊！我也会！"说着就踮起脚来了一下洪常青的舞姿。

伊芙笑了起来，道："你现在急着要回家吗？如果不着急，我请你喝杯啤酒，怎么样？"

看到王闹望着夜总会的大门面有犹豫之色，伊芙道："如果你不喜欢这个地方，我们可以换一个酒吧，清净一些的。"

王闹马上就同意了，点头如捣蒜一般。

就这样，王闹和伊芙成了好朋友——后来还成了合法夫妻，正是这段婚姻，帮助王闹成功移民加拿大，成了加拿大公民。但是他们的婚姻有名无实——王闹自己认同自己是个女人，用现在的术语说应该属于跨性别人群，所以如果他和女人结婚，内心感觉如同是两个女人的结合，心理上是绝对抵触的。伊芙起初追他追得很紧，还跟他去了中国一趟，北到北京，南到桂林，但是王闹早就跟她摊牌了，说只把伊芙看作是姐妹。但是伊芙毫不介意，她爽快地道："如果能帮你留在加拿大，我愿意跟你结婚。"

伊芙是个这样的人，她宁可爱一个街边卖艺的流浪汉，也看不上西装革履的华尔街白领；她宁可选择她爱得更多一些的人，也不正眼儿瞧一下爱她更多的人；她宁可跟她爱的人露宿街头，也不羡慕香车豪宅里的阔太。有人说这就是法裔，也有人说这就是伊芙。

这么一个法裔女人，不要金钱，不要感情，就为了帮一个来自中国的穷小子留在加拿大，毅然决然地跟王闹登记结婚。

三年后王闹获得了公民身份，伊芙悄悄跟他办理了离婚手续，几年后又嫁了人，二人后来再也没有往来。

至于王闹如何从蒙特利尔又混到了温哥华，如何又做了"午夜牛郎"，且听下回分解。

47

按摩生涯

2021 年不平静。发达国家接种疫苗的速度赶不上变异病毒传播的速度，无数人在过去的一年里安然无恙，反而在民众纷纷开始打疫苗的时候不小心感染了病毒，而且症状还很严重。

这一天，王闹在泰国芭堤雅平日繁华、如今却百般萧条的大街上散步，想去做个泰式按摩，却都关门歇业。他不禁追忆起了自己年轻时在加拿大的按摩生涯。

时光倒流到 1989 年，他当时已经取得了加拿大身份，又赶上了那一年不同寻常的六四事件。没身份的都不肯回国，他这有身份的就更不会回国了。

这时的他，已经先后上了两家私立时装学校，毕业后先后在蒙特利尔、多伦多两地给人家裁缝店打下手。他的目标是成为大品牌的设计师，可对他这个初出茅庐的年轻后生来说又谈何容易。一个偶然的机会，他在报纸上看到广告：温哥华有一个百老汇剧《蝴蝶君》的剧组在征集亚裔男演员试镜，需要会说英语、汉语，会京剧旦角儿表演等等。该剧由美籍华人剧作家黄哲伦根据京剧剧作家时佩璞的真人真事改编，但是剧情却与真实事件相去甚远，全是他一厢情愿的凭空想象而已，中国人看来荒诞不经，而西方观众却热捧此剧，因此获奖无数。

王闹看到广告，当即觉得这简直就是为他量身定做的角色，立即订了机票飞往温哥华试镜。

他心想，本地出生的华人英语流利，可是国语却磕磕绊绊，京剧更一窍不通，举手投足都是洋范儿；而中国人普通话没问题，但是英语却未必能胜任话剧。他经过三四年打拼，英语已经过关，加上他曾经学过中国古典舞，手眼身法步和戏曲大同小异。因此，这角色非他莫属。

果不其然，一去试镜，剧组眼前一亮，一高瘦一矮胖两个大胡子导演助理对他兴趣盎然。也许他们试了无数人都不满意，突然天上掉下这么一个稀世珍宝，因此他们当即决定可以筛选他进入下一轮。

很快进入了无观众试演阶段。王闹扮演的是男扮女装的京剧名伶宋丽玲，台上是风情万种的大青衣，台下是妖艳狐媚的女间谍，而本人却是百分百男儿身，居然还自称为法国人怀孕生子，法国人竟然信以为真——跟真实事件比这简直是雷人的狗血剧情。

剧中有京剧舞蹈表演，王闹不费吹灰之力可以胜任，但是到了和法国外交官加里玛对手戏的时候，他居然高度怯场——平时不苟言笑，人称话痨，这时却吞吞吐吐，不知所云，手脚打颤，恨不得有个地缝钻进去。最后剧组再三商议，决定还是可以留用他当群众演员，跑个龙套什么的。但是他也不可能总坐飞机来跑龙套啊！

温哥华之行，虽然他和成为亚裔明星的机会擦肩而过，但是他却爱上了这座城市——这是一座和多伦多、蒙特利尔截然不同的城市，三月的初春，细雨绵绵，但是温暖宜人；所到之处，放眼望去，处处都可入画；绵延不绝的海岸线，郁郁葱葱的森林，宛如近在咫尺的远处雪山，都让他心醉。

他心里想道："来加拿大四年了，竟然没有来过这座人间天堂，真是白费了四年青春！"

他即刻决定彻底移居温哥华，把那开放的蒙特利尔、繁华的多伦多早已抛之脑后。

回了趟多伦多，收拾了两个大衣箱，跟房东退了房，订了机票就飞回了温哥华。先是汽车旅馆中住了三晚，白天就出去找房子。找到一户人家的地下室，独立厨卫、单独进出，每个月 300 加元。

安顿下来就去找工作。由于语言和文化原因，华人首选多是华人公司。他先去唐人街找了一家服装店，去卖了几天唐装。又去了一家台湾人开的家具店，卖了一阵子家具。他倒是想去西人公司，但是那种正规和专业，又让他心生胆怯、望尘莫及。华人公司优点是好说话，跟老板几句话投机了，就可以去上班了。但是烦恼也不少，那就是责权利不分明，人与人界线是模糊的。举例说，那服装店老板请他卖衣服，给的是最低时薪不说，时不时还让他帮她临时带一下孩子。

"我是来作销售的，不是来带孩子的，"王闹心里有一百个不满意。出于面子，从不说出口，但是回到家给亲友们打电话时候就吐槽个没完没了。

可是那女老板不这么认为，她想，我是你的老板，给你一份工作就不错了，怎么了？帮我带带孩子又怎么了？你现在没顾客，闲着也是闲着，那一小时工资我也没欠你的。

去了那家台湾家具店，这毛病没了，另一个毛病来了——说好了五月一日正式上班，那老板四月 25、26 日就让王闹来帮忙抬家具归置店面。王闹当然去了，毕竟年轻力壮。人家夸他了两句，说他终归是学时装设计的，摆放家具就是有眼力。他听了，干活儿劲头更足了。

王闹以为这两天也给工钱呢，结果到了五月第一次发薪水才知道，那两天是白干的。

台湾老板也许这么想，你都是我的员工了，马上就来上班了，帮帮忙又怎么了？我何必再花钱找外人呢？给你一份工作是多么大的恩赐啊，你还计较这两天吗？

他不好意思问那两天的薪水。因为他不问，那老板就没再提，也许是忘了，也许是揣着明白装糊涂。

就这样，华人公司干了不下八九个，基本上都是这类问题。主流社会职场肯定好很多，一是一二是二，主流社会的人基本上来说原则性还是比较强的，可是那得能进去啊！英语没有人家说得溜，只能永远打打累脖工。

挣着那最低的时薪，还受着老板的气，划不来。王闹琢磨着如何能不受气继续生存下去。

让他创业开服装公司？他暂时没有那个实力。他每天早晨醒来第一个念头就是下个月第一天要给房东交房租了，此外还有柴米油盐费用、交通费用、电话费等等。

他喜欢交洋人朋友，因为他觉得既然来了加拿大，就应该交这里的朋友，更何况加拿大人习惯路上跟陌生人微笑打招呼，一个"嗨，你今天好吗？"再回上一句，很容易就可以展开一场友好的对话。而华人同胞大多对此充满了戒备，总会想："这人是不是有毛病？是不是要向我兜售什么东西？是不是要问我借钱？"

这天去菜店买菜，王闹看什么便宜买什么。他掌握了一个窍门，每天快打烊的时候买的菜最便宜，而且打烊后菜店附近的垃圾箱里会扔一些不要的东西，有菜叶子、烂苹果什么的，他总会捡一些带走。回家路上，遇到邻居一个洋人老头子，名叫麦克，经常在这附近遛狗。老头儿左手牵着狗绳，右手拎着一袋刚买的肉骨头，专门给狗吃。

王闹看在眼里，心里骂了一句："妈的，我想吃肉都舍不得吃！人家狗都比我强！"

麦克每次撞见王闹都会远远地招招手，笑一笑，虽然他们素昧平生。这一次终于近距离接触，麦克先打起了招呼——

"嗨，你今天怎么样？"

洋人这样打招呼纯粹是客气一下，走一下过场，他并不希望知道你今天吃了什么、喝了什么，有没有打嗝放屁，有没有喜得贵子，有没有中彩票得大奖。

可是王闹却不甚明白，一股脑儿把自己打工受的气全跟老头儿说了。麦克很绅士，就那么耐心听着，那狗都有些不耐烦了，咬着狗绳拽着主人让他挪步，他却厉声责令它安静下来，不得无礼。

麦克很同情他的经历，道："我还真不了解华人雇主，因为我没有跟他们工作过。其实这样的雇主哪里都有，我相信加拿大老板也不少像你说的那样的，不过也许我很幸运，我一个都没碰到过。"麦克自我介绍说他已从轮渡公司退休，17岁跟父母从苏格兰移民温哥华。

突然间，麦克豁然开朗般对王闹道："你不妨可以做按摩呀！你就在自己家里做，不需要租门面，那一小时可比你打工挣的多多了。"

王闹道："可是我没学过啊！"

麦克道："那有什么难的？自己花钱先去找人给你按一次，不就会了？况且，我们加拿大人觉得是个亚洲人就会按摩，你就是不会按摩而乱摸，我们也不知道啊！你如果做这个，肯定能招来不少顾客的！"

王闹一听，颇为心动。在老头儿的点拨下，他在自己的地下室住处布置了一番，用彩灯装饰窗帷，又从二手市场买来几条旧浴巾，买了点几瓶便宜的婴儿油和护肤霜。他咬咬牙，花了 50 加元在当地报纸上打了豆腐块儿小广告，还请邻居老头儿帮他写了广告词——

东方花样美男

专业中式按摩服务

来我家 50 元，上门服务 60 元

麦克还开玩笑道："我帮你写广告，你是不是要给我按摩一次打个折扣啊？"

1989 年的温哥华，华人还不是很多，因此王闹没遇到过什么竞争。一个"东方"，一个"中式"，这样的字眼儿充满了神秘的异国情调，对于洋人有莫大的吸引力。不像今天，温哥华每四个人就有一个华人，华人的生意俯拾皆是，谁还会感到稀奇呢？

打了广告，几天后见了报，麦克第一个看到并告诉了王闹："嘿！你的广告今天上报纸了！"

正出门倒垃圾的王闹兴奋不已，道："是吗？可是我刚才半天都在家，一直没接到电话啊！"

"你别着急啊，肯定会来电话，你赶紧回家等着吧！"

王闹一溜烟儿地跑回家，直到半夜就再也没出来过。

第二天出门买菜，又撞见遛狗的麦克。老头儿问他生意怎么样。王闹喜笑颜开地道："你猜怎么着？我昨天一天就来了九个客人！钱点得我手都抽筋了！一共收了 450 元，一天就把几乎一个月的房租挣回来了！"

麦克连连祝贺，道："我说你会成功的，我没说错吧？"

问题是，干起了这行就没有了自由，王闹想不错过任何一个客人，所以就要一直在家等电话。有时候出去买个菜，都会流失几个顾客。

钱多了，烦恼也开始多了，奇葩人物也纷至沓来了。预知内情，且看下回。

48

外国干爹

上回说到王闹在温哥华站稳了脚跟，从事起了按摩生意。因为那时温哥华的中国人少，没什么竞争，加上洋人对东方人有猎奇心，所以基本上每天都客人不断。有时候两三天会一个电话都没有，他会有些发慌，但是不要紧，因为突然第三天就一下子来八九个客人——这些人就跟商量好了似的，要来就一起来，要不来就都不来。客流量似乎跟天气没什么关系，赶上刮风下雨天也可能来很多客人，赶上晴空万里客人也未必就会减少。琢磨出规律了，他心态也就踏实了。

时间久了，奇葩客人就出现了。先是有好多人电话里问这按摩是否包括"快乐的结局（happy ending）"。凭王闹那英文水平，他哪里懂那暗含之意。为了多拉些客人，赶紧应承下来，谁知来了才知道是那回事儿。

接下来变态的客人多了起来，有花钱让他抽鞭子的，他乐此不疲，想像着南霸天在抽打吴琼花。有要求花钱品尝他屎尿的，他也欣然应允，要让万恶的资本主义社会尝尝无产阶级的粪便。还有一个客人竟然出 50 加元让他搜集 20 个用过的避孕套，令人作呕。所有细节，他都笔耕不辍地记载在他的自传中，一口气写了 80 多万字。他一心想出版，还亲自带到了香港找了一位书商，谁知人家看了以后连呼："实在太恶心了，我们出不了！你还是另请高明吧！"

每一周过去，王闹的抽屉里都塞满了现金。他数着这一周的收入，赶上了那些在餐厅、超市打工的一个月的收入，还不用上税。他很快就攒够了首付，买了温哥华市中心的一套客厅卧室一体的小公寓，全价还不到八万加元。他忠实的客户们也跟着他从那个东区地下室来到了闹市区的现代高层公寓里。

这一天他点钱的时候，一边偷着乐，一边回想起了出国前的日子。那时他可谓出国无门：论文化水平，文革中就没上过学，最后只不过是个退役的文艺兵，想出国留学简直是痴人说梦；论海外关系，七大姑八大姨打听遍了，压根没有。不过，他听人说起甘家院李春平的传奇经历——

李春平何许人也？他是个传奇人物，一个大撒币的慈善家，因跟比他大 30 多岁的美国好莱坞女星结婚而继承巨额资产。那女星究竟姓甚名谁，至今没有可靠的信息来源。上世纪 70 年代末，一心要出国的李春平天天去北京饭店，点上一杯咖啡，等着邂逅一个能带他出国的老外。哪知就这么巧，那好莱坞女星一直有东方情结，专门来中国找情人，对李春平一见钟情，很快就把他带到了美国。老太太临终那年二人结婚，李春平理所当然地继承了她的大部分财产。回国后他以每天七万人民币的速度往外捐款，目前已捐出至少七亿元人民币。故事出自李春品之口，但是到手的巨额资产却不是吹出来的。

有人曾质疑好莱坞女星这一传闻。还有人猜测女星是葛丽泰•嘉宝、奥黛丽•赫本，其实根据李春平的叙述，再查查那个年代的女星，用排除法很快便剩下一人情况最为吻合，那就是玛丽•马丁——一个虽然有所建树，但现在几乎不为人所知的百老汇演员。李春平自述，老太太曾有过两次婚姻。网上搜到，马丁两度结婚，先后嫁给本•海格曼和理查德•哈利代，其中第二任丈夫去世于 1973 年，在老太太来北京结识李春平之前数年，逻辑上说得过去。

据李春平自述，这位老太太 1990 年因病去世，玛丽•马丁正是 1990 年去世。自述中还说老太太极其有钱，说明她要么是片酬丰厚的一线女星，要么就是家族财产丰厚。马丁不是一线明星，如果很有钱，那么有可能是从家族或前夫处继承而得的。据李春平自述，老太太拥有农场，而马丁第二任丈夫确实在巴西拥有私人农场，而且 70 年代夫妻二人大部分时间都在那里度过。从这一点看，马丁很有可能就是李春平的那个老太太。再者，老太太在 1978 年来北京找老公，那还是中国对外封闭的年代，说明她有相当的中国情结。耐人寻味的是，网上有英文报道说，马丁一向喜欢旅行和富有异国情调的浪漫，这完全能够解释她为何能千里迢迢来中国北京寻找梦中东方情人！英文媒体还称，马丁占有欲强、妒忌心强，不允许男人背叛她，这也能解释为何李春平的老太太立下遗嘱，一旦李春平再娶，就剥夺遗产继承权。所以说，这个神秘的大明星，马丁的可能性大很多。

李春平找美国老太太出国的事，那个年代不可能有媒体报道，但是北京大街小巷里一传十、十传百，凡是跟文艺圈沾边的人都听说了。王闹心里痒痒的，心想，我也不丑，而且比李春平还年轻八九岁，会跳中国古典舞、民族舞，也学了些英文，按说也能碰上个什么好莱坞大明星什么的。

于是他也瞄准了北京饭店，可是那里毕竟是以貌取人的地方，凡是高鼻深目的洋人，可以堂而皇之任意出入；若是亚洲模样，也都是穿着洋气的日本、港台人士。大陆人的打扮和气质一眼就能看出来，再加上游离的眼神、紧张的神态，还没迈进人家的门槛，就马上会被几个门卫拦出去。

王闹是有备而来的，他吹着大波浪，留着大鬓角，戴着蛤蟆镜，下身穿着哥们儿从广州带来的喇叭裤，上身披着日本电影《追捕》里杜丘式的风衣，还学着杜丘的样了，把风衣领了竖了起来。进北京饭店的时候他十分紧张，他只要一紧张就会流露出游移不定、躲闪不及的眼神，好在那宽大的蛤蟆镜，遮住了他大半个总是顾左右而言他的神态。看他那副打扮，别人恐怕以为他不是日本、港台的，就是海外华侨，所以这一路竟然没有人拦问。

连续两个月，每周末都去点一杯咖啡，却没有李春平的运气——虽然有外国人和他点头示意，却没有人能跟他"一见钟情"。直到有一天，饭店两个工作人员过来了，客客气气地问他道："先生，请问您住这儿吗？还是等朋友？"

"我、我、我，呵呵，在等人。"王闹一紧张就口吃起来，那一口北京普通话，分明不是海外华侨或港澳台同胞。

"能看看您的证件吗？"

"不好意思，我没带啊。"王闹怕闹出事来。他毕竟蹲过一次看守所了，即便带了证件也不敢轻易交给他们。

"那不好意思，您不能坐在这里。"

王闹听了，赶紧溜之大吉，庆幸的是没有国家安全局的人把他带走盘问。打那以后他再也不敢去北京饭店了。

别人又给他出了一个主意——80年代，北京大学外国留学生多起来了，只要是发达国家来的基本上都是来学汉语和中国文化的，没准儿他能遇上一个爱屋及乌的中国文化爱好者，跟他一见钟情，把他带到国外？况且北大校园那么大，也不像北京饭店蹲点那么抢。

于是，每周只要有时间，王闹就会往骑着那辆永久自行车往北大跑。未名湖畔的英语角少不了他，留学生的舞会也少不了他。他还颇有心计，带着行头去留学生来往频繁的路边耍耍剑舞，时常令留学生驻足观看。

终于有鱼上钩了，这是一个中国面孔、汉语却是幼儿水平的华人女子，英文名叫珍妮，中文名阮文玲，来自加拿大温哥华。她的家族已经在加拿大生活了五代人，最早的一代来自广东台山，前往加拿大温哥华修建太平洋铁路。铁路修完了，人也留在那儿了，娶妻生子，繁衍后代，到了她母亲那一代已经完全不会说中文了。为了弥补这一遗憾，她自费来北大进修一年汉语。

围观王闹耍剑的不少，但是只有珍妮一人和王闹主动攀谈起来——

"好棒啊！你会功夫？"珍妮上前问道。

"啊，是的，李小龙、成龙，哈哈！"王闹马上亮相来了几个武打动作，其实他根本不会武打，只不过舞蹈中的花拳绣腿而已。

"那我可以拜你为师啰？"珍妮问道。

"可以啊！"王闹求之不得。

"我们交换，好不好？你教我功夫，我教你英文？"珍妮简单描述了她的家世，虽然一幅中国面孔，但是英语却是她们全家的母语。

从那以后，王闹和珍妮来往频繁起来，甚至跑到珍妮宿舍给她做饭、包饺子也是常有之事。两个多月后，王闹有些迫不及待了，因为珍妮很快要回国，而他的目的是找外国人结婚出国，否则的话一个浪费时间，一个浪费感情。这一晚来到珍妮宿舍，他陪她练汉语口语，她教他英文口语，他问她道："求婚怎么说？"

珍妮查了查字典，回答道："propose marriage。"

王闹嬉笑着道："我要向你 propose marriage！"

珍妮愣了一下，道："什么？你再说一遍？"

王闹一字一句道："我要跟你求婚。"

珍妮捧腹大笑起来，道："王闹，你就别闹了。你看，我能让你随便来我宿舍，做饭、包饺子、学习，无话不谈，是因为我一直把你当成姐妹而已，我知道你对女人是没兴趣的，因为你骨子里也是个女人。"

王闹脸红到了脖子根。

珍妮道："我知道你想出国，但是我帮不了你。"

王闹死了这条心，这两个月光和珍妮来往搭进去的醋钱、菜钱，还有面粉、猪肉、香油，就是一大笔投资开支。早知今日，何必当初？

谁知不出两年，王闹母亲嫁了一个海外华侨，帮王闹联系去了加拿大，前面章节有描述。

到了温哥华，他又见到了珍妮，和他们一家都成了很好的朋友。他也管珍妮的母亲叫"妈"。她们逢年过节都会叫上王闹，大忙帮不上，小忙还是可以的。他做按摩的事，都告诉珍妮了，连他给客人用的床单、浴巾等等都是珍妮送的。

最近王闹突然来了一个德国裔客人，名叫沃尔夫冈，大约五六十岁，自称是英属哥伦比亚大学的经济学教授，谢顶、啤酒肚、不修边幅，因此王闹服务起来也不是很上心。来按了一次，非常满意，于是每周都会来一次，每次都约在周五晚上八点，准时准到了秒，只要八点一到，门铃准响，准是沃尔夫冈。

有·个周五，王闹从一个按摩客户家出来，赶紧搭乘公交车回自己家准备接待八点到的沃尔夫冈。

　　谁知这天公交车严重晚点，他到家的时候已经是八点一刻，沃尔夫冈就在楼下大堂门口一直傻站着。他一见到沃尔夫冈，赶紧赔不是，解释说公交车晚点了。沃尔夫冈颇有风度，没有丝毫怨言。

　　到了下一个周五，沃尔夫冈准点到达，这一次把王闹带到街边一部雪弗莱车前，道："你如果不嫌弃，这部二手车就是你的了。以后你去顾客家就别坐公交车了，太麻烦了。"

　　王闹欣喜若狂，这竟然就是他在加拿大的第一部车。他甚至不敢相信沃尔夫冈是来真的，直到办了过户，拿到钥匙，开进了自己公寓的车库，才知道这部车已经是他的了。他可以在温哥华、本拿比、列治文、新威斯敏斯特、高贵林、素里之间自由穿行，甚至远在枫树岭、兰利、阿伯茨福等地的顾客，他都可以去上门服务了。

　　他拼命要赚钱，一个客人都不放过，有时候跟朋友们吃饭，刚点好餐，就来了一个电话，客人要求马上上门，于是他只好先为朋友埋好单，找了理由赶紧脱身回家接客。最糟糕的是，他火急火燎赶到家，客人却迟迟不现踪影。

　　更缺德的是，还有恶作剧的人打电话约他到某边远小镇某街某号，谁知他到了那里，按了门铃，却是一个七老八十耳聋眼花的白人老太太，根本不是什么按摩客人。

　　还有一个印巴客人，按完了，很满意，连连夸好，披上衣服、提上裤子就下楼了。这时王闹才想到他还没给钱，于是追到楼下。到了大堂，他拦住那印巴人，强作笑容问他是不是忘了给钱，那人说钱留在他桌子上了，于是他赶紧又回家，却见桌子上空无一物，根本没有钱。等他再跑下楼，那人早已逃之夭夭。

　　林子大了什么鸟都有，但毕竟还是体面人多。一年后，王闹卖掉了小公寓，交了三万首付，在温哥华东区买了一座 1700 平方尺的海景房，全价 28 万，今天是断断再也没有那个价格了。当年首付低、贷款容易，但是利率比现在高很多。王闹没有正规工作，也不好意思跟银行说他是做按摩的，只好找珍妮冒充他的公司老板，证明他月薪 4000 加元。银行还真给珍妮打了电话，贷款就这么轻而易举批了。

　　王闹又花了三万做了装修，楼顶又加了一层。住进去以后，每个月要还月供 1700 元，王闹需要加倍卖命地按摩赚钱了，他现在是什么乱七八糟的客人都接，有求必应，无所不用其极，所有细节全记载在他的自传里。他算了一个账，按一个人挣 50 元，要按 34 个人才能把月供挣出来，此外还要挣出来吃饭钱、电话费、电费、汽车开销等等。外人眼里看上去住得那么气派，活得那么潇洒，而其中的艰辛、焦虑、烦躁不安、夜不成寐，只有他心里知道。

　　这时又是沃尔夫冈帮了大忙。看到王闹鸟枪换炮，又听王闹吐槽还贷的压力，他提出一个办法，那就是他出 890 元，租住王闹家一层的一间房，但是王闹需要负责他的一日三餐。沃尔夫冈是大学教授，薪水不低，旱涝保收；一个单身汉，自由得很，住哪里都无所谓。他就是懒得做饭，而王闹无论炒个土豆丝还是西红柿炒鸡蛋，都令沃尔夫冈垂涎欲滴。按说，沃尔夫冈出的 890 元这价格不算低，解决了王闹一大半的月供压力，况且王闹是个喜欢做饭的人，所以他二话不说，当即答应，沃尔夫冈很快便入住进来。

　　一个雨夜，王闹家里来了一个 60 多岁的白人客人，文质彬彬、礼貌客气，就是一脸严肃、不苟言笑。按完之后也不知他感受如何，留下钱就告辞了。

　　过了几天这人又来了。来了好几次后，他的话多了起来。他名叫威廉，退休前是政府部门官员。他说他从来没有找过按摩师，王闹是他找的第一个人。

　　威廉找王闹的时候是他人生中最消沉、迷惘的那段日子。就在那一年夏，他和他太太开车去阿尔伯达省自驾游，高速路上路遇三个不懂得左拐让直行的中国留学生，瞬间酿成大祸。他只受了点轻伤，他的太太却重伤，到了医院没多久被不治身亡。那三个留学生中的驾驶员因为受到惊吓，知道在异国他乡闯了大祸，居然自杀身亡。这事对威廉是个巨大的打击，看到空无一人的家、空空荡荡的床，形单影只、独守空闺，他不知道自己该怎么活下去。对于肇事者，他不但没有恨那个留学生，反而为他的轻生深感内疚，恨自己为什么没有第一时间去安慰一下那年轻人。当他看到王闹的广告，心想，这恐怕又是一个中国留学生，也许需要点友谊和关爱，也许他俩之间能发生些什么关联和互助。他就这么来了，好歹生活中又有了一个至少让他感到片刻亲近的人。

　　这个威廉后来成了王闹的干爹，只不过论财力、地位，远不及李春平的美国老太太。近 30 年后王闹为他送了终。

　　预知后事，且看下回。

49

无依之地

时光闪前到 2021 年的四月间，凶恶猖獗的变异病毒让人类又一次感到前途未卜。接种疫苗的速度赶不上变异病毒扩散的速度；狡猾的病毒突变是否能逃避疫苗的保护，尚未可知。世卫组织曾担心印度疫情的爆发会让全球陷入危机，如今一语成谶——那个人口众多又密集、政府执行力散漫无力、医疗设施匮乏又落后的国家，一旦失控，就像打开了潘多拉的盒子，亿万生命只能期待奇迹降生了。

王闹此时坐在泰国芭堤雅的家中看着电视，原以为泰国所报确诊病例较低，可以安然无恙，不料印度变异病毒早已洪水猛兽般地席卷了泰国多地。

这一天他看了宋丹丹继女赵婷导演的获奖电影《无依之地》，感叹道："这世界究竟哪里是有依之地呢？"

他心目中的养老天堂——泰国，如今开始不那么太平了。喜欢热闹的他，越来越感到寂寞无聊；平日经常聚餐，如今人们避之不及、不再往来。

有父母在，那里就是有依之地；父母不在了，这世界就变成了无依之地。王闹自称很早就成了一个孤魂野鬼。他父亲早在文革后期就因胃癌去世，文革中也没有得到适当的救治。

等他在温哥华靠按摩站稳了脚跟，他唯一的哥哥在波多黎各也患了直肠癌。至于他哥哥如何到了波多黎各，长话短说——1989 年那场风波，很多年轻人担心政府秋后算账，纷纷找渠道出国躲避风头，关系硬的可以去欧美发达国家，也有的绕道香港，他哥哥则带着媳妇辗转去了南美洲，最后落脚在波多黎各。

和他哥哥不一样，王闹是有一点儿小毛病就要去找医生查个究竟，所以前些年一照肠镜发现有个良性息肉，马上切除了，一切安然无恙。而他哥哥才 30 多岁，自恃年轻力壮，从不吝惜身体，在异国他乡生了病，千辛万苦回了国，一检查就是肠癌晚期。医生说还有三个月寿命，后来果然三个月还差三天就撒手人寰。

不到三年，他最后的亲人——他母亲又从北京传来噩耗，也查出晚期肠癌。

王闹那天刚刚送走一个按摩客人，正蘸着口水点那一抽屉的钞票。突然电话铃响了，他以为又是一位按摩客人，颇为得意地哼着小曲赶紧去接听，谁知这是破天荒地首次来自北京的国际长途，是他继父打来的。电话那头的声嘶力竭的喊叫声"你是王闹吗？我是北京！"让他马上意识到不妙——不是什么生死攸关的大事，怎么会有越洋电话打到他家里？

他不知道是什么时候撂下的电话，浑身所有的血液都冲到了脑中，双脚已经站不稳了。他不知下一步该怎么办。他本来正打算用这个月赚的钱再把家里的厨房、卫生间重新装修一下，现在看来一下子存款又要变成负数。他要赶紧订回去的机票，还不知何时能回来。他回去的时候，自然要暂时告别这边按摩的客人，没了收入，但是每个月 1700 加元的房贷还得照常交付。他如果不回去，那他的按摩生意照旧，但是良心上他会对不起自己的母亲。他急得差点哭出声来，心想，这事为什么偏偏会发生在这个时候？早先还暗暗庆幸自己作为自由职业者挣现金不用纳税的乐趣，这时又大鸣世道不公，因为家里出了事，只能独自承担，没有雇主或政府给你任何津贴、福利。

他还是回去了。机票价格是平时的两三倍。他母亲最后的日子是在极度痛苦中度过的，不能正常吃饭，大小便都拉在床上，全靠王闹收拾。不知为何，他的继父不总在他母亲身边，也许人家觉得半道夫妻，没有必要给你送终？

王闹有一个优点，就是照顾人的时候还真不嫌人的脏臭。给他母亲擦屁股的时候还看见一个拳头大的痔疮，多半是因为卧床不起，没人帮着翻身导致的。为什么没有一针安乐死的药剂，让得了不治之症、痛苦中苟延残喘的病人长眠不醒、早点解脱？王闹百般不解。看着他母亲每况愈下，最后只能呼唤着他的名字，他精神濒临崩溃。最终的那几天，他干脆撇开他母亲去外地旅游了。不明真相的人会谴责这个不孝之子，说是"久病床前无孝子"，而了解他的人知道他是因为太依恋他母亲了，看不得她受罪去死。此时的他几乎神志不清，只有逃避眼前的一切，才能避免自己的彻底崩溃。

等他再回到北京时，他母亲已经化成瓦罐中的一抔灰土。打开看看，里面还夹杂着没有火化干净的骨片。

那一天，他感觉全世界只剩下了他一个人。曾经的四口之家，中央级别的艺术团体之家，如今三个人都已经作古。往事如梦，倘若没有记忆，就无所谓往事；如果没有变化，也就没有时间的存在。

别人再给他说善恶有报，他开始嗤之以鼻，因为街坊邻居、同事领导都知道他母亲是世间少有的大善人——她能自己孩子饿着，工资借给别人急用，从不催还；单位去苏联莫斯科访问，她有资格却先让机会给别人；儿子被邻居孩子欺负并还手，她二话不说把自己孩子教训一通，再带着孩子和点心去给人家赔不是。她在单位业务水平一般，但是一生中做的善事足把她列为人上之人。

　　"这世界哪里有什么善有善报、恶有恶报？我妈可是全北京都知道的大好人，一辈子做了无数善事，最后死的时候那么痛苦！她还不到 60 岁！所以我觉得什么因果报应、善恶有报，全他妈都是胡扯！我真希望有安乐死，真的到了那个时候，打一针赶紧睡过去长眠不醒，一了百了，多好！省得受罪啊！等我死的时候，要是有病痛，我就选择安乐死。我死后也不需要什么墓地，就找个人把我骨灰撒到大海里就行。我现在也看开了，有那么多东西最后不都得送掉、扔掉、卖掉？我死了，不是什么都带不走？我也不需要留给谁……。"王闹多年以后和我们几个朋友感慨道。

　　在座的有自称信佛的，也有信基督的，这些人总有个癖好，就是说服别人跟她信的一样，所以作为朋友在一起难免会争执起来，这个说永生，那个说轮回。按王闹的话来说，都是被洗脑了，然后又去洗别人的脑，活着多累啊。

　　我回道："你也真逗，干嘛总说死不死的？那个字眼儿多不吉利啊！你要说你妈就说她'走'了；说你自己就说自己'百年之后'。"

　　"我'百年之后'就把我的东西捐出去就行了，卖也卖不出什么钱，留着钱花不完也带不走。"王闹马上用上了"百年之后"，感觉这词从他嘴里冒出来十分滑稽。

　　话虽这么说，他一直保留着有点钱就购买收藏物的癖好，虽都不是什么名贵古董，但也都是几百乃至上千加元的银器、水晶器皿之类的东西。我半开玩笑管这叫"玩物丧志"。后来托运到泰国的时候王闹还感叹道："说是不能再买了，还是弄了这么一大堆，也就摆着自己看看而已。"

　　我说道："是的，等你百年之后不是还得落入某跳蚤市场？"

　　说到他母亲去世之后，王闹很快就回到温哥华继续按摩生意。他这一走就耽误三个月，确实流失了不少客人。这些按摩顾客和理发的顾客差不多，他们习惯了一个师傅，就会一直找这个师傅；如果这个师傅找不到了，他们会找新的师傅；如果那个新的师傅活儿不错的话，他们就会一直跟着那个新的师傅。除非有的人跟找情人似的就认准你了，等你三年五载再回来，他们还会回来找你。

　　问题是王闹遇到的这种忠贞不渝的痴心顾客不是很多。三个月后再回来，感觉又要从零开始。而这时报纸上似乎又多了几个亚洲按摩师。他心想，都怪自己嘴太快，狗肚子里盛不了二两香油，到处跟人说自己按摩赚钱，结果别的华人都跟风学会了。

　　不过他还是有那么几个忠实"门徒"。他的顾客加租户弗里茨帮他看了三个月房子，料理得井井有条，而他刚回来的第一天晚上，威廉就来找他按摩，给了他 100 元，但这都是杯水车薪。不过，威廉道："我知道你现在的心情。你要知道，这世上你还有亲人，我就是一个。"

　　王闹当即泪如雨下，从此对外跟人介绍说威廉是他的干爹。

　　他走了三个月，花光了积蓄，回来又要开始面对每个月1700加元的月供，客人又寥寥无几。于是他赶紧找房产中介卖自己的房子，此时的沃尔夫冈是一百个不高兴。他租王闹的房子一来是好心好意为了减轻王闹的月供负担，二来是有机会接近他，吃他做的一日三餐，哪知这么快他就要卖房子。这房子其实并不好卖，卖了一年终于卖掉了。沃尔夫冈搬走的时候跟王闹彻底翻了脸，后来竟老死不相往来。多年后的一天，王闹从中国回到温哥华，竟然在大街上看见沃尔夫冈好像喝醉了，跌跌撞撞从他车前面走过，一幅邋遢败落之像。

　　威廉请王闹住到了他的家中，那是英吉利海湾的一个两卧公寓，约有 1100 平尺。威廉于1984年购买的时候价格才14万加元。家里满是厚重的地毯和维多利亚时期的家具，谈不上奢华，但是十分温馨舒适。威廉爱读书，家里的书架上全是精装版的图书，除了古董、家具、时尚之类的书王闹还爱看看，对于文学、历史、哲学之类的书他一概没有兴趣。这里的缺点是家里没有洗衣机、烘干机，洗衣要到楼下的公共投币洗衣房。楼里住着基本上都是耄耋之年的白人长者，彼时的威廉 60 多岁，还算是年轻的。

　　王闹的房子已经卖掉过户，正好要找住处，恰逢威廉慷慨邀请，所以他痛痛快快就搬到威廉家里去了。他还想，也就是洋人，他要是说你可以住他家，他肯定是那个意思；要是中国人的话，那就不能当真了，多半都是客气一下。他说的没错，威廉就是这么一个人，心直口也直。他说出来的话，一定是他想好的；他的骨子里从来就没有什么话是客气话，什么话要委婉地说这些纠缠中国人几千年的概念。这样的人也好，摸清了他的脾性，你跟他相处不会太累。

　　从他们初次见面开始，王闹和干爹的关系一维持就是 28 年，直到 2018 年五月间老人家去世，享年 88 岁。据王闹自己说，从法律上来说，老人家是他"老公"，而从情感上来说，老人家是他的"干爹"。自从他父亲、兄长、母亲相继去世后，威廉老人就成了他这世界上唯一的亲人。有了他，他才感到温哥华还有他的家，无论他到哪里，还有个期盼和念想。最后连威廉都走了，这温哥华竟也成了他的无依之地了。

　　关于威廉和王闹的复杂关系，且看下回。

50

威廉之死

上回说到王闹在温哥华跟长他 28 岁的英裔加拿大人威廉达成默契，形成了一种非同寻常的四不像的家庭关系，对外称威廉是他干爹，其实二人经登记办理了类似夫妻的关系证明，还有政府派人来主持仪式。说起王闹，有人说此人是一半天使，一半魔鬼，毛病不少，优点也很多。他一生帮了无数人的忙，属于那种他只有一个土豆都能跟你分一半的人，但奇怪的是最后都没有人记得他的好，恐怕只有我还能客观冷静、一分为二地看待、评价这个人。威廉也是一个大好人，看似计较小钱，其实一生乐善好施，但是风格却和王闹大相径庭。跟他如果不熟悉，会觉得此人不苟言笑、拒人千里之外，而稍微熟悉了则会觉得温和可亲，更熟悉一些又会觉得此人直言快语，缺少中式人际交流中常见的委婉折衷或口是心非。

前面提到王闹认识威廉的时候，威廉已经退休了。看看人家的退休生活，真是让中国的老年人艳羡无比——一个小小的公务员，只不过在政府部门整理文件而已，到了退休的年纪真真过上了夕阳红的生活，首先是一套海景公寓早已经还干净了贷款；其次是每个月退休金加养老金足足有 2600 多加元，后来还涨了几百；第三是威廉没有子女负担，即便有也早就各自独立了，唯一的哥哥也几乎老死不相往来，没有亲友往来方面的开销。退休后的他没别的事可做，每年都出去旅游好几趟，不是乘飞机就是坐豪华邮轮，而且总要带上王闹，一来旅途中有个年轻帮手可以帮他订票、问路、提行李，二来万一有个健康方面的闪失，身边也有人随时照应。王闹就这样跟着威廉足足去了将近 50 多个国家。别人都羡慕不已，他却有口难言，抱怨说有威廉在身边，他"活动"不便，因此虽然周游了世界，等于走马观花、打卡报到而已，并未尽兴。

自打王闹搬到了威廉家，王闹就金盆洗手不干按摩生意了，而一门心思要回国发展。上世纪90 年代中期，正是海归回国赚钱的大好时机，一本外国护照，加上外国学历，就成了回国捞金的敲门砖。王闹靠卖掉自己在温哥华的房产积累了一些加元，和威廉做了个简短的道别。威廉自然不肯将他放走，不过他承诺他去去挣些钱就回。谁知这一回去，中国就成了常驻之地，而加拿大却成了偶尔休闲度假的避风港湾。

回到北京，王闹先注册成立了自己的时装工作室，由演艺圈的朋友引荐，专门为大牌演员定制演出服装。以他的性格，实在不适合直接跟客服交流，因为谁都要占他便宜或找他麻烦，要么是没完没了免费修改，要么是做完了又不要了，要么是自己很有主见不听设计师的，总有不切实际的奇思妙想，而他又好面子，别人怎么说怎么是。久而久之，这生意做不下去了。名人难伺候，于是他又改做中老年妇女时装，在三里屯燕尾蝶电影酒吧举办了小型时装展，在那里我认识了王闹。谁知没多久他又说大妈们太难对付，又改行做了男装，全是花里胡哨闷骚型的紧身衣裤，颇有范思哲的风格，不过也没坚持下去，后来干脆改做宠物服装了。这一来二去就是好几年。

这期间，威廉没有少来北京探望王闹，每次一住少则两个星期，多则个把月。

有一天，王闹把威廉带到我家里来做客，这是我第一次见到此人，事先闻知他和王闹不清不楚的"父子"关系，还很纳闷为何不打招呼王闹就把这么个外国老头带我家里来了。

原来想象的是一个形象猥琐的外国变态老头，不是恋童癖就是食人魔，不料眼前是个温文尔雅、和蔼可亲的长者。只见他个头不高，略有驼背，行动迟缓，从头到脚穿着干净利落；和王闹那话痨相比，老人家倘若不开口为我沏的一杯香茶彬彬有礼道谢，我还以为他是哑巴。

王闹聊着兴奋起来，毫不顾忌地当着我们的面打起了震天的饱嗝，只见坐在他对面的威廉若无其事、雷打不动，全然一副绅士作派。

第二次再见到威廉，就是在温哥华了。之前听王闹提起，上次来我家做客，威廉对我的印象极佳，表示如果我去温哥华欢迎我临时住在他家，于是我初登温哥华时自然而然跟随王闹投奔威廉来了。

那年杏花微雨，四月间初到温哥华，往事历历在目。我要在身份失效前登陆，一分兴奋一分惆怅，一分憧憬一分颓丧——抛之脑后的是国内的亲朋好友、喜怒哀乐和是是非非，而未来的日子一切都是未知变数。说来也巧，恰巧威廉出资三万加元，为王闹报名参加了即将开幕的温哥华BC省时装周，所以王闹带着他设计制作的几十套男装临时回温哥华，我们订了同一航班，座位也安排到了一起，也就是说我登陆是幸运的，有一个资深温哥华人陪同，而且下飞机便有了免费落脚处。

十个小时的航程转瞬即逝，一出海关，迎面扑来的就是无比清新的空气，夹杂着淡淡的海味，原来人们所说的温哥华空气果然名不虚传；如果不来，恐怕还会觉得北京的空气就是人生的常态。我和王闹机场里里外外找了半天来接机的威廉，却始终不见人影。王闹打电话至威廉家，也无人接听。因此我们只好打了出租车来到了威廉家。

这一路上都是一生中没见过的场景，没见过这里的一家一户风格各异的洋楼，没见过到处是精心修剪的草坪和灌木，没见过只靠红绿灯和停牌悄无声响地指挥着有条不紊的交通，没见过几十年的老公寓维护得宛如三星级宾馆……，不禁连连感叹人间竟有这般宜居之地。

　　到了威廉家楼下大堂，那是一座毗邻英吉利海湾的黄色四层木结构公寓，外观宛如童话世界，掩映在花红柳绿之中。正好看见威廉慢步走了过来，看到我他并没有惊喜和寒暄，只是微笑着淡淡地打了个招呼。原来老人家去机场接机，而我在海关要接受问话，所以他等了一个多小时也没见到我们，自己刚刚先回家来了。

　　威廉家谈不上豪华气派，但是比同等情况的中国人家里还是更讲究品味与温馨，不仅家具大多是维多利亚时期的，墙上挂的油画、古董柜里的器皿、壁炉前的铜挡板，据说都是有来历的。王闹总盘算着什么东西能在拍卖行里值多少钱。主卧和客卧都有书架，老人看书读报是一大爱好。最喜欢他家的地方是厨房天花板有一块通透的玻璃窗，白天正好可以自然采光，根本不用开灯。客卧里还有一张立起来的折叠床，俗称墨菲床，立起来外观貌似大衣柜，放下便可睡一人。晚上我睡在那里，王闹睡在客厅厚重的地毯上，威廉睡在他的卧室里。在他家住了十天，基本上一日三餐都由他们招待、请客。随后我又去了多伦多闯荡一个月，之后回了北京。

　　由于暂时难以切段的种种联系，我时不时要回国，又要时不时回到温哥华满足居住要求，所以威廉家成了一个定期落脚点。再一次回到这里是第二年夏天，艳阳高照、和风习习，最高气温20多度，家中根本无须空调，电扇都很少使用。

　　因为那是八月初，而我联系的公寓要九月一日入住，所以这一次就要在威廉家住上一个月。虽然威廉没有收我钱，但是我也不能因此占人便宜，所以每日为威廉买菜做饭、刷锅洗碗。他吃得津津有味，一盘西红柿炒鸡蛋或醋溜土豆丝都能让他赞不绝口。他偶尔也带我出去吃饭或游玩，需要有人开车送我办事，他也义不容辞，原来想象中的坏人完全是个正人君子。

　　不过，日子久了就发现了老人的直言快语的特点，王闹说这是洋人的通病，我倒是不觉得这是"病"，因为有时候直抒己见反而省得去猜忌；我也不觉得洋人都一样直白，他们虽然通常没有中国人那么拐弯抹角，但是在表达意愿时候会有不同程度的为他人感受的考虑。

　　一天，我看错了时间，本来应该 12 点就做好午饭了，我误以为还只是 11 点，因此还没开始做饭。只见威廉走到我的房间门口，一脸严肃地问道："你什么时候做饭？我马上要出去，不知道是不是能在出去之前吃上饭。"

　　我一听这话，当然非常不快，好像我成了保姆佣人，又看看时钟，已经过了 12 点，于是赶紧三下五除二炒了鸡蛋炒饭，外加一热一凉两个菜。

　　威廉吃饱喝足，擦擦嘴道声谢，就出门了。我还是心里有些不舒服，晚上打国际长途电话跟王闹念叨此事，王闹毫不惊讶，说道："这洋人就这样，心里有什么就说什么，反正他也没有恶意。"

　　我一想，也是，人家这么说也没有什么不妥的地方，况且人家留我在家里免费住将近一个月，为我省了多少钱，我还值得把这点鸡毛蒜皮之事往心里去吗？

　　你说威廉直言快语吧，可是轮到王闹直的时候威廉又委婉起来。王闹在表达经济财务往来上的意愿时候有一百个拐弯抹角，但是到了评论别人的时候则直得毫无顾忌——说到他的好姐们儿跳恰恰舞，他形容她是一伸手就像一个大"粪叉子"；说到威廉的一个中国女性朋友脸又扁又圆，眼小口小，活像"一张大饼上戳了几个眼儿"；说一邻居老头长得像一只老浣熊，两片大嘴唇湿乎乎的如果有人跟他接起吻来一定很恶心。每到这时，威廉听了总会无可奈何摇摇头道："怎么可以这么说呢？"

　　倘若家里有客人带来礼物，无论是几元钱的点心，还是孤零零一只花朵，还是一元店里的廉价日用品，还是自制的口味一般的食物，换了王闹恐怕是不屑一顾，而威廉这时候总是要做出受宠若惊之相，聚精会神打量一番，连连道"太棒了，太令人惊艳了，太美不胜收了"等等溢美之词，然后是一连串的道谢。至于客人走后，那些东西恐怕就永远留在了厨房橱柜里或储藏室里，或者让别人带走。直率与伪装，粗鲁与文明，看来的确诠释不同、中西有别。

　　等我的公寓可以入住了，威廉不仅开车将我和两个箱子送了过去，还顺手送我一堆锅碗瓢盆、浴巾被褥之类的东西。他为接待客人专门买的30多元的睡袋索性也送给了我。偶尔周末还会邀我去家里一聚，聊聊近况。

　　一日，从威廉家回到我的公寓，突然收到他的电子邮件，开门见山问道："你把我的电视遥控器怎么了？我收不到节目了。你赶紧来给我修好！"

　　一看这话顿时让人耳晕目眩，我压根儿就没碰他的电视遥控器，这从何谈起？于是我压住了火气，还是彬彬有礼地回复道："你好，威廉。我没有碰你的遥控器。如果是你的电视机或遥控器出了什么问题，我会很乐意过去帮你看看。"

　　威廉很快回复，并诚恳地道了歉。原来是电话和网络公司临时调整线路，所以电视节目中断了数小时。而我刚刚去他家做客，走后他调不出来电视频道，就误以为是我把遥控器弄坏了。冤枉好人自然不对，但是一个老人家事后放低姿态诚惶诚恐地道歉，我也就释怀了。

　　时光飞逝，尤其是在这春夏秋三季犹如人间天堂的温哥华。

　　人说岁月静好，这里却感觉是掀挂历牌比翻书还快。

　　十多年过去了，威廉老人一晃就到了88岁的暮年。他想着他哥都90多岁了，因此他还可以活几年。王闹这些年倘若国内生意玩不转了，则会来威廉家住上数月，陪陪老人，但是他心思不在加拿大，早已经盘算着移民泰国了。

如果是回中国，通常是他找了猎头公司给他找了乡镇服装企业聘他做设计总监，那些大字不识的暴发户还就迷信他"加籍华人设计师"的头衔，加上他又擅长忽悠，因此一开工资都是五六万的月薪。按王闹的话来说，回国就是为了"PQ"（骗 pian 钱 qian 汉语拼音缩写），你还当真要发展一番宏伟的事业呢？在国内干什么不都是 PQ 一个月是一个月吗？从你上岗的那一天你就要想到人家炒你的那一天。纵然他有自认为高超的设计水平，还有一手的好活儿，农民企业家们高薪聘了他又把他不当个腕儿，指手画脚、粗话连篇，最后往往是"PQ"了个一年半载就终止了合同，不过他也到手了几十万。威廉总给他暗示：你不用那么辛苦了，还要受气，你回来好好和我过，我死后给你留下的，够你养老了。

威廉卖了那套海景公寓，又买了一套小公寓，将差价送给了王闹。后来索性又把小公寓卖了，交房租给新房东，继续租住。老人知道自己无儿无女，如果能留下什么，也都是王闹的。王闹总说威廉还没到最后老得不能动的时候，还不需要他天天端屎端尿、递茶喂饭，可是这老人一过了80 岁就开始不由自主地倒计时了，口中常自嘲：活够了，该走了，其实心里又怕死，所以一有个小病就要去看急诊。

我是目睹老人如何终了的——

威廉最后的一年基本上是由王闹的朋友薛刚陪伴。这薛刚 30 出头，是王闹在国内开时装工作室时候的打板下手，跟王闹学了一套裁缝手艺。正好来温哥华打工，就住在威廉家中，平时也为老人洗衣做饭、打扫房间。有了这么个免费护工，威廉对总不在家的王闹就少了些怨言。

2017 年秋季的一天，只听薛刚说威廉被他送去了圣保罗医院看急诊，原因是腰疼。在医院也没看出个所以然，所以很快又送回家来了。

我带着糕点去看威廉，看他气色尚好，心想，估计是西方老年人娇贵，一点点毛病就要去看急诊，真是浪费国家的医疗资源。我哄了哄他，绘声绘色描述道我一个朋友长久开车，也是腰疼，但买了一个电热敷，就把腰疼根治了。威廉一听，立马红光满面，仿佛看到了一线生机，马上对薛刚道："快让王闹给我买电热敷！"

谁知没多久，薛刚第二次送威廉去了圣保罗医院看急诊。这一次依然没有个结论，于是又送回家来了。

到了 11 月某一天，薛刚第三次把威廉送到圣保罗医院看急诊，谁知这一去就再也没能回家。那一日，我买了鲜花去圣保罗医院看望威廉，一个病房只有四个病人，他的病床靠窗户，和他人有布帘相隔。看他精神状态还算正常，只不过起身需要薛刚搀扶。薛刚悄悄说，我来之前，威廉拉在了床上，臭极了，全是由薛刚给他擦洗并更换床单、毛毯。

威廉看到我来十分高兴，看到我捧的一束鲜花，又直言快语念叨为何没有花瓶，没有花瓶这鲜花插在哪里？不可能就那么横在床头柜上。于是我又和薛刚出去买花瓶，顺便我请薛刚吃了日本料理，感谢他对老人的无私照顾。

再回到病房，威廉的多年铁哥们霍华德来看望他了。他二人岁数相仿，但似乎霍华德的精气神儿要年轻个一二十岁，说话像连珠炮单。

只听威廉描述这里的医护人员态度极佳，他毫无怨言；他盼望着医院赶紧有个说法，可以尽早回家——他离不开家里的书报、电视，离不开薛刚做的一日三餐，更离不开他的那只猫，名叫杰西卡。

聊天中，时不时有医护人员过来看看仪表、问寒问暖，又有医生过来为他检查。我知道威廉曾被诊断有白血病，不知这一次是否和白血病有关。想问问医生，没有跟我多说，只是说人老了，机能自然要老化，所以他经受的这一切都不是意外。

过了数日，王闹从泰国回来了，他估计再不回来恐怕就见不到威廉了。他面对这一切，可谓百感交集；知道我和薛刚在他不在的时候对老人的关照，他似乎有些感激，但没有语言的表露。他过早就经历了家人的去世，现在他视为唯一亲人的威廉又在医院每况愈下。医生跟他有了详细交代——在激进的治疗和保守疗法之间做出选择：激进的治疗，对于这个年龄的病人，凶多吉少；保守治疗，即每天输液，但日复一日，总有一死。最后医生说，根据目前情况，估计还能活两周而已。于是他们把威廉转到了温哥华总医院，一人一个病房。本来说要转到更为豪华舒适的临终关怀病房，但是根本没有空房，而威廉对现有的病房已经十分满意，就没再申请临终关怀病房。

住进了温哥华总医院以后我又去看了威廉两次。第一次和朋友孟老师作伴，她曾多次参加王闹的聚餐活动，是大家都爱戴的一位好心大姐，也和威廉认识。我为威廉带来了不久前去圣地耶路撒冷时候带回的纪念品，包括圣水、圣土、圣油、圣橄榄枝等等，装在精美的小瓶中。在医院一楼的礼品店，孟老师买了一大捧鲜花，又买了一张卡片，不知写什么为好，想写"祝您早日康复"。

我回道，这恐怕不合适吧？医生已经宣布他还有两周寿命，他也知道自己日子不多了，你这么写，不知他看了会怎么想？没经历过这一历程的人很难想象，他可能会觉得那是一个善意的谎言，甚至还会为此发疯；他也许会觉得身边所有人都离他而去，继续过着自己岁月静好的温哥华生活，而他即将告别这一切，一了百了。

我在我的礼品卡上则写下：愿主耶稣伴随着你。威廉以前每周都去英国圣公会教堂，至于信不信主，只有他自己知道。就在这时，旁边有一个胖胖的中年女护士目睹了这一切，连连赞许我的意见。

到了威廉病房，老人已经骨瘦如柴、眼窝深陷、瞳孔扩散。他看到我和孟老师，只有气无力地说了句："你们真是好人啊！"

果然，孟老师的花，他已经无暇欣赏或感激。我带来的耶路撒冷的圣物，他居然还流露出一点好奇，看看究竟何物。我伸手过去，他仿佛是抓住了一棵救命稻草一般，迟迟不肯放下。他的手绵软无力，我不知道该说什么为好。

王闹是一会笑脸对着我们，一会又背过身擦擦湿润的眼角。他说威廉已经开始糊涂了，时不时问他为何墙角站着一堆人，而病房里当时只有他们俩。

最后一次再去看威廉，我带着泰迪宝宝。这一次威廉没有认出我来，但一眼认出了宝宝，道："宝宝来了！"

王闹接过宝宝，抱在怀里，坐在威廉身边，唉声叹气。

在威廉还有意识的时候，他最放心不下的是他的那只猫——杰西卡。他千叮咛万嘱咐一定要交给霍华德收养，但是王闹在网上找了一个富有的香港人家，70 多岁的男主人早年从上海移民香港，后移民温哥华，开着酒店、度假村，和年轻的太太、十几岁的小女儿都酷爱猫咪，已经养了九只猫，多一只也不在乎，所以他们一家人开车来高高兴兴接走了杰西卡。后来他们发来视频，住在豪宅里的杰西卡俨然已经乐不思蜀。

又过了数日，一早收到薛刚的微信，告诉我医院发来通知：威廉老人当日凌晨四时辞世。

再回到威廉生前租住的那套小公寓，已经成了仓库，满是纸箱子，王闹正在清仓处理，该卖的卖，该送的送，该托运到泰国的托运到泰国。敢情没有什么值钱的东西，一堆收藏品寄放到古玩店代卖，迟迟没有感兴趣的买家。原来说是想把鱼缸送给我，不过后来又说要送给薛刚，于是只让我挑了几本书。

威廉的一生就这么走完了。88 年的历程，好像很漫长，又感觉匆匆太匆匆。也就是在加拿大，最后不靠什么人，只靠这国家、这制度，也可以尽可能走得舒舒服服、坦坦荡荡、不疾不徐。

他走后，公寓交还给了新房东，薛刚出去租了一栋独立屋后面的一小套房。

一晚上他家里突然窜进来一只猫，迟迟不肯离去，发来照片给我看。我还纳闷，那猫，莫非是威廉的转世？老人生前的一两年，毕竟主要是和薛刚作伴，由薛刚承担了相当一部分的养老送终重任，或许老人执著不下，辞世后迫不得已赶紧化作一只小猫前来道谢？

王闹处理了一切事宜之后，又回到了泰国芭堤雅。不料，他想象中的朴实无华的泰国人，竟然都成了见钱眼开的老赖，带去的几十万加元转眼就全飞了。

欲知详情，且看下回。

51

泰式陷阱

上回说到王闹的加拿大"干爹"威廉 88 岁寿终正寝，但是因为老年病的问题最后的日子受了很多罪才一走了之。

其实十来年前王闹已经和老爷子达成协议：我为你养老送终，你的这套房子，还有存款，得留给我。

老爷子曾说过：你好好跟我过，我不在了，这都是你的，你以后养老就不用太辛苦了。王闹听了，以为老爷子还有不少家底，因此心里踏实了很多。但是他不知道的是，老爷子没什么存款，而且唯一的一套自住公寓已经办了反贷款，也就是说，这套公寓在他死后是留给银行的。

我是怎么知道的呢？有一日去威廉家做客，那时王闹基本上都在国内"PQ"（前面提及："PQ"是"骗钱"的拼音缩写，乃王闹爱用的暗号，将国内人挣钱的现状一针见血表现出来），不在老人身边。在威廉家，我无意中在茶几上看到文件和表格，上面醒目地打印着"reverse mortgage"（反贷款）。我知道这边老年人办反贷款的不少，他们觉得退休金、养老金不够支持自己到处度假、休闲的生活方式，于是将自己的住房抵押给银行，银行每个月支付他一笔钱；直到他去世，银行便可以收走他的房产。我还纳闷呢，这老爷子的公寓不是说留给王闹了吗？怎么又反贷款了呢？

一次与王闹通话，提及此事，王闹死活不信，坚持认为是我看走眼了。他的人格一大特点就是凡是顺他意的话他就信，不顺他意的话他就不信。

我说，好吧，那我就不说什么了。结果后来王闹回到温哥华，果然和威廉求证了此事。好在反贷款数额不特别巨大，在王闹的坚持下，威廉同意出售这套公寓——寸土寸金的温哥华市中心西端毗邻英吉利海湾和斯坦利公园的公寓，1100 平尺，只卖了 75 万加元，所挣的钱一部分用于返还银行的反贷款，一部分再缴纳首付款购买一套更小的公寓供老人居住，剩余的钱全给王闹。其实他们要是迟卖两年，就可以卖到 120 万加元以上，可是当时王闹着急要钱啊，他三下五除二就把钱转到了梦寐以求的泰国，还办了所谓的"养老签证"。

老人家入住新买的 40 万加元的小公寓以后不甚满意，但是随着岁数越发见长，出行越发不便，只好顺着王闹折腾了。结果这小公寓没住两年，王闹又撺掇老爷子把小公寓也卖了，65 万成交，20 多万加元差价又带到了泰国，要买房置地。老人家继续租住这套公寓，每个月从退休金啊、养老金中缴纳房租给新任业主。新任业主是上海移民，来不了温哥华长住，找租户正求之不得，所以他们一拍即合，王闹可谓称心如意。

人在温哥华，类似的事情听到过不少——这边很多老年人要么没有子女，要么和子女无甚来往，所以时常立遗嘱将自己的房产赠送给最后为自己养老送终但无血缘关系之人。光我知道的就有一华人大姐照顾一香港老妪，最后香港老太太把自己价值百万的温哥华西区独立屋送她继承。威廉的老哥们霍华德现在是 80 多岁的老人，在他还是 60 多岁的时候，就因为他承诺给一 80 多岁的垂死老人在他身后照顾他的爱猫，那老人更改遗嘱将自己价值 50 多万加元的公寓转送给他。威廉还有一邻居，这老爷子三个子女都在美国工作，老人去世的时候竟无一人回来，于是老人一气之下立遗嘱将自己的房产送给了自己的菲律宾护工。敢情这里的人对于房产留给子孙后代的观念没有中国人那么强，他们从来没有那么多的养儿防老、传宗接代的念头。

威廉去世头几年，王闹已经移居泰国芭堤雅了，偶尔回来看看威廉，并和我们一些老朋友一聚。他是逢人就说泰国种种好处，并忽悠大家都去泰国买房养老。

一晚，半道朋友凯西、莎拉，还有我，应王闹邀请去煤港一家西餐吧聊天。我们沐浴着海风，望着远处灯火阑珊的北温哥华，品尝着王闹为我们点的咖啡、啤酒，唯独觉得好像缺了个毛豆。于是让王闹把服务生叫来，看看菜单，可是人家这西餐吧哪来的毛豆呢？想点个下酒小菜，只有炸薯条。

莎拉道："没有毛豆也不能便宜了王闹，那就点个炸薯条吧！"于是王闹就点了一大盘炸薯条。王闹摇摇头，道："在泰国，这方面可比这儿强多了。"

"真的，你们真地要考虑考虑，应该去泰国买房，这边卖一套，泰国买八套！"王闹道。

"靠谱吗？别被骗了！"凯西似乎不感兴趣。但是莎拉似乎有些动心，还问我会不会考虑。

我道："真想不通。人说温哥华是养老的好地方，怎么他偏偏要去泰国？我又不是没去过，都去过五六次了，就冲着那湿热，得让人减寿十年！"

王闹一听急了："你怎么就怕热呢？我就喜欢热，你是喜欢冷。"

"我倒不是喜欢冷，当然不冷不热最好，但是如果让我在冷和热之间挑选一个，我宁可挑选冷，"我解释道。

王闹不怕热我是很清楚的，那一年夏天我们去意大利，罗马 37 度高温，我都热得发晕打颤了，买瓶冰镇矿泉水就往头上浇，而这人就跟没事儿似的。

莎拉关心的则是泰国购房是不是能升值，因为她前些年在广西北海买的公寓，分文不涨。最后卖掉，分文不挣。

"肯定能涨，你看，现在中国人去泰国买房的越来越多，只要有中国人扎堆儿的地方，房价肯定能炒上去！"王闹道。

"再升值恐怕也升不过温哥华吧？泰国有什么魅力能让你抛弃温哥华呢？"凯西问道。

王闹眉飞色舞道："你们不知道，中国是地狱，加拿大是人间，而泰国就是天堂！"

"中国怎么成了地狱了？你也把中国说得太惨了吧？"凯西笑道。凯西心目中最好的地方就是深圳，连温哥华都比不上。那泰国，她更瞧不上了。

"我过的桥比你走的路都多，很多事你都没经历过，所以我有发言权。"王闹道。

"你说说看，加拿大怎么成了人间，而泰国则成了天堂？这么多泰国人还想移民温哥华呢！"莎拉问道。

王闹讲起来他的泰国故事——当然，这都是从他口里说出来的版本，因此听听就罢了。他很早就计划移居泰国，并选择了芭堤雅，一来距离曼谷很近，去机场便利；二来芭堤雅有海，可以尽享海滩、海鲜的乐趣；三来芭堤雅配套设施比较成熟，生活方便；四来有他喜欢的艳情场所，

他喜欢打情骂俏、灯红酒绿、夜夜笙歌的生活。他喜欢搭讪陌生人并开过火的黄色玩笑，这在加拿大会被人认为是精神病或性骚扰，但是在泰国却无人大惊小怪。在加拿大他想约炮从来都约不上，但是在泰国他丝毫不愁，给个 20 加元，香的臭的直的弯的，什么人都可以招之即来。泰国路边快餐美味可口、超级便宜，炸鸡腿、炒河粉、菠萝饭，一两加元管你吃饱吃好。他天天不用做饭，吃饱喝足再去做一个泰式全身按摩，回家游泳池里泡泡，再美美睡上一觉。虽然加拿大有全民免费医保，但是芭堤雅看病也超级便宜，私立医院诊所都像五星级酒店一般，态度好得让人觉得自己仿佛是尊贵的王室成员。

莎拉对此尤其心动。她前几年在美国种植了一颗牙，花了 5000 美元。她心想，与其在这边种牙，不如拿着这钱去泰国连吃带喝带机票带看牙，没准还绰绰有余。

我道："别光说吃喝享受，请问芭堤雅有卢浮宫吗？有大都会吗？有歌剧、芭蕾吗？"

王闹道："咳！有人妖演出啊！特棒！还有'一枝独秀'、'美军俱乐部'、'金丝猫'、'美女与野兽'，多了去了。"

莎拉听了，捂嘴偷笑。凯西不解，问道："一枝独秀是什么东西？"

王闹立即绘声绘色描述起来，毫无禁忌。二女士又想听又要让他打住。

俄罗斯人有句谚语：有尾巴的东西真简单。意思是说男人是用下半身思考的动物，故而"简单"。我则觉得这句谚语比喻很多男男女女都很恰当——活着，思考的尽是口腹之欲、声色犬马、

公寓别墅、收入开支，等等，永远都跑不出这些话题。我其实很羡慕简单的人，也好，少了很多对于宇宙人生的困惑。

至于是什么让王闹把中国归为地狱，泰国归为天堂，王闹说是人。王闹道："活了一辈子，对你最好的是中国人，最坏的也是中国人！"在他眼中，泰国人个个都和颜悦色、不温不火、善良纯真、一尘不染，似乎是佛菩萨再世。王闹是喜欢结交朋友的人，很容易就跟陌生人穿一条裤子，一个锅里吃饭。加拿大社会人人保持界限，以礼相待，与他的性格格格不入，但是他认为到了泰国他则如鱼得水。

我笑道："王闹啊王闹，当着凯西和莎拉的面，我暂且把话先给你搁这儿，话别说太满了，不出两年，有你哭的时候。"

一个上60的人了，应该有不少人生阅历，竟然思维还那么简单、冲动，实在让人哭笑不得。文化自然有差异，但是人性都是相通的，一个事物有你欣赏的一面，必然会有尚不可知的另一面。你以前每次去泰国都是游客，而如今你跟泰国人做起了邻居，交上了朋友，那就是另一回事了。

果然，这话叫我说着了。不出两年，王闹辛辛苦苦带去泰国的 45 万加元，全被泰国人卷跑了。

给我一打微信电话，就是唠叨泰国人张三李四欠他钱的事儿，成了祥林嫂，我也听不出个头绪，最后我不得不直说：请不要跟我说这些负面的，我不想听；你如果给我来电话，请只说阳光的一面。

王闹连连应允，不过他很善于阿 Q 精神疗法，反正钱没了，还有自住的一套独立屋，还有用于出租的公寓，每个月还可以从加拿大领取遗孀津贴 600 多加元，基本生活是没问题的。本来希望在泰国当起富豪，没想到一夜间标准降到如此之低，这叫能伸能屈。

王闹自我安慰道："你发现没有？人一生每到走投无路的时候，总会熬得过去，总会有一扇门打开。"

我回道："王闹啊王闹，这话要是 20 多岁的年轻人说也罢了，可是你都是夕阳红的年纪了，该舒舒坦坦、安安稳稳享享福了，还说这话不闹心吗？"

王闹尴尬道："那是，那是。"

费尽周折从加拿大干爹那里卷走的45 万加元，两年就叫他在"天堂"泰国造没了，被他的一个个"佛面善心"的泰国朋友顺走了。这原委说来好笑——头一笔 25 万加元，他要在芭堤雅投资买房，但是外国人在泰国买房需要注册公司，或者找一个泰国人持有，然而二人再签一个限制合同，所有中国人都是这么操作的，可是这王闹一冲动，没有操作好，直接把 25 万加元打到了他认识的一个泰国女律师账户上，让那律师帮他买房。他叫人家"老太太"，其实人家还比他小好几岁。王闹有个特点：防君子不防小人，泰国女律师不知怎么把他虎得团团转，让他以为遇到了比亲姐妹还亲的人，不仔细研究法律法规，也不仔细过目法律文件，愣是把 25 万加元转账给了这泰国女律师。谁知肉包子打狗一去不回，每次电话联系，那女的要么不接，要么支支吾吾，最后找到这女人，她才告诉她，买房子用的是她女儿的名字，她女儿把房子卖掉了，钱给用了。

女律师依旧一脸客气，和颜悦色道："哎呀，我们家里也有急事啊！我儿子打死了人，蹲了监狱，我们需要钱来保释、赔偿，多亏遇到你这么个大好人啊！真是救了我们一家人的性命啊！太谢谢了！我们一定会慢慢还的！"

王闹好面子，叫人这么一说，顿时软了三分，道："不用谢，不用谢，应该的。"

不过回到家一想，不会吧，我怎么成了慈善家了？于是他又找到这个女律师，拐弯抹角让她写个欠条。女律师痛痛快快答应了，用那像蚯蚓爬行一般的泰文写了两行字据，王闹也看不懂，还要另找翻译证实。女律师看他不放心，又道："哎呀呀，我一定会还的啦。你看，我这里有生意，有客户，我也跑不到哪里去，是不是啦？你就是起诉我，我也没意见，我们实在是没辙了。"

一晃又是两年过去了，这女律师至今一分钱没有还。你去找她，她也不躲你。你打电话，她也痛痛快快接。你催她，她永远说一定还钱，但是永远没有钱。你要是去法院告她，她说就是坐牢，也没钱还；坐牢更好，那就更不用还钱了。

这 25 万加元造没了之后，王闹不接受教训，又造了 20 万加元。原来，他不知在哪里又邂逅了两个泰国女子，要向他借高利贷，每人借相当于十万加元的泰铢。王闹去过她们的公司、住宅，看到二人工作、家庭都很体面，有稳定收入和固定资产，又被二人说的"高利息"所打动，就那么借出去了 20 万。第一个月，二人都还了高额利息，王闹乐得屁颠儿屁颠儿的，还给我微信电话炫耀一番。不料，到了第二个月，二人跟商量好了似的，都开始分文不还了，声称家里出现经济困难，于是又重演了女律师的一幕幕——你去找她，她也不躲你。你打电话，她也痛痛快快接。你催她，她永远说一定还钱，但是永远没有钱。她谢谢你雪中送炭，感恩戴德，又说，你要是去法院告她，就是坐牢，也没钱还；坐牢更好，那就更不用还钱了。

就这样，45 万加元没了。

远在温哥华的莎拉听说了，道："看来人家说的对，是你的就是你的，不是你的，到手了也得飞了。"

凯西则道："我看那王闹就是个败家子，你给他无论是四万五，还是 45 万，还是 450 万，他都会给造没了。"

我笑道："也别这么说，就当他去泰国做慈善了呗，这不，他一口气帮了三个泰国家庭，济世救人，功德无量！"

说到王闹骨子里自认是女人，到了那泰国花花性都，自然少不了找男人。一次去街边按摩，认识一个泰国按摩男技师，来自清迈。王闹又一次做起了"慈善"，当然，因为丢了 45 万加元，这次手笔不可能太大，于是不惜用加拿大信用卡透支了两万加元，在疫情期间帮泰国按摩师家里开起了饭馆。

欲知详情，且看下回。

52

血光之灾

上回说到王闹从温哥华卷了一笔钱彻底移居泰国芭堤雅，谁知没多久这笔钱绝大部分又都被几个泰国人给卷跑了。敢情这全民信佛的泰国人就不能着钱，否则准花光了不可。王闹去找她们讨债，她们一不躲，二不逃，三也不否认，总是满脸堆笑口口声声说一定还钱，但是永远不见何日能还。你要是打官司，就是赢了，她反正光脚不怕穿鞋的，倘若抓进监狱，那就更别指望还钱了。王闹也想到找泰国当地黑社会去要钱，他们承诺会有办法要回来，不过人家要 50% 的回扣。可是话又说回来了，如果走黑道，本来自己有理也变成无理的一方，更何况黑社会就是砍了她一条胳膊一条腿，她还是还不了钱，你要她胳膊、腿又有何用？总之，时间一久，王闹就做好了一分钱也要不回来的心理准备。

心理素质再好的人，也不可能因为就这样白扔了苦心经营 20 多年才得来的 45 万加元还依旧闲庭信步。

王闹本来睡眠质量就不好，这一下子更是心事重重，夜夜不能入眠。情急之下，竟然得了带状疱疹，密密匝匝的鱼鳞状、菜花状的东西从肚脐开始绕着身子呈螺旋状缠了一大圈，像盘龙一样，一直快爬到胸口了。起初感觉不明显，以为是因为泰国湿热气候导致的湿疹，孰知后来越来越疼，越来越痒，捂也不是，挠也不是，坐立不安，生不如死。去泰国诊所看病，医生说治晚了，只给了些药膏，基本不起什么作用。问了问微信上的中国朋友，都说民间把这叫"缠腰龙"，幸亏这"龙"中间还断了一小截，如果连上了，他的命恐怕就没了。

后来回了温哥华一趟，趁机赶紧看看家庭医生，对方说这和免疫力下降有关，应该当初尽早治疗，最好一有发作就赶紧求医抑制，否则就要长受皮肉之苦。王闹心想，那些日子心情极度焦虑，多少年编织的美好的泰国退休养老神话，眼看着重新回到零点，免疫力下降也是在所难免的。一年多过去了，医生说是痊愈了，但是还是留下了一些病根儿，忽疼忽痒。

说起养老，他们这些热衷泰国的人都只看到房价、消费、气候、民风等因素，却看不到意外和明天哪一个率先到来。王闹彻底搬到了泰国芭堤雅，温哥华没有留下一针一线，总觉得自己才60 出头，健康无恙，唯一担心的是自己肠胃系统，因为父母兄长都是肠癌、胃癌去世，于是移居芭堤雅之前在温哥华做了胃镜、肠镜，只发现胃里略有溃疡，直肠有息肉，顺便就切除了。到了泰国，看到医药费便宜，自己又买了健康保险，所以想当然地觉得自己可以高枕无忧。

　　谁知来了之后便破财、得病，没多久上房顶又从三四米高处摔了下来。无有大碍，但也多日坐卧不便。去私人诊所看了医生，只花费几千泰铢而已。诊所装修豪华，医护人员彬彬有礼，他颇有泰国皇室成员之感。

　　王闹想起数年前在北京遇到的一个东北大仙儿名叫王娜娜，年纪不大，自称能请仙家上身看事，每次看事收费 2000 人民币，需要抽烟请仙。一旦仙家上身，此人便说起了常人不懂的语言。

　　说起这王娜娜，也是京城演艺圈的朋友所推荐，专门在新源里一带租住一间高级公寓，来客都是朋友推荐。看那架势貌似有些手段，否则也没法在卧虎藏龙的京城混下去。

　　那天王闹带了 2000 人民币去了，想问问自己移居泰国之后会如何。只见王大仙要了他的姓名、生日，悠然点着了一根香烟，深吸一口，吐了一连串烟圈，用那香烟对着纸上王闹姓名、生日悬空画起了圈圈，然后口中念念有词，只听得"哦桑共桑妈妈桑"之类的发音，乍一听像是日语，但是王大仙说这是"宇宙语"，只有"仙家"能懂。

　　说了半晌"宇宙语"，王大仙皱紧了眉头，道："别怪我这人太直，我是有一说一，有十说十，明白吗？"

　　王闹挤出一丝勉强的笑容，道："没事，你就说吧，不会是什么不好的事吧？"

　　"仙家说，泰国不适合你，冲你克你，会有血光之灾。你可以去旅游度假，但不能久居，轻则破财得病，重的话可能断胳膊断腿儿呢！"

　　王闹倒抽一口冷气，问道："那，那有什么办法破解吗？你看，论善事我也做了不少，咋就不见好报呢？"

　　王大仙冷笑一声，道："要是善事都有好报，这世界就没有穷人、受苦人了！你想，人人都做善事，所以人人都中彩票，人人都长寿、没病，人人都兴旺发达，可能吗？"

　　王闹叹了一声，道："我早就那么说，我妈可是街坊邻居都知道的大善人，走的时候那么惨，好报在哪里呢？"

　　他恳求王大仙给一个破解的方案。王大仙说可以给他画个道家的符，然后做些法事，不过需要 2300 元人民币。

　　王闹不好意思道："我没带那么多现金，可不可以你做完法事以后我到外面找个自动取款机取钱，再给你送来？"

　　王大仙痛快地道："没问题，我还怕你跑了不成？仙家是不怕这个的！"说着，她掏出红纸和黑笔画起了符，又操起了"宇宙语"，点着香烟悬空在上面画圈。最后将符折叠起来，让王闹塞进自己的钱包，务必随身携带，定能逢凶化吉。

之后，王闹乖乖地下楼去找自动取款机了，取了 2300 元给王大仙送了过去。后来数年里每次想到这事都后悔不迭道："我也真够傻 X 的，花 4300 元算了个断胳膊断腿儿的命，本来都可以不去送那 2300 元钱的，我怎么就那么傻，偏偏取了钱还给那骗子送去了呢？"

不知是大仙说准了，还是泰国确实不适合他，来了之后不仅丢了钱，得了带状疱疹，还摔了跤，又遇上一个无底洞般的泰国按摩师。

前面说及王闹的性史，理论上来说他是一个跨性别之人，内心深处自认为是个女人，希望被作为女士对待，曾有易经大师批了他的八字，说他要是生为女人的话，绝对是李香君、赛金花之类的名妓，让他喜不自胜，且逢人就说。

他一生最大的奢望就是找到"真爱"，但是这个领域对他来说一生都是遗憾，因为他要找的是一个真正的男人——伟岸、雄性，如同行走中的荷尔蒙，但是真正的男人爱的是真正的女人。他之所以对泰国情有独钟，就是这里找个情人实在太容易了，甭管他们为了什么，哪怕是逢场作戏，哪怕只是看中了他的钱包，至少他也有了堕入爱河的感觉。

这不，他去按摩院里几次后就和一名叫素差彭的泰国按摩师好上了。按摩师 35 岁，来自清迈乡下贫苦家庭，老家有家有室，全靠他在芭堤雅打工赚钱养活。王闹对爱要求不多，每次吃饭都是他埋单决不计较，但是每次那素差彭都给他殷勤夹菜，就让他觉得深陷爱河、甜蜜无比。

没多久，这素差彭说手机有些过时了，王闹刷卡给他买了个苹果手机。

过了一阵子，又说上班通勤太辛苦，需要一辆摩托车，王闹又刷卡给他买了摩托车。

到了疫情期间，素差彭说按摩院没生意，不如在老家开个饭馆，至少可以做外卖赚钱，于是王闹又刷了两万加元。

这一来二去，信用卡欠了四万加元。后来卖掉了自己用于投资的一套曼谷小公寓，比买入价便宜了两万加元，血本无归，但是至少可以还一些债务，于是信用卡又还了两万加元，所以还欠着两万加元。

2021 年三月的一天，王闹再次登梯修房顶，谁知这次一摔就差点要了他的命。他爬到那个梯子顶端的时候，梯子下端开始打滑，也没有人防护，一下子就把他从几米高处摔了下来，眼角碰到了花盆，只差一公分便会把眼球戳穿。当即左臂不能动弹，汩汩鲜血顿时流满了地面。他躺在血泊中，不知该如何求救，第一个想到的是欠了他 25 万加元的那个泰国女律师，打电话给她，告诉他发生的事故，希望她能帮他叫个急救，谁知对方没听他说完，便冷冷地挂了电话。

他住的是独门独户的花园别墅，邻居多是欧美白人，于是他使出了吃奶的力气大喊"help（来人哪！）。"

　　邻居们听到纷纷赶来，知他有可能骨折，不能擅自动他，只有拨打急救电话。急救车慢慢腾腾 40 多分钟才赶到，问他要去哪家医院。他心想，当地曼谷医院是最好的，想到自己买过商业医疗保险，就说去芭堤雅曼谷医院。别小看这曼谷医院，这可是泰国顶尖的私立医院，还被评为世界十大医疗机构之一，无论硬件软件都有国际一流水准，芭堤雅曼谷医院是一间旗舰店。

　　到了医院急诊处，人家问王闹有什么保险。算了算账，用了保险，王闹自费的部分还需要十万多人民币。王闹大惊失色，心想自己不是买了保险吗？怎么才保那么少？他生平总爱把事情往好处想，所以一旦发生这种情况，就会措手不及、后悔不迭。他想到自己加拿大的万事达信用卡刚还了两万加元，正好还可以再透支两万，突然又发现自己跟急救车出门时慌里慌张，信用卡根本没带在身上。

　　不刷卡，医院只好给他搁置在那里，宛如一个断臂维纳斯孤立无助。于是他又恳求朋友上他家把他的钱包等物一并取来。他心里暗想：万一这信用卡刷不了，莫非就在医院等死了？医院有说法：如果他交不了这费用，那就把他转到公立医院去。

　　就在刷卡通过那一瞬间，他终于舒了一口气。一群医护人员鞠躬尽瘁般地把他拉到了手术室。检查发现他的左侧肱骨严重骨折，需要打钛钉固定；眼角摔伤无大碍，只需要彻底清除伤痕里的土块儿并包扎。手术做完了，还需要每周理疗，全是自费。过了几个月，左胳膊仍然抬不起来，所以不能穿套头的衣服。

　　王闹心里犹如打翻了五味瓶：大话已经吹出去了，人人都知道我在泰国过着天堂的日子，可是接二连三破财、得病、受伤，这如果摔在温哥华，好歹一分钱也不用花，从来也没听说去医院还要带信用卡啊！人说破财免灾，我这灾也没免，财也破了。但是，好面子的他就是打断了牙也要往肚子里咽，于是对温哥华的朋友们他总是坚持说泰国还是天堂，只不过自己不小心而已。但是私下里他开始准备卖掉自己泰国的房产、银器、家具，以后还是回迁到温哥华定居。论哪里最靠谱，人人心里都有一杆秤。

　　出了事还没消停，好了疤疤又忘了疼。这不，没多久，又有人介绍王闹去拜访了一位泰国阿赞，要给他看看究竟何故屡遭不顺。年轻的阿赞笑眯眯查看了王闹一番，道："你很有艺术细胞，一看就像是个搞设计的。"

　　王闹一听，连连叫奇称准，当日便微信里学给我听。

　　我则捧腹大笑，这就叫准？这就叫奇？让我察言观色，我也能说个大差不离。他能说出你爸妈叫什么名字吗？他能说出你结过几次婚吗？他能说出你银行账户上都有多少存款吗？

阿赞道："没事啦，你的障碍都已经成为过去啦。你还是住在泰国最好，泰国很适合你，未来三年会很好的！"

这话正中王闹下怀，他听了心花怒放。他遇到的这些算命大师总说他未来几年如何好，眼看着这一辈子都说完了，他也没觉得多么好。

不管怎样，王闹只听他爱听的，对阿赞信得五体投地。阿赞承诺可以施法术为他进一步祛除障碍，收费是 7000 泰铢，王闹欣然答应。

又有朋友说，王闹屡遭不顺，是因为家里闹鬼。王闹暗想，家里又是威廉的遗照，又是父母兄长的遗照，又是墨西哥骷髅装饰品，莫非这些都是招鬼的东西？于是王闹又准备把房子卖掉，再换另一处房子。人生贵在折腾。

工作挣钱是为了活着，而活着又究竟为了什么？王闹吃喝玩乐之余，还在写他的自传，已经快 90 万字了。有的人写作为了出版，为了获奖，为了认可，为了留名，但是王闹不在乎这些，自己喜欢写什么就写什么，写给自己看，写给喜欢的人看，写给多年后的某个打扫他遗物时发现他手稿的人看。

预知阿赞法术效果如何，且看下回。

53

午夜幽灵

话说王闹卷了几十万加元彻底移居泰国芭堤雅，大话已经吹出去了，什么"中国好比是地狱，加拿大是人间，而泰国就是天堂"。

结果到了泰国还不出一年，先是被几个泰国人卷跑了45万加元，又因为着急、焦虑、气氛、懊悔，五内郁结，心火难消，得了严重的带状疱疹，俗称"缠腰龙"，疼痒不堪、生不如死。

屋漏又遭阴雨天，这期间从房顶七八米处又先后摔下来两次。第一次只有皮肉之伤，躺床上休息几天就好了，还沾沾自喜，认为自己自小习舞练就童子功，经得起摔打。结果不总结教训，第二次再摔就直接摔断了肱骨，眼球也差点戳破。去芭堤雅的曼谷医院手术，用了商业保险，自费的部分还刷了两万多加元，约合人民币十万多。人常说"破财免灾"，他可好，财也破了，灾也没免。

接二连三的倒霉事，加上周围有朋友说起什么"因果报应"之类的话，不知是不是有目的地针对他，还是有口无心随便带过，他终于开始反思自己过去的言行了。莫非确实有愧于老人威廉而遭报？莫非自己还干了什么其他的缺德事儿，说了损人的话，现世现报？他一生中最不肯的就是承认自己有错，明明是自己的错也决不能认错道歉，如果不是自己的错那就更振振有词且奔走相告了。尝了这些苦头，他终于开始和自己的内心与灵魂对话——"我难道真有不对的地方？"

又加上周围人都提及相冲相克的五行之说，王闹又重新开始信这些玄之又玄的东西了。

泰国本身就是一个超迷信的地方——不说那港台明星趋之若鹜、顶礼膜拜的已故白龙王，当地百姓求佛牌、养小鬼、拜鬼妻、下降头，就一向盛行成风。经朋友介绍，他找了一个曾经出家又还俗的泰国阿赞来他家做法事，收费 7000 泰铢，外加 1000 铢用于买贡品，无非是鸡、鱼、水果之类的食品。王闹爽快地答应了。

泰国虽然疫苗普及率低，且疫情加剧，但是当地人并不是特别在意，该吃吃，该喝喝。毕竟这个国家百姓多以旅游、餐饮等服务业为生，你真是让他天天宅在家里，与其饿死憋死，还不如冒着染病的危险去赚钱养家。

这天下午，阿赞和一个懂泰语的华人朋友戴着口罩，带上贡品来到王闹家中。只见他年纪轻轻，精干有型，不苟言笑，顾不上王闹茶点招待，没坐几分钟就开始工作了。先是家里、院里神情严肃地四处走动查看一番，然后在客厅摆设了临时神龛，摆满了贡品，点了香，开始念着那谁都听不懂的泰语咒。念了大半天又一边念念有词一边四处洒洒瓶中圣水，然后通过翻译告诉王闹说，他之所以麻烦不断，完全是因为这房子里有鬼，并问王闹，是不是每天半夜他会醒来。

王闹连连回应道："是啊，是啊，我每天夜里都睡两截觉，11 点准时上床睡着，然后一醒来就是 1:11 分，再也睡不着了，于是就滑手机，发微信，这样三四点才再次睡着。"

阿赞道："你看，我没说错吧，半夜突然醒，多是鬼上门。"

王闹吓了一跳，道："师父，快帮帮我吧，怎么办？怎么才能把这鬼请走呢？"

阿赞道："放心吧，我已经念经持咒，给你加持，请这鬼不要找事。另外，还有一个办法：你今晚务必请来六个朋友来家里做客，加上你一共七个人，一定要留到夜里 1:11 分以后，走的时候每个人在你家门口吐口痰，你不要擦掉，留 24 小时再擦，鬼一看你们人多势众，一起唾弃它，就溜之大吉了！"

王闹信得不行，当即就发微信请朋友，又让他们帮助请他们的朋友。有的以疫情为由婉言谢绝，但是也有的不在乎，所以很容易就凑够了七个人。敢情这到泰国长居的朋友还真不少，如果都来的话，可以凑几桌麻将了。

阿赞拿了 8000 泰铢红包，笑容满面，就先离开了，感觉遇到这样的客人钱就挣得太容易了。

王闹出门开始采购，准备晚上的美食，有大排档点的烤鸡、烤虾、空心菜、木瓜沙拉、菠萝炒饭、炒河粉等泰餐，自己又炒了最拿手的西红柿炒鸡蛋、醋溜土豆丝儿、麻婆豆腐等等。到了八九点，一个个陆续赶来。这芭堤雅本来就是不夜城，夜生活从夜里九、十点才开始，因此到了凌晨一两点还在疯狂玩乐纯属正常。

第一个来客是个大腹便便的北京人，姓魏，70 岁上下，但看上去也就是 60 出头，别人叫他魏哥，王闹叫他"伟哥"，他们早在北京就认识了。这伟哥退休前是北京某机关领导的司机，虽然自己不是个官儿，但因为跟着官儿，给人家当司机，也沾了不少光。退休工资远够他花了，加上是老北京，前门一套房子拆迁，老婆家鼓楼一套房子拆迁，都补贴了不少钱。自己分的一套房子在潘家园，虽然楼道简陋粗鄙，但也价值千万。他近些年办了养老签证来泰国芭堤雅常驻，因为赶上疫情，就没有回北京。他来芭堤雅还有一个秘密，那就是在这里找了一个泰妹"小三"，20 出头，白白净净、瘦瘦小小、中英文都通，白天给他当导游、翻译，夜里给他做泰式按摩及全活，每天收费才 20 美元。伟哥老婆因为身体不好，糖尿病、高血压、白内障、关节炎，因此不能总来泰国，所以时常是伟哥独自出行，给他提供了极大便利。因此，伟哥跟王闹每次聚会总感慨自己的人生从 70 岁才开始。

第二个来客说来也巧，不是别人，正是前面提到过的那个失踪十多年的阿杰。阿杰自 2008 年北京奥运之后离开了北京，就再也没有音信，谁知疫情期间竟然和王闹联系上了。他平时人在曼谷，时不时乘坐大巴来芭堤雅王闹家住几天，聊聊天。他不信新型冠状病毒，认为是各国政府串通起来的阴谋论，目的是让人们去打疫苗，然后疫苗公司发财。王闹要跟他争论，他就会翻脸——只要他认准了的他一定是对的，不要指望跟他争辩。生活中有的人就是这样，如果你的意见和他或她不一致，那么他或她一定是对的，而你一定是错的。也许性格决定命运，他现在很落魄，奔六了，一无所有，浑身上下唯一值钱的就是一个三星手机，还是好几年前的旧款。据他自己说，之前他在尼泊尔寺庙了住了十年，后来到了泰国曼谷投奔了一个老先生，免费住他的一个小公寓。也许看他虔诚信佛，这个老人家偶尔还布施给他一点零花钱。他至今没有像样的工作，唯一的事业就是继续批发零售他代理的一个什么"神药"。王闹着实不知道他这么多年是怎么活下来的。当年极其精神的一个小伙儿，如今虽然没有太多皱纹，但是脸宽了，肚子圆了，头发剃秃了，像和尚一样，往那儿一坐，活脱脱一个弥勒佛。王闹很担心他的精神状态，因为他注意到阿杰经常会一眼不眨盯着虚空中的某一点凝视不语，若有所思。

第三、四个来客是一对跨国夫妻。男的是移民加拿大的英国人，名叫安德鲁，七八十岁，棱角分明、风度翩翩，一口伦敦音字正腔圆。女的是中国人，我在国内就认识，名叫罗淑琴，1960年生，但看上去也就是 40 多岁，举手投足有些风尘女子的酸劲儿，长得颇想演员蒋雯丽，连她自己也逢人就说："人家都说我长得像蒋雯丽。"王闹背后则总说她像个老鸨。罗淑琴原来一家三口移民加拿大。在国内她和丈夫都是大学出版社的员工，虽不是一把手，但也官居要职，不知什么渠道发了财，悄悄"润"到加拿大，走的时候和单位不辞而别。谁知移民后没几年，二人正发牢骚"大家拿"的福利没享受多少，倒是税交了一大笔，突如其来地，她丈夫查出胰腺癌，不到半年就撒手人寰。临终前握着罗淑琴的手道："我走后，带好儿子，上个好大学，将来有份工资就行，不要像我一样永远挣不够钱。你看看那些护士，如果可能的话，我愿意把钱全送给她们，再换来十年的寿命，好好陪你和孩子。"

丈夫住院期间，当地华人教会志愿者给了无私的帮助，有的帮翻译，有的帮联系护工，有的帮她看孩子，最后还有的帮她联系殡仪馆、找墓地、组织追思会等等，要不是有这么多教会兄弟姊妹帮助，她一个孤儿寡母的实在一筹莫展、焦头烂额。感动之余，从来不信神佛只信物质财富积累的她，跟着决志受洗，也做了基督徒，而且也成了老年公寓、临终关怀医院的志愿者。就是在做义工的时候，她认识了她的第二个丈夫——英国移民安德鲁。

话说当初还是安德鲁的女儿先移民大温哥华地区的兰里市，后在美加边境一座小城阿伯茨福医院当护士，给自己已退休的父亲也办了移民。加拿大木身就是英联邦国家，从宗主国移民来不费什么周折。安德鲁移民以后也患了绝症，住进了临终关怀医院，恰巧罗淑琴就在那里做志愿者，二人一见钟情。原来说是安德鲁还有半年寿命，结果半年到了他健康状况不见哀退，反而精气神逐渐变好，最后经医生同意，先回家修养。如今十多年已经过去了，安德鲁和罗淑琴已经结了婚，每年有半年时间二人都会住在泰国，不是清迈就是芭堤雅，要么就是普吉岛。

第五个客人丁一是王闹在中天海滩认识的一个自媒体人，拿着 GoPro 拍到了王闹跟路人打情骂俏，就这么认识的。小丁是一个 30 多岁的上海人，来泰国好几年了，放着上海世界五百强的公司高级白领不干了，带了一百万人民币来泰国清莱开了个青年客栈。疫情期间没有生意，就靠积蓄和上海的房租收入生活，山里闷了，就来芭堤雅的海滩，棕榈树下喝着椰汁，望着碧海蓝天、潮起潮落，倒也悠闲自在。结果，疫情期间因为没生意可做，拍起了油管视频，影像记录在泰国的生活点滴，没想到很快便吸引了 50 万订户，带来了可观的收入。如今，他就是拍自己上厕所，都会有一万多人的浏览量，所以越做越起劲，只要有活动邀请，且不介意他拍摄，他准参加。小丁年纪轻轻（当然，是和王闹他们这个年纪群的相比），就已经活得很通脱达观，实在难能可贵。

第六个客人当然少不了王闹的泰国男友素差彭。这是一个吃饭给他夹菜都让他感激涕零、心生甜蜜的人，给了王闹不计一切也要久居泰国的理由。素差彭家里疫情期间开了个小饭馆，做外卖，王闹刷了自己加拿大的信用卡，透支了两万加元，约合人民币十万。想当年他亲侄女上大学筹学费他都没这么大手笔过。这素差彭别的忙帮不上，吃饭夹个菜、招呼个客人倒是可以的，好在王闹要求不高。

丰盛的饭菜早已齐备，一人托着一个纸盘子，采取自助餐的形式。王闹嘴快，什么秘密都兜不住的，挨个跟人家诉说了来龙去脉，求大伙儿陪他到夜里 1:11 分。素差彭是绝对敬重阿赞的，这是他们泰国的文化。早年他还请阿赞将泰语经咒刺到他的背上，说是能刀枪不入。

"瞎扯蛋！"伟哥一听便捧腹大笑，"你就信这些歪门邪道吧！老子活一辈子了也没见过鬼，从不信邪。"伟哥知道王闹会折腾，因此他整出什么幺蛾子来，他都不吃惊。

"不信不行啊，你说说我怎么遇到这么多麻烦啊？除了几次拉皮手术和双眼皮手术，一辈子身上没挨过刀留过疤，结果全在泰国赶上了，"王闹陪笑道。

"我什么都不信，这一辈子不也过来了吗？不挺好的吗？"伟哥朝自己竖起了大拇指，道，"为人不做亏心事，半夜不怕鬼敲门。"

王闹马上接应道："呵，你就不怕嫂子敲你门？"

伟哥一听，立即打住。

罗淑琴听出了端倪，马上摆起了训导王闹的姿态，道："哎呀，你搞这些巫术多不好啊！容易招来撒旦！还是信主吧！这世界只有一位真神，只有这位真神才能真正爱你，庇护你……"

　　王闹急了，道："我早就受洗了！刚去加拿大的时候就被拉去受了洗。后来又被人拉去皈依活佛一大堆。有什么用啊？这神啊，佛啊，我倒不是觉得不存在，而是觉得他们头衔太高了，顾不上我们这凡人啊！"

　　王闹现在认为每个凡人日常琐事，无论上帝还是佛祖都无暇顾及。宇宙里也许有一位设计大自然的造物主，但是祂不在乎个人的命运，因此天灾人祸、瘟疫疾病、战争纷乱，亿万人惨死，那造物主总是冷眼旁观，就像我们人踏过成群的蚂蚁一般，它们也许被人踩死，也许被开水烫死，也许被倾盆大雨冲走，有哪个过路人会为此起怜悯心而倾力相救？纵有罗淑琴坚持信神则得护佑，祷告则被垂听，王闹回顾一生，越来越无法被说服，因为多少信神者未得神佑，反天者却得天助。

　　"大姐，您听我说，"阿杰和颜悦色劝慰罗淑琴道，"信神很好，有个信仰就有个盼头，但是神能主宰人的因果吗？不能！神能扭转人类的命运吗？不能！因果都是人自己种下的，人类的命运也是人类自己作的。神如果平等地爱所有人类，就应该让全世界都变成瑞士、荷兰、卢森堡、北欧……，就应该在纳粹德国屠杀犹太人之前就电闪雷劈将希特勒天谴致死，就应该吹口仙气将河南的洪水责退。我看您还是信佛吧！"

　　前面章节说过，阿杰对这些话题爱听、爱信、爱讲。曾经的他又是去拉萨，又是去西宁，又是去五台山，后来又在尼泊尔的寺庙里住了十年。没觉得他活得更觉悟、睿智，反而更神神叨叨了。他相信因果，认为大因大果必是来世验证，而现世现报的小因小果可以找一些旁门左道来改运，因此他很热衷了解泰国的这些法术。他认为人身边都有护法之类的灵体在保护自己，你不信他们，不敬拜他们，不恭请他们，他们就不会来，否则他们是随叫随到的。他说起有一年他在尼泊尔加德满都正准备横穿一条街，四下无风，周围无人，却不知何人朝他脸上撒了一把土，迷住了眼睛。就在他停顿的那一霎那，一辆大卡车在他鼻子前呼啸而过。要不是那把土，他早就葬身卡车轮胎之下了。是谁撒的那把土？他说应该是另一空间的神灵，是护法；你信他，则有求必应。灵体有善有恶，有正有邪，他坚持认为王闹家有邪灵，一定要请阿赞来施法驱鬼。他有很多不知哪儿听来的理论，比如你半夜起夜镜子中照到的那个人不是你，而是鬼，吓得王闹不敢在卧室里放镜子了。

　　"呵呵，兄弟，你说的我都明白，我不是糊涂人，"罗淑琴应和道，"实话跟你说吧，我原来也信佛，比你还信，但是有什么用？越信越消极，越信越颓废，遇到什么挫折都当成必然的结果而承受。我跟你说吧，我前一个老公去世的时候，那些信佛的朋友一个都没来，都躲我，背后指指点点说我老公自己的业力所然，早点往生，去往西方极乐世界，却留给我这孤儿寡母终日以泪洗面。还就是一群基督徒帮了我。你说说，中国早期的医院、大学，有几家是佛教成立的？还不都是欧美教会建的？虽然他们也不完美，历史上也有过黑暗的时期，但是凡事都有正反两面。你刚才说上帝改变不了人类的命运，但是可以说：教会办学校、办医院，改变了现代人类的命运。"

　　王闹劝解道："咳，也不知道人类为什么要发明那么多宗教，打来打去的。其实我都信，基督教讲博爱，佛教讲慈悲，伊斯兰教讲团结，为什么不都包容呢？所以我现在什么标签都没有，我就信万物有灵。"

　　小丁一直端着手机，在他们几个人之间切换镜头。安德鲁不解其意，插个空档进去请罗淑琴给他翻译一下，突然起了兴趣。伟哥加入了他们的争执，道："你们快多吃点儿吧！有什么可争的？依我看啊，我就信共产党。我给共产党打了一辈子工，到现在也没亏待过我。"

　　王闹道："呵，你可是没吃过亏，我爸妈可是没少挨整。要不是那些经历我当初也不会一门心思要出国。算了，就不争了，吃完大家唱歌吧。"

　　等大家都吃饱喝足，王闹弄好了音响，请大家唱卡拉 OK。王闹一口气唱了《月亮代表我的心》、《在水一方》等邓丽君的歌，伟哥接着唱了《牡丹之歌》、《驼铃》等老歌，罗淑琴点了英文歌曲《我心永恒》献给老公安德鲁和众人。

　　很快到了午夜，幽灵没有出现，也不见闹鬼的动静，也许真被众人的能量吓得钻床底下了。欢声笑语中过了一点一刻，阿杰、小丁、素差彭都决定夜里留宿王闹家，而安德鲁早就想回去休息，终于熬到可以回家的时间了，于是王闹招呼众人在门口各吐了一口痰。罗淑琴和安德鲁还有些不好意思，喉咙里好半天才挤出一口痰来，权当逗乐了。伟哥一辈子抽烟喝酒，本来就痰多，只听喉咙里发出一阵刷牙漱口般的巨响，一口浓痰"啪"的一声打在地砖上。

　　罗淑琴是一个有故事的女人。她英语虽未到精通地步，却和安德鲁感情颇深，只要肢体语言加上双眼的交流，就足以让这二人像初恋情人一般产生干柴遇烈火般的效应。

　　欲知她的故事，且看下回。

54

戏梦人生

大多数人都有这种倾向：总觉得别人过得挺顺的，自己挺背的，因为那是拿自己背处和别人顺处相比。而人又多有这种潜意识，那就是希望别人都背，能给自己以陪衬，比如说残病之人潜意识里不希望全世界人都健康，他如果缺了一只胳膊，你如果缺了一条腿，定能让他感觉好受很多。

上回说到王闹在泰国接二连三遭遇不顺，破财、得病、摔伤，天天怨声载道这辈子命运多舛。我回说，我的天，你还不顺啊？别人绞尽脑汁要出国都出不去的 80 年代，你轻轻松松出国了；别人黑名黑户偷偷摸摸滞留国外不归，你却赶上一个不图任何回报的洋妞跟你假结婚帮你弄了加拿大身份；别人起早贪黑餐厅里切菜洗菜挣最低时薪住拥挤潮湿的地下室，你却靠非专业的皮肉按摩捞取了人生第一桶金；别人要为下个月房租发愁，你却有威廉给了你一个体面舒适的家，又把遗产全部留给了你，虽然没有你想象的百万家产，但人家毕竟是加拿大公务员出身，总比一个沃尔玛收银员强很多。你还要怎么顺？你还要怎么样叫命好？

那几日，王闹听信当地人的迷信传闻，赶紧请阿赞来家里做法事，驱邪避害，同时他也终于开始反思自己这一生是否曾种下了什么恶业——顺境中人会得意忘形，逆境时才会反思悔过。太顺了不是好事，早些遇挫早些成长，否则就像那年少成名的吴亦凡一样，30 出头便锒铛入狱，挂上"强奸犯"的标签，即便出狱，估计这一生都将与污点相伴了。

一天下午，估计王闹那边刚起床，突然给我来了一个微信电话，说法事做完了，但尚未看到效果——摔断的肱骨打了钢板，钉了钛钉，已经快五个月了，每周都做物理治疗，但是至今胳膊还是不能自如抬起，以至于不能穿套头衣物。摔的是右臂，自己给自己理发、洗澡、炒菜，甚至擦屁股，都需要它，可是至今没有完全恢复原样。有医生说要再做一次手术去除一块儿肌肉；有的医生说钉子没钉好，要拆开重新调整，且泰国医生和国内医生各执一词。难道晚年就要和这只几近残疾的右臂相伴为生？于是，他祥林嫂般地把车轱辘话又说了一遍——

"看来我以前还是有做过不对的地方，得罪了别人，受到老天的惩罚也是我该着的……。我又想起我妈呀，老头儿（威廉）啊，还有周围那么多朋友……，我都有不对的地方……"

说到这儿，我立即想到他 2021 年二月 15 日刚电话里对我破口大骂，二月 28 日他就摔断了胳膊，莫非他把这两件事联想到了一起？

他接着道："其实我妈临终前三个月我伺候她伺候得很好，连她病友都夸我孝顺，没见过这么孝顺的儿子。就是最后几天我实在受不了了，扔下我妈自己回到了加拿大，把我妈全交给了我哥和我嫂子。这件事一直让我……"

我深知此人是顺毛驴儿，你只要夸他，顺着他说，他就不会翻脸；但凡有忠言逆耳，他是绝对不爱听的，轻则有一百句回辩，重则对你破口大骂。于是我道："咳，你也不做了那么多好事吗？做了三件坏事，七件好事，不就抵消了吗？甚至还有盈余。"

"可是那毕竟还做了三件不好的事儿啊，因果簿上都记着账呢，"他回道。

"咳，人非圣贤，孰能无过？你就别多想了。但行善事，莫问因果，"我答道。

他已经64岁了，咱也就别说"莫问前程"了，有的人动辄把自己或他人因果挂在口上，我看那是一种没有智慧的表现，因为因果定律错综复杂，肉眼凡胎，谁敢说他就能一眼看破？

前面说到嫁给老外的中国女人罗淑琴，在国内时，我还没有移民前王闹就曾经介绍给我认识过，这两人经常像闺蜜般煲电话粥，各说各的男人，他说他的威廉，她说她的安德鲁。罗淑琴总说王闹的命比谁都好，至少比她好。她坚持认为这是上帝的惩罚，因为他不信主，总搞一些神不喜悦的事情。罗的故事很精彩，自媒体人小丁那天散会时就想约个日子采访拍摄罗，但是被罗一口拒绝，她是绝对不肯上镜的——个人隐私，为何非要自己露脸到网上广而告之，娱乐普天下人？虽说罗不肯上镜，但是她不介意我写她，只要求不用她真名即可，因为大不了她可以矢口否认我写的就是她，或者说我天生会艺术加工。

罗淑琴这个人谈不上是好人还是坏人。

生活中人们常说某某人是个好人，但是很少说某某人是个坏人，顶多说那个人"不怎么样"。罗是在认识她的人心目中那个说不出来怎么样的一个人。

她生于河南驻马店附近的乡下，典型的农村苦孩子出身。她出生的时候，赶上三年"自然灾害"，那时候大城市郑州生活都一穷二白，更别说河南贫困农村了。她是家里老大，下面还有一弟一妹。因为干重活多，虽然一张脸秀色可餐，颇有蒋雯丽的眉眼，但一双手伸出来能吓人一跳——那是一双粗大的、与人不相匹配的手，骨关节宽出许多，指节满是硬茧，指甲短平。她七八岁就开始干活儿了，砍柴、劈柴、生火、挑水、跟父母下地不说，一家人的衣服从来都是她手洗，寒冬腊月一样如此，就此把一双手冻坏了。自己读书之外，还要管着弟弟、妹妹，有谁闯祸了，那挨打的一定是她。他们家几代都重男轻女，有一次父母好不容易给弟弟弄来几个鸡蛋，却叫她不小心掉地上打碎了，那可是好一顿打。她爸抽她的左脸，她妈就上来抽她的右脸。脸肿了，第二天实在不好意思上学，跟老师说是腮腺炎。老师还纳闷，怎么这么大了还得腮腺炎？这不是儿童得的吗？

这一切她都能忍，只要父母还让她念书。她知道，改变命运只有一条路，那就是高考。她很争气，读书不赖，几乎每一门课都能在全年级得第一名。她父母知道她高考有望，也许以后能救济这个家庭，而那弟弟、妹妹都不是读书的料，早就退学了，因此对她还算支持。

1980 年第一次参加高考，谁知英语考了个 30 多分，数学也不及格，拉了后腿，落榜了。回家跟父母商量，让她再复读一年，如果不成，就永远待在家里伺候父母一辈子。父母的意思是：女孩子家，时间耗不起，算了，找婆家嫁了得了。她跪下拼命磕头，求父母再让她试一年，直到额头磕出血渍来。没几天，班主任任老师跑到她家里来跟他父母苦口婆心谈，他下学年还带高考班，希望罗淑琴能来复读，给学校高考红榜增添一个大名，学校正求之不得呢！

复读的一年，是自卑夹杂着自信、孤注一掷又胜券在握的一年。自卑，是因为面对一个个初生牛犊不怕虎的应届生，她是往年落榜的失败者；自信，是因为面对一个个应届生，她经历了无数历练，任何大考小考模拟考她都驾轻就熟。孤注一掷，是因为这是人生最后一搏，命运走向哪里就靠这最后一锤子了；而胜券在握，是因为无数次考试，无论多么刁钻的题目，她都能拿到 90 分以上。所有科目的老师都说，如果全年级只考上一个人，那就是罗淑琴。凭她的实力，报个北大、复旦之类的名校，不是问题。任老师的女儿任晓霞也在她班上，成绩不稳，时好时坏，且有些偏科。任老师还特意安排她们坐在一起，希望她在功课上能够帮她女儿一把。高考前，还特意安排他女儿坐在她后面，暗示她能时不时露一露卷子，让他女儿能瞄上一眼，多一分是一分，一分都可定终身呢！

所以罗淑琴敢第一志愿报北大，第二志愿干脆都空着没报！她就有这赌一把的魄力！任晓霞据说报了新乡师范学院，她那成绩，能有个本科上就不错了。

正当罗淑琴踌躇满志、志在必得的时候，意料之外的事情发生了——她被录取的学校竟然是她没有报的新乡师范学院！而学校的录取榜上用毛笔大大地写着任老师的闺女任晓霞录取到北京大学中文系！她怀疑是不是哪里誊分数的时候搞错了？或者调档的时候搞混了？她问任老师能不能查，任老师说那比登天还难。她后来怀疑是不是任老师搞了调包计，怎么偏偏她被录取到他闺女报的那所学校了呢？任老师说这是招生办的工作，目的是不葬送任何一个好学生的前途。

1981 年高考，依旧是千军万马过独木桥，有学校上就不错啦！就这样，罗淑琴不知是喜是悲，莫名其妙地去了新乡师范学院。任晓霞则去了北大中文系。即便开学三个月了，她还不甘心，想去找找有关部门查证，又知道对于这样一个没关系、没背景的农村孩子来说，查考卷、查档案，比杨三姐告状还要难。久而久之，只能认了。

尽人事，顺天意。她已经尽了最大努力了，也许这是天意。

人说，中国最公平的一个制度就是高考，古时候则是科举考试，这是让农村苦孩子也有出人头地机会的制度，因为分数面前人人平等。但是，她也第一次见识了这世界没有公平，因为公平都把握在别人手中。她意识到，不公平是这世界的常态，而公平则是上天突降的恩赐。

这一路走来，从家乡到大学，没有让她感到温暖的地方。她对父母还算孝顺，但是每每想起他们，总忘不了他们挥手扇她耳光的那一幕幕。就好比木桩上钉了钉子，虽然钉子拔了，可是那钉子眼儿永远还在那里。

她对过去的老师也算感恩，毕竟留她复读一年，但忘不了任老师如何把自己女儿运作到了北大中文系，她一生都高度怀疑是任老师做了手脚。后来很多年，逢年过节年迈体弱的任老师都带着厚礼看她父母，估计是良心发现。

到了大学，她知道她如同被"贬"到了那里，因此四年间都没有跟任何师生过多往来。她只读她的书，考她的试，有时间都泡在图书馆。大学毕业后当了中学老师，没几年又考研究生，到了复旦大学，总算把缠绕心头多年的阴影驱散了一些。

那个年代的大上海，虽然没有今日富庶和现代，但仍然是中国大陆最繁华的都市。罗淑琴的同学有不少家里有海外关系，或者家里有经常出国的外交官、运动员什么的，都会带来录音机、摄像机之类的物品，她看得心里痒痒的。最受刺激的是她看见同宿舍一女生用了一种从未见过的卫生巾，而她一直用的是自家缝纫机缝的花布月经带，上面有俩布条，可以插一小捆手纸——那就是那个年代所有中国妇女都使用的东西。那时候的手纸就是一种粗糙的草纸而已，有时蹭得鲜嫩的皮肉生疼。

每到周末，同宿舍的女生都出去约会了。只见一个个男青年穿着笔挺的中山装，梳着大波浪，推着人人羡慕的凤凰、永久自行车，在宿舍楼下骄傲地摇着车铃铛，等着他们心目中的女神。宿舍最后总是只剩下罗淑琴一个人。这个学霸，终于没心思读书了。别人都走了，她就一个人对着镜子吃苹果。

第二年，她也脱单了。那是同学校的一个即将毕业的河南老乡，名叫陈守根。上海的孩子忙学英语办出国，而农村孩子则忙着写思想汇报、入党、留沪。陈守根本科时候已经入了党，现在是研究生会主席，学校什么活动都少不了他的身影，是很多领导身边的大红人。果不其然，毕业以后他留在了上海，去了出版社。也许一半出于懵懂的爱情，一半出于现实的目的，罗淑琴研究生毕业前就跟陈守根结了婚。陈守根有点儿小能耐，让罗毕业后直接分到了陈守根所在的出版社。

但是她已经对留沪不知足了，看着昔日那帮上海的同学一个个出国镀金，看到陈冲回国在电视上称"你们中国人"，她暗下决心：下一个目标就是出国，而这一过程充满了戏剧性，是任何小说家杜撰都杜撰不出来的。

欲知后事，且看下回。

55

网上情人

上回说到河南女人罗淑琴通过高考改变人生轨迹，从乡下进了城里，从河南安家至上海，找了一个单位里会来事儿、会抱大腿的老公，婚后又生了一个大胖小子，取名陈翔。她老公已经很知足了，但是她看见上海本地的那些老同学一个个漂洋过海，刺痛了她一向争强好胜、不甘人后的自尊心。她心想：国外再如何像官媒说的那样人间地狱、水深火热，自己也应该长长见识，外面溜达一趟再回国也不迟，否则头上的一片天永远是河南的灰霾、上海的屋檐。可是人家上海本地学生有远见卓识，早早就开始学英语、日语了，天天抱着《许国璋英语》什么的，而她刚刚才算纠正过来自己的河南口音，普通话还透着乡土气，英语更不是很灵光了。

老老实实在单位里干了好几年，终于碰到一个短暂出国的机会——出版社派她老公去德国法兰克福参加书展，一共去一周，单位里不让夫妻都去，只能去一个，所以她让她老公把这个名额转给了她，跟领导就说她公婆从乡下来上海了，需要他陪同，她就可以脱身去出这趟洋差。

这是她有生以来第一次出国，德国虽然不是她想象中纽约那样密密匝匝的摩天大楼，但比她想象中的更充满闲情逸致。她和几个同事代表出版社展示他们的外语和汉语教材。书展之余，有三天自由观光的安排，迫不及待和同事报名去了周边几个地方旅游。除了法兰克福市区一小片区域颇有现代都市的感觉，所到的几处小镇仿佛置身于中世纪童话王国一般——青石铺就的小路，盘旋在五颜六色的小楼之中，被岁月的足迹磨得光可鉴人；一座座尖顶欧式建筑鳞次栉比，色彩鲜艳，每个窗棂都用鲜花装饰，处处细节让人感觉充满了对生活的爱意。一楼的商户全是一家家餐厅、咖啡馆、礼品店、花卉店、蛋糕坊，精巧可爱，每一家都想进去转转。在这里，人仿佛穿越时光隧道来到了格林童话世界，步行变成了一种情趣，而不再疲顿、乏味。她又是喜欢又是带着一种冷战式思维与国内相比——看到推着手扶车蹒跚出行的耄耋老人，看着残疾人坐轮椅上公交车，她心想：这里的人怎么满大街都体弱多病的？中国大街上人们可都是行进匆匆、大步流星！还是中国人体质好！看见有的人只买了两个苹果、三个橙子攥在手里，她心想：看来虽然这里人均收入高，但是消费更高，连水果都吃不起，衣食住行未必比中国水平高，为祖国骄傲！

路过一家小小咖啡馆，外观像是霍比特人的小屋，她暗想，呵呵，国内街边那些包子铺可没这情趣。远远就闻到了咖啡飘香和新出炉的面包、蛋糕的浓郁香气，她和两个女同事进去坐了坐，一人点了一小杯咖啡。店里只有这三位东方女子，目光相对时人们都露出友好的微笑。

　　她坐在窗边，感慨万千：我们究竟生活为了什么？我们工作又为了什么样的生活？这样充满小资情调的地方，节奏放慢了，心态平和了，应该去谈一场缠绵悱恻的恋爱，而弥补她少女时期到现在的空白。

　　她虽然已为人妇、为人母，30 好几了，但是严格来说，她没有经历过她想象中的爱情。研究生快毕业了才开始有些着急，一是年龄渐长，看到周围人到了什么年龄就开始做什么年龄的事，自己也不能落伍；二是自己在大上海毫无根基，既然有人追她，又有本事帮她落实工作，那就必须应从，机会不把握住稍纵即逝，人不现实点怎行？况且身边有多少人不现实呢？那时候就想：找个我爱的不如找个爱我的，因为我爱的人如果不爱我，我会很痛苦；而爱我的人我即便不爱，久而久之看习惯了没准也就爱了。

　　她得到了她想有的。老公对她不错，如有争执，先妥协的一定是她老公。但是她从来没有跟他来过电。她的内心深处是孤独的，时常会梦见少女时代的一个中学男生——小强，全班个子最高、体育课成绩最好的那个男生。记得她穿的一双布鞋小得已经被大母脚趾捅破了，班上常有学生取笑，严重刺伤了一个女孩子的自尊心，而小强不知从哪里给她弄来一双新布鞋，十分合脚。她猜想是偷的，而只要为了她，能偷能抢能杀人放火，她都不反感。中学毕业后，小强参军了，他们起初一直通信。写着写着，那些含蓄隐晦的词句逐渐变成了火辣辣的爱情表白。小强鼓励她复读。等她上了大学，小强又怕她瞧不上他这个复员返乡的穷当兵的。后来已经复员的小强突然失去了联系。多方打听，才知道小强开货车出了车祸，人已经没了。车祸现场人们从他身上揣着罗淑琴给他的信知道了他的地址、姓名。

　　那是她的初恋，二人都没拉过手，简简单单，但刻骨铭心。为此，她还写了一首颇有古体色彩的现代爱情诗——

　　梦又不成灯又烬的时候

　　起看一天星斗

　　夜风轻拂窗纱

　　轻拂如水的温柔

　　也知道倾心的爱恋

　　可遇 不可求

　　但因你而起的思念

　　欲休 何曾休

　　乡关万里 料无人知我

　　此夜清幽

纵将那一个名字唤上千遍

风过处 唯有花香依旧

今亦如昨

如三千六百个反反复复的往日

涉多少大江大河

竟不知 天涯何处系孤舟

生命如花 一念如磐

命运 却是不定的沙洲

常在不愿走时疾走

在不该留处 停留

　　喝完咖啡，三个女士正准备埋单，谁知营业员告诉她们已经有一位男士帮她们付了钱。究竟是谁，无从得知，那人没留姓名，也许就是出于好感吧。可是罗淑琴却嘀咕半天，心想，敢情这德国人觉得我们中国来的都穷，连杯咖啡都买不起？这也太侮辱人了吧？

　　回到上海，罗淑琴兴致勃勃地跟老公描述德国的所见所闻。再回到那个出版社工作，她心思早已经不在那上面了——桌子、稿子、茶杯、报纸、八卦、开会……，每天都是这些内容。你可以耗下去，耗到老的退了，你升为处级干部的那一天；你可以干到老，一直等到退休，也许有个不错的养老待遇。但是她还想再看看外面的世界，不趁现在，更待何时？

　　老公陈守根是既来之则安之的人，不过罗淑琴有什么想法他都不会反对。

　　1999 年的一天，罗淑琴的研究生同学钟明明跟她联系上了。钟是上海人，研究生毕业后就申请了麻省理工学院读 MBA，最近刚拿到一笔风险投资，在北京国贸一带开了网络公司，向罗淑琴发来邀请，请她担任内容总监（CCO），月薪是她在出版社的十倍！

　　罗毫不犹豫地就答应了，她想：我和老陈，都在一个国营单位里也没什么意思，我出去闯闯，他留下，一个冲着钱，一个图稳定，没什么后顾之忧。老陈也连连说是好主意。就这样，罗淑琴只身一人搬到了北京。她儿子跟他爸更亲，因此离开了也没什么后顾之忧。

　　有意思的是，罗淑琴被同事拉去三里屯酒吧参加王闹的中老年妇女时装秀，又认识了我和我的一堆朋友。记不清是她先跟我认识的，还是先跟王闹认识的，还是我们同时认识的。她从来不提她是已婚之人，看她独来独往、自由自在，我们很长时间都以为她是单身贵族。彼时的她不到40 岁，在我们眼里是很年长的大姐，而现在再看那还是一个多么风华正茂的年纪啊！

一晚，罗淑琴把我约到她公司楼下的餐厅吃饭，掏出一封打印好的邮件，神秘兮兮地说道："请你来是知道你英语好，让你帮我看一封信。不过，你得发誓：烂到肚子里，绝对不许跟任何人提起哟！"

我说道："你要不放心，那就别给我看。莫非你是中央情报局间谍不成？"

罗笑了笑，把打印件递给我。这是一封英文邮件，内容是这样的——

Madeleine,

So tell me. What do you like in a man? Besides being stable financially? Does he have a certain look? Handsome? Tall? Or manly? A provider and loves you forever? Anything about passion?

David

玛德琳：

请告诉我，你喜欢一个男人的什么呢？除了经济上稳定？对他的相貌有什么要求？英俊？高大？或者阳刚？一个能供养你，永远爱你的人？那么激情呢？

大卫

"大卫是谁？"我问道。

"美国人，一个园林设计师，"罗道。

"这个玛德琳又是谁？"我问道。

罗不好意思地笑道："那你就别管了，一个女朋友呗。"

"一个女朋友的这种邮件怎么会落到你手中？"

"咳，那你就别管了。"

"哈哈，不会就是你吧？我还不知道你的英文名是玛德琳呢？你还蛮会起英文名的嘛！"

罗淑琴笑着，没有说是也没有否认，估计被我说中了，我也就没有打破沙锅问到底。这个大卫多半是罗淑琴在网上认识的。她不是在网络公司做内容总监吗？那可是天天泡在网上啊！

"你帮我回一封邮件吧！你看，我自己也能回，但是英文毕竟没你好。我想来想去，也就是你的文笔让我信得过。"

这种事我乐意干，帮人写入党申请书、情书、广告什么的，没有少干，找我的人还特多，一来是对我的认可，二来看到硕果累累也颇有成就感，三来李代桃僵、移花接木，有恶作剧的快感。

"以后你就帮我写邮件，每次吃饭都我埋单，成不？"罗道。我很爽快地答应了。

回家后几分钟我就给罗写好了回复——

In a man I care about both the inner being and the look. He must be tall so that I can feel like a bird protected by a big tree; he must be masculine so that I can feel I am more like a woman; he must be pleasant to look at so that at I can feel the urge to get close to him. He must have a kind, loving and caring heart and that makes him a great man. He must be brave and intelligent, too. Although I am a career-minded woman, I would declare to the world that I would only need love if love needs me!

对于一个男人，我既在乎内在美又在乎外表。他必须高大，这样我可以感觉像一只小鸟被大树来呵护；他必须男性特征十足，这样我可以感觉到我更像是一个女人；他必须相貌堂堂，这样我会感觉到有去亲近他的动力；他必须善良、有爱心、温存，这使得他更像一个男人。他还必须勇敢、睿智。虽然我是一个事业型女人，我还是想向世界宣布：如果爱需要我，我只要爱！

第二天罗淑琴就收到这个大卫的邮件。只有寥寥几句，罗未免有些失望——

Madeleine,

You know that you have described me, correct? It is true, that is me. Are you the beautiful, intelligent, sexy, caring, faithful woman I seek?

David

玛德琳：

你知道你描述的就是我，对吗？真的，那就是我。那么你就是我寻找的那个美丽、聪颖、性感、温存、忠诚的女人吗？

大卫

这一回，罗淑琴的意思是要冷处理一下。因为大卫的邮件超短，回复太快显得自己很贱；不回复又怕失去良机。所以她停了两周才让我帮助回复——

If you have the qualities that I demand of a man, why are you still alone? Is it because there are no other women around you who admire the same qualities as I do or because they have other requirements of a man? If you think you possess the qualities that I admire, what weaknesses/negative traits do you think you have? And how do you handle problems in a relationship? Do you think you are a progressive-, feminist-minded man?

如果你具备我对一个男人需求的条件，那么为什么你还是独身？那是因为你周围没别的女人和我爱慕同样的男性的优点，还是因为她们对男人有其他的要求？如果你认为你具备我所爱慕的优点，那么你认为你的弱点和消极的方面是什么？还有，你如何处理在婚恋关系中的问题？你认为你是一个思想激进，有女权主义思想的男人吗？

这一冷处理果然奏效，不仅大卫很快回邮，这一回还写了蛮多内容——

Madeleine,

You are one crazy lady. Ha! I'm just kidding. You are so business like the way you go about your sizing up your man's profile. You should have a line of 100 men with their resumes and read them all and then have them stand in front of you for inspection. Maybe in the nude? Just kidding. OK, here are your questions with some answers. Maybe not so good, but, hey, I will go along with your fun:

1) If you have the qualities that I demand of a man, why are you still alone? Is it because there are no other women around you who admire the same qualities as I do or because they have other requirements of a man?

–I am still alone, because the things I look for in a woman, I have not found. I want an intelligent woman that is also beautiful, sexy and can think for herself. I want a smart woman that also has much passion in her love and love making and devotion to her man.

2) If you think you possess the qualities that I admire, what weaknesses/negative traits do you think you have? And how do you handle problems in a relationship?

–Negative? Hmmmm. Maybe, I may be tooooo passionate about love. Maybe it takes a special woman? I admire a woman's independence, but I also want a woman that would want me to take care of her emotionally too. Many women in America want a relationship but are toooooooooo independent. I don't want that. When I make love to the woman I want to spend my life with, it must be the two of us being one in love. You understand? Maybe too physical for you?

3) Do you think you are a progressive-, feminist-minded man?

–I think I am progressive, as I mentioned above, but still want a romantic woman and a passionate lover as a mate. It is a special woman I am looking for. And you?

David

玛德琳：

你是一个疯狂的女士！哈！我是在开玩笑。你这么职业化，把你的男人的档案查个遍。你应该有 100 个男人站成一排，带上他们的简历，每个人读一遍，站在你的面前等待你的检阅。也许应该裸体接受检阅？开开玩笑。好吧，现在我回答你的问题。也许回答得不太好，但至少算是取悦于你：

1）如果你具备我对一个男人需求的条件，那么为什么你还是独身？那是因为你周围没有别的女人和我爱慕同样的男性的优点，还是因为她们对男人有其他的要求？

——我仍然独身，因为我所要寻找的女人身上的东西，我还没有找到。我想找到一个有智慧的女人，而且美丽、性感，会为自己思考。我要找一个聪明的女人，同时对爱情、对做爱又有激情，而且为她的男人而投入身心。

2）如果你认为你具备我所爱慕的优点，那么你认为你的弱点和消极的方面是什么？还有，你如何处理在婚恋关系中的问题？

——消极的方面？这个……也许，我对爱情太有激情了。也许需要一个特殊的女人？我欣赏女人的独立，但我还需要一个女人在情感上需要我来照顾她。美国很多女人都想要婚姻恋爱关系，但都太独立了。我不要那样的女人。当我和跟我白头到老的女人做爱时，我们俩必须是彼此相爱，成为一体。你明白吗？也许对你来说太偏重性爱了？

3）你认为你是一个思想激进、有女权主义思想的男人吗？

——我认为我思想激进，正如我前面所说，但我仍然需要一个浪漫的女人，一个充满激情的情人、伴侣。这就是我要找的特别的女人。你呢？

大卫

再次应罗淑琴之邀，回复如下——

Intelligent, beautiful, sexy and not too independent?? Well, I am intelligent, otherwise I couldn't have become a manager of our company as someone who had only been in Beijing for a year. Beautiful? Well, it all depends on the eye of the beholder. Sexy? People interpret that differently, so I don't know what your standard is for being a sexy woman. I have to say I could be annoyed at a man if he only looks at a woman's body instead of her brain, as if she were a piece of object. Although I am alone and seem to be a super woman in certain people's eyes, I have to say that I need to be emotionally dependent on a man. A woman is just a woman. Women are vulnerable, fragile and sensitive. Oftentimes, I want to cry on a man's shoulder, but I have to hold back my tears because I haven't met the Mr. Right that I can entrust with my sorrow and pain. So you want to be a romantic. Can you proudly name anything you have done in the past that is romantic? And you want passion. Don't you think if both parties are too passionate, their energy will eventually peter out? I am not talking against you. I am just asking you questions based on my experiences. Nude inspection is fun, but that's not my cup of tea.

Madeleine

聪明、美丽、性感，而且不要太独立？那么，我很聪明，否则我不可能才来北京一年就成为我们公司的一名经理人。美丽？我相信情人眼里出西施。性感？人们对性感有不同的理解，所以我不知道你对性感女人的标准是什么。我必须说，我讨厌男人只看女人的身体而不是她们的头脑，就好像女人是一个物体。虽然我独身一人，在很多人眼里看上去像个女强人，但我不得不说在情感上我需要依赖一个男人。我经常想趴在一个男人的肩上哭，但我只能收回眼泪，因为我还没有找见那个我可以将自己的痛苦和委屈倾诉给他的男人。 你想要浪漫。你能否骄傲地列举出你过去做过的任何浪漫的事情？你还要激情。你难道不觉得如果两个人都太富有激情，他们的能量迟早有一天灰飞烟灭？我不是在反对你。我只是在根据我个人的经验来问你问题。裸体检阅有意思，但非我所爱。哈哈。

玛德琳

很快大卫就回复了，不过这封邮件让罗淑琴决定从此画上句号——

Dear Madeleine,

Passion? Oh, I think if two are passionate then there are 2 people to come up with twice as many ways to keep the love burning. If you know what I mean If only one has passion, then the fire may burn out soon, or as you say "peter out". That is a funny expression. Is that a British expression or what? In order for me to be passionate about a woman, she must be intelligent. So sometimes it is hard to find a woman with all these qualities. A sexy woman? A woman who knows how to dress for her man and what her man likes. This doesn't mean she needs to look sexy going to work, but she does carry herself in a way that men find her attractive and respect her too. Is this too much "sex" attention for you? Sorry, if it is. I think if two people are attracted to one another, the physical and the intellectual go hand in hand. But, two people can talk about the intellectual things easily. I want to also talk about what sexual things may be good or bad in a relationship. Romantic things for me can be simple like walking on the beach at sunset. I love to watch the sunset with the one I love. This is beautiful for me. Other things include romantic dinners, either dining out or even at home. I enjoy a weekend getaway for just the two of us to a secluded area, away from the loud city, to enjoy each other's company intellectually and love making. Even flowers for no reason, just to show one cares and is thinking about the other. Many things like that. Even kisses in the most unlikely times or unsuspecting times. I love to think about the minds and bodies as one when romance and passion exist. When do you fantasize about being with a man romantically? At work? At home? In bed? What do you wear when you sleep at night?

David

亲爱的玛德琳：

激情？我想如果两个人都富有激情，那么两个人会得到双倍的能量使得爱情的火焰持续燃烧。你明白我说的意思吗？如果只有一个人有激情，火焰很快会熄灭，正如你说的"灰飞烟灭"。这是个很有意思的比喻。是英国的成语吗？如果要让我对一个女人充满激情，她必须聪明。所以有时很难找到一个具备这些条件的女人。性感女人？一个知道如何为她的男人穿衣打扮、如何取悦她的男人的女人。这不是说她上班时也要看上去性感，但是她举手投足必须让男人觉得她很有魅力，并且还尊重她。是不是对你来说有太多的"性"意味？对不起，如果真是那样。我想如果两个人彼此被对方吸引，肉体和精神的吸引是相伴的。但是，两个人很容易谈论智慧的东西。我还想谈论在婚姻恋爱关系中性的方方面面。浪漫的事情对我来说很简单，如傍晚时分走在海滩上。我喜欢和我爱的人一同观看日落。那对我来说很美。其他的事情包括浪漫的晚宴，或者是出外吃饭或者是在家里吃。我喜爱周末两个人出远门去一个人迹罕至的地方，远离喧嚣的城市，去享受两个人的心智的陪伴和做爱。甚至是毫无缘由地献花，只是想证明一个人在乎你，想及你。很多类似的事情。还有在最平常的时刻亲吻。我喜欢当浪漫和激情存在的时候想起肉体和灵魂的统一。你都在什么时候想象和一个男人浪漫呢？工作的时候吗？还是在家里？在床上？你晚上睡觉时都穿什么睡呢？

大卫

邮件写到这里，罗淑琴决定到此为止，倒不是因为对方在玩游戏。相反，她认为从字里行间看大卫还是认真的，但是她觉得大卫有点太"肉体（physical）"，动辄就什么"亲吻"、"做爱"、"裸体"、"睡衣"这类字眼儿，她不喜欢；二来，大卫希望女人经济上独立（independent），情感上却有依赖性（dependent），哪个中国女人会愿意？这不是吃大亏了吗？天下还有这种便宜事？这样的人通常是不会心甘情愿花钱在你身上的，趁早别瞎耽误功夫了，赶紧打住吧。

不出一个月，罗淑琴又约我吃饭，饭间掏出一张北京的英文报纸，是那种专门给在京外国人的。征友广告上有一栏广告引起了她的兴趣，那是一个德国裔澳大利亚人，不到 50 岁，自称是大众汽车公司总经理，丧偶多年，无儿无女无负担。罗请我给她写一封邮件，回复此人广告。于是便有了下文——

Hi, saw your ad on the net and was intrigued. I am a Chinese lady who has visited your beautiful country. I'm well educated, have a Master's degree, which probably why I am still single — men are intimidated by my academic background and my philosophical thoughts. I speak Mandarin and English, and am hoping to learn German, too! I have a decent enough job in Beijing. If you are interested, please call 1370 116 7893.

Best,

Lisa

你好。看到了你的广告，我很有兴趣。我是一位中国女士，曾访问过你美丽的国家。我受过很好的教育，有硕士学位，这也就是为什么我还是单身——男人们都怕我的学历和我的哲学思想。我说中文、英文，也希望学德语！我在北京又个很好的工作。如果你有兴趣，请打我电话 1370 116 7893。

祝好，

丽莎

"玛德琳"摇身一变成了"丽莎"。

女人回复男人的征友广告，本身就有些掉价儿，所以回复更不能太冗长、复杂，要简明扼要。谁知刚发出去邮件，当日下午这澳大利亚人就给罗淑琴来电话了。

罗在班上，讲电话不便，于是支支吾吾一番就匆匆挂了。当晚这澳大利亚人就来了邮件——

Hi there, Lisa, I am Walter. I phoned you this afternoon. My mobile is 1369 354 8876. As I said, I'm here *in the holidays and that would be a good time to catch up! My brother has an MA., so you don't intimidate me. Although if you looked like my brother, you would scare me haha. My major in Germany was philosophy, so ideas don't frighten me at all. In fact, I don't like dating unintelligent women. Nice chatting and hopefully we can catch up soon.*

All the best,

Walter

你好，丽莎。我是瓦尔特。我今天下午给你打过电话。我的手机号是 1369 354 8876。正如我说的，我现在在这里度假，所以正是我们联络的好时机！我的兄弟就有硕士学位，所以我不怕你的学历。但是如果你长的像我的兄弟，我会吓着的，哈哈。我大学的专业是哲学，所以有什么观点我不会惧怕。其实我还不喜欢和没有智慧的女人交往。希望我们能很快见面。

祝好，

瓦尔特

看到这里真让人好笑。一方面瓦尔特和"丽莎"一直在通着邮件，另一方面二人早在第一次联络就彼此留了手机号，这瓦尔特居然没听出"丽莎"英文口语和书面语的巨大悬殊？罗淑琴与瓦尔特同在北京，网恋很快能成为现实。她其实每周都还跟上海的老公、儿子保持电话联系，也给他们寄钱，这都是我后来得知的。她一个人在北京，跟人对自己婚姻、家庭只字不提，没有一丝负罪感，因为她的婚姻就是一种搭帮过日子的契约关系，双方履行合同而已，经济上她也没有亏待他们。再加上她从来都觉得这世界亏欠她太多，因此她完全有理由在自己选定的世界中自得其乐，过自己想过的生活。

欲知后事，且看下回。

56

远"嫁"加国

话说罗淑琴一直想嫁出国。现在网络上都在说"润"，那时候何尝不是如此？罗想，别人要么有财力办投资移民，要么有专长办技术移民，要么有七大姑八大姨能帮着办个什么团聚，而一个女人，但凡还有些姿色和青春的尾巴，赤手空拳也可以把自己办出去啊！她还有些英语基础，至少能看得懂简单邮件，于是网上、报纸上瞄准了好几个在京老外。先后聊了几个没成，又聊了一个澳大利亚德国后裔瓦尔特，这个是最有戏的。

后来怎么样，就没听罗淑琴说起，她是电话也不接，短信也不回，电子邮件更是杳无音信——估计多半是嫁走了。

又过了大半年，我和几个朋友有一次在三里屯的一个酒吧外面坐着喝饮料、聊天，正好有一个也认识罗淑琴的朋友捅了捅我的胳膊，示意我往旁边看去。一看不得不了，世界真小，那不就是罗淑琴吗？她身边还坐着一个老外。估计那就是瓦尔特？

我们知道此时的罗淑琴已经功德圆满，因此多半不肯再和知道这些底细的老朋友联络，因此没有主动跟她打招呼。

又过了许久，罗淑琴终于又和王闹联系上了，他们是闺蜜，断不了的。不知怎的，罗淑琴的确跟瓦尔特去了一趟澳大利亚，但是很快又回来了。究竟发生了什么，只有她自己知道。她还是不罢休，最后忍无可忍只好走了那一条让她放血的路——先跟老公离婚，再花 28 万人民币跟王闹办了假结婚，出境前先付 20 万，落地后再补缴余额八万。她心疼得很，老说贵，但是王闹说这是"一带俩"，连她母子甚至前老公一起都办了，为了儿子的前途，当然很值。

因为是假的，所以二人的"婚礼"和"蜜月"办得有模有样，比真的还真，一起去苏州杭州旅游一趟，照了很多像；又办了十桌宴席，请了很多亲友；还找一个朋友家的卧室照了搂搂抱抱的情人照，那王闹虽有一百个不情愿，但看在钱的份上也要强作笑容，俗话说：生活不易，全靠演技。这些照片都是拿给加拿大大使馆移民官看的。因为筹备细致，那加拿大移民部的葫芦官倒是拒了不少真结婚的，而这假的却一眼不眨地就批准了。

等罗淑琴到了加拿人温哥华以后，那八万余额迟迟不给王闹。

王闹是个好面子的人，不好意思总催，而罗又是个很赖皮又会哭穷卖嗲的女人，总说自己已经倾家荡产，且孤儿寡母，以后打工挣了钱慢慢还。于是，久而久之，王闹也就放弃了。

　　罗等于花了 20 万人民币办了个母子全家移民。随后又跟前老公复婚，还真有本事，不知使了什么手段，又把前老公也弄来了。

　　这些内情罗曾嘱咐王闹一定要烂到肚子里，不要跟任何人说。可是那王闹的嘴能把住门吗？早就一五一十全跟我说了。因此我在温哥华再见到罗时候，从来都闭口不谈，从不打听她怎么来到的温哥华。她愿意分享的只有她来到温哥华以后的故事——

　　罗虽然是国内名牌大学出身，但有个优点就是能屈能伸，因为她毕竟是农村苦孩子出身。人在加拿大，没有什么高低贵贱之分，也谈不上什么天之骄子，满大街都是大学毕业的，有什么可以嘚瑟的？她没有奢望，凭什么国内名牌大学毕业出国就一定要做白领？老公去世后，儿子也上了多伦多大学，她自由了，情场上没少折腾，但她绝对不含糊，亏肯定不能吃，便宜一定要占。先是网约几个年轻的老外，一见面凡是约她去星巴克的，她喝了咖啡以后就不再约见；而带她去餐馆点的都是便宜菜的，她也不会再见面。这些人花钱如此小心，不是拮据就是小气，女人嘛，要么图钱，要么图性，要么图感情，如果一条都不沾，的确是浪费时间浪费感情。

　　后来又约了一个大十岁的老头儿，那人自称是素里大学资深文学教授，她网上一搜，还确有其人，网上甚至连此人年薪都发布出来了，17 万加元。老头儿其貌不扬，她没感觉，因此毫不含糊，初次见面就把老头儿约到大温哥华地区本拿比的铁道镇商城，买了两双鞋，结账时候让老头儿走前面。老头儿不好意思不埋单，乖乖地掏出信用卡。那人也不是省油的灯，既然他当了冤大头，就要赚回来，当晚就要拉罗上她家过夜。罗婉拒说儿子从多伦多大学刚回来，不合适，因此拎着两双新鞋乘天车自己回家了。后来也没再和那老头儿见面。出来一趟，硕果累累，一点便宜没让老头儿占，却赚得两双新鞋回家。

　　后来她又通过教会的引荐去养老院和临终关怀医院做义工，认识了前面提到过的英国人安德鲁。话说安德鲁本已被医生宣布"死刑"，谁知可能因为和罗淑琴堕入爱河的缘故，癌细胞竟然奇迹般地消失，经医生同意，宣布可以出院回家了。

　　很快安德鲁就跟罗淑琴办了结婚手续。安德鲁给罗淑琴投了小小一笔投资，使得罗能去上职业培训学校学了按摩技术，后又去香港人开的按摩院打工。没多久自己又跟一个姐们儿合伙开了自己的按摩院，一个月能有五六千的收入，但是还要交房租。她说，打工有打工的好，就是甭管刮风下雨、有客无客，老板要保证基本收入，有客人再提成，所以风险是老板的，不好处就是毕竟人家是老板，总要有受气的时候，而且不能做些"歪门邪道"的额外事情便于多捞些小费；自己干有自己干的好，生意是自己的，但是总要担惊受怕，客人多的时候接不过来，但是一逢刮风下雨，一天都没一个客人，自己又干着急。而且，跟人合作，自己卖命干，还要跟人分钱，赚的时候还是心疼。没多久，那个姐们儿主动退出，自己单干去了，租了市中心区域理查兹大街的一座高级公寓里的套间，再多细节，对罗守口如瓶。

罗很有心计，合伙人没了，却多了一个竞争对手，所以一直揣摩那姐们儿生意如何，是否单飞以后更红火了，看她租的地点是理查兹街的高级公寓，寸土寸金的住宅区，房租肯定不低。她在报纸上看到了那姐们儿的广告，于是让老公安德鲁冒充客人打电话，特意问除了正规按摩外，还有没有什么额外的服务，有没有"happy ending"（快乐结局，暗指打飞机）。谁知电话那头连忙答应：当然会有"快乐结局"，保证客人绝对满意。至于罗自己是否提供"快乐结局"，她从来笑而不谈。

说起老公安德鲁，罗逢人总有说不完的话。我还电话里问过罗，安德鲁和她能过得来吗？罗回答："其他都好，就是他总要kiss（吻），我受不了。你看，你进家他要kiss，你出门他也要kiss，你起床了他要 kiss，你上床了他也要 kiss。俺以前那个死老公可不这样，就是拉拉手都不多。嘿嘿。"

我又问他，他比你大那么多，是哪一点让你最喜欢他？

罗回答："我最喜欢的就是他的那张脸！"

她这么一说，我在王闹家十几个人聚餐时见到安德鲁才注意查看，这老先生确实棱角分明，有斯巴达克斯一般的侧面，虽然年过 70，但不显老态，且文质彬彬、谈吐优雅，一副英国绅士作派，都盖过了王闹的加拿大干爹。

罗英语还达不到深刻交流地步，但是不妨碍二人对视时那种情意绵绵。十几个人聚会，他俩还看不够对方，罗时不时趴安德鲁大腿上腻味，说什么让安德鲁改遗嘱之类的话；那安德鲁目不转睛对着罗，一脸真诚。起初不知他二人说什么改遗嘱的话，后才听罗解释说，因为她和安德鲁女儿不合，经罗的软缠硬磨，安德鲁下狠心和女儿断绝了往来，并修改遗嘱，将罗列为他唯一的财产继承人。我们心想，这么有心计的女人，焉能搞不定一个英国老头儿？

罗知道，国内人一部分亲友以为她在国外很风光，另一部分则相信她一路靠男人，知道她底细的还会传些闲话，把她说得很惨，说她在加拿大已经沦落为按摩女郎了，而国内的老同学都是211、985 大学教授、系主任、什么"学科带头人"了。不过她现在不管这些。她来微信电话说道：

"我现在不在乎这些了。如果你在乎，一切都重要。如果你不在乎，一切都不重要。我来加拿大干嘛呀？不就是为了活得自在吗？我现在有老公疼我就够了，我还有自己的一套小公寓没贷款，出租了，现在住的老公的公寓将来也是我的，他女儿一分捞不着。我又不需要活给别人看，国内那些人怎么说随她们去！我相信，她们活得还不如我呢！光我知道的就有三个老同学还在向人借钱。你说她妈的，这些人不是分裂人格是什么？一边到处吹牛 X 说自己几套房子，多么成功，一边还在借钱。都 60 的人了，还活得那么惨。

"你看我现在信主。我知道自己不完美，但我跟你们接触我至少不装 X。你们说我真信主也罢，假信主也罢，我一个女人孤儿寡母也不容易，都是生存逼的，反正我也没害过人，没干过伤天害理的事。而且那些去教会的大多都是有毛病有罪的！正常人谁去教会？我告诉你，我在加拿大遇到的最奇葩的人全是在教会认识的！别以为去教会就怎么了，我觉得好笑，有的牧师连自己祖孙三代基督徒都成了炫耀的资本。其实这世上有多少真好人？好人只是在你没威胁到他的利益时才好！社会越上层，越是男盗女娼，尤其在中国！你有没有看《沈冰自述：我和周永康的故事》？我建议你看看。你看看央视里的那些人，几乎没一个好人！那些女主播，占尽了社会最好的资源，不还是一门心思嫁豪门、攀附权贵吗？你说，那站街卖淫的女人叫妓女，而那央视那些女主播还有那么多女戏子争当中南海情妇又叫什么呢？

"我是个来到世间就一无所有的女人。你也会说你一无所有，但是我家在农村，本身就比你们城里的起点低很多，所以才指望高考改变命运。但是即便高考成绩，还叫人冒名顶替了。你说这他妈的什么世道？这世界哪里有公平？我至今得到的一切，没有一个是天上凭空给我掉下来的。你看那沈冰，从小到大上帝这么垂青，一路保送不说，进了央视又进了政法委当厅级干部，天上掉下来的太多了，所以老天爷就要全收走！我就这点资源全是自己辛辛苦苦挣的，所以目前看来我晚年应该不错。养老的钱够了，而且我去养老院、临终关怀医院做过志愿者，感触颇深，觉得养老福利方面，加拿大政府还是指得上的！

"我知道你能写。我既然跟你说了这么多，就不怕你写出去。只要求你把我名字换换，老家换换，上过的大学校名换换。"

听罗这么一说，我找了《沈冰自述》看了。早就听闻此书，但一直以为是香港街头小报之类的噱头之作，因此一直没有关注。经罗推荐，一口气看完，觉得此书来头不小，书中暴露的中国官场和权贵阶层、央视和名利圈内幕，决非圈外人可以想像。平头百姓的身份，限制了我的想象力！敢情那影壁的背后，竟全是男盗女娼的丑事。

人在海外享受岁月静好的生活，确实明白了为何那个社会中的权贵人士、精英人士即使捞够了钱也要不遗余力将家属都移民海外，因为他们都深知：那捞金之地终究不是安身之地！两千年封建社会中"因嫌纱帽小，致使锁枷扛，昨怜破袄寒，今嫌紫蟒长"，今天的中国又何尝不依旧如此？书中除了沈冰自己和一拨央视闺蜜，还有那号称央视的芮才子，还有一干各级官员，以为抱对了大腿，顺风顺水，私心膨胀，不知见好就收，最后登高跌重、身败名裂、苟活余生。正如老舍的《四世同堂》中冠晓荷所说的，"我看明白了，如今这世道除了当官和做戏子，干其他什么都发不了！"今天的中国和民国时期相比，何尝不依旧如此？有人说，老天爷有眼，让习上了台。铲除异己也罢、政治清洗也罢，反正让一批男盗女娼者全进了大狱，那些年打虎拍蝇，颇得人心。但是，守着茅坑打苍蝇，永远打不干净啊！你越打，于是越有人认同应该捞够了就"润"的道理。

做临时的好人容易，做一霎那的坏人更容易，但是在不公平的社会中，在无数次挫败和委屈中也能保持善良和纯真，而没有反社会的心理，却是比较难的——但是在加拿大容易一些，因为这里没有你的中国老同学，没有亲朋好友，没有人向你借钱，没有人给你发婚帖和满月帖，没有人打听你境况，没有聚会时候打车、泊车时候微妙的攀比；有的只是交往起来蜻蜓点水般的其他族裔的邻居或同事。

罗能倾诉她的人生，其实也希望幻化成我的文字给世上留下点痕迹，让人知道有这么一个农村姑娘的一路打拼；她不知道，我和我周围熟悉的朋友，其实也没有谁比她更顺。那些顺丰顺水的人，比如正在辉煌期的芮才子、沈冰之类，自然不屑于和我们来往，我们自然也不肯和他们有交集。人都是这样，都愿意交一些同是天涯沦落人。

预知后事，请看下回。

57

永别冰城

闪回到往事很久了，该说回到近年自己身上发生的事了。前面第 33 回说到偶遇一英国塔罗牌大师称三个月会前往美国东海岸工作，而且去之前还会有旅游度假，都叫她说着了。更令人叫奇又无奈的是这之后三四年发生的事情的大概脉络，也叫她说着了。

35 回说到 2018 年夏季的欧洲自驾游之后的确前往美国康涅狄格州的冰城大学任教，如果各位看官淡忘了，可以再翻回到 35 回温习一下。话说被那菲律宾华女羞辱后冒出这么一个机会，肯定比那破公司强，但是谈不上什么喜出望外，因为那只是替一个因母亲去世请一年假的、即将获得终身教职的年轻美国教授而已，那人名叫迪克，比我还小好几岁，哈佛大学汉学博士毕业，风华正茂、少年得志，占尽天时地利人和。他已经干满六年，即将迎来终身教职评估，一旦通过，就获得了终身职位，余生都高枕无忧了。

刚来美国第一天，国内的大师齐老师冷不丁来了微信电话，说："好好干，师父说了，干好一年，就能干十年！"

我心想，莫非我任劳任怨、敬职敬责，人家看在眼里，一年后会将我留下？除非那迪克不再回来，否则这里一个萝卜一个坑，焉能为我再添一坑？

那冰城，冬天冰天雪地，夏天却酷热难当，跟温哥华相比天壤之别，和北京倒不分伯仲。我和宝宝下了飞机，取了行李，来接我的是当初给我远程面试的三个人之一——早年来自北京的申雪华老师，以及她的美国老公戈登，一看都是快奔七的人了。戈登肯出汗，等我取完行李一起去停车库的时候已是满头大汗。去我公寓的路上我请他二人吃中餐，点了有生以来最好吃的葱油饼。饭间，和申老师倒是有说有笑，戈登则不苟言笑，一脸严肃，拒人千里之外。

另外两个给我面试的，一个是现任系主任卢卡斯，另一个是前任系主任雪莉，后来在学校都陆续见到，都谦逊有礼，但从不深交。

美加大学招聘制度是这样：如果是临时职位，通常只需要一轮远程面试就可顶多；如果是有机会获得终身教职的职位，通常要两轮面试，第一轮筛选六到八个人参加远程面试，第二轮从中选三个人来学校面试，通常需要一天半，说是"面试"，其实就是弄来一帮人跟相亲似的看看哪个人顺眼。你说如果三个人中比谁更合适这职位，那这百里挑三的，肯定没有一个不合适的；你说如果挑发表作品，狗屁，没有人会看中你发了什么，你发的少了人家会觉得你以后还有潜力，你发多了人家反而还会觉得你会嘚瑟；你说如果挑试讲效果，扯蛋，那二三十分钟或四五十分钟精心准备的台词，谁能看出个端倪？你表现太低调了，人家会觉得弱必淘汰；你表现太优秀了，人家又会觉得你太张扬。因此这个过程其实就是买彩票而已，另外还要看谁更会表演。

申老师后来跟我熟了告诉我，我就不会表演，当初远程面试上跟我不熟，她甚至还觉得我"劲儿劲儿"的；没想到熟了以后才知道和我相见恨晚。我和她和她美国老公戈登，后来成了忘年交，我们仨每次相聚谈话都极其投缘，相见恨晚。她一直告诫我，要像迪克学习，学会作秀，当初迪克来学校面试时，那高大伟岸的身姿，那绅士般的谈吐，迷倒了一批师生，加上又是哈佛大学博士生，将来对学校也是又多了一块招牌，所以在三个选手中，所有人都投票给他了。没想到，此人来了以后就揭掉了文明的画皮，据说因职业操守问题招惹一堆是非，甚至还有一群学生联名写信投诉他，还有教师因为跟他的矛盾甚至产生了自杀倾向，闹得不可开交。

若说这招聘制度有缺陷，但是谁又能想起更公平的制度来？所以说，制度没有完美的，只有更好的。想起有一年回北京试着去大学里找职位。经亲戚介绍找到了一家外语学院的法语系党委书记，她再介绍我去英语系求职，有她的面子加上我的海外学历，人家立即给我安排了试讲。不过这书记私下里跟我说："当初，英语系系主任介绍他亲戚来我们法语系求职，带了土特产和5000 元的购物卡，你看你能不能也给他对等的礼物呢？"

这建议顿时让我哑口无言。我要学历有学历，要作品有作品，竟然还要送礼？一个已经在那英语系任教的老同学对我说："哈哈，你在国外那么多年已经变单纯了。你知道吗，正因为你有这资历，人家才给你机会送礼！否则连送礼的机会都没有！"

各有利弊，也别比孰优孰劣。

外面人听着我好像做了美国大学的教授该有多么风光，其实我坐在这迪克的办公桌边，临时替他一年，心里却是寄人篱下的感觉。无数次受挫已经把我"摧残"得没有什么自我意识了。看看人家迪克的简历，唯一的"发表作品"是他的个人博客。我虽出了几本书，如同废纸一样；我上的加拿大的大学，在人家哈佛大学眼中和野鸡大学别无二致。

听齐老师的话，一方面夹着尾巴做人，另一方面绝对要任劳任怨、敬职敬责，每日里如履薄冰、如临深渊，生怕哪里做得欠妥，不是得罪了学生，就是没让领导满意。别人如果用九分力，我用十三分的力气！我用这金字塔最底层的薪水，花最多的比例带学生下馆子，给学生购买各种奖品，配合百般花样的课堂练习设置，让我的课堂有声有色。敢情坏话传千里，好话不出门。除了期末学生给我写的评语不错以外，凭我如何卖力，各级领导无人知晓，也无人关注，只有申老师对我欣赏，可惜她没有个一官半职，只是一个不断续签合同的讲师而已，自己还是泥菩萨过河。

干了快一个学期，我心想，不妨找那英国塔罗牌大师伊丽莎白问问？于是给她交了费，跟她视频一番。

她说道："你在那儿干得不错，有很好的反馈……"

我心想，那是不是意味着可以留下来呢？

她接着道："不过，你还会离开康涅狄格州。你要继续申请工作，现在就开始。你应该又回到了加拿大，用从那儿重新开始……"

我疑惑地问道："你既然说我干得好，反馈好，难道人家不肯留我？"

伊丽莎白斩钉截铁地道："他们想留你估计也是一半一半吧！到时候他们就不需要你了。你还得离开，再也不会回去了。"

她还补了一句："二月你就会知道了。"

这话听了着实让人不爽。干得好好的，反馈也好，凭什么又离开了呢？还让我现在就开始继续找工作？而且，怎么又回到了起点，从零开始？那我来这冰城大学干嘛来了？这不是瞎折腾吗？

齐老师不是说"干好一年，就能干十年"吗？这一东一西俩大师怎么说的不一致啊？我应该听谁的呢？

就在新工作没着落、这份工作又没有续签的迹象之时，申老师的老公找到我向我汇报一个"喜讯"。那天，他带我去城里参加一个作家新书发布会，中途休息的时候，他双眼中闪动着激动的光芒，拿出两张表格，煞有介事地告诉我："迪克辞职了！卢卡斯征求了雪华的意见，雪华强烈建议给你再续一年！"

他晃了晃手中的黄色表格，继续道："我在帮雪华给你写评语呢！"

我仰头看着戈登那高我半头的脸，那是一张将近 70 岁的理工男的不苟言笑、雷打不惊、从不露声色的脸，此时却绽放得像刚得到圣诞礼物的孩童。他得知此讯，甚至比我还欣喜！什么是朋友？这不是朋友，那什么算朋友呢？

申老师随后也恭喜我道："你看看，契机属于有准备之人。谁能想到，迪克竟然自己辞职了！系里这个职位就没别人了，现在你可是近水楼台先得月啊！好好干，吉人自有天相。"

我心里倒是暗想：看来英国大师没说对，倒是齐老师说准了；这中西大师 PK，最终还是中国的技高一筹！

卢卡斯的确又和我续签了一年，这一点伊丽莎白没说出来，齐老师说出来了。同时，他作为系主任又上报校方，因迪克辞职，职位空缺，系里需要重新公开招聘。申老师不断鼓励我留心职位发布，竭尽全力申请，申请材料可以让戈登过目把关。

卢卡斯提交了报告后就谢任了，人家有家有室，酷爱生活，薪水又不低，并不愿意当系主任——多一个职位多一份操心，这里的人大多生活第一，既然已有旱涝保收的工作，谁会稀罕官职？据申老师说，学校正苦于无人毛遂自荐当系主任时，一名不见经传的西班牙女教授跃跃欲试，名叫卡门。她将接过卢卡斯的接力棒，负责招聘工作，不过，学校已经决定该职位不再设置终身教职，而改为三年一续，将教书以及中文课程协调员两份职责合二为一。

谁知，这之后发生的一切，竟然还是叫英国大师伊丽莎白说中了。这卡门上网公布了职位多日，无人知晓，还是我偶然看到，告诉了申老师，申老师就有不祥之感。不管怎样，我申请了。

一个月后，卡门通知我进入最后六人名单，要进行视频面试。那视频里看见卡门在内的三个人，另外两个人一个是外系教职工、外表邋遢的白男罗伯特，另一个是笑容可掬的华女，名叫叶青，是个大学内部某学院的行政干部。这卡门操着一口浓重的西班牙口音主持起了面试，说起话来感觉有些不着四六，不太像绝大多数美国学者那样可以说得滴水不漏的感觉。居然问了我一个雷人的问题：如果我得到了这份工作，以后会不会给申老师多排课？

我在冰城干了一年多，驾轻就熟，所以回答自然也滴水不漏。

那之后，申老师和戈登都为我高枕无忧了，但是随后的寒假和新学期，一直杳无音信，他二人就开始为我不安——因为如果选中了我，那他们会很快通知我，决不可能耽搁数月。

还是伊丽莎白说对了，两个多月后的二月17日，卡门给我发来邮件，说"招聘委员会"更看中另一人的履历，选了她，并感谢我过去近两年的工作。

看到邮件，颇有天塌下来的感觉；甚至如同看朱成碧一般，误以为看错了，再定睛多看几眼，确实没有看错。

电话告诉了申老师，她什么也没说，电话那头一边走路，一边叹气。

戈登则说，做了一辈子理性的理工男、高级工程师，这还是第一次碰见到非理性事件，用理性难以解释，如何分析，都是不应该发生的。

人说担忧未必是直觉，但是我们的担忧却如同直觉一般精准。

那叶青随后给我发来邮件，表示遗憾，又道："你有电话吗？我看还是打电话聊更方便。"

于是我发给她电话号码，她一打就是一个半小时：

"你是不是没有跟你们那个系主任搞好关系啊？"叶青一上来就问道。她自报家门，称是个快人快语的四川人，在面试过程中她是力挺我的，言下之意，怎么说呢，听她的重音所在位置，不言而喻。

"怎么讲？我跟此人压根儿就基本没有过交集，怎么说没搞好关系呢？"

"啊，那是我们讨论时候给我的感觉。我感觉她不是很了解你，要么就是她有她的倾向性，比如说，她更看中的是另一个选手的课程协调上的经验。你知道，我是看好你的，虽说我们这个招聘委员会是三个人讨论选举，貌似民主、公平，但是这个系毕竟她是现任系主任啊，我们都是外系的，即使再有想法，她可以一句话就把我们给怼了。这就是西方的民主，你还不了解？哈哈。"

"我明白了。谢谢你的提醒。"回想起伊丽莎白说的"二月你就知道了"和"他们到时候就不需要你了，"惊讶伊丽莎白还真有远见之明。齐老师说的"能干好一年就能干十年"，则明显落空。

我不想再争执什么了，如果你认可你的命运掌控在别人手中，那你就是命运的奴隶；如果你想成为命运的主人，那就要一颗红心，多手准备。有句话说得很精辟：如果人家想要你，可以找一条理由就够了；如果人家不想要你，可以找一千条理由。至于什么原因这个卡门不选我，你去追究也是徒劳。不过叶青又提醒了我：

"即便现在跟她搞好关系也是有必要的哟。万一她招的那个人不来了呢？比如说签证办不下来，或者人家拿到了终身教职的职位，更诱人，不就不来了吗？嘿嘿，这话我只能点到为止。"

当夜给国内的齐老师发了微信，告诉她这一突发事件。谁知齐老师考虑之后说道："你还有希望，因为她招的那个人没有确认，来不来还说不定呢。"

第二日，申老师说她在校园里看见了卡门，说也许卡门知道她不高兴，没有跟她多说什么。

申老师语重心长告诉我："达哇，这就是这个社会啊，哪里都一样，哪有什么善良正义啊？哪有什么公平啊？我比你还多吃了 20 年的饭，经历的比你多，大跃进、三年饥荒、文革、上山下乡、改革开放、出国留学，实话说，这一辈子就没遇到过几个好人！发生了这种事情，也的确是我们的意料之外，究竟那人是怎么想的，只有她自己知道。这个怪人，叫你碰上了。总之，实在是常理之外，因为你干得好好的，何必再冒险招一个陌生人呢？要是新人又是一个迪克怎么办？哎，想不通啊！"

叶青还给我出谋划策，让我去找卡门的直接上司。我去了。那个和蔼可亲的美国绅士倒是丝毫没有架子，答应帮我查询。最后的答复是："材料我都看了个遍，没有非法（illegal）之举，所以我也没辙。"

细想，人家说的也对。在合法范畴内，人家选谁不选谁是被赋予的权利，上司也无法推翻。

又建议我去找校长，那是个中国人，申老师说看面相有铁面包公之相，兴许能帮我主持正义。我明知可能性不大，但也竭力一试。果不其然，那校长起初还通过秘书亲民般地回邮，看了我的陈述后反而彻底失联了。

就在那几天，震惊、愤懑、焦虑、绝望，各种情绪交加，我突然感觉到了咽喉的一种不正常状态，有种嗖嗖发凉的感觉，像是感冒的初识状态，但持续了三两日，不见感冒发展，如咽喉痛、流鼻涕、鼻塞、喷嚏等症状。之后又有吞咽食物好像不顺的感觉，接下来，嗓子又逐渐疲劳、嘶哑，才觉得应该去看看医生——因为这一切感觉都是从未有过的，明显不正常。

那一场史无前例的新冠疫情从中国武汉开始席卷世界各地，已经悄悄来到了这座距离纽约四小时车程的城市，最初的病例是一个 72 岁的妇女，自从她去了 Wegman's 超市购物，回家就爆发了症状，一时间整座学校、整座城市都开始人心惶惶。还管他什么工作啊，保命要紧！学校发来通知，让师生尽快离校返家。我因此订了回温哥华的机票，而就在五天后，加拿大航空公司就宣布取消了所有航班。

我和宝宝回家的那天，依旧是申老师和她老公戈登送我，相见时难别亦难。

当初接我的那天酷热难当；如今送我的这天又寒风刺骨，不过这一次我们三个人都戴上了陌生的口罩。

失意中来，悲情中走。

我从他们的车上抱下宝宝，抬下行李，本想和他俩来个拥抱，无奈新冠疫情期间要求保持距离。只见戈登那一向不苟言笑、雷打不惊、从不露声色的理工脸，口罩遮住了半张，但双眼说明了一切，那眼睛渗出一丝无奈、同情、惋惜。

纵有千言万语，此时却是无声胜有声。

我看着他们离去的背影，看着他们开走的吉普，心里有种预感，这个地方我不会再来了；这是我们最后的一面。

欲知后事，请看下回。

58

病来山倒

上回说到因为疫情，学校突然宣布所有人回家，改为网上授课。我辗转回到家中，中途还有航班延误，自费在芝加哥机场酒店住了一宿。虽然到家，但工作未断，所有课程全部在网上进行，因此我的合同还有两个月到期，也还能再拿两个月薪水。我提前让我妈待在她房间里不要出来迎我。我则戴着口罩进家，进我房间就赶紧闭门不出，进行严格的 14 天隔离。

我在家人面前一向是报喜不报忧。从小到大，我妈只管我们是否吃饱穿暖，至于社会上打拼的酸甜苦辣，她一概没兴趣知道，或许只是没那个心眼儿。在她看来，我在外面一定是很出息的，时不时可以跟左邻右舍或老同事们炫耀一番。她只看到我和宝宝回家就高兴，却不知这一回就又面临多重危机，屋漏偏逢阴雨天，工作无着落，疫情大萧条，而且病来如山倒——这突来的不明症状，只要还有一天没有明确诊断，时时刻刻都是个心事。所以回家没多久我就电话预约了家庭医生。

疫情期间，家庭医生主要靠电话面诊，听我诉说呼吸后鼻腔深处的凉感，于是先下结论说可能是入春以后呼吸道过敏，建议家里放个加湿器或空气净化器。我都试了，无济于事，决定还是约他当面细谈。谁知一见面说得更清楚，幸亏我把种种细致入微的感觉都恰如其分地描述出来，主要是持续不退的咽喉症状：嗓子嘶哑，说话费力，此症状近两年来一直持续不断；喉咙发紧、有肿胀感或异物感、堵塞感，有时还会有明显面积扩大的炎症感觉，严重时甚至会有窒息感，自 2021 年 12 月以来更为明显、持续，原因不明。此外还有清嗓的反应。他一听，马上判断说是反胃酸，先开了一个月的抑酸药，让先吃着，再给我约耳鼻喉科专家。

去看家庭医生的这一天，远在美国康涅狄格州的申老师突然给我来了个紧急电话，煞有介事告诉我说："达哇！你有没有看卡门给全系员工的邮件啊？"

我既然已经离开那里，早就抛之脑后，既往不咎、生活继续，什么邮件早已不关注了。

"你快看卡门前天发给全系的邮件。她新招的那个人不来了！你又有机会了！"申老师好像中了彩票一般，而我早已淡然。

"当然，还要取决你还想不想在这里再争取一下。如果你还想把住机会，不妨给她发个邮件，表示你还有兴趣。"

我心想，虽说好马不吃回头草，但是上帝帮助那些自助的人。假如一个机会到来与否就在于人的起心动念之间，那就没必要赌气。因此我简明扼要、不卑不亢地给卡门去了邮件——

"谢谢你的邮件。我注意到那个新招的求职者因故不能来了。我仍然对此职位保持兴趣。"

卡门很快回复道：

"我们招的那个人，我们都把手续办好了，她竟然说是健康问题，不来了。我们又给人力资源部提交了你的材料，因为你被我们列为第二人选，但是他们又通知我因为疫情，所有的全职职位的招聘工作全部暂停。"

虽然全职职位招聘冻结，但是网课还是得有人去上。因为临时没人去了，我等于是救场如救火，卡门正求之不得，所以一直高高在上、新官上任三把火的她突然放低了身价，字里行间冒出来几个客气的字眼儿，感谢我解了她的燃眉之急。正因为此，我等于是又续了一年。

不过续不续我已经不是很在乎了——人生中很多事情当时你在乎，过后回头再看，觉得真是没什么可在乎的。最需要在乎的，还是把自己的身体搞好！

回家后我上网搜索了大量资料，都是英文的，得知有两种类型的常见反酸病——LPR（返流性咽炎）和 GERD（胃食道返流），果然，描述的 LPR 症状与我的感受十分吻合。 后来见了耳鼻喉专家，喉咙里照了照，说没事，听我描述的症状马上肯定地说就是 LPR。她过去 40 年的临床经验听到过无数病人反复描述一模一样的症状。她没有什么更高明的治疗方案，只是建议先继续吃抑酸药，然后发给我一些医学文献，让我回家好好阅读。LRP 的治疗方式主要是对生活习惯的调整，包括：吃的要清淡、低酸、低脂，避免辛辣食物 ，少食多餐 ，减重 ，不能抽烟喝酒，避免咖啡因 ，床头要抬高 ，避免清嗓子 ，可以服用非处方的抑酸药，等等。

尽管家庭医生和耳鼻喉科专家凭我的主诉和他们的临床经验给出诊断，但是我还是希望有科学的方式来加以佐证，因为人的经验也会出错误的。于是我先做了肠镜、胃镜检查，结果是全部正常。说来话长，最初请家庭医生帮约，他以年龄不到又没有肠胃系统疾病史为由拒绝这一要求。但是有一天吃饭感觉吞咽有不畅，联系了本拿比铁道镇附近一家 walk-in 诊所，这家诊所的医生当即承诺要给我约肠胃科专科医生。

数月后这位肠胃科专科医生的诊所打来电话，先约了电话诊疗。这是一位只说英文的本地出生的华裔医生，听我的描述，认为应该无大碍，但由于我爸曾有过结肠癌（做手术治愈），可以安排我做肠镜、胃镜检查。

问了问加拿大周围认识的中老年朋友，几乎所有人都做过。他们很多人都有家族史，也有的人岁数大了，感觉消化不好、大便不好，

种种问题都来了。

国内有一个老阿姨，她的丈夫生前是中石化一位总工程师，东奔西跑、日理万机。生前最后一次体检各项指标都很正常，唯独没有查胃镜（常规体检不做胃镜、肠镜）。但是突然有一天胃

疼难忍，去医院一查才发现已是胃癌晚期，医生宣布还有三个月寿命，全家人当即五雷轰顶。找了中央首长的关系住进了 301 医院，自费用进口药，花了几十万，最后人还是走了。

人到了最后的日子才后悔：为什么没有早保养，早检查，早治疗？

加拿大的医疗制度促使我们每个人采取预防保健型的方式：因为见医生要预约，所以就要在没病的时候就开始约，把每次见医生都当作是一次防患于未然的体检；而真正迫切需要尽快治疗的时候，医院肯定会给你优先权的。这些我都经历过了。

很快，这位肠胃专科医生诊所打来电话，给我几个日期选择，在列治文医院做胃镜、肠镜。我选择了周五。对方发来各种表格和准备须知——在检查的头一天就要节食，还要吃泻药和清肠药。我在药店买好了这盒药，检查头天早上开始就只喝了苹果汁，中午 12 点准时吃了三粒泻药，下午三点多开始排泄。傍晚六时正，用一升水泡第一包清肠药，是果汁味道，每 15 分钟喝 250 毫升，喝完第一包，一小时后开始排泄。检查前一天一天一宿没吃饭，确实有些饥肠辘辘，但还好。

检查当日早晨六点开始喝第二包清肠药水，每 15 分钟喝 250 毫升。9：24 分乘天车去列治文医院。我被要求 12：00 到达。提前近一小时到那里，朋友李建丽赶来陪我，暖意油然而生。医院不大，类似国内二级医院，但洁净无味，井井有条。进门先用消毒液消毒手，再去登记。后由一义工带到绿区候诊区，一半白人一半华人，确实是列治文的当地特色。在那里等了好久，几乎有一个小时才有护士叫我进去。先是常规性质的问话，又带我到一隔间，拿来病号服和一个袋子，让我全部脱光，穿上他们的病号服和长筒袜，将物品放到袋子里，鞋放到床下板子上。我还特意再问了一下："全部脱光？不留内裤？"她斩钉截铁地回答："是的。"

这里没有拖鞋，只须穿上他们的长筒袜即可，那长筒袜很保暖。这和另一家医院一样，但是新威斯敏斯特医院不太一样，那里可以穿内裤，也没有长筒袜。

换好衣服，又有一黑人女护士过来，让我把病号服打结的带子打开，露出臀部坐在床上，这样便于医生一会儿做肠镜。我问她，怎么听说别人做的时候没有全脱光衣服，而是将裤子褪到膝盖？

她一听哈哈大笑，问："你说的是哪里啊？"然后她又兴致勃勃地学给另一个护士听，那个护士也跟着大笑起来。我没好意思说那是在北京。

我又问她，怎么听说有的人做的时候用全麻，有的人用镇定？她说，有的人确实什么都不用，能忍受，也有的人用镇定，不会睡着，能保持清醒跟医生交流。我问她："那你建议我呢？"她说道："我建议你用那个清醒的镇定，会让你更舒服一些。"

听了好几个亲朋好友说他们做肠镜、胃镜的经历，说如果不全麻，会感觉十分不适，甚至生不如死。怎么有上刑场的感觉？我做好了选择镇定的准备。

又等了许久，肠胃专科医生黄医生才来，精干利索的样子，长得有点像节目主持人戴军。心想，怎么那个唱《阿莲》的进来了？人看上去很年轻，就已经做到了专科医生。我问他我是否需要用镇定。他说他 70%的病人什么都不用，就做好了；也有 30%的病人受不了，所以用镇定。他问我选择什么，我回答说："我听你的。"

于是他说，那就先做着，如果中途疼了，不舒服了，再补镇定也不迟。我爽快地答应了。我是相信医生的，是一个很配合的病人。医生有什么建议，自有他的道理。他们最不喜欢的是那些一知半解还挺有主见的病人。

果然，他说对了，真是什么镇定、麻药都不需要，如果做这点小事都用全麻，那真是用大炮轰蚊子了！

过了一两分钟，黄医生亲自把我推进检查室，那一路我躺在病床上，心想，这一分钱不花的待遇，多亏了加拿大的医疗制度。

检查室里面一片昏暗，有两个白人女医护人员，还有一个华人男医护人员，加上黄医生一共四人。他们把我的床安置在电脑屏幕和一堆充满高科技感的仪器之间，让我左侧侧卧，露出臀部，黄医生以迅雷不及掩耳之势用导管伸进直肠内，起初有腹胀之感，我告诉了他们，他们说那就对了，因为那个仪器会往肠内打气，可以让他观察得更真切细腻。我也从屏幕上看到高清的肠内影像——粉嫩细滑，像无底洞一般，蜿蜒曲折，而且清肠真够彻底，不见一丝污垢。这个过程大约有 15 分钟，基本上除了起初的腹胀，没有别的不适。我惊叹那个导管——又能往里钻，上面又有摄像头，又有吹气口，还能去息肉，也不知是谁发明的？

做着做着，黄医生说都很正常，只看到一个细小的息肉，我也能看见，像是芝麻粒一样大。只见那导管头冒出钓鱼线般的细线圈出来，黄医生就跟玩电脑游戏一般，娴熟地套住息肉，切断、回收，最后抽出来送去做切片检验。息肉通常都是良性的，但是结肠癌都是息肉发展成的——不早发现，早祛除，一点一滴，日积月累，最后癌变，悔之莫及。

然后他说："艰难的部分已经完成了。"意思好像是说，剩下的胃镜应该比这个更轻松。

女医护人员极其和蔼耐心，让我再翻身右侧侧卧，先在我喉咙里喷了一种麻药，让我吞下，苦不堪言，但还可以忍受。又将一塑料圈放我口中让我咬住，我感觉活像《沉默的羔羊》中的汉尼拔。这个塑料圈是保证胃镜导管在检查过程不被我的牙齿或口型变化而干扰。然后黄医生就开始把胃镜导管往我食道里插，确实有干呕的感觉，但是都是转瞬即逝。黄医生说只需要一分钟，而女助理不停地说："忍一忍，很快就好了，多多用鼻子呼吸。"结果我一听她的，就好很多，他们都连连称是。后又干呕，这时候只听黄医生说：

"再坚持一下，还有十秒了，就十秒了。"没想到，语言的力量是如此强大，一听"就最后十秒了"，我反而放松了，就基本没有不适的感觉了。

这个黄医生真是手脚麻利，很快就全照完了，还说："完全正常！"

在这个屋里一共待了不到 20 分钟。因为没有用镇定，推出去后护士拔了输液针头，发了出院须知，就可以自如回家了。这时候心想，幸亏没用全麻或镇定，如果用了，那该多后悔啊！

整整饿了 36 小时，路过云之南餐厅，美美吃了一顿，还打了包。不得不惊叹列治文确实是加拿大美食之都。

肠胃检查了，既然没事，就要再做胃酸监测。我可是排队等候 13 个月才能到温哥华总医院做食管动力学检查（esophageal manometry）和食道 24 小时 pH 值监测（24 hour pH testing）。等候时间根据先来后到的原则和医生对你情况紧急与否的判断来决定。所谓的食管动力学检查，就是将一个比较粗的管子从鼻孔中插入，一直到食管深处，电脑高清直观观察食管肌肉蠕动、上下括约肌及松弛率。

一个没有口音的印度女医生接待了我，态度和蔼可亲，操作娴熟老练，先跟我交谈一番，再详尽解释我要做的这两项检查细节。她说道，很多病人做第一项检查，即食管动力学检查的时候受不了，但是一听说我不用镇定就做了胃镜，她大舒一口气，道："如果你不用镇定都做了胃镜的话，那这个食管动力学你肯定能承受得了！"

果不其然，我做的时候没有受罪。首先，她用一粗大的注射器将啫喱状的麻药打入我选择的左侧鼻孔，让我深吸进去，再吞咽下去。很快，从鼻孔到咽喉这一路都麻木了。插管的时候配合她的指令，该吸气就吸气，该呼气就呼气，该仰脖子仰脖子，该低头就低头，进行得非常顺利，她连连叫好。然后她让不要吞咽口水坚持十秒到 30 秒，这个比较难，因为有管子插在食管里，人不由自主地就要做吞咽的反应，这生理反应是不随人意志转移的，所以一旦有吞咽，就要重做，但是她极尽耐心，用语言的力量征服了我，比如她说："就十秒了！还有五秒！还有四秒！再坚持一下就胜利了！"这种激励的话语立即给了我无比的信心和轻松，于是很容易配合完成了这一部分内容。

接下来是让我先后十次用吸管吸食盐水，这一部分内容很容易做到，因此十分顺利地完成了。她一边看着电脑屏幕一边说："我现在看着就知道全部正常，但是我们随后还会做实验室进一步分析，应该没问题。"

做完第一个检查，半个小时过去了。这位女医生连连夸我表现不错，我则夸她道：

"应该是你做得好，你让我感到舒服、放松，因此得以较好地跟你配合。"

人的努力都是希望得到赞赏和认可的。我们俩互相赞赏，形成良性循环，她高兴，我也高兴，因此一切进展十分顺畅。接下来要做 24 小时 pH 值监测。我事先在网上看了很多病人或医生分享的视频，因此有了思想准备。我向她确认是不是这个检查更舒服一些，她道："比第一个容易多了！因为这个检查的管子细很多！"

果然，她拿出一个细得像面条一样的管子，貌似 LED 灯，一样从鼻孔插到胃里，这一次就没再用麻药，而是涂抹上一些水基润滑剂。一头从鼻孔伸入，很快就到了胃里；另一头用胶布缠绕固定在脸上，末梢连接着一个随声听大小的监测仪，要像书包一样斜挎在身上，不能洗澡沾水。监测仪上面有按钮，如果开始吃饭喝饮料了，按一下相应的按钮，吃完喝完再按一下（喝白水不需要按按钮）；如果躺下休息、睡觉了，按一下相应的按钮，起身了再按一下。这样电脑可以将这些特殊活动区别对待。

刚插到胃里，监测仪上就显示胃里的 pH 值为 7，正常。不过还要观察未来的 24 小时的变化状况。医生要求该吃吃，该喝喝，该躺躺，这样有利于随后实验室的观察和分析。

就这样在医院里待了一个小时，鼻子里插着管子回家了，好在有口罩遮掩，走在大街上不会太显眼。虽然不痛苦，但是鼻孔里、喉咙里毕竟有异物，当然不会很舒服。头一晚一直担心会影响睡眠，毕竟鼻孔里插着一个管子到胃里，心理上还是有障碍的，但是实际睡眠时候影响我的倒不是这管子，而是那不能离身的监测仪，因为你睡觉要翻身，生怕把这仪器压坏了，或把管子抻断了，就这样醒醒睡睡，最后第二日早晨八点半准时醒来，简单吃个早餐，再去医院归还了这个监测仪。

两周后报告出炉，主要结论是有证据证明明显的病理上的反胃酸现象。

报告原文摘要如下：

There is evidence of pathological acid reflux. Acid exposure time (%) is 11.9 (normal <4.2). DeMeester score is 51.7 (normal <14.7). Longest reflux (min) is 46.7 minutes occurring in the supine position (normal is <9.2). Significant proximal acid exposure is also noted with 8.7% exposure time, mainly occurring in supine position. Good symptom association with reported cough. High number of weakly acidic reflux episodes are also noted with 43 episodes (normal <21).

[监测结果表明]有病理性胃酸反流的证据。酸暴露时间 (%) 为 11.9（正常<4.2）。 DeMeester 评分为 51.7（正常 <14.7）。仰卧位时最长的反流（分钟）为 46.7 分钟（正常为 <9.2 分钟）。[监测]还注意到有明显的近端酸暴露，暴露时间为 8.7%，主要发生在仰卧期间。症状与[患者]报告的咳嗽有明显关联。还注意到大量弱酸性反流发作，共 43 次（正常 <21 次）。

那给我安排监测的华女专家看不出有什么人性关怀。她冷冰冰的一个回电说，没有什么特别的治疗方法，只能是继续服用抑酸药，并做生活方式的改变，此外她无能为力，不再属于她的专业范畴。和前面的耳鼻喉专家说的一样。专家指不上了，我只能自己开始做功课——加入了社交媒体众多病友群，阅读大量世界顶尖专家的著作，观看大量视频。上了脸书跟众人聊天，犹如打开了一个潘多拉的盒子，才知道如此多的人久久被误诊，被拖延，被误治，或自掏腰包从加拿大去美国治疗；更多的人伴随着症状度过一生，生活质量严重下降。

很多人对此病有误解，认为自己感觉没有反胃酸了就是好了。根本不是那么回事。我做24小时 pH 监测的那一天一宿，没有任何不适感，没感觉自己反胃酸，但是实验报告显示最长的反胃酸竟然浩浩荡荡持续了 46 分钟多，而我浑然不知。这说明，不是自己觉得没问题就是没问题；等觉得有问题了，恐怕就比较迟了。

近十年国际医学界才有该领域的新发现——咽喉症状包括嘶哑，原来不是胃酸导致的，而是反流的胃内容物中的消化酶。消化酶理应待在胃里消化食物，但多以气溶胶形态反流到食管乃至咽喉中，误把咽喉组织认为是它要去"消化"的食物，导致了组织损伤。不仅仅是反流的胃酸，任何 pH 低于七的食物、饮料都会激活消化酶，而现实生活中没有多少食物 pH 值是低于七的！导致这该死的东西像休眠火山一样深藏在咽喉组织中，一有酸性物质进来就给它立即激活。与其说反胃酸，不如说是反消化酶！

欲知后事，请看下回。

59

二哥往生

别人因疫情失业，我却因疫情在三家美国大学中赶场——除了冰城大学，还给纽约州立大学、加州大学上网课。加州大学果然最财大气粗，课时费最高；系主任也最严谨治学，还给我联系了网络公开讲座，介绍京剧，四五十人登录，录影资料还被学校图书馆收藏。不过多上课也没意义，来年报税，加拿大税务局让我补缴了 9200 加元的个人所得税，等于多上的一个学校的课全缴税了！

各大学校网课持续了一年，纷纷迫不及待回归当面授课。在中国还大规模动态清零、封户封城的时候，欧美国家早已经陆陆续续回归常态了。那冰城大学全职职位招聘解冻，卡门又开始了新的一轮招聘——即便申老师这次更为看好，但是我感觉卡门会故伎重演。事实证明我的预感是对的：和疫情前夕的那次招聘一样，又走一下形式让我进了远程面试名单，那头的"招聘委员会"还是三个人，她和邋遢男罗伯特没换，第三个人是个亚洲女，但不是叶青，而换了一个俯首帖耳、惟命是从的韩国女人。同样的流程，同样的问题。约十天后，同样的语气告诉我他们选了别人，感谢我过去一年的工作。

由此看来，伊丽莎白说的大体是精准的；齐老师一部分是对的。不过，她们无论对错与否，所有预言仅供参考。我还是得活在当下，既然困于疫情，就要把不利变有利，利用这时间踏实下来，多看看书，学学烹饪技能，把家好好收拾归置一番。

疫情期间，我虽然没有亲人因感染新冠离世，却有因其他疾病而撒手人寰的。总觉得是别人家发生的事情，发生到了自家人身上。

2022 年北京时间八月 29 日晨，我二哥在医院病床上往生了，患的是急性骨髓性白血病，从诊断到离世一年多一点。他才 50 多岁，就这么不明不白地匆匆走完了自己的人生旅程。

我上次见他本人，还是 2011 年，这一晃 11 年已经过去了。

说他走得不明不白有几个原因，第一是我们家里往上几代人都没听说过有这个病的；第二，这个病仿佛是突如其来、毫无征兆——据家人说，2020 年他体检还完好无恙，到了 2021 年初春节之际全家人聚会时，他们发现他双脚浮肿，都穿不进自己的鞋。他自己也说感到疲倦，会发低烧，不过一直没去看西医，只是自己抓了些中药吃吃。平时有人把国粹中医药喊得山响、神乎其神，这到了最后性命攸关的时刻才不得不去看西医。

在家人再三劝告下，他终于去了一家三甲医院检查。这一查不得了，根据验血报告的诊断，是急性骨髓性白血病，属于白血病中最为凶险的一种。我在网上搜查，得知白血病病因至今不明，但是可以肯定的是：抽烟、辐射和接触化学物质是其中的一些诱因。正当亲友中的烟民都已纷纷戒烟的时候，我二哥一直烟不离手，从十五六岁就有吸烟的习惯。至于化学品，家人说他经常用一些劣质染发剂染发，但是是不是病因，这也不好说，因为染发的人多了去了，不乏有用"劣质"的染发剂的，也不可能个个都得白血病。

医生说，如果不抓紧治疗，就只有三个月寿命。因此，还是他前妻不计前嫌，托了关系，才在这家三甲医院找到了病床，很快就开始化疗。第一轮化疗结果还不错，没多久出院了，胃口也不错。他同一病房的病友也都是这个病，有的人已经几进几出病房。

用了医保，自费的部分还需要好几万。医生说，如果进行骨髓移植，用了医保以后，自费的部分还要 50 万，所以家人做好了卖一套自家拥有的一楼商户门脸房的准备。但是，后来医生又说鉴于他的年龄和健康状况，不主张进行骨髓移植，应该先通过化疗控制住病情的扩散再说。

2022 年春节全家人聚餐，拍了视频发给了我，我看不出有何异常，看着他们喜气洋洋、谈笑风生，心想，西医的医疗技术发展到今天，果然大多数癌症都可控可治。更何况，我在温哥华认识一个老人家，他得了 20 多年的白血病，主要症状就是容易疲倦，时不时会去医院进行造血干细胞移植（当然，这在加拿大都是 100% 免费的，且由于他年老体弱，每次看病都随到随看，并没有人说的那样漫长的等待，因为即便医院救死扶伤，也要把各个病人按轻重缓急分出个优先顺序）。老人还有心脏病等好几种病，但是最后是因为老年病导致各项机能衰退而去世的，享年 88 岁。有他这一先例，我没预想到我二哥会走得这么快。我听说过的唯一去得快的是一个朋友 72 岁的母亲，一查出胰腺癌就是晚期，半年后归西，走之前据说很痛苦，往生真可谓是从苦痛中的解脱。其他有些各类癌症的，诊断了以后也都一直活得好好的，十几年、20 几年都不罕见。

第一次化疗缓解了，医生嘱咐我二哥要注意保护自己，切勿哪里感染。我二哥回家后居然还去逛了商场，且又大便用力，一检查，得了肛瘘，造成感染。他老婆用了什么民间"偏方"，往肛门里挤牙膏，简直是胡来。我网上搜索，得知这个病即便是牙不好，感染了也会加重病情，所以病人有牙病也要先看好。我二哥一向是只要有好烟好酒好饭菜就知足的人，哪里还注意保健。所以再进医院时，医生下了病危通知，让家人做好准备。后来几天，看视频貌似又恢复了一些精气神，但是没过多久，医生说又严重了。再过几天，我侄子发来微信，说他爸走了。

我二哥最近这些年因为岁数大了，言谈举止给人感觉亲和了很多，但是当年也是抽烟喝酒、打架斗殴的不羁少年。我们家住在离市区较远的深山沟的部队里，属于南京军区空军后勤，代号 87428，旁边还挨着两个部队军营，一个代号是 2962，以培训军队飞行员为主，另一个代号是 108。

我二哥比我大很多，我上小学时候他们已经上中学了。我上的小学叫八一小学，位于 108 部队大院里，上下学都要经过 2962 部队，要和很多同学穿梭过那里，接着穿过山脚下的一片麦田。因为周围居民都是军人官兵和部队家属，治安非常好，从未听说谁家有丢过孩子的。我还不到六岁就上学了，上下学家里基本上不用担心，有时候我二哥会骑着自行车来接我。由于我全班年纪最小，个子当然也最矮，受同学欺凌也是常有之事。有一次我二哥骑车来接我，正好我和一群同学一起走路回家，我家邻居家的老三（小名叫瓦斗），比我高几个年级，一边走一边用柳条抽我，正好被我二哥看见，气愤不已，还骑在车上时用脚踹了瓦斗的书包一下。

结果，当晚我们一家人正在吃饭时候，瓦斗他爸拎着瓦斗气势汹汹地闯进我家来向我爸妈告状，说是我二哥打他小儿子了。我爸不由分说便训了我二哥一顿，我二哥十分委屈，说这不公平，凭什么瓦斗欺负我弟就没事？

我二哥不爱读书，但是很招女生，经常有从学校追到家里的女生，个个都出落得如花似玉，还经常拎着水果、点心。他的几个铁哥们儿也都无心读书，经常抽烟喝酒、打架滋事。有一次他们不知从哪儿弄来一大堆超级时尚的衣服，后来听说是从香港的什么太平间里死人身上扒下来的，他们几个哥们儿穿着到处照相。如果说他的这些哥们儿都是坏人，也不尽然，就看你从哪个角度看了，就好比《水浒传》中武松等人，从铁哥们儿的角度看他是行侠仗义的好汉，从被他滥杀无辜的那些人看，他又是杀人不眨眼的冷面杀手。

高中毕业后，无所事事，那一年正是快要开展严打的前夕。所谓严打，是"严厉打击刑事犯罪活动"的简称，文革之后，高考虽然恢复，但犹如千军万马挤独木桥，文革中上中小学的大多数青少年毕业便成了待业青年，流荡社会、寻衅滋事。第一次严打自 1983 年 7 月开始，席卷中国大陆，是规模最大的一次严打。当时我爸已经从部队转业到地方，我们搬家到城里。我记得有一深夜，我二哥下楼，说是有人找他。十几分钟后回到家他用毛巾擦脸，发现越擦血越多，一照镜子才知道脸刚才在斗殴中被人用刀扎破了。我妈吓坏了，赶紧把我抱到楼上邻居家拖他们看着，带上我二哥去医院缝针。还好，没有破相，缝针的地方最后形成了一个天然酒窝。

眼看这样闲着也不是个事，我们家就送我二哥参军了，地点在北京良乡。即便是他参军的三年，还有很多女生来我们家找我妈聊天。跟他一起复员回家的有两个哥们儿，一个叫李林，一个叫刘军，都走后门托关系分配到了公安局，而他则去了汽车运输公司。没想到那公安局的差事都油水丰厚，那二人披着警察的制服，·见面抽的都是上好的名烟。我二哥去的那个单位则效益极差，他待得也不顺心，总让我爸想办法调到我爸那个当时被认为是很体面风光的单位。我爸是从军队转业到那家单位担任领导职位的，军队出来的原则性都很强，我上中学时候给班级办油印小报，学校不给印刷，让我们自己想办法，于是我拿到我爸单位印刷，就这样我爸还说我一顿，怕员工传他"以权谋私"的闲话，但是为了我二哥工作调动一事，他不得不拉下老脸，最后还是办成了。

在温哥华我有几个朋友，聊起各自家里兄弟姐妹情况，都让我惭愧不已。他们中的一个每次回国都是她大哥给她出的机票；另一个则是她大姐给她出了买房子的首付。我们家可没这些好事，这个家里没有说因为我最小就应该让着我的，这也就造就了我独立自强的性格，也预示着我有一天会远走高飞，离开中国，离开那个是非之地。我二哥从工作起到他往生，只给过我一次十元的零花钱。我花在他们身上的钱是这个千万倍。我也没有什么奢望，只求他们少打我几次我就谢天谢地庆幸我的幸福的童年了。这个家里，是个人就会打我，除了我爸打的次数最少，程度也最轻。我二哥打我狠的时候，我的脸肿了大半个，第二天不敢去上学，家里人就教我骗老师说我得了腮腺炎。结果到了班上，老师同学们都问我怎么回事，我说是腮腺炎。老师还纳闷道："这么大了还会得腮腺炎？"

腮腺炎是小儿科常见病，我都是中学生了，这岂不是大笑话吗？当然，多年后的他们貌似都不记得这些往事；如果我提起，他们也都会坚决矢口否认，甚至会生气。虽然时光流逝、往事如烟，但每打我一次，心里就会有留下个烙印。我可以原谅他们，往事不会重提，但是脑海里的记忆是永远抹不掉的。

话说我二哥复员之后落实了工作，就开始琢磨找对象了。追他的女生从来不缺，当时和他一起复员的一个女战友看似对他有意，总是追到我家里，还给他买东西，都是些高领毛衣等当时的奢侈品。她父亲是军队高干，那时家里就有司机、警卫员、保姆；我们老百姓对电话可望不可及的时候，人家早就有电话了。但是这女孩相貌平平，而我二哥这个人和别人不一样，不看重对方的家境，只挑长相和身材，所以迟迟和这个女孩没有下文，最后干脆没有往来，再有消息就是那女孩已经跟别人结婚了。

有一天，我妈有个朋友给我二哥介绍了她邻居的女儿。这家人有三个孩子，老大老三是儿子，老二是个女儿，比我二哥小一岁。这家人原籍山东，颇有重男轻女的封建思想，所以两个儿子从来都娇生惯养，而这个女儿自小就起早贪黑、洗衣做饭，初中毕业就早早进了工厂当了工人，那两个儿子都读完了高中，却都没考上个大学。这女儿长相、个头都很出众，1.65 米的个头，不高不矮恰到好处，总穿着一双超高的高跟鞋，更显得亭亭玉立；一头黑发梳得光可鉴人，从脑后高高盘起，犹如瀑布般飞流直下，发梢齐腰，完全可以做海飞丝的广告了。每次见她穿着虽然不是什么名牌，但一向都很优雅得体，以至于每次她晚上骑车上夜班时候都会有一些男青年骑车追上她提出要"交个朋友"。她唯独那一双粗壮、浮肿的手和她外形极不相称——那是从小到大干活儿磨练出来的。他们家住平房，水龙头在户外，所以寒冬腊月给一家人洗菜洗衣双手都要受冻，做饭的时候捅蜂窝煤炉子也是她的事。

她跟我二哥只见一面二人就都中意了，两家人都皆大欢喜，数月后就办了婚事，一个23岁，一个22岁，现在看来都还是涉世未深的孩子。从二人见面以后我这前二嫂每晚上夜班路上都会由我二哥骑车陪同，果然，他又撞见几次骑车追我二嫂的男青年，我二哥一见便会飞快地骑到那人跟前，拍拍他肩膀，意思是说："她已经是我媳妇了，你没戏了。" 二人结婚后住在我爸妈家里。不到一年，这前二嫂就生了个 8.8 斤的大胖小子，成年后长到了 1.87 米。生孩子的那天，我二哥还在跟他几个哥们儿吃喝玩乐。当时正赶上我妈即将退休，她非要给他们带孩子，所以他二人有大把的时间继续享受美好的青春年华。我二哥单位里给他分了两间平房，他们后来以住在那里为主，孩子则留在我们家，给我爸妈的晚年带来无尽的乐趣。

若说他们结婚头八九年，这二嫂对他是没得说的，伺候他吃，伺候他喝。每次去他们家，都只见我二哥在床上读武侠小说或看电视，而我这前二嫂从来都没闲过，里里外外，不是炒菜做饭就是洗衣擦地，家里一尘不染、井井有条。她还总捡我二哥吃剩的饭去吃。她烧得一手好菜。有一次她炒的豆角里发现了一只肉虫，我二哥"啪"地一下把筷子往饭桌上一摔，训了她几句，就不吃了。我二嫂半开玩笑哄他道："这虫子也有营养，你没看人家有报道说专门吃肉虫增加蛋白质吗？"说着，她捡起我二哥剩的饭菜大大方方吃了起来。

人常说中国人养儿子是给人家养的，我二哥就是这样的一个人。我爸妈家的电源插座坏了，让他修一下，说了一个月了也不见他动手，而有一次他在我爸妈家里吃饭，有电话进来，一听说他岳父岳母家要在自家小院中搭一个厨房，他放下筷子立马就去帮忙了。这一个女婿比他老丈人的两个儿子还跑得勤快。

几年后，各大企业都开始裁员，无数工人下岗自谋职业，我这前二嫂这样初中文凭、资历又浅的，自然是下岗中的一员，有一段时间一直郁闷，但在我家人面前从不表现出来。正好，我妈医院申办执照开了一个便利店，我妈便交给我二嫂去经营。她很能干，把一个小店办得红红火火。记得有一次有一个人拿着100元人民币钞票找她买烟，一盒五元，我二嫂找给她 95 元。那人走了以后没多久又返回，说他不要这烟了，让我二嫂把那 100 元钞票退给他，我二嫂因为忙里忙外，忘记找过他 95 元了，所以不假思索地从钱匣子里拿出那人付的 100 元钞票给了他。那人得了钱，·溜烟儿地就跑了。随后我二嫂才悟出来：她被这惯用的伎俩给坑了，倒贴了 95 元。她随后火急火燎到处寻找那人，问遍了左邻右舍和各路行人，甚至还找了一个算卦的瞎子。瞎子说，那个人骗走了钱朝东南方向走了，不出几百米，你现在去找他一定能找到。我二嫂赶紧照瞎子说的去做，果然追到了那人，要回了她先前找给他的 95 元。回忆起这事我倒不是对瞎子算卦更有兴趣，而是觉得从这件事可以看出我二嫂开店的不易，每一元钱都是辛苦钱。

我这前二嫂比我二哥会做人。我那时候只要寒暑假过完要返回学校，她每次都会给我三五百元钱，当然少不了过年的压岁钱。有时候她忙，就让我二哥转交给我。考虑到我一个月伙食费是 50 多元，这钱数在当时算是相当可观，就是到现在也拿得出手。更何况，她被人坑了 95 元都急得如热锅上的蚂蚁，给我这三五百元决非她收入的九牛一毛。

还有一次我跟我二哥和这个前二嫂逛商场，我二嫂一进去就让我帮着挑一件大衣，她要买给我妈。而我二哥在一边不耐烦地说，别给妈买，她不缺大衣。后来我学给我妈听，她居然还不信；她倒是更乐意相信是我二哥要给她买大衣，而是我二嫂不肯。后来还有一次我二哥出差去上海，回家给我妈带的"礼物"就是一包瓜子，把我妈气得唠叨半天。

小便利店毕竟不是旱涝保收的国营单位，我二哥和二嫂又让我爸找关系，把我二嫂调进了我爸和我二哥的单位。我爸虽然已经离休，继任的领导总要看他的面子，所以我二嫂如愿以偿进了那家当时效益还不错的国营单位。新的工作需要赴宴饮酒，正合适她喜好社交的性格，而那个便利店转手让给了我二嫂她妈经营。

那一年我考研究生，分数下来以后去学校查询，得知我是 130 多个考生中前六名，而且这前六名彼此分数都很接近，也就是一两分的差距。按照指令性计划，系里只有两个教授可以带硕士生，因此只能录取前两名；后四名系里决定纳为自费生，三年的学费共三万元，宿舍费用也自理。那是个大多数人月薪只有一两千元的年代，给家里人汇报后都很着急，不知所措。我大哥起初跟我说，不用担心，他来出这个钱，让我喜出望外、绝处逢生。不料，等我欢欢喜喜地回到家后，他又变卦了，跟我爸说，如果他出这个钱，我大嫂就跟他离婚，犹如给我当头一棒，跳河自尽的心都有了。但是我二嫂胸有成竹地跟我说：

"你放心吧，这个钱我给你出！"

看着她气定神闲的姿态，再加上我们平素对她的了解，她决不是个信口开河的人，况且马上就要缴费了，她不会打肿脸充胖子随便一说。原来，她跟她父母商量以后，他们家决定出这个钱。她爸这些年接了很多工程项目，赚了不少钱，而且她爸还通过她跟我说，这钱，一部分我是借给我的，以后工作挣钱了再慢慢还，还有一部分钱就送给我，不用还了。

谁知，说完没多久，系里通知我因为今年又批准了一些教授成为硕士生导师，系里决定把我们前六名都纳为公费生，因此那三万元钱也不用交了，给我安排的导师是美国老外——一个富布莱特的访问教授。天上突然掉下来了馅饼，回家汇报此天大的喜讯，我大哥有些不尴不尬，倒是很多人说我二嫂这下得了便宜，又做了好人让人感恩，又不用掏一分钱。临开学之前，我二嫂爸妈来家里贺喜，给了我一个红包，内有 3000 元人民币。

我研究生毕业工作以后，跟家人接触就不多了。有一阵隐隐约约听他们说，我二嫂婚外出轨了。对此事除了我爸很少表态，其他家人都把我二嫂说得一无是处。在他们眼中，这全是我二嫂的错，我二哥没有一点过失。我相信任何故事都有两面，他们一步步走到这一步田地，我二哥负主要责任——他媳妇把他伺候得太好了，人就不知道惜福，所以自私自利的性格越发膨胀。他不知道，世界上能给予你无条件爱的人，只有你的父母；当我二嫂跟他过了那么多年，什么回馈都没有得到时，她自然对这段婚姻产生了动摇。起初，我二哥提出离婚，我二嫂跟他认了错，表示下不为例，但是一场匪夷所思的闹剧让我二哥彻底动了离婚的念头。说出来不怕笑话——他二人的感情破裂理应让他们自己处理，谁知我妈搅了进去，跑到我二哥二嫂单位找他们领导反映他们的情况，具体跟人家说了什么，我也不很清楚，肯定不是好话。本是家事，非要去人家单位煽风点火，因此得罪了我二嫂家人，怨气冲天的他们把我妈诓出去给打了。我妈当晚捧着被揪掉的一大把头发，肿着脸回到家里。我二哥一听说我妈被打，怒火中烧，冲动之下，立即抄起一把菜刀要冲出去。我妈吓得抱住了他的双腿，死活不让他出去闹事。

说人良善也是他们，说人恶毒也是他们。人就是一面镜子，只能照到别人，却照不到自己。当初人家上门来给我送 3000 元红包的时候，你们不都一个个笑脸相迎、客气得很吗？这怎么突然又变成了都要动刀动杖的仇人？最后对簿公堂，法官以判我二嫂父母赔偿我妈 2000 元医药费而告终。

这段十年的婚姻结束了，按说我二哥应该好好反思一下，谁知他一冲动，很快又结婚生子了——很多男人都这样，离婚以后不深思熟虑，反而立刻再婚，仿佛在赌一口气——你们看吧，我不缺女人，不缺媳妇，却没想到一步错，步步错。而女方大多会沉寂很长一段时间，对人有了更多的防范意识，因此也会宁缺毋滥，更加慎重。

自从我二哥找了这个新二嫂，这二人就断断续续一直在打骂中度过的。新二嫂虽然见了我妈又给捶背又给按摩，但是也有不少毛病，其中之一就是一来到我爸妈家见什么东西喜欢就拿走，常翻我爸妈的冰箱，里面如有什么瓜果蔬菜全都一扫而光。我爸妈觉得反正她不是外人，也就睁一只眼闭一只眼。有一次凌晨两点，我二哥二嫂可能发生了什么冲突，新二嫂一路狂奔跑到我爸妈家咚咚敲门，把他们吵醒，说道："你们快去管管你儿了！"我爸被吵醒很是生气，道："你们都是成年人了，还这么不懂事！你们有你们的生活，我们也有我们的生活，你让我怎么管？"

还有一次，他俩又吵架了，听说我二哥用小孩的玩具飞机扔向我新二嫂，导致我新二嫂去医院头上缝了 100 多针。这要是发生在西方国家肯定离婚无疑，但是我新二嫂家里的兄弟姐妹人都没有任何表态，反而觉得这是他们的家事，打打闹闹再正常不过。有人问我新二嫂会不会去起诉，我新二嫂却说道："起什么诉？我们还要过呢。"

不知那 100 多针怎么缝的，伤口愈合后竟然看不到疤痕，所以也就忘了疼。

他们夫妻就这样一直不好不坏维持着，生活看似很落魄。我二嫂自己开理发店谋生，生意不好的时候不敢花钱，生意好的时候又担心接下来生意会冷清，还是不敢花钱。我二哥曾经的唯一"专业技能"是开汽车，那是中国人人人还都骑自行车的年代，但他从不与时俱进，所以年龄越大越没一技之长，好在单位还有些人情味，总是找个差事安排给他，有时是给仓库开铲车，有时是给单位看大门，后来又安排他给单位职工烧饭，大家还都挺喜欢他的厨艺。他一生中最滋润的时候还是跟我前二嫂的头几年。得到的时候太容易，一旦失去了就一蹶不振、郁郁寡欢。前二嫂离婚后又找了别人，虽然迟迟没有办理结婚手续，但二人一直过得鱼水和谐、恩恩爱爱。疫情前她还给我侄子（她和我二哥的独生子）60 万元人民币，让他作为买房子的首付，一线城市买不起了，二三线还可以。我二哥住三甲医院化疗的病房病床，也是她不计前嫌拖了自己的关系给找的——以她以前为人处事的能力，找来这些硬关系我也毫不吃惊。

我侄子经常会把我给她从加拿大买的礼物转交给她，她有一次问我侄子："你三叔为什么老想着我？"

我侄子道："就因为你曾经要帮他交三万块钱学费，他一直记着。"

她没再多说什么，只说道："他们家人都是好人。"

说实话，我有好几次梦见我二哥和她复婚。谁知他俩最后一面竟然是在我二哥遗体告别仪式上。

如果……，过去了的事情，就没有"如果"。如果能有删除键或回车键，敲一下，过去的一切就可以重来，不知我二哥会对自己的人生做哪些调整和修订？莫说上帝掷骰子决定每个人的命运；回顾一生，每个人的命运又何尝不是自己造就？愿我二哥在那另一个世界里得到永恒的安宁。

欲知后事，且看下回。

60

罗斯威尔

也许人们已经对疫情深感疲倦了，越来越多的人已经不把疫情当回事，大大咧咧地开始恢复常态，该逛街逛街，该吃喝吃喝，外国人在这方面倒是很放得开，看似比中国人还更有生死有命、富贵在天的人生哲学！事实最后证明，动态清零、静默管理走进死胡同；央视封的"抗疫第一失败国"也没有亡国——政治和宣传最终还是没有战胜科学与理性。

大温哥华地区，早已恢复常态。我家门口的商城里，竟然在疫情期间又开了第三家奶茶店。我观察来观察去，这三家都宾客盈门，排队的课不仅仅是华人、亚洲人，白人、印度人、阿拉伯人、黑人皆有之，年轻人、孩童和妇女居多。看那奶茶，成本无非就是牛奶、水、糖、奶酪、廉价的茶叶包而已，所谓的"珍珠"，无非就是淀粉疙瘩，没什么技术含量。但是一杯要六七元。我觉得我的正经教书工作已是死路一条，于是萌生了开奶茶店的想法，斗胆去找到其中一家奶茶店的员工，问他们是否愿意接受我这个不要一分工钱的求职者？那员工一听，马上产生了警觉，说道："哟，那我可做不了主，你要跟我们老板谈。"

微信问了齐老师，能否改行开店？

齐老师道："你做不了生意。你就是教书的，都干了那么多年了，哪那么容易放弃啊？"

又问了英国人伊丽莎白。她道："你还得去教书。我'看见'了，你在黑板上写字，下面都是大孩子们。我还'看见'有人跟你握手。'看见'你坐飞机，去了一个新的地方，还是美国……"

我是又坐飞机去美国了，不过不是教书，而是去朝思暮想的罗斯威尔，去那里一是趁没工作闲置在家之时去实现一个儿时夙愿；二来也是逃避一下现实，"这个世界不要俺了"（徐州锁链女之名言），那就去另一个时空探秘。

罗斯威尔是美国新墨西哥州的一个不到五万人的小城，却因 1947 年的一次 UFO（不明飞行物）坠毁事件而闻名于世。记得还是中小学时期，有一本出自甘肃兰州、全国发行的叫《飞碟探索》的月刊，里面多是物理与航空航天专业术语，读起来深涩，但是我依然每期必买，每期必读。

很早就知道大名鼎鼎的罗斯威尔这个地方，知道惊世骇俗的罗斯威尔事件。随着美国已经基本走出疫情，一切恢复常态，我终于实现了一个少儿时期的梦想，那就是亲自来罗斯威尔一趟，沿着当年 UFO 坠毁事件的一手和二手见证者的足迹，走一走遗骸碎片甚至外星人遗体曾经到过的地方。至于为何选择这几天，那是因为我在网上试了无数次往返日期，最后发现就这几日的机票是最便宜的，而且换机时间最短；哪怕错后一天，机票都会贵 200 元。

有好多亲朋好友在微信上问我：罗斯威尔事件、UFO 和外星人是真的吗？我的回答是 10000% 真的。如果我没有事先被说服，我也不会花钱亲自来一趟这里。有关罗斯威尔事件，网上的视频，无论是 Netflix 还是 Amazon Prime Video 还是 YouTube，能看到的我基本都看了，我能借到的或者买到的书也都读了，因此朝思暮盼能够来这里亲自走走、看看。

很多人给自己找出各种理由，工作忙、家事忙等等，把儿时的梦想早已抛之脑后。但是我不，别人以工作赚钱为首要目标，而我以读万卷书、行万里路为人生最大乐趣。人生只有一次，不能把后悔留在最后。当有一天你完全可以有闲有钱周游世界的时候，恐怕你已经是耄耋老人，路，走不动；饭，嚼不动；耳背眼花、记忆减退，且坐飞机又高血压，那时已经晚了。

我的良师益友、旅居多伦多的作家李红颜老师就亲眼目睹过 UFO。那还是在 1971 年文革时期，16 岁的她和妹妹响应毛主席"学工、学农、学军"的号召，下放到山西某工厂做工。九月的一天，她和妹妹以及众多同事一起看到空中有一金属质感的圆盘，从东北方向飞来，在她们头顶悄无声息盘旋三周，然后以迅雷不及掩耳之超高速朝西北方向飞去并消失。那个年代没有无人机，没有热气球，她们都以为是卫星，很多年以后才知道那叫 UFO——不明飞行物。　也许有人怀疑那只不过是她的幻觉，但是不可能如此多的目击者同时产生同样的幻觉。如果说是气球，可是那个物体是金属碟状，而且盘旋和超高速飞走是随风飘逝的气球绝对不可能做到的。李老师的描述和世界上大多数 UFO 目击者描述大体一致——圆碟状、空中盘旋、悄然无声、超高速飞行，说明其驱动原理远在飞机之上，明显具有目前人类尚无法企及的科技水平。

由于罗斯威尔是个小城，没有直达飞机，所以必须先花三个半小时从温哥华飞到德克萨斯州的达拉斯机场，在那里候机三个小时，再转机飞到罗斯威尔。飞机上我左边坐着一对印度母女，看到我的泰迪宝宝，这个妈吓得浑身哆嗦，给她女儿发牢骚道："我最怕这个了，真受不了"，等等。还好，这一路她们没有找事。

在达拉斯机场，有些饥肠辘辘，正好看到著名的熊猫快餐连锁摊位，叫了一炒面和俩菜，给的份量很多，大约 11-12 美元。之后上了飞往罗斯威尔的小客机，一共才十个左右乘客，约一个多小时到达，此时已是夜里 11:00 多。

罗斯威尔机场超小，只有一个登机口。我抵达时，整个机场只剩下一个工作人员，是一个小个子、长着两个虎牙的白人女孩，正在租车行柜台后站着，而此时已经没有一部多余的库存车辆，况且我也只带了护照，没带驾照。其他乘客都有亲友来接，陆陆续续在夜幕中散去。　我用手机应用程序 Uber 搜索，看到机场到旅馆的价格是 21 元，但是却迟迟联系不到一辆 Uber。只见机场外漆黑一片，连个活人都没有，更别说出租车了。这女孩说，罗斯威尔是个小城，据她听说全市只有一个人在做 Uber，但是此时已经午夜，可能人家已经打烊回家睡觉了。她还说只有一辆公交车，但是不知道现在是否还运行。我于是跑到公交车站那里，只有两把长椅，根本没有乘客，也没有公交车。 我又问她，能否步行到我的旅馆。她说开车到那里需要 20 多分钟，走起来还是很远的，需要两个多小时，不现实。

此时已是午夜 12:00，我想到是不是可以给旅馆前台打个电话，看看他们能否有接机服务，哪怕是收费的。重赏之下必有勇夫，也许可以呢？ 由于我的电话是加拿大的号，没有漫游功能，于是借这女孩的电话给旅馆打了电话。接电话是一个女的，虽然说没有收费接机服务，但是给了我两个私人司机的电话。放下电话，我给第一个打，总显示接通有误；又给第二个人打，马上就接了，他叫斯蒂文，说他 15 分钟可以到。我问他多少费用（我做好了对方要一两百美元的心理准备，毕竟已经是午夜了），他回答是 21 美元！ 我的天！这本来可以是多好的一个宰客机会啊！Uber 上显示的这段路程固定车费就是 21 元，斯蒂文一元没多要！我想到了那一年在耶路撒冷因为天气预报要下雪封路，所以黑车趁机抬价，要了我 400 美元把我从耶路撒冷送到特拉维夫的国际机场；我想到了在土耳其，在那个几乎全民皆宰皆骗的国度，一下飞机就被出租车公司坑了 430 元，而且送机的时候，缺德透顶的出租车司机压根儿连来都没来！ 我很讶异，对这女孩说，这斯蒂文蛮有伦理道德，这都半夜三更了，他可是没趁机宰我一把。那女孩道："我们这里人都这样，挺淳朴的。当然，可能也有极个别差劲的。"

而我在等斯蒂文的时候，这个女孩没有回家，而是自告奋勇陪我等候，因为她怕万一斯蒂文到了找不到我，我的电话又没漫游，他联系不上我。如果她陪着，这样斯蒂文找不到我可以打电话给她。我们闲聊还聊起 UFO 坠毁事件发生的那个福斯特牧场，她说如今那是她爷爷的私人牧场了，早已经不公开接待游客了。

十几分钟后一辆白色皮卡车开到这袖珍机场的正门口，车窗摇下，一个胖胖的白人小伙儿探出头来，我问他："你就是斯蒂文吗？"

他连忙答应。

于是我跟那女孩道了好几声谢谢，就坐上了斯蒂文的车。跟温哥华同类人物、同类车辆相比，斯蒂文的皮卡车里没有一丝烟味儿和大麻味儿。

机场离旅馆确实很远，这一路我和斯蒂文聊起来 UFO 等话题，貌似这里每遇到一个人都有很多口述历史来讲述。一路上他还义务充当我的临时导游，在漆黑的夜色中，在死一般的沉寂中，指着路边的一些地标性建筑或雕塑给我看——这是闻名于世的 UFO 博物馆，那是见证人之一曾工作过的殡仪馆；这是世界上唯一的一家 UFO 造型的麦当劳，那是百年前建造的法院……。

到了我的旅馆，透过大窗户看到前台还灯火通明，我心里终于踏实下来。给了斯蒂文 30 美元，并告诉他不用找钱了。他又惊又喜，说需要车再找他，然后就开走了。

前台是一个很胖的年轻白人女子，就是她给我的私人司机电话。她笑眯眯地问了安，复印了我的护照，给了我房间门卡，嘱咐说每天早餐六点到九点。结果跟她一聊起来 UFO 和外星人，她也兴奋起来，还给我一张某旅游公司放在那里的广告彩页，宣传的是即将开张的罗斯威尔 UFO 之旅（Roswell UFO Tour）。

多年前有一位名叫丹尼斯的长者在经营 UFO 之旅，带游客参观和 UFO 相关的场所乃至 75 英里外的坠毁之地。据说坠毁的地点有三处，先坠毁在科罗纳（Corona），结果又弹到了另外两处，并留下几具外星人尸体，还有一个外星人当时还活着，还在呻吟着。 疫情初期，这个丹尼斯退休了，他的 UFO 之旅也从此永久关张。如今又有人重新做起了这个项目。

这是一个二星级的汽车旅馆，所有房间都从外面进入。我的房间在 223 号。之所以预订这里，是因为我在网上查看了众多当地酒店评语，这家性价比最高——在便宜的里面它是最干净、地点最好；在贵的里面它又是最便宜的、地点最佳的，而且还有早餐。进了房间，果不其然，看似一尘不染，只是雪白的浴巾上沾着一根长发。因为我家里做过民宿，知道这情有可原——眼神再好，打扫再细，也保不齐哪里会残留一个前面客人的毛发。

外面遛了宝宝，回来后洗干净四只脚。放了一小碗狗粮在床上，床边椅子上放着一小碗水，宝宝吃饱喝足后就挨着我睡在大床上。对于我来说，只要宝宝在哪里，家就在哪里；对于宝宝来说，只要我在哪里家就在哪里。我们俩相依为命，到了哪里都跟在家一样的感觉。

夜里跟国内朋友们通微信。有意思的是居然还有人问我"罗斯威尔事件"是不是真的！美国联邦调查局早已解密当年的档案，承认了事实，而且中国中央电视台新闻都已经报道了！ 注意：国内无论央视之类的官媒还是自媒体对于罗斯威尔的报道都是从英文媒体直接或间接搬运而来，因此有很多细节上的纰漏或错误（比如翻译错误）。如有细节上的迥异，请以本文为准。

罗斯威尔这座城市的人口主要靠两个行业为生——一是农牧业，二是美军空军基地，且当地百姓多以为军队提供服务为生。1945 年爆炸摧毁日本广岛、长崎两座城市而直接导致日本无条件投降的原子弹就出自这里。当时准备炸广岛的候补飞行员威廉·布兰查德（William Blanchard, 1916-1966）1929 年还驾驶 B-29 飞往中国为炸日本进行准备工作。

布兰查德毕业于西点军校，相貌堂堂、才华横溢，后来成为美国空军高级将领，还成为"罗斯威尔事件"的重要指挥者、参与者、见证人。真想不到，我在罗斯威尔还居然去他以前的家门口转了一趟——当然，不可能进屋，因为房主早已换人了！从房屋外观看，堂堂美国空军高级将领，住的房子按美国标准来说实在太过简陋。话又说回来了，我出生于中国的空军后勤部队里，回忆我小时候的家，我们住的是部队营房，家里连厕所也没有，水龙头在屋外，人家美国空军军官及其家属的住宅再差，比我们还是强多了。

来罗斯威尔之前，我想象这里应该充满诗情画意、移步易景，就好比加拿大的西温哥华一样，那里人口约 42473 人（2016 年统计数据），比罗斯威尔略少，却是一个美轮美奂、叹为观止的天堂小城；更有阿尔伯达省的班芙小镇，人口仅 8000 多人，但公交、学校、餐饮、医疗、旅游，各个领域都和大城市一样发达，市容规划犹如童话王国一般精致、温馨、惬意。 然而，声名在外的罗斯威尔一点也谈不上多么诗情画意。市区很小，行人罕见，只有一条公交车线路。大多数商店、餐饮、政府部门都集中在一条主街（Main Street）上或其两侧几个街区以内。大多数商店的招牌都缺少设计感，甚至不如中国三四线城市考究。市容建设缺少规划，多数建筑单调乏味、毫无特色。居民住宅多为一两层的独立屋，外观大多粗鄙简易。掏出手机想拍拍市容，实在找不出什么可入镜头的构图。美国很多城镇都是如此。曾经因为工作事宜跑过几次美加边境，加拿大这边都花香鸟语、整洁细腻，一派蓬莱仙境，而美国那边感觉是大刀阔斧、毫无章法。

罗斯威尔吸引游客的景点首当其冲的就是位于北主街 114 号的国际 UFO 博物馆与研究中心，这是一所非盈利机构，每年能吸引 15 万游客来参观。这座博物馆由两位深度参与当年罗斯威尔事件的人士于 1991 年创建，并于 1997 年对外开放。建筑原来是建于 1946 年的电影院（The Plains Theater），因此外观上至今还是电影院的感觉，只不过少了霓虹灯而已。这座博物馆以主要篇幅讲述了 1947 年的那个"罗斯威尔事件"的来龙去脉。

长话短说——

早在 1947 年六月 26 日，美国媒体就已经报道有民航飞行员目击了"飞碟"。

1947 年七月五日星期六，牧场主威廉•威尔•"麦克"•布雷泽尔（William Ware "Mack" Brazel, 1899-1963）从他遥远的牧场返回到新墨西哥州的科罗纳小镇。牧场既无电话也无收音机，所以布雷泽尔根本不知道过去十天的"飞碟"报道。

这时布雷泽尔听到目击"飞碟"的报道，才联想起自己在牧场看到的神奇碎片——有类似铝箔、橡胶、细木条状的物体散落在大约牧场上约一平方英里的区域内。前面提及的中央电视台新闻报道有误：报道中播音员李梓萌说坠毁现场有三个飞碟，这是错误的，应该是一个飞碟，但是残骸地点有三处——专家认为这个飞碟先在福斯特农场（Foster Ranch）有碎片散落，然后又弹起继续飞行，在牧场东南 30 英里、查韦斯县西北部坠毁。这个过程中又有更多的碎片散落，并抛出二至三具外星人，这个地点被称为"迪•布劳克特外星人尸体地点"（Dee Proctor Body Site），以当时七岁的目击者提摩西•"迪"•布罗克特（Timothy "Dee" Proctor）命名。此外，央视报道说飞碟是圆碟状，这也有误。"罗斯威尔事件"坠毁的飞碟并非是常见的圆碟状，但也不像飞机，有类似机翼和机尾状的飞行器，约 12-15 英尺长，六英尺高，不很宽，更像是蛋状。

再回到 1947 年的炎夏中的罗斯威尔。从收音机听到有民航飞行员目击"飞碟"的报道后，布雷泽尔返回到牧场那里，第二天是星期天，他收集了一些碎片，于星期一将这些碎片带到罗斯威尔治安官（sheriff）乔治•威尔考克斯（George Wilcox）。我去了这个治安官的办公所在地，原来的办公室（相当于派出所）已经在 1996 年拆除，当年的位置就在现在的法院大楼东部。

治安官威尔考克斯看了这些碎片，感觉有些怪异，不知何物，疑心是空军部队的物品，于是联系了罗斯威尔空军基地。基地司令、上校布兰查德派了情报官杰西•马塞尔少校（Major Jesse Marcel, 1907-1986）前去查看究竟。于是当日布雷泽尔又带着杰西•马塞尔前去牧场碎片散落现场。马塞尔凭自己多年的经验判断这些碎片的材质不是来自地球上的。当晚马塞尔带了些碎片回到自己在罗斯威尔的家中，还兴致勃勃地把十岁儿子小杰西（Jesse Marcel, Jr., 1936-2013）叫醒一起欣赏这些神奇的物件。马塞尔少校的这个家我也去了，位于罗斯威尔七街 1300 号，由于早已更换房主，因此只能在附近观看。

据多位目击证人描述，这些碎片中大多为一种类似今天烘焙用的铝箔纸的东西，但是极轻，撕不破、砸不烂、烧不坏，无比柔韧，而且握在手中团城一团儿后，一松手，它又恢复到平整光洁的原装，丝毫没有折叠过的痕迹，后来被称为"记忆金属"（memory metal）。还有一个物品类似细木条，侧看称字母"I"型（即"工"字型），上面还有一长排类似古埃及象形文字的符号。这个物品后来被称为"I-beam"。

接下来的星期二，马塞尔少校将这些碎片带到空军基地布兰切上校处。司令布兰查德上校看了也不知这些东西为何物，于是上报到更高一级的首长——在德克萨斯州沃斯堡空军司令部"FWAAF"的罗杰•雷米将军（General Roger Ramey, 1905-1963）。雷米将军当即下令，迅速将这些不明物体空运到德克萨斯 FWAAF。于是马塞尔少校亲自携带这些碎片乘 B-29 飞往德克萨斯。

七月八日，在上校布兰查德的授意下，空军基地的公共信息官瓦尔特•浩特（Walter Haut, 1922-2005）对外发布新闻，称部队在罗斯威尔附近的农场发现了坠毁在那里的"飞碟"残骸。这个浩特后来成为罗斯威尔 UFO 博物馆的创建人之一，也是一个重要的目击证人。

同日晚间，根据上述军方的新闻通稿，罗斯威尔当地报纸《罗斯威尔每日记录》

（Roswell Daily Record）头版头条发出震惊世界的报道——《RAAF（罗斯威尔空军基地简称）于罗斯威尔附近牧场捕获飞碟》。报道一出，举世震惊，世界各国无数媒体争先恐后要求跟进报道。

七月七日晚，罗斯威尔当地的广播电台 KGFL（Keep Good Folks Listening）的播音员弗兰克•乔伊斯（Frank Joyce）在其家中兴致勃勃地采访了布雷泽尔，并录音，准备一经电台播出会轰动全球。这个房子依旧健在，我在附近走了走，感受了一下当年他们按耐不住的兴奋。

然而，剧情很快发生了反转——雷米将军与托马斯•杜伯斯（Thomas Du Bose）上校看了马塞尔少校带去的碎片后，马上下令撤回空军发现"飞碟"的报道，改为"碎片来自气象气球"一说，甚至还找来气球碎片，让马塞尔少校和气象官厄文•牛顿（Irving Newton）分别蹲在气球碎片前摆拍，供报纸媒体刊登。

七月九日，罗斯威尔当地报纸《罗斯威尔每日记录》（Roswell Daily Record）很快就做了翻盘的"更正"报道。

同时，美国空军立即通知电台不得再报道发现"飞碟"，而要统一改口为纯属一场乌龙，是空军误把气球碎片认为是"飞碟"碎片，而且还警告电台播音员乔伊斯说："如果你一意孤行，再报道'飞碟'一说，你将会失去你的电台营业执照！"那个最早发现碎片的牧民布雷泽尔更遭受了他从未预料到的非人待遇——他被关押、审讯了四天四夜之久，并被严厉警告：不得再对外宣称"飞碟"一说，而且还被迫撤回原先的媒体采访，改说是自己将气球碎片误认为是"飞碟"碎片而已。

这场一天之内的剧情反转果然奏效，随后，媒体与大众对罗斯威尔事件逐渐失去了兴趣。

然后，1978 年开始罗斯威尔事件再次进入人们的眼球——早已退役的杰西•马塞尔在接受 UFO 专家斯坦顿•弗里德曼（Stanton Friedman, 1934-2019）的采访中说，他至今依然认为当年的碎片应该是来自外星球的，决非来自地球。1950 年因为要照顾年迈的母亲，马塞尔申请退役，回到家乡路易斯安那。后来又有任务回到空军，最后一次退役是 1958 年。他退休前以修理电视机为生。

马塞尔于 1986 年去世，享年 79 岁。他的儿子小杰西•马塞尔后来继承父亲遗志，接受了多次采访，还与妻子合作出版了《罗斯威尔遗产》（Roswell Legacy）一书，详细讲述自己的所见所闻。

1994 年，美国空军又公开否认了当年发现的碎片来自气象气球，这次又改口说是来自"莫卧儿计划"（Project Mogul）的高空间谍气球，当年用于侦察苏联的核试验；1997 年第二份报告义说 1947 年发现的"外星人"尸体其实是气球用的假人。这些说法都遭到了 UFO 说支持者的有力反驳。

　　然而，俗话说，"人之将死，其言也善"，暮年垂老的当年见证人，如今退役的退役，退休的退休，已经无所顾忌，所以都愿意说出真话，而不希望把真相永远带到坟墓里。自马塞尔上镜吐露真相以后，陆陆续续有上百位当年直接或间接参与到罗斯威尔事件的见证人面对镜头，讲述埋藏心中多年的往事，一吐为快。

　　我去罗斯威尔已经是 2023 年，当年的一手或二手见证者基本都已作古。即便是马塞尔的儿子小马塞尔都已去世了。关于见证者，有很多离奇的故事。

　　欲知更多精彩内容，且看下回。

61

外星同类

从小到大，总有人开玩笑说我可能是外星人。王闹等人就到处传谣，说我是个"怪胎"，是个"另类"，不食人间烟火，极有可能是外星人。既然到了罗斯威尔，那就找找自己"同类"的足迹吧。

到了罗斯威尔的第二天首当其冲先去那家名闻遐迩的 UFO 博物馆。正如我事先预料的，博物馆缺少"博物"，大多是图文或影像资料，尤其是大段大段冗长的文字介绍。此外还有 1994 年的电视电影《罗斯威尔》拍摄之后剧组捐献给这家博物馆的道具，游客们尤其热衷于在这些道具前留影。这部电影在网上很难搜到，我曾经无意中搜到一次，是一部再现了当年罗斯威尔事件的纪实故事片，很值得一看。

这家博物馆由罗斯威尔事件当年两个重要的见证人瓦尔特•浩特（Walter Haut, 1922-2005）与格兰•丹尼斯（Glenn Dennis, 1925-2015）于 1991 年创建，1992 年正式对外开放。浩特当年是罗斯威尔空军基地的公共信息官，地方报纸最早发布的有关军方从罗斯威尔附近牧场收获飞碟的消息，最早就是浩特提供的，而浩特的消息来源则是他的顶头上司、威廉•布兰查德（William Blanchard, 1916-1966）上校。 在 1993 年的证言中，浩特道："我相信布兰查德上校看到过材料（坠毁物碎片），因为他很确信。他不可能把它误认为是气球……"

在 2002 年又一份证言中，浩特给出了更多的细节。这一次又提到当年的 UFO 还有第二个坠毁地点，但是军方着重强调第一个坠毁地点，来转移公众对于别的坠毁地点的关注。

博物馆的另一个创建人格兰•丹尼斯 1947 年时 22 岁，在白勒德殡仪馆（Ballard Funeral Home）任入殓师，除了为当地市民服务，和当地空军基地也有处理遗体和出急救车的业务关系。正因如此，他可以自如出入空军部队。这家殡仪馆现在还在，我在罗斯威尔时，一去一回曾路过两次。

在 1991 年的证言中，丹尼斯道："一天下午，大约 1:15 或 1:30，基地太平间的官员来电话，问我我们库存的最小的棺材尺寸有多大。" 此外，对方还问需要多久才能提供一个。丹尼斯回答说第二天可以。这个官员随即说，如果他们需要会再来电话。

丹尼斯感觉这个电话非常奇怪，但也没有多想。不到一个小时，刚才那个官员又打来电话，向丹尼斯询问如何储藏暴露在沙漠中已有一段时间的尸体的事宜。

一个多小时后，空军基地又打来一个电话，这一次是让丹尼斯开急救车夫城里接一个车祸受伤的战士。到了空军基地医院，丹尼斯搀扶战士从急救车出来并进入医院的后门。当丹尼斯经过一辆后门敞开的军队急救车时，他注意到里面放着一个金属状物体，类似独木舟底部，上面还有类似古埃及象形文字的符号。

在空军基地医院工作的一个女护士是丹尼斯的朋友。一日，这个女护士约丹尼斯在空军基地军官俱乐部见面，称有要事相告。这个俱乐部的建筑尚在，现在属于东新墨西哥大学的物业。

丹尼斯当时注意到女护士面容苍白、惶恐不安。她对丹尼斯道："在我告诉你一件事之前，你一定要向我口头发誓：你永远不会提我的名字，因为我会出大麻烦的。"丹尼斯听了当即答应。

女护士说，头天晚上，她去空军基地医院的手术室想取一些医用耗材，结果无意间她看见两个医生在为三具奇怪的尸体做尸检。她从未见过这样的尸体，而且她确认他们肯定不是人类。她还说一生中从来没有闻到过这么浓重的恶臭味道，几乎让她呕吐。她正要转身离开，一位医生把她叫住，让她帮忙做记录。这时她可以近距离观察尸体，她确认他们决非来自地球。

说着，她还用纸笔画了个简图，那尸体大约 3.5 英尺高（约一米），头大身子小，眼睛大，两个鼻孔就是两个小眼儿，嘴巴则是一条窄窄的缝隙，两个耳朵就是小窟窿眼儿盖着一层皮。他们浑身没有毛发，皮肤发黑，可能是因为坠毁后暴露在阳光下造成的。他们没有牙，却有大量软骨，头颅柔软而不坚固。

第二日，丹尼斯试图跟这位护士联系，却被告知那位女护士已经不在那里工作了。又过几天，他被告知那位女护士连同空军基地的其他几位医护人员被调走了。两三周后丹尼斯收到了女护士的来信，信封上只有军队邮政编号，没有发信人地址。之后，丹尼斯给女护士去信，却每次都被退回，信封上的邮戳注名：收件人已故，退回给寄信人。再后来，丹尼斯听说这个女护士连同其他五位女护士，在一次训练中由于飞机失事而丧命。

如今浩特和丹尼斯二人都已作古，但为世人留下了这家大名鼎鼎的 UFO 博物馆，多次被游客选为新墨西哥州最受欢迎的游客打卡地点之一。 博物馆对外宣称"欢迎宠物"，宝宝来到这里俨然成为最吸引眼球的景点，无论是博物馆员工还是游客纷纷与宝宝玩耍，一时间宝宝抢了外星人的风头。

虽然博物馆的很多图文网上都可以搜到，但是也有一些内容是我第一次见到，比如齿科技师约翰•莫斯格罗夫（John Mosgrove）制作的外星人下牙模型（复制品）。1979 年，美国空军有关人员从位于俄亥俄州代顿的莱特•帕特森空军基地（Wright Patterson Air Force Base）秘密取出一个下颌骨的骨骼样本，交给莫斯格罗夫制作石膏样本。莫斯格罗夫悄悄保留了样本，直到近些年才公之于众。有六家独立的实验室声明这个下颌骨肯定不是来自于地球上的人类或动物。

　　如果你希望在这里看到一些物理证据来证明外星人和 UFO 的存在，那你肯定会失望的——迄今为止，我没有见过一张验证过的 UFO 高清照片，没有见过一丝 UFO 的真实残骸，网上流传的影像资料也总是有人在打假。号称 UFO 博物馆，如果这些东西都没有，实在有些名不副实啊！在这家博物馆，你能看到的基本是张三说、李四说而已；当年罗斯威尔事件的碎片，早已被军方片甲不留地取走了，他们动用大量士兵，在坠毁地拉网式搜索每一寸土地；对于见证人软硬兼施，堵了所有人的嘴，且没收了所有擅自保存的碎片。70 多年过去了，至今民间是否有微量遗留和保存，还从未听说。不过，即便是这样，博物馆也很有说服力了——馆内有一条长廊，展示了当年一二手见证人生前用一生的清白来担保的证言复印件，其中不乏退役军官和地方百姓。

　　美国政府曾经一直否认 51 区的存在，但在 2013 年中央情报局终于公开承认；2021 年五角大楼又首次公开三段 UFO 的视频。至于为什么各国政府总是要掩盖真相，UFO 学家斯坦顿•弗里德曼给出这样的推断——

　　一是出于国防安全的考虑——你不想让你的敌国掌握新的技术来研发新的武器，比如 UFO 的驱动系统，因为我们不想让敌国"知道我们知道他们知道。"

　　是的，2023 年二月四日中国的一个气球飘到了美国上空，都引起了美加的恐慌，加拿大总理特鲁多甚至不惜花费 40 多万美元打下来一只价值 12 美元的气球，足见国与国之间的防范与敌对意识有多么强！这还是只不算什么新潮科技的气球，假如是一架飞碟又会如何？

　　二是不想制造大众恐慌。倘若彻底公之于众，势必会对我们现有的认知和空间技术造成否定。

　　弗里德曼此言言之有理，假如政府彻底公开他们已掌握的外星人和 UFO 档案，那些大学里的航空航天专家教授和学生还会有多少兴趣继续专注于自己的项目和学业？美国和中国还会原始人一般地从事登月研究与测试？三是对于人类并不孤独的观念，会颠覆许多宗教团体的信仰，虽然东方宗教可能更容易接受外星文明的存在。

　　佛教和道教都还可以接受外星文明之说。佛教《起世经》中小千世界即银河系，不但是圆盘状，还带螺旋，正是银河系的形状；而这千日千月均是指有生命的恒星系。小千世界有很多个，一千个小千世界组成一个中千世界，一千个中千世界组成一个大千世界，也即指宇宙间有大量类似银河的星系。道教传说中的神仙、飞行器、法术兴许也和外星人与 UFO 相关。　但是基督教如何面对上帝创造了人类还创造了外星文明的事实？《圣经》中有无提及外星文明？浩瀚宇宙的外星文明能否也认同圣父、圣子、圣灵三位合一？如果认同，那圣父如何单单偏爱地球这一家？

　　总之，我们地球人的生活还要继续，只要外星人和 UFO 仍然保持和人类千百年来的若即若离的状态，他们从根本上改变不了我们的日常生活。从 UFO 博物馆出来，脑海里一直翻腾着几个无人能给予解答的问题：第一，1947 年罗斯威尔事件的 UFO 碎片，军队如何能做到一丝一毫碎片不流落到民间？马塞尔少校曾将一些碎片带回家给老婆儿子欣赏，后来又上交军队。此外还有别人也接触过碎片。虽然军队有严格规定所有碎片都要上交，但是倘若有一家或一人悄悄保留一星半点碎片，军队也无从知晓。虽然有记载当年有士兵去百姓家里抄家，搜走一切与 UFO 坠毁相关的材料，但是如果你埋在地板下某处一针见大的碎片，恐怕搜到也非易事。为什么到了今天也没有听说过民间再现当年 UFO 的零星碎片？

第二，当年照相机在美国百姓家已经普及，一次成像的宝丽来照相机于 1937 年就问世了，摄像机也不是什么奢侈品了。这么多军队和地方人士目击过残骸甚至外星人尸体，为何没见过流落民间的一张照片或影像资料？唯一的一部外星人解剖录像，后来还被证实是伪造的。

第三，政府对真相的掩盖究竟是那个人的决定？我们都知道军方报道了飞碟坠毁事件后不出 24 小时就来了大反转，否定了之前的报道，改为气象气球一说。我们所能读到的文献资料都显示是雷米将军的命令，那么雷米将军又是从谁那里得到的指示？是五角大楼还是美国总统杜鲁门？如果说都是雷米一人的意见，美国政府也不会齐心协力掩盖了几十年之久！如果说是五角大楼的命令，那也不可能一天之间就达成一致。

越来越多的高层人士开始公开了隐藏多年的秘密——

加拿大前任国防部长保罗·海尔耶（Paul Hellyer, 1923-2021）就公开表示至少有四种外星人已经访问地球上千年了，而且就生活在我们中间。

关于众多目击者对罗斯威尔事件的外星人描述，达成一致的有这些方面——

第一，他们身材矮小，大约相当于十岁儿童身高。第二，头与身体相比不成比例得大。眼睛超大，且呈杏状。鼻子很小，几乎就两个鼻孔而已。嘴则是一条很窄的缝隙。第三，通身没有毛发。第四，坠毁地发现约三到四个外星人，其中只有一个还存活，甚至完好无损。第五，决非来自地球。

众人说法不一或有待核实的则有如下方面——

第一，一种说法是他们有四个手指和四个脚趾（当年的见证人小杰西·马塞尔曾如是说）。另一种说法是六个手指与六个脚趾。第二，一种说法是他们的肤色是黑的。另一种说法是灰色。还有的说是粉红色。比较常见的说法是他们皮肤外都穿着一种贴身的连体衣。第三，一种说法是现场唯一存活的外星人还在痛苦地呻吟着。也有人描述说这个存活的外星人当时还在原地走动。也有人说美军士兵曾开枪射击到这个存活的外星人。第四，没有牙，口腔内只有软骨（参与到外星人解剖的护士如是说）。第五，无生殖器官，无第二性征。

对于罗斯威尔事件的外星人有进一步观察并推断的，可参看畅销书《罗斯威尔事件之后》（The Day After Roswell）。作者菲利普•考尔索（Philip Corso, 1915-1998）于 1942 年至 1963 年美军服役，获得中校军衔（Lieutenant Colonel），曾参与到罗斯威尔事件的 UFO 研究之中。从 1953 年至 1957 年，他担任美国总统艾森豪威尔的国家安全委员会成员，与五角大楼和政府高层有紧密联系。有鉴于此，他于去世前一年出版的这本书有相当参考价值。 考尔索的这本书中对罗斯威尔事件的外星人有这样一些分析推断——

第一，这些外星人应当不是外星人的本体，而是创造出来外星生物体（extraterrestrial biological entities，缩写为 EBE），是外星文明为远距离宇宙航行而专门创造出来的生物人，有些类似好莱坞大片《阿凡达》中的纳美人（导演卡梅隆很有可能曾经研究过罗斯威尔事件）。因此，这些 EBE 的新陈代谢会很慢，而心脏与肺硕大。第二，UFO 坠毁之后，他们的心脏很快腐败，说明地球的环境对他们的脏器很不利。第三，他们的骨骼更类似纤维，比人类的骨骼更纤细。第四，他们不适应地球引力。第五，这些生物体的血液与淋巴系统合二为一。第六，没有消化和排泄系统，因此长距离宇宙航行中不需要进食和排泄。第七，他们都穿有一种紧身连体衣。

还有一本畅销书《外星人访谈录》（Alien Interview），作者是劳伦斯•斯本瑟（Lawrence Spencer），假借一位年已 83 岁的当年罗斯威尔空军基地的护士之名，对这个唯一存活的外星人有更多的描述。我的结论是这本书内容纯属虚构（至少 95% 是编造的），不能当真，读一读娱乐一番而已。这本书对于外星人描述有这样一些耐人寻味的要点——

第一，这个外星人叫爱罗（Airl），无生殖器官，无第二性征，但更愿意被当作女性。第二，只能和书中的女护士一个人用心灵感应的方式交流。第三，眼睛大，但无眼睑，因此不能闭眼。第四，从来不睡觉。第五，称地球就是个监狱，地球人都是被外星文明打入这个监狱的罪人。第六，花了很短时间掌握了英语，还读了些英文名著。

那一天，从罗斯威尔的 UFO 博物馆出来，我步行到了罗斯威尔博物馆，如前所述，前者是私人创立的，后者是市政府所有的，所以后者尽管门庭冷落，但是场馆建设、装修、布置更正规、更考究、更专业。在这家博物馆的礼品店里我和店员雪莉长谈几乎一个小时。雪莉是底特律人，40 多年前迁居罗斯威尔，她的孙女的男朋友就在 UFO 博物馆里做清洁工。雪莉对罗斯威尔事件似乎了如指掌，有说不完的故事，还绘声绘色描述她一个人独自驾车（她有一辆 Mini Cooper）行进在荒芜一人、广袤无际的新墨西哥沙漠中，曾亲眼目睹了 UFO 在她前方盘旋。

她还有一个好朋友是个按摩师，说她工作时经常会摸到客人某个部位的皮下有坚硬的异物，怀疑是外星人植入物（alien implant）。她偶尔还会见到客人有六个脚趾或手指。我问道："那是不是怀疑他们是外星人呢？"雪莉神秘兮兮地点点头。为什么六个脚趾或手指会和外星人联想到一起呢？这要从一部惊世骇俗的解剖外星人（Alien Autopsy）的黑白纪录片说起——

　　1995 年，英国伦敦的一位电视制作人、音乐人雷·桑提里（Ray Santilli, 1958~）公布了一段只有 17 分钟的黑白纪录片，宣称其内容是美国军方对 1947 年罗斯威尔事件中的外星人解剖经过。桑提里还宣称影片提供者是一位已退休的美国军方摄影师，此人要求保持匿名。这个消息立即成为各大媒体的爆炸新闻，很快传遍全球。据桑提里透露，最早登门拜访他的竟然是四个持有官方文件的中国科学家，提出要观看这部影片。除此之外，多个国家都试图跟他取得联系，他和合作伙伴后来还被美国五角大楼邀请去放映这部影片。影片经福克斯电视公司播出，其效应不亚于又一颗原子弹的爆炸。

　　但是，2006 年桑提里又改口说影片中展现的不是真实的场景，而是根据原版素材的还原再创造，而原版胶片因为年代久远已经无法使用。不过，他补充说道：这部再创造的纪录片中插入了原版素材中的几个镜头。制片人桑提里后来"澄清"说内脏是用羊、鸡内脏、山莓酱等伪造的。

　　根据桑提里的说法，他们在伦敦的一处无人居住的公寓客厅中布置了场景，雇用了雕塑家约翰·赫胥黎花费三个星期制作了两具外星人尸体，并用羊脑拌入山莓酱以及鸡内脏和关节创造出外星人的体内组织。赫胥黎还扮演了影片中的首席检验师。拍摄完毕后，他们把道具切成细小碎片丢弃在伦敦城里四面八方的多个垃圾箱中。

　　说实话，我看了这素材后，直觉告诉我，这部纪录片是真实的。至于桑提里为何改口说是还原再造的，多半是因为他不想再招惹太多麻烦而已——试想，如果他坚持影片是真的，那会有多少身在明处和暗处的特工、警察、侦探、记者、科研人员，和 UFO 爱好者前来"骚扰"？而一个"还原再造"的澄清，立刻会让自己从中解脱出来。

　　目前最公平的结论是：如果该影片是真的，那么它应该是人类历史上具有里程碑性质的纪实影片；如果它是伪造的，那么它可以算作是伪造历史纪录片中的绝无仅有的旷世佳作。 这部影片有很多细节，令人怀疑它有可能是原版电影素材——

　　第一，柯达公司人员对该影片的胶片进行了鉴定。胶片不是 1947 年后出产的。如果影片是后来做的，那么桑提里上哪儿去找近 50 年以前的柯达胶片呢？

　　第二，片中的手术器材都是那个年代的。桑提里作为一个音乐人和电视制作人，他如何熟知近半个世纪前美军使用的手术器材呢？

第三，专业人士研究了纪录片中出现的墙上挂的电话、挂钟等等，都是 1947 年以前出产的。电话是贝尔 1937 年的机型，挂钟则是通用的。假如影片是桑提里伪造的，那么哪里去找 1947 年以前的电话和挂钟呢？

第四，法医尸检专家认为纪录片中的医生应该是训练有素的尸检人员。如果其中一个医生是雕塑家赫胥黎扮演的，那如何做到如此逼真，连法医专家都看不出破绽？

第五，一群好莱坞的特效化妆师一起观看了这部纪录片，以好莱坞的水准，虽然做一个假外星人道具不是什么难事，但是片中军医切割外星人头颅的镜头，如何做到皮肉分离、血液随之渗出，特效化妆大师一致认为做到这点不可思议。

不仅外科专家看不出破绽，一群好莱坞特效化妆师也认为以他们的化妆技术还做不到那水平。

总之，全片实在找不出穿帮的地方。

我想，如果真如桑提里所说，影片是他的还原再创造，那是否可以当着观众面重新再创造一回呢？能否展示一下他所用的道具，比如 1947 年前的电话、挂钟、手术器材？如果他不能，那说明这部纪录片一定是真实的。无论真假与否，他该赚到的钱都赚到了。

罗斯威尔之旅改变了我的人生观——这世界我们人类决非孤独。出去一趟，也算散了散心，省得总是憋在家中自怨自艾。

预知从罗斯威尔返回后事如何，且看下回。

62

民宿奇葩

  疫情以来，虽然求职处处碰壁，但总有营生可做——家里有多余的两间温馨客卧用作民宿，房子是自己的，生意是自己的，想做挣点外快就做，想清静了就暂时关张，很是自由，不用看人眼色。但是做起来就知道了，天下没有什么钱是那么容易赚的，除非你是国内的贪官或他们的家人亲戚，他们那民脂民膏的钱来得真是太容易了。做民宿则不然，遇到好客人，你会觉得这钱挣得很痛快；遇到那垃圾客人，你就感叹：若不是家里穷得揭不开锅了，为何忍辱负重去挣这份窝囊钱？垃圾客人永远没有最后一个，只要你一直做下去。只要出现一个，就会毁灭掉你几天的好心情。

  记得疫情前的一天，我在咖啡馆认识一个白人女士叫琳达，当时她正在用电脑处理一些文件。我们聊了起来，她虽然住在大温哥华地区的素里，却是来自蒙特利尔的法裔加拿大人，不久前刚从航空公司退休，卸任前做到了人力资源总监。如今她独身一人，只有一个独立生活的 35 岁的儿子，在另一家航空公司工作，还是个零时工。我心想，加拿大真够廉洁，亲妈做到了人力资源总监，也帮不上儿子找工作的忙。

  琳达退休后卖掉原来的房子，又以她儿子的名义贷了些款，换到一处更大的独立屋，楼下有两个单独出入的套房，各有各的厨房、卫生间、卧室，是很好的以房养房的设施。她听我说我做民宿，有兴趣想了解一下。

  我说，我们这个区族裔多元，要做好准备，接待多元文化的客人。她一听便两眼一横，道："我就是为了远离他们才搬走的！"

  原来，她搬离的地方多年来搬来越来越多的某国邻居，三天两头举办婚礼，一来就是两三百客人，热闹场面持续数周，就差锣鼓喧天、鞭炮齐鸣了。她嫌吵不说，还抱怨这些邻居的婚礼从来也不请她，至少也应该敲门送个小吃什么的吧？

  她问我能不能屏蔽他们。我笑着说，那怎么可能？那不成了明目张胆的种族歧视了吗？

  她又说："那你来住吧！我愿意租给你，咱们正好也做个伴儿。"

  我笑着说："我自己有房子呀，不过还是谢谢你的邀请和信赖。"

  她又说道："那你给我介绍租户吧？只要租户好，其实房租便宜一些我真不介意。如果找不到好的租户，我宁可空着也不出租！"

　　这是很多加拿大中产阶级人的心态，他们认为能以房养房更好，但是不能以牺牲自己的生活品质、搅扰自己平静如水的生活状态为代价。

　　而华人不乏为了多赚些钱，不惜降低生活水准的，过着总是濒临爆发冷战的憋屈日子。举例说，列治文市居然有这么多华人愣是把宽敞的家里打成众多隔断，为的是住进更多的租户，收取更多的租金，好端端的客厅也一隔两半；更有人家里打隔断塞进去了十四个人，房东也住家里，这房东跟做监狱狱警有什么两样？

　　我没多塞人，我有空余两间客房，所以限制在两个客人以内。我也不总是接待客人，高兴接就打开我的网络平台，不高兴了就关上，享受清静的日子，还可以做做简单维修什么的。

　　我自从做民宿以来，给我伤害很深的有相当一批数量的客人。长话短说：有用我雪白浴巾擦鞋、染发的；有撞坏了储藏室的门不承认不赔偿的；有吃了一床饭垢、床下一堆垃圾的；有凌晨三点要强行带生人入住的；有不打招呼拿了我雨伞出门弄丢了却不道歉不赔偿的；有要住十二天但中间一天出门在外却要我退那一晚钱的；还有好多个到了退房时间赖着不走的，以至于我没法为下一个入住的客人打扫房间……。不过，这特定国家的客人中好的毕竟是多数，还没有到因为奇葩客人多到让我不得不关张的地步。

　　这天上午，一个年轻的客人退房走了，有个很可爱的名字叫拉兹。拉兹在他同胞中算是干净的了，但是每天上下楼梯跟大象一样跺脚，震耳欲聋；每次关门都要摔门，"咣"的一声巨响总会让我心里咯噔一下。走的时候因为他行李多，把大门一直开着，方便他往外挪行李，却导致智能锁反应紊乱，锁心进也不是，退也不是，最后卡住了。

　　他赶紧叫我下来看看，而且每句话都是要把自己撇清——我说可能是门开太久的原因，导致app反应失常，他马上就说是我允许他保持开门状态的，然后又问我以前有没有发生过；看见我试着给锁心上点儿油，他自己上手摸摸，道："嗯，确实该上油了。"我说，你不用在这儿陪我了，你去忙你的，我会弄好的，保重。

　　于是他就彻底走了。随后，我给智能锁客服打电话。每次他们远程教我怎么操作，问题都能迎刃而解。对方判断说应该是人手硬性操作造成的，我只需要拆下锁来，把黑色底盘调整一下，松松螺丝，再把锁重新装好、重新校准一下，就完全恢复正常了。这个拉兹，住我家的几天给他吃了一大块儿我做的提拉米苏，吃得都抹了盘子，也没见他多么感激。昨晚给他放了一块儿芒果蛋糕，吃得一干二净，也没道声谢谢。临走送他一个礼物，他倒是轻描淡写地说了"谢谢"。不过这个客人基本还算正常，我对客人好，也不图感激，因为有的人可能心存感激，口头上却不会表达。

本国客人中，目前没有一个不让我满意的，甚至还包括一个中部省份来的、警察曾通缉的 28 岁小伙儿——我网上搜他名字，发现两三年前他因走私可卡因被押在逃而上了警察通缉的名单。这丝毫没影响我接待他的决定，一来是因为好人被冤枉也是常有之事；二来是因为那是两三年前旧事，总要给人重新做人的机会；三来他因走私可卡因犯了法，并不等于他就一定是个惹是生非的客人。果不其然，他在这儿的四天白天出去玩儿，晚上回来睡个觉，静悄悄地进门，静悄悄地用卫生间，我甚至都没见到过此人。他走了后房间里干干净净，几乎都不用怎么打扫，还给我留了五颗星好评。

我接待的所有老中青的德国男客人，无一例外全部是现象级客人。基本上是来的时候房间里什么样，走的时候房间里还是什么样，拉开了椅子坐完了会推回去，上完了厕所马桶盖会盖回去，坐着小便不尿液四溅，冲完了澡把浴缸里的头发捡一捡，刷了牙镜面上台面上不留四溅的痕迹，退房时不赖到最后一刻，而是早早悄悄离去，留个感谢便条。我有次问一个 30 出头的德国年轻人："你们怎么都那么棒啊？干干净净、规规矩矩。"

他回答说，从小父母就给了他这么一个环境，久而久之就形成了他生活的一个常态。

去年夏天接待了一个刚满 65 岁的德国男客，刚到退休年纪，跟儿童放了暑假一般兴奋无比，准备从温哥华开始来一个横跨加拿大的自驾游。此人快人快语、开朗风趣，只住了四天，走的那天早晨没有打扰我。我醒来后去查看，房间一尘不染，桌上给我留个了感恩的便签，还有 30 加元的小费。

不久，又来了一个 21 岁的加拿大亚裔男孩儿，他的姓氏"Le"不是华人就是韩裔或越南裔。他住了四晚，我们从未碰面，走后他不仅留下一个一尘不染的房间，还留下感谢便签和 60 加元的小费，这有些令我震撼——我跟他素未谋面，将来也恐怕不复相见，他为何这么做，完全出自他美好的内心世界和对我的努力和用心的认可。这 60 元是改变我对世界、对人类认知的 60 元，是永远留在我记忆中的 60 元。

过去两个月又两次接待了又一位加拿大客人，大约 30 多，1.85 米的身高，身清骨俊、文质彬彬，甚至略有腼腆。他生在渥太华，名叫维克多。

乍一看，维克多从头到脚，朴实无华、干干净净，因此你能想象：将来房间里也脏不到哪儿去。我预感对了，这哥们儿住了 12 晚，比那些住三四晚的客人还强百倍。12 晚以后，房间里一尘不染不说，甚至不见一根落发。有些总要留下成堆的毛发，大多是弯曲、细小的体毛，估计撸胳膊撸腿儿时候掉的，这属于生理现象，所以我也不怪他们。维克多本身就不掉毛，加上个人卫生又好，心又细，自然让我一百个放心。

维克多十年前自己从家乡渥太华移居到了温哥华岛的维多利亚市，一路自己打拼，从建材城的小伙计做到了电子设备公司的技术员，驱车并坐渡轮来到这边进行业务培训。第一次来订了 12 晚，他跟大多数素质高的客人相比有相当多的共同点——

第一，很懂事，不急赤白脸地催命鬼般地催早入住。我规定是下午 3:00 以后可以入住，维克多甚至都没提是否有提前入住的可能。还是我说了句："你的房间已经好了，你中午就可以来。"他这才感谢回了句："太好了，我争取那个时候到。"

这让我想起太多客人软缠硬磨要早进门。如果当日没客人退房还好说；如果有客人退房，上一个赖着不走，下一个又死活要提前入住，那还给我什么时间打扫、清洗、消毒、布置？还给不给我一点儿喘息、午饭的时间？这些人就是不知道为我考虑！

第二，很自立，不给人添麻烦。维克多是开车而来，没有问我一句哪里有停车位，怎么停车，等等。想起西雅图来的一个说广东话的女生，这家伙开车夜里 11:00 多到，找不到停车位，拼命给我发短信问我哪里有免费停车位！简直让我啼笑皆非——首先，我明文规定我不负责提供停车位；其次，你半夜三更问我停车位，你问我，我问谁？

第三，家教实在太好，太多细节我都看在眼里——用了电器，如电饭煲或电热水壶之后，知道拔掉插头恢复原样。餐桌吃饭，拉开座椅，饭后知道给推回去，恢复原样。我特别反感马桶不盖盖儿的人，客人来的时候我给他们的马桶是雪白的、盖盖儿的，维克多没有一天把马桶盖敞开过。不管任何时间，维克多只要进家或出门，一定蹑手蹑脚，甚至退房的早晨我还在梦乡中浑然不知。维克多脱在门厅块儿毯上的鞋，一定是整齐竖直码放好的，不像我这几天的俩客人，脱了鞋横一只竖一只；维克多如果门厅脱了两双鞋（一双是皮鞋，一双是休闲鞋），他为了不占用别人空间，一定是把一双放在另一双的上面，而不会并列摆放（这个现象别的加拿大人身上也发生过，只能说明教养好！）。

第四，维克多心眼儿好，很有良心，知道感恩。按说我对所有客人都一视同仁，都一样地热情好客，我给他们冲咖啡沏茶，给他们制作甜品，给他们买精美小吃，给他们洗衣服，走时候再给他们一个小小的礼物。我可以告诉你，白眼狼还真不少。遇到一个垃圾人，吃了我的喝了我的，就因为我没让他晚退房，他起了嗔恨之心，给我留了恶评，不过很快被爱彼迎公司删除。还有一中亚某斯坦国的变态，吃了我的喝了我的，给我房间留下成堆的垃圾，还把家具拉得东倒西歪，三面墙上工艺品全部给我摘除，让我惊愕困惑不已。这些人的心态是：他们既然是化钱来的，你怎么出格地慷慨待客，都是分内之事，他都没必要感激。。

　　我看见维克多的两双鞋已经高度磨损，如果是我的话恐怕早扔了。又见他带来一小袋白米，准备用我的电饭煲煮米饭。估计是大姑娘上轿头一回，还问我要加多少水。又见他拿出小瓶罐，吃着米饭，就着那黑乎乎的菜叶子。看在眼里，我心里一酸，怎么加拿大青年人过着这么节俭、艰苦的生活？而且我从未见过嗜米如命的西人！我跟他说，我都很少吃米饭。

　　一天，我正好做了一大盆提拉米苏，给他找了个小饭盒装了一块儿。他竟然第二天一早去工作地点的时候带去当早饭了。厨师做饭，别人爱吃，当然也满足了自己的虚荣心，我的提拉米苏越来越炉火纯青，还有一个朋友又来吃又打包，我高兴，我乐意。又一傍晚，又见维克多在那儿吃他瓶罐里的黑乎乎的菜叶。我正好当日做了八宝饭，问他道："我刚做了中式的一种用糯米做的甜点，你要不要试试？"他听了先是一愣，然后马上爽快道："当然！"

　　我给他盛了一小块儿，内有蜜枣、坚果、葡萄干儿，没用糖，用的是枫糖浆和蜂蜜，再浇上一勺炼乳。他刚吃一口就连连说好，夜里又发来感谢之辞。

　　他退房的前夜，发来短信说我可以给爱彼迎所有的房东上"大师班"的课程了。后来给我留的全五星评语也极尽溢美之辞。

　　没多久他又第二次预订我的房间。这一次我做油泼牛肉面给他留了一大碗，我说这是我的新发明，用意大利面来做油泼面，感受一下意大利面的滑爽和中式佐料的鲜美。结果，他吃了个"片甲不留"，还赞不绝口。我初次尝试做的日式奶酪蛋糕，给他一块儿，给另一个 60 后加拿大客人一块儿，两人都啧啧称赞。

　　第五，不占便宜。我给每个到来的客人在房间里都会准备一大瓶矿泉水和一大块儿巧克力或小点心什么的。维克多已来过两次，瓶装水和巧克力从来都是一动未动。不是他不喝，而是他下楼去厨房喝过滤了的自来水，而把瓶装水留给下一个客人。

　　占便宜的客人有不少，遇到过奇葩客，每天要拔我一根香蕉，好在香蕉便宜，我也不心疼。我还会在房间放上小包装的牙刷牙膏，或者是旅行洗漱套装，上面注明：你如果不需要的话，请不要打开，留给下一个更急需的客人！结果是有一个客人小牙膏用了一次就给我扔在那儿了，既然已开封，别人也不能再用，只好抛弃。还有的，拿走了旅行洗漱套装，是不是真需要，也未可知，反正我已经不再提供了——本想给客人提供便利，却因为占便宜之人而造成了不必要的浪费。

　　第六，维克多对垃圾的分类处理，你一点儿不用操心。至于某些客人，你无论怎么讲解，无论你冰箱上、墙上挂了多少告示，他压根儿不放在心上，依旧给你胡来。已经有无数次，我用裸露的双手在垃圾箱里掏那些咖喱糊糊和面饼、米饭、塑料盒子、纸巾、塑料袋。没辙。你改变不了他们，只能去适应他们。

民宿就是地球村的一个缩影——素养好的人、感恩的人、通情达理的人、明白事理的人，还是大多数。奇葩客、垃圾客毕竟是极少数，但是这极少数却会毁了我们一天的好心情，甚至会颠覆了我们的世界观。

欲知后事，请看下回。

63

流落美国

岁岁年年，年年岁岁，一晃一年多，申请无数个职位，都功亏一篑，有的进入最后一轮却无疾而终，有的则都谈到排课了却不了了之。百无聊赖之时，又发邮件问了英国大师伊丽莎白。她依旧坚持道：时机未到，不要放弃，而且又补充一句：你又去了美国东海岸，不要着急，让神灵去做工。

好吧。

只要网上看到职位就申请一下，反正不花钱。

果不其然，春暖花开之时，一封邮件、一场远程面试又把我召回了美国东海岸，不过这是另一个州、另一所学校。又是一个临时职位，但总比没有强。巧的是招聘我的诸多面试官之一竟然和我都生在徐州，她 18 岁离开上大学，辗转到了美国洛杉矶，25 年前来这所学校任教。很少跟人提及彼此出生地，但是巧了，我们俩那天散步提及出生地，她傻了，道："巧了，巧了。"

而用伊丽莎白的话来说，则是世上没有"巧合"，所有的"巧合"都是神灵给的信号。

其实，此时我刚得到了大温哥华本地凯撒学院的合同，只是一学期两个班而已。这凯撒学院正是五年前就招过我的那所学校，如今物是人非，我本可以是个老人儿，但是后来去的已经占了坑的，如今成了招我的人。

很快就开了课，两个班一共 70 的学生，除了一个日本人、一个中国人、一个菲律宾人，其他全是印度人。

一个加拿大女同事幽默地告诉我说，她在这里已经教了五年了，只有一个班有六个人不是印度人，那是她教过的"最多元化"的一个班。

这些学生都是为了办移民而来，一个个都跟我说："实话说了吧，我们来，就是为了移民，至于学什么，学得如何，都无所谓。"

学生下课后跟我抱怨：她们认为被学校"忽悠"了。远在印度旁遮普邦的时候，当地有很多加拿大私立学院的代理，向他们描绘了留学加拿大的美好前景——学费相对低廉，上学期间可以打工，遍地都是机会，毕业了可以工签三年，期间可以申请移民，而且前赴后继来了这么多印度学生，至今没听说有谁毕业后留不下来就卷铺盖回印度的。

但是他们来到后，发现所谓的"国际学生"几乎全是印度学生，在异国他乡学习和在印度别无二样；教师上课枯燥呆板，索然无味；校内外工作机会并不多，找一个打工的职位都无数人竞争。同时，学校还在不断上调学费，学生们的经济状况越来越捉襟见肘。需要知道的是，这些学生的家庭在印度虽然不是贫困阶层，但也决非钟鸣鼎食之家，家家户户都是东借西凑甚至贷款把孩子送到加拿大的，其中很多家庭还指望孩子来加拿大后能靠打工往家里汇款，一来还些债务，二来也扶持一下一家老小。也有一些学生则是为了逃避印度社会弊端，追求加拿大的自由和包容。

过去这十年，印度早已取代中国成为加拿大外来移民第一输出国，从每年三四万人，到每年五六万，到最近几年的每年逾十万。不仅如此，从东到西还涌现了越来越多的印度留学生，大多数是来自印度旁遮普邦 20 岁上下的年轻人。幼时看过印度电影《流浪者》、《大篷车》、《奴里》、《哑女》，过目不忘，尤其被那奔放不羁的民族性、绚丽多彩的歌舞、空灵繁复的异域旋律而深深吸引。后来又听朱明瑛演唱的印度歌曲《猜谜语》、《摇篮曲》，我居然也可以将印度风味模仿得惟妙惟肖。童年的我，横竖也想不到有朝一日我会站在讲台上给印度学生上课。

印度学生跟我亲近当然不无原因——他们告诉我，我是他们在加拿大遇到的最熟悉和最热爱印度文化的，我的课大量涉及印度历史、艺术、电影、流行音乐、社会，令他们耳目一新，备感亲切。好几个学生课后跑到讲台来跟我说："老师，怎么别的老师的课那么无聊，我们都昏昏欲睡，而您的课就别开生面，趣味横生。我们都听傻了。您喜欢印度文化，真是太好啦！"

没错，我课上播放、讲述疫情中作古的印度顶尖国宝级歌唱家拉塔（Lata Mangeshkar），享年 92 岁，老太太火了整整 70 多年，《流浪者》、《两亩地》、《奴里》、《哑女》里的女声部分都是她唱的；《大篷车》里的最脍炙人口的一段则是她亲妹妹唱的。

我用两堂课时间讲述《流浪者》两度引进中国的来龙去脉，讲述《两亩地》的创作经历，讲述为何这两部电影备受苏共和中共领导人的青睐。

我讲述沙鲁汗、阿米尔汗等巨星的电影，从《阿育王》到《三傻大闹宝莱坞》、《P.K.》、《摔跤吧，爸爸》、《神秘超级巨星》；当然还有广受赞誉的"Pad Man"、"Pink"等反映印度社会现实的优秀影片。

我还放过舞技不亚于迈克尔·杰克逊的赫理提克·罗山（Hrithik Roshan）的视频，还给他们模仿其舞姿。

印度学生普遍有歌舞基因，只要一放到热闹的宝莱坞歌舞，一个个都开始手舞足蹈哼唱起来。如果我一带头，这堂课马上就会演变成载歌载舞的大篷车车队了！

　　我们东亚人性格普遍比较内敛，所谓异质相吸，我很享受我的"大篷车"般的印度课堂！我班上还有一男生，告诉我他的爱好是唱歌。有一次上课时他打断我，问我他是否可以给大家献歌，我当然求之不得。于是他大大方方走上讲台，为大家一口气清唱好几首旁遮普流行歌曲，果然富有印度特色，那一个个细腻的拐弯，婉转迂回、沧桑悲怆，充满了异域风情，正是欧美音乐中缺失的。他之后又有一女生应我之邀，也大大方方唱了首歌曲，一样委婉动听。最欣赏他俩那天生的"拐弯"技巧，那是在声带高度放松的状态下发出的，我一听到就魂不守舍、全身颤栗。

　　我不仅喜欢他们开朗、直白，爱热闹的性格，还观察到他们有一些优点是中国学生中少见的——他们永远充满乐观，无论生活多么艰难，每个明天都会胜过今天。他们很甘愿吃苦，不怕在人前背后"丢面子"——送外卖、站柜台、开卡车，都乐此不疲。还有一男生有一次极为兴高采烈地告诉我他找到了一份"好工作"——在建筑工地举"前方施工，请慢行"的牌子。

　　他们很有团契精神，一人有难大家帮助，连做作业串通作弊、帮他人作伪证请假或考勤都不遗余力、敢于担当（当然，这样做是不提倡的，但是他们很够哥们儿的那种精神，和中国人的窝里斗传统对比鲜明）。举例说，有一次一组学生要做演示（presentation），其中一个学生迟迟不来，同组学生反复强调他 20 分钟后即到，再三哀求我的通融。而 20 分钟过去了，此人还未到，再不开始全组就要失分。同组其他人宁可冒着失分的风险也要坚持等他到来。我颇受触动，也就应允了。果然没多久那个学生终于来了。只见他风尘仆仆，慌里慌张，不像是漫不经心、权当儿戏的样子，倒确实有些被紧急情况拖住了腿的感觉。我也就没再追究。

　　最后一节课末了，班上两个女生神秘兮兮让我不要看——她们从座位那里走向讲台，给我捧来了一大盒巧克力蛋糕，让我切糕，大家一人一块，全班向我表示感谢。又召集所有人跟我合影，把我安排在最中间。他们每个人都给我留了言，其中一个平时言语不多、我以为对我不敬的男生居然写下了这样的话："您善于用浅显易懂的方式让我们理解深奥、抽象的概念！您是我遇到过的最好的老师！"

　　这是我在这学校的第一个学期，也是最后一个学期，因为我就要走了，去美国了。说实话，最后一课道别之时，我内心略有一点点负罪感，好像我抛弃了他们似的。不过转念一想，生活要继续，我也没做错什么；上帝的旨意就是我走一程，奉献一程，影响一批年轻后生的一程。

　　美国的这所学校是正儿八经的四年制本科学校，老师因为学生求知若渴而更有存在价值。要去美国，这凯撒学院又一次占下的坑就得放弃。

　　趁开学前，带上宝宝和我妈去蒙特利尔、魁北克城、多伦多、尼亚加拉大瀑布等地彻底玩了一趟。在天堂般的夏日温哥华，我们每周都会出去郊游、野餐，一周换个地方从不重样。那之后的八月下旬，我和宝宝再一次飞往了美国，从清凉的温哥华，到了湿热难耐、蚊虫叮咬的美国南方，一个路不拾遗、夜不闭户的万人小城。

我小学在徐州空军后勤部队的八一小学，后转到地方上的小学，记得地方上的小学虽然教师业务水平更高，但校园风气明显比部队小学差很多——更多的污言秽语，更多的校园霸凌，更多的趋炎附势。到了中学，依旧如此，目睹过无数次老师和学生用生殖器的丰富词汇互骂，令我们这些部队出来的子弟触目惊心。

那时万万没想到，经过这么多年东奔西走、历练滚爬，竟然颠沛流离到美国教书育人、为人民服务。我已经教过加拿大和美国的八所大学、学院（其中两所是疫情间的远程教育），可以说是阅人无数，对各国学生也基本得出来一个大概的、笼统的印象。很多同行工作的学校华人子弟太多，所以教来教去还是在中国人圈子里，要么顶多是 ABC 或 CBC 的华裔圈子，所以未必有全面的感受。

总体来说，我感觉这所学校学生的家教大多都不错。貌似这些学生没有太多的戾气、俗气、娇气、傲气、痞气、铜臭气、妒心、疑心、攀比心、防范心，等等。实话实说， 加拿大安大略省曾认识一对中国夫妻，他们的女儿在加拿大上大学。大学四年，与男生约会，下馆子蹭了无数顿饭。这对父母甚以之为傲："瞧，我女儿多有本事！"

我暗想，这得要价值观扭曲到何种地步才会说出这样的话啊！女人靠谈恋爱蹭免费饭，本质上和卖春有什么区别？张爱玲说过，婚姻就是长期的卖淫。话倒是有些极端，但很多中国女人步入婚姻不都是有这样的心态吗？

温哥华还有一中国女子，女儿上了当地的英属哥伦比亚大学，即 UBC。她逢人说，那些孩子上了道格拉斯学院之类的社区学院什么的，见了人家孩子上了 UBC 或多伦多大学的，都抬不起头来。不过她女儿还蛮懂事，对她妈道："妈妈，我都为你感到害臊！"

所以，当你遇到学生，他们是个什么样子，你基本能看出他们成长的家庭、过去的老师、同学、校风是个什么样子。

当然，少数"离经叛道"（褒义理解）或自省能力强的，会突破家庭、学校、世俗的影响与束缚，洗心革面、脱胎换骨。

我第一学期的两个班基本上都很好——礼貌、肯学、诚恳。我很满意，以至于星期五下了课，我就开始盼着周末赶紧过去，周一赶紧到来，这样又能见到学生们了。

学生们出勤很好，一个半月了，目前已有两个男生道歉说缺勤是因为闹铃上错了，等闹铃一响，才发现错过了课时。第一个男生是个特乖的好学生，一脸稚气，十分可爱，还发誓说下不为例。这闹铃的解释不仅没让我反感，反而令人忍俊不禁，我完全理解——这就是为什么我经常上两个闹铃，以防万一。这两个班的学生对台上演讲者的尊重值得一提！每次有学生上台来演讲，下面的学生一个个聚精会神、洗耳恭听。

中国学生夜里加班做作业，美国学生总是有夜里加班体育比赛的。这里的每个人如果没有参加一个体育组织或文艺组织会让人感觉大学生活缺少了些什么。这些学生随机组织的各种球队、游泳队，全都有模有样——我看见中小学生就晚上加班练习游泳，而且都是自由泳和蝶泳，一个个在水中像小鲨鱼一般风驰电掣。大学生则篮球、排球、足球、橄榄球，十八般武艺样样精通。

严格来说，2023 年秋季学期才算是本人在美加第一次给本土学生教授中国传统文学。之所以说是第一次，是因为前面的学校中国留学生太多，所以只要有关中国的课程基本上都是中国学生选修，导致非中国学生望而生畏——因为他们知道得到 A 的希望极其渺茫。在那冰城大学，我遇到过一个大班 60 个中国学生，两个美国学生，除了那两个美国学生是真有兴趣外，绝大多数中国留学生兴趣不大。学生无精打采、得过且过，老师也就教起来索然无味。

现在的学校没那么多国际学生，所以一个班上就以美国本土学生为主了。整体风气好了，也就带动了班上仅有的两个中国留学生。以前虽教授过与中国无关的课程，如社会学、性别研究、世界文学等等，但是我没想到美国学生最爱的竟然是中国传统文学。因为学生一个个极其爱学，充满好奇，求知若渴，恨不得我说的每一个字都记下笔记，所以我备课和教学之卖力程度竟是以前的 50 倍不止。

在这里教授中国古典文学，尤其是四大古典名著是一项挑战，因为大多数本土学生对这些小说几乎没有事先的了解——除了《西游记》之外，那是因为《西游记》在世界范围内广受欢迎，不仅有影视、戏剧、动画、游戏派生品，还有广受欢迎的系列剧集《美猴王传奇》，由澳大利亚 ABC Me 和 Netflix 发行。此外，学习和教学过程需要考虑到两种不同文化之间的文化和语言差异。虽然课程的国际化是世界范围内的趋势，并且跨越两个类别——国际学生和本土学生，但在这里，我所说的教学法的"国际化"单指跨文化环境，换句话说，是给非中国人教授中国文化——在欧美大学里主要给中国留学生教中国相关课程，即便是用外语教授，也没有文化碰撞之乐趣。"新伦敦团队"曾开发了一种名为"设计学习"的新教学模式，要求学生对所教授的内容产生归属感，并参与到差异和多样性中。

2023 年秋季，我尝试了类比或比较方法、多学科或跨学科方法以及情境化，其中通常涉及中国哲学、宗教、文言、历史和文化。此外，代表性文本和译文的选择也至关重要。

　　类比或比较方法鼓励学生通过识别体裁、风格和/或主题方面的相似之处来快速形成对目标文本的理解。例如，当我在课堂上介绍中国传统戏剧时，我对比了中国古典戏剧与莎士比亚的相似之处：《西厢记》与《罗密欧与朱丽叶》、《牡丹亭》与《哈姆雷特》、《长生殿》与《凯撒与克娄巴特拉》，以及《桃花扇》与《李尔王》。然而，这种方法只有在学生熟悉西方作品的情况下才有效，我班上只有一女生熟知《罗密欧与朱丽叶》。显然，学生更熟悉影视作品，尤其是迪士尼动画或真人电影，换做他们熟悉的对比物的话效果更好。例如，唐朝的《酉阳杂俎》中叶限的故事与欧洲灰姑娘惊人相似，但要早得多。

　　语境化是我课堂上的一个关键方法，旨在为学生提供历史和文化背景，帮助他们理解社会和哲学对中国古典文学的影响。这可能包括讨论文学创作时期的朝代、哲学思想流派和盛行的社会习俗。我花了一周的时间介绍了由儒家思想、大乘佛教和道教思想以及民间信仰塑造的中国思想。我发现卡尔•荣格对中国思想的评论对我的学生来说很有趣，其特点是从西方"科学"角度来看的同步性或非因果性。在讨论中国的孝道、无为、宿命论和预定论等概念时，学生们能够识别人类的共性，而不是对东西方差异进行过于简单的概括。

　　教授中国古典文学，前期部分要注重历史背景的交代，美加课堂很多教师对此一笔带过。除了朝代年表、帝王家谱之外，我还花时间阐述了小说的历史背景，例如《三国演义》开局展现了一个动荡、分裂的中国，学生们在无指导的阅读中很难理解这一时期的大背景。我从西汉讲起，然后转到东汉王朝的衰落，其间有王莽新政和内战。我在分析东汉王朝的灭亡时，主要集中在三个方面：中国封建社会的皇位继承和东汉末年的幼皇帝、中国宦官文化和东汉末年的"十常侍"、各地军阀崛起和纷争。东汉末年出现了接二连三的早夭幼帝，年龄从三个月到 15 岁不等，依靠皇太后摄政，外戚干政、宦戚之争。美加高校里很多老师因不熟悉中国历史，会跳过历史背景的介绍，所以学生根本不能理解整部小说的时代大背景，如同囫囵吞枣。

　　虽然不可能要求学生在一个学期内读完一本完整的小说，更不用说四本了，而且从每本小说中选择代表性文本也是一个挑战。对于外国学生，名著的代表性文本选择要考虑到方方面面。四部经典小说都篇幅较长、卷数多、人物多、章节多。《三国演义》一共有 120 回，每一回都有涉及到前面的内容或之前出现过的人物。《水浒传》根据版本不同有 70 回或 120 回，宋江、林冲、鲁智深、武松等主要人物的故事相对独立。西游记有 100 回，到第 13 回才开始师徒取经。程高版《红楼梦》共有 120 回，严格来说，小说中的大部分"故事"都不是戏剧意义上的故事，而是"事件"。国内中学语文课本选取了《红楼梦》中"葫芦僧乱判葫芦案"一回，但明显这一回不适合美国大学课堂，情节过于简单，人物性格单一，缺乏戏剧张力。

　　《水浒传》基本上由鲁智深、林冲、武松、宋江、李逵等各个主要人物的故事组成。选择《水浒传》中的代表性文本相对容易，我发现学生们对武松杀虎、为兄报仇、落草为寇的故事非常着迷（第23-32回）。考虑到课时的限制，我重点讲述第23到第26回，从告别柴进、宋江，到景阳冈打虎，到为兄报仇，杀死潘金莲和西门庆并自首。这一堂课我们系主任还来听了，我准备得十分充分，连武松喝的什么酒，相当于现代白酒多少度；为什么古人要烫酒方可饮用；武大郎卖的"炊饼"究竟为何物，是包子还是馒头；武松到底有多高以及北宋的度量衡；"马泊六"、凌迟是什么，等等，都一一介绍了。学生们一个个听得入神。学生听得越起劲，老师讲得也就越起劲。你跟一大班中国留学生讲这些，可没有这感觉。你说他们一无所知吧，他们也略知一二，什么武松打虎、潘金莲通奸等等；你说他们都知道吧，说起来也就是略知皮毛，所以每每教到这样的班都陷入一个不尴不尬的境地——多数人没有兴趣，也觉得学了没有实际用处，最好是轻而易举混个学分，赶紧毕业拿了美国文凭了事。

　　讲《水浒传》不能漏掉108将之首宋江，虽然他的故事可能不如武松引人入胜，但我给学生提出的讨论问题让他们兴趣盎然。我讲述了第21-22章，从宋江杀阎婆惜到去投奔柴进这一段。第22章回的结尾也与本学期早些时候介绍过的武松故事的开头相连，学生们对此还记忆犹新。有一男生记忆力超群，他竟然记得这学期早些时候我讲过的柴进家史。另一男生能记得给宋江送信的赤发鬼刘唐在前面宋江给晁盖通风报信时出现过。一才刚上大一的女生竟然记得我前面说过的七星聚义。这个班简直令我目瞪口呆，要知道他们可都是纯粹的美国学生。我还简单介绍了宋江之死，因为这也是小说的结局，并让学生思考这样的问题：他们为大赦而付出的鲜血和生命值得吗？悲剧发生的根本原因是什么？

　　《西游记》还算容易些，因为大多数学生已经知道四个主要角色和他们的冒险故事。我选择了两个故事，一个是第27回的三打白骨精；一是第53-55回中的西凉女儿国。取经途中降妖除魔的故事大多数构架雷同，换汤不换药，但是唯独这两个故事有着明显不同。三打白骨精的故事在中国几乎家喻户晓，有戏剧性，有矛盾冲突，有对唐僧貌似虔诚实为迂腐进而宗教的虚伪性的讽刺。

　　学生们对西凉女国的故事非常感兴趣。我把他们分成几组，每组根据这些章节创作并表演一个短剧。每组中一名学生扮演女儿国国王，一人扮演国师，一人扮演唐僧。由国师作媒，女王表白，愿意将自己的王位让出，自己甘作王后。由于她是人类一员，悟空不想像对待妖魔那样伤害她，所以佯装接受求婚，然后师徒逃离，女王深感失望和尴尬。女儿国离奇的经历、唐僧坐怀不乱一心向往西天的毅力，以及三位弟子的幽默风趣，令这些美国学生兴奋不已。据了解美国很多高校的老师会选择小说中猴王出世、大闹天宫等较早章节，但没有意识那些章节更适合幼儿园和小学生；其次，早期章节师徒不全，并不能代表整部小说。

《三国演义》的代表性文本选择比较棘手，因为很难找到一个与其他章节关联不大的相对独立的故事。如果没有详细的指导，学生在阅读过程中很容易在人物、事件和地理区域中迷失方向。主要人物方面，我简单地讲了刘备、关羽、张飞的桃园三结义和诸葛亮的空城计——美国学生们平生第一次接触空城计这样的中国"智慧"，一个个茅塞顿开的样子。由此我想到，国内人常说美国年轻人含着金汤匙出生，所以单纯、幼稚，说什么信什么。其实不然，所谓单纯，那是因为社会中尚无外因诱发出来人性的复杂和狡黠；你把这些孩子投到中国那错综复杂的人际关系网中，没多久他们一样会精通36计！

我主要还是讲述的曹操，选择了两章——第4回和第72回，与其他大多数章回相比，这两回都涉及较少的人物，并有相对简单易懂的故事情节，同时对曹操的人物塑造栩栩如生、发人深省。第四回，为了除董卓，曹操从王允处借来了七星刀准备刺杀董卓，不料却因为镜子的反光而被董卓发现，恰此时吕布也赶来，曹操随机应变，以献刀为名搪塞过去。随后，便匆匆忙忙逃出董相府，开始了逃亡历程。逮捕曹操的陈宫，因佩服曹操的正义，弃官投奔曹操，二人一同亡命天涯。他们一起逃到曹父结义兄弟吕伯奢的住处过夜。正当吕氏外出取酒，家人磨刀杀猪准备食物时，曹氏怀疑他们要杀自己，将他们全部杀掉。曹操离开吕家逃跑，路上正好遇见买酒归来的吕伯奢，曹操担心吕伯奢告发自己，于是挥剑砍死吕伯奢。陈宫因此责备曹操大不义。曹操却回答："宁教我负天下人，休教天下人负我。"

第72回只有曹操和杨修两个关键人物，曹操杀杨修这一故事进一步揭示了曹操内心世界的复杂性。曹操本赏识杨修的才华，启用杨修为自己的谋士，两人关系密切。然而，杨修的自作聪明和恃才放旷，逐渐遭来曹操的忌恨。多次事件导致曹操决定处决杨修，其中"鸡肋事件"是压垮杨修的最后一根稻草。 我在课堂上引导学生阅读这一章，然后让他们找出这七个事件并分析曹操的性格。曹的多疑本性从第四章就已经为他们所熟知，而这一章又增添了曹操的另一面——容不得卖弄聪明的下属——美国学生虽然年纪轻轻，但大多都早已有打工经验，他们何尝没遇到过曹操这种人？班上的美国学生很少接触到欧美文学中类似的人物塑造，但他们对人物塑造中所体现的复杂、多维的人性的典型性感到震撼、着迷。事实证明，文本选择是有效的，《三国演义》也一样能被非东亚读者理解和欣赏。

原以为学生们只会对《西游记》、《水浒传》有兴趣，没想到他们对《红楼梦》同样感兴趣。《红楼梦》被认为是中国古典文学的巅峰，比其他三部作品更加复杂和高深。在中国，大多数受过教育的人可能一生都未曾读完整本书。这部著作对当时社会的全景式描述、百科全书式的细节、晦涩的隐喻，还有众多诗词曲赋，对于一般读者来说都是巨大的挑战。对于非中文读者来说，译文可能无法捕捉到原文的细微差别、微妙之处和诗词之美，使其成为名著中最不可译的作品。我首先花时间让学生阅读补充材料，例如注释或评论文章，还借助了中央电视台 1987 年的电视连续剧。总地来说，这些措施增强了阅读体验，并有助于理清小说的脉络。一名学生甚至对小说中的"命运规律"（patterns of fate）进行了令人印象深刻的演讲，滔滔不绝地讨论命运、宿命论和预定论在《红楼梦》中的反映，看到那尚充满稚气的脸，讲着一口老龄人嘴里说出的话，令我忍俊不禁。

选取《红楼梦》中的代表性文本是一个很大的挑战，不仅因为上述原因，还因为《红楼梦》中的大部分"故事"更像是日常家庭事件，因为它们不是"故事"意义上的故事——尽管主要情节具有戏剧性的完整结构。年轻读者更喜欢《西游记》或《水浒传》故事的离奇情节，通常对《红楼梦》中最为典型的一些"故事"并不感冒，例如刘姥姥一进荣国府、王熙凤毒设相思局、秦可卿淫丧天香楼、元妃省亲、抄检大观园等等。欣赏这些章回需要读者读完整部小说、形成全局观，才能欣赏到每一处妙趣，而那些寻求惊险刺激、打打杀杀的人可能会觉得故事情节平淡乏味。因此，为了让学生保持兴趣和好奇，我选择了第 69 回来重点讲述：《弄小巧用借剑杀人，觉大限吞生金自逝》，尤二姐之死一回展示了人物之间更多的张力和冲突，同时学生们对以一夫一妻多妾为代表的中国古代婚姻制度本身就很有兴趣。为了让学生了解来龙去脉，我还向他们发了第 66—68 章的英文简化版本，且借助 1987 版电视剧帮助他们理解故事。

讲 69 回，凤姐对平儿比较宽容，对秋桐也不太在意，但是对于尤二姐却要心生毒计、斩草除根。问为何这般，一男生回答说是因为贾母说二姐比熙凤更俊些，所以凤姐儿妒忌。这个年龄段的判断只能达到这个程度，所以我要进一步解释——平儿是凤姐儿的陪房、心腹，况且与贾琏也无一儿半女，秋桐是贾赦的丫鬟赐予贾琏为妾，所以对凤姐儿构不成威胁；而尤二姐不然，尤二姐不是妾，是贾琏背着凤姐儿在其小产后几乎是"明媒正娶"来作"新二奶奶"的，因此直接对凤姐儿构成了威胁。班上的三名学生根据章节创作了一个短剧，让全班同学都参与阅读和分析凤姐的动机。学生们都能够体会到凤姐内心世界的多维性：她能善待刘姥姥、小红、邢岫烟，她对待平儿也很好。她的邪恶被诱发出来，莫不是因为逞强好胜（《弄权铁槛寺》），或被轻薄男人调逗（《毒设相思局》），要么就是权力和地位受到了威胁（《弄小巧用借剑杀人》、《大闹宁国府》）。

学生们能够意识到在第 69 回中凤姐儿本身就是男性主导的婚姻制度的受害者，尤二姐选择隐忍，秋桐则会撒泼骂街，平儿则抱紧凤姐儿大腿，而凤姐儿则选择施展人性中的恶来面对这场你死我活的竞争。学生们意识到，人不能单纯以好坏来区分，因为一个被认为是"好人"的人，残存的那点恶，可能会被某种外部因素一触即发。

对于翻译版本的选择也很重要。虽然学校的图书馆提供了不同的版本，但我首先会考虑翻译对更广泛的受众来说如何容易理解，以及它如何捕捉原文的复杂性并保持其深度，同时又不损害英语母语人士的认知习惯。对于《红楼梦》，我选择了大卫•霍克斯和约翰•明福德的《石头记》，这是英语世界中最受欢迎的译本，在我看来，也是最好的英文译本。我把译文和原文进行了比较；显然他们的合作经过了充分的研究并捕捉到了原作的细微差别。从字面意义上来说，它没有忠实于原文；相反，它忠实于原作的"精神"。早期的翻译试图"忠实"地将人物名字的含义翻译成英文，例如黛玉翻成"black jade"（黑玉），王熙凤翻成了"phoenix"（凤凰）。虽然这些名字似乎充满了东方异域风情，却阻碍了读者接受这些异域"信号"背后的人物。《石头记》则保留了主要人物名字的罗马化，而将次要人物名字的精髓翻译成易于记忆的英文，如平儿译为"Patience"、秋桐翻译为"Autumn"，鸳鸯翻译为"Faithful"，而不是"Mandarin Duck"。

霍克斯和明福德的译本忠实于原作的"精神"，也归功于他们对英语的精通。

在欧美教授中国古典文学是一个不断学习和适应的过程。它需要深谙欣赏习惯的东西文化差异，需要我们探索与来自不同背景的学生产生共鸣的新方法。当许多学生表示了解了一个他们从未接触过的世界，并因能感受到与人物和故事的联系而感到满足时，证明了这种教学模式的目标所在；当我们拨开了所谓文化差异的帘帷，我们看到的更多的是人性中的共性。

64

龙年众相

时光荏苒，一晃已是 2024 年龙年。书中提到的诸多人物绝大部分都健在。平凡小人物，结局通常都很好。所以想想《沈冰自述》里面那些锒铛入狱、身败名裂的达官贵人、"才子佳人"，是不是还是做凡人更好？

谭居士如果健在的话，今年应该 88 岁了，上次听赵兰菊说起她，据说还在跟她二女儿一起生活。虽然得了阿兹海默症，以前的老朋友都不来往了，但是俗话说，"巧者劳智者忧"，痴痴呆呆活着也挺好。像我的宝宝，不用担心通胀、失业，不用操心月供、物业费、地税等大笔开支。它有我管它的一切，我宁愿和它倒个个儿，互换一下位置。

与谭居士曾来往过密的扎西"活佛"再也没来汉地。化缘也不是那么容易。汉人居士也都学聪明了。况且现在人们都内卷、躺平，也没那么多人几千几百地供奉"活佛"。而且这些"活佛"有没有认证，也未可知。

赵兰菊因为参加工作早，50 多就办了退休，每个月可以从社保领取 6000 元人民币。她的四室一厅的房子贷款早已趁能"PQ"的时代还干净了。儿子也大学毕业，基本自立，第二任老公又疼她，所以她现在备感幸福。虽然退休了，还想做点事儿。因为老公是做东南亚餐饮的，她也爱上了新马泰饮食，疫情期间在家里琢磨起了烹饪，还想自己开饭馆。疫情期间齐老师不面对面接待客人。那一日找我要了齐老师的微信，给齐老师视频咨询。听她说，齐老师不冷不热地回问道："你要开饭馆？你有那技术吗？"说完就挂了。赵略有不爽，但随后还是发过去一个红包。不过，赵到现在饭馆也没看起来，只是在家里偶尔做做外卖私房菜，挣不了大钱。

赵的儿子早已大学毕业。头一年申请各国的博士生，无一录取。这孩子颇有恒心，随后一年又继续申请。这一回赵又联系了齐老师，想去问问儿子这条路能否走通。疫情渐渐缓解，齐老师恢复接待客人。

不料，等她见齐老师的那天，儿子多伦多大学的录取通知书已到了，还有全奖，所以赵满心欢喜，权把这次问事当作试探，看看齐老师是否真有两把刷子。

"齐老师，您看，我儿子申请了五六家美国、加拿大的大学博士专业，能成吗？"赵问道。

齐老师桌上铺了张红布，右手在上面写写画画。赵话音刚落，齐拍着红布道："这事儿已经定了，肯定去成了！"

"哎哟，准了！"赵哈哈笑道。出来的路上就拨通了我的微信，给我一五一十描述一番。

明星经纪朋友李维真，已经当了奶奶。我的天，不可思议啊！不过话也说回来了，60 后可不是逐渐都到了做爷爷奶奶的年纪？

她有一段时间消沉了不少，那是因为她的一个弟弟在方庄某立交桥下骑车的时候被一大卡车刮倒，人当即被碾轧成两半，那司机明明从后视镜看见了，还一路仓皇逃跑，轮子下面还拖拽着半具身体，惨不忍睹。但是肇事者逃是逃不了的，运输公司后来也给予了经济补偿。这事儿对她一家打击都很大。凭她的身份、地位，打交道的全是张艺谋、陈凯歌、巩俐之类的名人，怎么这种事就发生在她身上了呢？

类似的事情也发生在我身上过，只不过我很幸运，肇事者是两个骑三轮车的，不是开卡车的。那是二十多年前，我骑着自行车去上班。在航天桥附近，两个年轻人一前一后骑着破破烂烂的三轮车从我身边过，那三轮上乱七八糟的物品当即挂住了我的车把，即刻把我摔倒在地上，并拖拽了数米。也许因为还年轻，除了左手小拇指刮伤蹭伤，全身其他地方安然无恙。当我从地上准备爬起时，那二人正疯狂般地使出吃奶的劲儿赶紧加快速度逃离现场。周围无数人骑车经过，无一人肯下车问候一番。冷漠、木讷的双眼，让人心痛。除了凄凉，发生了这样的事怎么可能带出人性中的那点良善？

李维真家里发生重大事件后，维真更潜心修佛了。人在名利场，却早将名利抛之脑后，生意只要能维持，员工工资发得出去，她就知足了。

前面说到的那个笃信基督教的田秀英，疫情前就和女儿搬到了大温哥华地区定居，离我家只有一分钟步行路程，她安大略的房子依旧保留。我请她吃了饭，带她去找家庭医生，办社区健身会员卡。不过，却因为两元钱的事把她莫名其妙地得罪了。疫情后又联系了，但渐行渐远。

那要说到田秀英跟我和我妈去本拿比华人爱去的丽晶广场，她看中了一把空心菜，要两元现金。我平时身无分文，只带信用卡，看到了麻辣毛豆，一包五元，十元以上才可以刷卡，正因为此，我买了两包毛豆。正吃着，田一颠一颠小跑过来，问我借两元现金。我说我没有；我妈是是新移民，我给办的，更没有硬币了。结果回家以后田就发来长长的微信，说什么"两元钱难道英雄汉"云云，阴阳怪气，听去决非什么好话。我们也没计较，随她去。

后有朋友分析说，可能她看见我吃毛豆，认为我有现金不肯借给她，导致了误会，还责怪我为什么没有早告诉她我的毛豆是刷卡买的。我的个天啊！我心思哪会拐那个弯啊！你要是跟加拿大人、美国人说起，十有八九，打死他也拐不了那个弯。不过朋友们都说，没辙，作中国人，和中国人打交道，可不是要心思拐弯吗？

那一晃就是三四年没有来往。

友谊多么脆弱啊！就因为两元钱，就差点儿老死不相往来。

再见面已是疫情中，正好看见她母女俩去医院，这一次尚不是新冠。2023 年年底，我寒假在家，新冠基本完结，她母女竟然先后感染了病毒。她本身基础病就多，这一感染对她影响颇大，上吐下泻、头晕眼花，卧床不起至少半个月。我跟她说，如果需要我帮什么，比如买菜、洗衣、送货、做饭什么的，我随时待命。她则再三谢绝。

再说前面提到的莎拉近况。如果各位客官忘了这个人，不妨再回到前面的章回温习一番。别看她北大学历、温哥华当地文凭，有会计的专场，她找其工作来也没有比别人容易多少。她向往的工作是既和教会相关，又能使用她会计的特长。疫情前夕，她天天祷告，看到网上一则广告，恰巧是一家基督教会旗下的慈善机构招聘出纳会计。她兴奋不已，赶紧草拟申请信和简历，并让我过目。一个月后，她发来长篇大论的邮件，感慨主垂听了她的祷告，将这一份心仪的工作赐给了她。邮件写道：

达哇，你要坚信，在神没有难成的事。当年，亚伯拉罕已经 100 岁了，他的妻子撒拉也 90 多了。神曾应许赐给他们一个儿子。但他们心里说："这怎么可能？"于是，神反问："在耶和华岂有难成的事吗？"（创世记 18:14）撒拉在那把年起而且过了生育期仍能怀孕生子（11 节），那对神来说就没有什么难成的事。感谢神！哈雷路亚！

我当然为她高兴。自上岗以后，她请过我一顿饭，之后我们联系也少了很多。偶尔发个微信问候她，她总是说："累死了，忙死了，下班就想回家睡个觉！"

疫情开始半年多，无数公司都在裁员甚至关张。她还在那家公司。她自信道："再裁员，他们也不会裁出纳会计呀！"

刚说完不出三天，她突然发来微信道："今天是我在这家公司上班的最后一天。"

我惊讶地问道："是因为疫情？"

"不是啦，"她依旧保持诙谐和风趣，"人家想让我走呗。"

我也诙谐风趣一番："看来神又垂听了你的心声：你总说忙死了，累死了，神为了让你好好休息，把赐给你的工作又收走了。"

那之后莎拉一直闲置在家，靠房租为生。眼看疫情基本结束，人们陆续恢复到疫情前的常态，她又开始着急找工作，并选报了一个职业培训班。

我微信道："您老人家就算了吧。这把岁数，再去找工作，即便找到了，又是干两三年就黄了，然后再接着去找？还是把机会留给年轻人吧。你看看每年大学毕业生都那么多，还找不到工作呢。"

莎拉认同，考虑数周后微信道："我也觉得是的，再让我朝九晚五我也不习惯了，我觉得我还是更适合自雇啊！"

"是啊，你要是早开始自雇，现在积累的客源早让你晚年无忧了！"我回道。

再说那个阿杰，中青年时期靠姿色和人格魅力在哪里都能"PQ"且混得风生水起，如今逐渐步入晚年，青春不再。他已经上 60 了，要傍人只能去傍那七老八十的了。

上面曾说到他流落到了泰国，有一个老人家给他临时提供了曼谷的住处，并时不时给他一些零花钱。不知因何他竟然又和他昔日温哥华的老友王闹联系上了，去王闹的芭堤雅家住了一阵子。那王闹的快嘴，焉能不跟我汇报？

这阿杰虽再三嘱托不要透露给别人，王闹还是将他偷偷拍的阿杰照片发给了我。

还是那张脸，国字型脸现在变成了上窄下宽的梯形脸，倒是不见皱纹。剃了个秃瓢，真成了和尚模样。泰国炎热，他自然是打赤膊，从侧面看，腰比胸粗了不少，肚腩隆起，宛如一尊弥勒佛。

王闹猜测阿杰多半已经走火入魔，时常一个人凝视着一个虚空的地方，半晌不语。他甚至有些起鸡皮疙瘩。

阿杰离开的时候房间里搞得乱七八糟，但王闹这方面脾气倒是很好，不很在意。王闹问他是否愿意跟我联系，他说他谁都不愿意联系。

但是麻烦来了，这阿杰反反复复在曼谷和芭堤亚王家之间来回数次，最近一次提出能否常住他家。王闹心想，请神容易送神难，作为老朋友，临时接待一下，责无旁贷，这要是赖在他家不走了，这叫什么档子事儿啊？脸皮薄、从不肯说不的王闹，破天荒地拐弯抹角地婉拒了阿杰。自那以后，阿杰一走了之，也不再往来。

至于王闹，他的优点是能接受变老，对名利淡泊，他最大的心愿就是有一个他爱且爱他的男人，这泰国的素差彭穷也罢，爱伸手要钱也罢，但终归忠心耿耿伴他左右。他现在幸福得很，而且不怎么再在社交媒体上发朋友圈了。幸福给别人看的人，才热衷发朋友圈晒；幸福给自己的人，没有那功夫去招惹是非。王闹道，这网上什么人都有，自己的生活，没必要广而告之。他知道，他的生活曾招惹来说多少贬损。

他的确言之有理。对社交媒体上热衷于发朋友圈的现象，网上有很多心理学研究，普遍认为爱发朋友圈的人都属于心智不够成熟的人。

我一直没有太过留意，因为我的微信上早就不发朋友圈了，我的脸书也把"朋友"人数删减到了 27 人，我的脸书图片库其实就是我的个人相册，不对外公布。

正因为不发朋友圈，我也几乎从来不看朋友圈。我微信上大约有数百人，绝大部分人从来都是潜水不露，从不发朋友圈。而发朋友圈的，就是那么不到 10%的人，上下刷刷看，翻来覆去全是那几个人，年轻人居多，但是中老年也不少。

加州大学圣迭戈分校的一个心理学家分析说，归根到底，发朋友圈的目的就是炫耀（show off），而且分享的基本都是好消息（positive and uplifting news）：或者是得到新的工作、新的升职，或者是去哪里旅游、度假，等等。她认为这种人心理上有不安全感（insecurities），而且内心经常感到孤立，现实生活中没有什么真正的朋友分享，因此便如饥似渴地投入到了社交媒体的虚拟世界中。这些人既然热衷发朋友圈，目的很明确，就是要让人看；人家如果不看，还发什么朋友圈？而且，发了朋友圈，内心还希望别人点赞，甚至来个好评。这种心理就是太渴望得到认可（neediness）。

还有网友回应道，一个人晒什么，其实就是内心怕缺什么。正因为如此，我不发朋友圈，因为不想在上百人的手机上展示、暴露自己的生活方方面面。更有很多人认为，一个人真正的朋友就那么几个，只有真朋友才会为你的成功和幸福而开心，绝大多数陌生人或半生不熟的"朋友"都不希望别人比他过得好，因此你晒给这些不搭界的人等于招来无数人的嫉恨。

曾有一个博士毕业生，微信朋友圈晒自己刚找到的工作。你晒那个干嘛呢？你知道还有多少博士找不到工作，在沃尔玛、大统华打工吗？你是让他们为你骄傲呢，还是让他们为自己更自卑呢？

我有些熟知的朋友，彼此之间转发一些段子或发一些音讯就蛮好的。那些如此渴望普天下都关注、认可的人，自以为发了朋友圈给自己带来知足、欣慰，殊不知在绝大多数人眼里被人当耍猴的、刷刷看看解了个闷而已——这话虽糙，但是话糙理不糙，说白了，就是那么回事。记住心理学家都认同的王闹的结论——这世界没有多少人希望别人过得都比自己好！

其他人的近况也多少有所耳闻。交情最深、来往仍密的朋友们全都安康。我们每日里常干的事就是微信上分享一些段子或视频。如果没有人想到你了，岂不是挺可悲的？

人一时一个心态。曾经重要的事情，可能后来就不再重要。别人怎么说我，怎么想我，怎么猜度我、评价我，都不重要了。我觉得已经很知足了。各位看官，如果你已经把这部书读到了这里，说明我们前世有缘，息息相通，我会感恩不尽！

后记

众所周知，疫情期间中国网络出现了新词——"润"，取自英文"跑路"（run）之谐音，且衍生出"润学"、"润文化"等一系列词汇，指国内精英阶层不满国内抗疫政策、经济下行、内卷和躺平之社会现状，纷纷跑路国外，且美国不再是首选。

殊不知，早在上世纪 80 年代，中国改革开放、打开国门不久后就有一大批能够走出国门的文艺工作者率先"润"出国外，其中就有北京电影乐团的笙乐手郭艺。大多数人"润"的首选目的地是美国，他则阴错阳差"润"到了英国，而且街边卖艺，一卖就是 30 多年，像白毛女一样，从一头油光锃亮的乌发，逐渐变成黑白相间的灰发，最后变成一头雪白的银发。

疫情改变了无数人的生活轨迹。他因疫情被迫退休；也因疫情，在百无聊赖之时，受儿子影响，做起了短视频，并收获百万粉丝，成为国际网红；更由于疫情和一场生死攸关的手术，闲置在家的儿子为他制作了一部纪录片《笙乐手》，先后在伦敦和北京举办首映式，盛况空前，使他原本不为人所知的一生精彩故事成为媒体频频报道、网友津津乐道的热门话题。

2024 年三月 16 日至 19 日，我把这一家三口从遥远的英国伦敦请到了美国北卡小镇，为我们学校师生举办了别开生面、妙趣横生的演讲和现场表演。

郭艺，一个"艺"字，注定了他一生都要和艺术结缘。他 1954 年生于北京鼓楼附近的胡同里，上有四个姐姐，下有一个弟弟；六个孩子和父母挤在拥挤杂乱的四合院中的平房里。生活虽然清贫，但音乐给全家带来无尽的欢声笑语。郭艺的父亲是二胡演奏家，且兄弟姐妹各怀绝技。别人都对二胡琵琶古筝笛子等更情有独钟，年幼的郭艺却对冷僻的笙更有激情；几乎是无师自通，愣是把一个几近绝迹的乐器琢磨出来，并达到高深的造诣。笙是中国传统簧管乐器，最早见于公元前 1100 年的壁画。它吹吸皆可发声，可吹奏、可和声。千余年来，传至日本、朝鲜；18 世纪由在华传教士带回欧洲，进而促进了欧洲自由簧管乐器的发展。由于它的音色特质，现代笙主要在乐队中用于和声，能达到完美的融合效果。

由于郭艺擅长一个几乎濒于失传的冷门乐器，所以事业上少年得志、顺风顺水，17 岁就考入了无数人羡慕的北京电影乐团（后更名为中国电影乐团），20 岁被提拔为独奏演员，出入人民大会堂演出，经常被中央首长接见，且为 200 多部电影配乐，可谓风光无限。他当年要是不出国，现在一定也是荣誉退休的国家一级演员，没准儿还享受国务院政府特殊津贴。

可是那个一穷二白、刚刚打开国门的年代，但凡有点门路都要绞尽脑汁出国。国内外生活水平和收入水平的巨大差异，让这些国家级艺术团体的天之骄子们对国内的名声、地位毫不留恋。

正好郭艺三姐嫁给了外国人，侨居英国，郭艺便在 1983 年毅然决然辞职，只身前往英国，准备学习乐队指挥专业。他一直不甘心只做独奏演员，一心要当那挥舞着指挥棒的乐队统帅。

从北京到伦敦，飞了 27 个小时，换机四次，终于抵达朝思暮盼的伦敦。一去先进语言学校补习英文，只有他一个中国人。没多久又来一个中国人，不是别人，正是后来回国捞金的演员张铁林。

初来乍到，已在国内练就一身厨艺的郭艺开始在饭馆里打工。半年多后偶尔来到伦敦考文特花园，看到来自世界各国的街头艺术家，一个个不仅自我陶醉，还能挣来不少快钱。于是他也萌生了街头卖艺的念头。外国人没见过笙，因此他一开始练摊儿就吸引了不少好奇的看客，围了里三层、外三层，第一个晚上就挣了 80 英镑，那是当年在国内全年的工资。从此他不再去饭馆打工，也放弃了做乐队指挥的梦想，考文特花园就成了他的新"单位"。在这里，无论春夏秋冬、刮风下雨，他从不"缺勤"。当然，干这行不会旱涝保收，好日子里，钱匣子里可以被扔满花花绿绿的英镑钞票；萧条的阴雨日子里，全天观看他演出的只有两只鸽子。

不过，街边卖艺让他收获了一生一世的爱情——一个名叫阿曼达的伦敦土生土长的窈窕淑女被他的音乐所俘获，从请他去家里演出，到以身相许、喜结伉俪。几年后二人又收获了独生儿子，取名郭头头。

伦敦街边卖艺之余，郭艺还参加过"洋走穴"，还被著名演员和导演梅尔·吉布森邀请，为他的电影配乐。但是最后还是回归到了他的"单位"——考文特花园，继续他钟情的街边卖艺，一直到新冠疫情爆发。要不是这场史无前例的全球瘟疫，加上自己也到了年龄，他恐怕还想继续在考文特花园吹下去。

我无意中在油管上看到"英伦郭哥"的视频，对这位艺人的卖艺生涯和婚姻家庭产生了兴趣；看到视频里他那不修边幅、饱经风霜的面孔，看到黑发变为灰白，又变为银白，不知为何，心里总泛起一阵酸楚，有要落泪的感觉。当时就想，如果能把他们请来给我的学生演讲，将会有多大的教育意义！

为什么我特别看中这个项目呢？

第一，这是一个来自英国伦敦的中英家庭，美国主流文化和价值观与之更为接近，师生没有沟通壁垒，也不需要另请翻译。

第二，笙是冷门中国乐器，又反过来对欧洲的簧管乐器产生过影响，肯定比钢琴、小提琴之类的更吸引外国人眼球。

第三，这家人有故事、有话题，而且和观众最合拍的就是故事有多个角度：有跨国婚恋，有卖艺人生，有民乐传承，有文化交流，有身份认同，有父子情深，有疫情，有网红，有短视频。不同的人可以从不同的视点来看待他们。

最初，根据我以往在其他大学的经验，我考虑到这类活动的学校预算通常极为有限，打算只邀请郭艺的儿子头头带着纪录片硬盘来播放，然后再演讲一番，现场顶多和郭艺远程视频一下。没想到，学校活动经费负责人建议索性将父子一起请来。正好，在油管上给郭艺发去短信，他本来就极有兴趣来，所以当学校一同意，他就开始摩拳擦掌、准备上阵。

上报和筹备过程历经数月，之间来回来去协商，曾经几度差点泡汤，但都被我力挽狂澜于即倒。郭哥虽然在英国生活了近 40 年，但是他毕竟没在西方社会的"体制"内工作过，有的情况他们未必知道，因为这类活动操作起来和中国大相径庭：

首先，公款办事，美国、加拿大都极其小心、透明。郭哥给我提出的一些要求，有些我们能做到，比如说他打呼，儿子睡不着，问能不能安排两套酒店房间，我们学校同意了，他们还是很人性化的。有些我们做不到，我就不厌其烦给他解释。他很通情达理。他妻子和儿子都是伦敦土生土长的，沟通起来就更简单了。

第二，我张罗这事儿不仅对我没任何好处，还会给我添不少麻烦。我揽下这事，不仅一分工资不涨，而且如果某项预算漏报，我还要倒贴钱。比如说，你报预算的时候机票是 750 元，等买机票的时候机票是 950 元，那 200 元就超标了。200 元是大头，还可以跟学校再追加，但是如果是遇到一张出租车发票、一瓶水、活动现场的小奖品、装饰品这类小钱，这都得我自掏腰包。也有人说，那至少领导会赏识啊？呵呵，他们赏识对我没什么现实意义；再者，你也要看他们是些什么样的人，并不是人人都有良知和善念。中国、外国都一样。对于很多人来说，这学校又不是他家开的，你为学校做了什么，他们无所谓。对于另外一些人，你能张罗，把活动搞得轰轰烈烈、远近皆知，倒显得他很无能，还会遭人嫉恨。这些我都没少经历，我教过美加八所学校了，这是我多年的观察和积累——外国人不比中国人高尚，人性哪里是一样。

第三，我既然揽了这事，就要承担风险。起初，学校有关人士担心郭艺他们说了不来，所以建议他们先买机票，来了以后再报销，以显示他们的诚意。结果，郭艺为难地说他们以微薄的养老金为生，即便先垫钱，也是一大笔支出，实在无能为力。于是我又回过头跟学校解释，最后达成一致：由我先垫钱，买了机票以后，学校财务处再给我报销。所以，我先用我的信用卡刷了1800 多美元，最后来来回回发电子邮件，半个多月后才报销到我账户里。

　　我在订票的同时，郭艺父子俩也在网上给郭艺的英国太太阿曼达订了票——他们一家三口经历了疫情中郭艺的突然病危和大难不死，所以尤其珍惜一家人在一起的机会，商议决定一家三口同时出行，不把任何一个人落在家中。我给学校解释道：他们已自费给阿曼达订了票，这不也显示了他们的诚意了吗？他们于是都放了心。总体上看，学校有关人士是很支持这个活动的，从提出申请到活动成功，各个环节一路顺利，这是我过去十几年在七八所美加大学从未遇到的。所以我一直跟郭艺说，你们演讲时候不要夸我，不要突出我，不要表现个人英雄主义，要感谢学校。

　　在几个月的联系、切磋、商议过程中，郭艺给我留下很好的印象，最主要的就是他不贪财，不是为了钱而来。你需要知道，他们一家来，是儿子给母亲买的机票。而且郭艺经历过脑部大手术，因此旅行保险就花了 400 英镑。阿曼达身体也不是很好，是不是买了旅行保险我不知道。英国人来美国虽然免签，但是他们还有一个网络入境登记费。我们给的劳务费在各大院校中算是慷慨的，但是我估计刨去他们的花销，基本所剩无几。

　　我还想过请一个《美国之音》前中国节目制作人。我能想到他而不是别人，正说明茫茫人海之中，我对他的认可、赏识和钦佩。谁知他第一封邮件就讨价还价，说，他出来讲一次课底价就是 1000-1200 美金。我说，抱歉，这里是大学，不是商演，没法讨价还价；即便是诺贝尔奖获得者，也有固定预算，不是谁拍板就给个数的。所以只好作罢。在钱上，郭艺一家三口都很大度，所以自从机票订好以后，活动就指日可待了。

　　2024 年三月 16 日中午，我时不时看看手机，等候着郭艺一家飞机落地的消息。他们出发前，我反复交代：家里关好门窗、关好煤气，带上处方药，不要在自媒体上广而告之全家都出行，以免招来小偷。

　　殊不知这趟飞机竟然提前半个小时抵达。郭艺一落地就给我发来微信。我当时还纳闷，以为他在高空中就能发微信了呢。他从佛罗里达州奥兰多市约了一个老同事开车接机，并把他送至我校宾馆。

　　我早早地就在古色古香的宾馆大堂里等候。这个只有八个客房的宾馆有百年历史，谁来了都说仿佛置身《乱世佳人》的那个年代。

　　半个多小时之后，通了几个微信，我在附近的停车场上远远地看到了郭艺，他那一头修剪一新的银发和平如刀削的后脑勺先映入我的眼帘。再看到的是瘦削、修长的儿子头头，旁边那灰白长发的女士自然就是阿曼达了。我远远地就跟郭艺挥手，他一下子就看到了我。我和这一家人仿佛是久别重逢的老友，有说不完的亲近感。

　　我把他们带到了宾馆。正如我的预料，他们一家对这宾馆赞不绝口，口口声声说仿佛置身于《乱世佳人》的小说中。带郭艺一家前来的于女士原先是北京电影乐团的琵琶独奏演员，上海人，但 1978 年 15 岁的时候就被招到了北京，因此没有上海味儿，倒像是一个北京女人。司机是她的墨西哥丈夫，憨厚、朴实，像小狗跟着主人一样紧跟着于女士身后，俯首贴耳、随时待命，能看出他对他太太多么崇拜。我一见就喜欢上了这对夫妻。我还给他们放我手机里的《叶塞尼亚》主题曲，这墨西哥人听了脸乐成了一朵菊花。

　　郭艺快人快语，第一句就问道："我有视频上那么老吗？"

　　我上下打量了一番，说，还真没有，不过视频上他一举一动都往那八九十岁的耄耋老人看齐，仿佛时刻在告知世人：老夫已垂垂老矣！

　　见了本人，说不完的笑话，出不完的洋相，这是一个开心果，哪有那么老啊？

　　阿曼达和视频里一样，笑容可掬、知书达理、极有分寸。儿子头头虽擅长表演和主持，但表情严肃时候居多，鲜有开怀大笑，可能更多继承了英国人的矜持。

　　先带他们去了各自的房间，一个个赞不绝口。从块毯到窗帘到床头到台灯，都欧风四溢、匠心独具。问他们是否先要歇息，一个个都说虽然旅程劳累，但内心激情澎湃，不想休息，要赶紧四处看看。我说好吧，那我先带你们去餐厅。

　　餐厅还有两个多小时开饭。于是我们一群人坐在外面阳伞下谈笑风生。当日气温有摄氏 20 多度，仿佛已入初夏。虽是初次相逢，但我已看了他们所有的视频，倒像是故人重逢一般。

　　郭艺和于女士则是地道的故人重逢——他们已经有 40 多年没见了！早在国内的时候，他二人都是北京电影乐团的"战友"，于比他小九岁，弹得一手好琵琶。改革开放后掀起了第一波"润"潮，文艺界最先能有机会走出国门——文革中有海外关系的都被冠以"里通外国"的罪名，如今人人在寻找海外关系出国。郭艺因为三姐嫁到了英国，所以他能够早在 1983 年就率先"润"出国门，引来无数人的艳羡。小于步他后尘，在 1988 年"润"到了加拿大温哥华，一住就是九年，还因为身怀琵琶绝技应召到百老汇名剧《蝴蝶君》剧组。剧组解散后，她又来到了美国佛罗里达奥兰多，认识了她现在的这个第二任丈夫，并成功转型到了金融领域，但琵琶技艺丝毫不减当年。

　　第二天是星期天，我主要带他们参观一下校园，介绍一些学生跟他们认识。当晚他们自己去吃饭，小于夫妇邀请他们去某处烧烤。

　　第三天是星期一。上午一家三口来到我的一个课堂，跟学生见面。中午在学校餐厅我们设立了中国客人专座，请喜欢中国文化的学生跟客人一同就餐。餐厅里有小乐队在演奏乡村音乐，郭艺来了兴头，抄起他的笙跟他们和了一下，珠联璧合，众人叫好。

下午我们去看活动场地，然后就是聊天。我事先就知道我和郭哥能聊得来，果然如此。我虽然是 70 后，但朋友不乏 50 后，而且很多 50 后会很奇怪："你怎么会知道我们那个年代的事儿？"

我们聊了朝鲜老电影《摘苹果的时候》、《看不见的战线》、《鲜花盛开的村庄》，60 后小于只知道《卖花姑娘》。我们聊了样板戏和于会泳，郭艺看我崇拜于会泳，还让我在他微信上给远在澳大利亚、尚在睡梦中的于会泳女儿于佳谊留言。我们聊了朱逢博、李光曦、李双江、蒋大为、王昆，聊了王立平、许镜清、施光南、王酩、李谷一、金铁霖。我们聊了配音演员李梓、刘广宁。聊完了文艺界聊他的婚姻，说起他媳妇阿曼达，他赞不绝口；在他口中，阿曼达几乎是一个完人，足以令不少中国女人汗颜。说说一些小细节吧——

阿曼达出身伦敦中产阶级家庭，家境优越，含着金汤匙出生，所以长大以后也就没什么心眼儿，基本上是你说什么她信什么。她从不查看郭艺手机，更不打听郭艺挣多少钱、能带回家多少钱。郭艺说这天挣了 200 磅，她就认为是 200 磅。郭艺说这天颗粒无收，她就认为是分文未挣。

阿曼达看上郭艺的时候，正是在郭艺街边卖艺的时刻。中国人眼中的街头卖艺人，卑微得几乎和乞丐差不多了。然而阿曼达一往情深地嫁给了他。结婚时郭艺没什么钱，就买了一枚 29 英镑的结婚戒指，这枚戒指阿曼达一直戴到了今天。

儿子小的时候，娘俩养了两只兔子。有一天一只兔子生病了，娘俩拿到兽医那里检查。兽医说兔子得了癌症，治疗费用 500 英镑；治了能多活一阵，不治就只能等死。娘俩回家就跟郭艺商量。那年代哪个中国人会给兔子花 500 英镑看病？郭艺戏谑道："你们给兔子看病吧！等兔子看好了，我就犯心脏病了，你们再花钱给我去看病！"娘俩听他急了，只得作罢。随后兔子不幸去世，娘俩在自家院里给兔子厚葬，头头还写了悼文。结果没几天，兔子遗体被狐狸刨了出来给叼走吃了。

阿曼达是老伦敦人，父母去世、姑姑去世，都继承了一部分遗产，因此能够和郭艺买房。他们结婚近 40 年，总有磕磕绊绊，有几次吵架到了几近离婚的地步。郭艺说："买房子你出的钱多，那我就净身出户吧。"阿曼达回说："那你净身出户去住哪儿呢？还是房子卖了一人一半吧？"最后二人还是和好如初、白头到老。

这对夫妻虽然收入有限，但阿曼达为慈善机构捐款却毫不含糊。哪里有战争、天灾、难民，她都要从微薄的收入中拿出一定比例无私奉献。

跟阿曼达近距离接触，感觉的确是个贤良女人。儿子给她递杯饮料，她不忘说句"谢谢"；要插郭艺一句话，不忘先征求许可。她的衣着打扮，从里到外，朴实无华。如果你常看他们视频，就知道，那一件旧得都起毛的大衣，天天穿、月月穿、年年穿。

当天晚上七点半我们的活动开始。观众质量很高，有年迈的退休教授，还有学生把他母亲也带来了。先是由头头演讲，讲述这个中英跨文化家庭的故事，讲述疫情如何改变了他们的人生，以及制作这部《笙乐手》纪录片的来龙去脉。半小时后，我们开始观看纪录片，虽然是头头一人制作完成，但制作水平可圈可点：首尾呼应、素材丰富、流畅自然、感人至深。

纪录片放映完，则是郭艺和小于二人的现场演奏。那琵琶，"大珠小珠落玉盘"，看得让人眼花撩乱，听得令人心乱如麻；那笙，平铺直叙，却悠扬舒缓，为清脆高亢的琵琶弦乐增添了厚度和深度。只可惜演奏太短，所以曲终人醉、意犹未尽。

每次小于一弹起琵琶，她那毕恭毕敬的墨西哥老公突然满眼放光，手举手机拍照录影，那一脸的崇拜和爱慕，如同情窦初开的少年。

每次郭艺吹起笙来，阿曼达总是露出蒙娜丽莎般的微笑，沉醉在无尽的幸福和安宁之中。

是音乐让二人双双在海外收获了爱情和婚姻。看来我们每个人都得学两手乐器啊！

演奏后是答问环节。师生们的问题很多，质量很高。正如我所料，问题的角度非常多元：音乐教授侧重的是对乐器和音乐的解析，人文学科教授关注的则是中国社会的变迁，跨文化背景的学生则更关注跨文化的挑战和意趣。

俗话说，"不是一家人，不进一家门。"郭艺、阿曼达、头头，这一家三口都口若悬河、能侃能说。

"我闻琵琶已叹息，又闻此语重唧唧。同是天涯沦落人，相逢何必曾相识！"三天下来，我已经跟他们结为余生好友。昨天是三月 19 日，上午他们五个人来我的另一个课堂与学生见面。正好我们上周讲到文革和样板戏，郭艺正是那个年代的，连唱带舞加表演，一会儿来几句《打虎上山》、《提篮小卖》，一会儿给我们模仿江青，一会儿又表演现代京剧中的列宁。除了我和小于捧腹大笑，其他人都不解我们笑什么。他们只知道郭艺很逗乐。

出来时候我对阿曼达说，她一定会很长寿，因为郭艺太逗了；天天生活在笑声中，人能不健康长寿吗？

时间飞逝。一年时间都转瞬即逝，更毋庸说三天了。简单告别后，他们就收拾行李，坐小于夫妇的车去城里，在那里再逗留一天，今天回英国。再过一个多小时他们就要登上飞回伦敦的飞机。

国内很多网友对郭艺褒贬不一。有的赞叹他三十多年街头卖艺的勇气和毅力；有的则将他的经历和爱国叛国扯到了一起；还有更多人则表示遗憾，说，假如当时没走出国这条路，如今在国内，凭资历也早过上了无忧无虑的夕阳红生活。但是郭艺没有遗憾，因为人生没有如果，时光不能倒流；而且，人生有失必有得，鱼和熊掌不能兼得。他的确失去了中央级别音乐团体的铁饭碗，却在异国他乡收获了白头偕老的爱情和相敬如宾的婚姻，还有一个好儿子；他的确没赶上北京买商品房的好时机，但是在英国伦敦赶上了廉价买房的年代，如今贷款早已还净，无债一身轻；他虽然没有了国内的医保社保，但是在英国享受着全民医疗的福利和国际一流的医疗技术，去年动了脑部大手术，才切身体会到英国福利的好处。

我也总觉得，人生没有如果——我们走的每一步，有时候是自己的抉择，有时候是时代的无奈，有时候则是山穷水尽时的唯一出路。没有"润"出来的人，国外的一切，只是存在于他们的想象中而已；而"润"出来的人，才有亲身经历过的对比与权衡。

无论在哪里，既来之则安之；生活在哪里，就想着哪里的好。

记住：有得必有失，看你要得的是什么！